O Diário de Myrna K.

O Diário de Myrna K.

Muriel Maia-Flickinger

Ilustrações
Joaquim da Fonseca

Editora Sulina

Capa: Like Conteúdo (ilustração de Joaquim da Fonseca, 2023)
Projeto gráfico e editoração: Niura Fernanda
Revisão: Simone Ceré
Editor: Luis Antonio Paim Gomes

Dados Internacionais de Catalogação na Publicação (CIP)
Bibliotecária Responsável: Denise Mari de Andrade Souza – CRB 10/960

M217d Maia-Flickinger, Muriel
O diário de Myrna K. / Muriel Maia-Flickinger. – Porto Alegre: Sulina, 2023.
352 p.; 16x23 cm.

ISBN: 978-65-5759-114-7

1. Literatura Brasileira – Romance. 2. Romance Brasileiro. I. Título.

CDU: 821.134.3-31(81)
CDD: B869.3

Rua Leopoldo Bier, 644, 4º andar – Santana
Cep: 90620-100 – Porto Alegre/RS
Fone: (51) 3110.9801
www.editorasulina.com.br
e-mail: sulina@editorasulina.com.br

Outubro/2023
IMPRESSO NO BRASIL/PRINTED IN BRAZIL

AGRADECIMENTO

Escrever é sempre o resultado de vivências, experiências, leituras, estudos e mais, muito mais, junto às daí provocadas fantasias, que, para o bem ou o mal, brotam de seu roçar na nossa pele, seu mergulho nos charcos da carne, sua invasão na matéria escura que dizemos *corpo: o nosso corpo.* Agradecer a essas presenças e reminiscências de vidas reais e sonhadas – próprias e alheias – é impossível, a não ser nos curvando ao que nelas é apelo e deixando-as agir no que fazemos.

Este livro nasceu de um convívio intermitente, por vezes real, por vezes meramente intelectual, com diversas pessoas, entre elas filósofos, físicos, escritores, etc., que vieram por si reclamar presença nesta narrativa, e fazer-se ficção. Para o texto presente, posso nomear certas figuras – como Lou Andreas-Salomé, F. C. Andreas, S. Freud, C. G. Jung, e os filósofos F. W. J. Schelling e A. Schopenhauer –, que frequentei em livros nos vários contextos, e às quais, sem mencionar tantas outras, remeto, aqui, a partir do imaginário.

Para os que me orientaram nos meandros da Física atual, com seus escritos, remeto a um dito de Marie Curie: "Um físico em seu laboratório é apenas um técnico; diante das leis da natureza, porém, ele está, como uma criança, em frente a um mundo de contos de fadas". A Wolfgang Neuser (filósofo e físico), agradeço a leitura de trecho do livro referente às descobertas da Física até os anos 1970, em Princeton, nos Estados Unidos da América.

O rumo que tomei, na interpretação do universo da cultura maia-tolteca e asteca, eu o devo a Octávio Paz, em *O Labirinto da Solidão* e em *Os privilégios do olhar.* A Peter Wohlleben, em seu *A vida oculta das árvores*, sou aqui devedora dos passeios que fiz no reino vegetal da natureza. Para a personagem do alemão Reuters, deixei-me inspirar pela figura de Joseph Meurers, no livro de Euclides Torres *A patrulha de sete João*; tal como, para um curto episódio envolvendo a personagem de Myrna, sou devedora a Rafael Guimarães no seu *A tragédia da Rua da Praia*. As descrições arquitetônicas do povoado tepehua e das instalações hidráulicas na casa de Yaki devem-se especialmente a Márcio D'Ávila, da PUCRS, tanto pela orientação quanto pela bibliografia indicada. Há ainda outros autores, que me guiaram pelas ruas de Porto Alegre, e por certos desvãos de sua história; entre eles Augusto Meyer, Sérgio da Costa Franco, Juremir Machado da Silva, Luis Fernando Verissimo e, não por último, Joaquim da Fonseca com suas ilustrações de Porto Alegre.

Eu não nomeio muitos dos que me influenciaram não só com suas obras, senão também com sua presença no mundo. A eles todos, nomeados ou não, o meu *muito obrigada*! Porque, independentemente do valor ou desvalor que este livro possa ter, *sem eles*, eu não o teria escrito.

"Porque, aqui, onde se trata do valor ou desvalor de uma existência, onde se trata de salvação ou danação, não são os conceitos mortos da filosofia que decidem, senão a essência íntima do próprio homem, o demônio que o guia e que não o escolheu, mas que foi dele mesmo escolhido."

(Arthur Schopenhauer, W I, § 53)

Observação Inicial

Levou-me a publicar o texto ou os textos que apresento, a sua mera existência e estranheza. Anos atrás, arrematando em leilão a casa em que hoje moro, deixei primeiro reformá-la e, durante os trabalhos, encontrou-se no sótão um pequeno alçapão. Dentro dele um *Diário* e um punhado de textos isolados, que, após ler e hesitar entre destruir e publicar, hoje entrego ao leitor. Myrna K., proprietária anterior da casa, deixou-a em testamento ao casal de empregados que a servia. Herdada, após, pela filha dos mesmos, esta vendeu-a à firma que, falindo, ensejou o leilão em que a comprei. Eis a cena prosaica, o caminho casual do *Diário* e dos demais escritos ao livro. Se Myrna aprovaria sua publicação? Ela os deixou ficar e, extraídos agora a seu esconderijo, eles se autonomizam, falam por si, oferecem-se ao ler pela própria presença e a força do que dizem. Publicando-os, faço apenas valer o destino que os trouxe até mim.

O *Diário* foi redigido à mão, em textos paralelos – dois maços de papel grampeados –, cada um voltado a um tempo diferente: presente e passado. Enquanto, no primeiro, os registros ostentam a data e a estação do ano, acrescentou-se um título ao segundo: *...de um tempo no passado.* A acreditar nas datas, foram ambos os textos concebidos simultaneamente, e de tal modo imbricados, que fazem um só. Eu os juntei, aqui, preservando das datas o ano e as estações em que foram escritos. Decidida a manter a dupla abordagem temporal eleita por Myrna, e para não alterar limites e fronteiras no espaço-tempo inerente ao seu imaginário, eu passei a lutar com a dificuldade também física de ajustar seus registros – presente e passado – à superfície material do livro. Um outro embaraço deveu-se ao fato de ela ter buscado alargar o trabalho da própria lembrança, ora só remetendo aos escritos de outros (entre os demais achados do alçapão) ora abreviando-os no Diário. A diferença entre os originais e o livro está em que, ao contrário de Myrna, eu transplantei a este, na íntegra ou quase, os textos citados. Porque todos são parte da história e a influenciam no seu desenlace. A leitura, com isso, fica labiríntica e exige atenção. O *Diário*, é preciso lembrar, não buscava os *seus* olhos, leitor. Escrevendo em presente que escava o passado a indagar o futuro, Myrna voltava-se a interlocutor incógnito e escorregadio, arrancado ao que nela era outro que ela, e preserva-se oculto a quem lê.

Há de se compreender, lendo o livro, o que tento indicar com o termo *estranheza*. Tão enigmático me pareceu o final do *Diário* – eu acabava de chegar à cidade vinda de São Paulo e de um processo de divórcio conturbado, para assumir a vaga em um Jornal daqui –, que, atiçada essa curiosidade natural a minha profissão, decidi investigar nas redondezas da casa, no bairro e adjacências, junto a certas pessoas e outras mais, indicadas por estas, acerca do que teriam visto ou sabido da vida e da pessoa de Myrna. A mim, interessava achar algo que iluminasse um pouco as entrelinhas finais deste escrito, em especial o que se deu com a autora *após* a interrupção brusca do mesmo. Pois a casa em que moro e foi sua acabou por ganhar, depois disso, a fama de mal-assombrada no bairro. Devo, entretanto, conceder que, a não ser por informações corriqueiras, e outras um tanto abstrusas, nada vim a saber que o esclarecesse. Do que fica de tudo que ouvi, não me cabe afinal decidir. A narrativa do que vim a apurar nessas pesquisas, eu a deixei para o final do livro, já que, em especial no seu encerramento, sua avaliação depende da leitura completa do *Diário*. Quero alertar, ainda, a que, no resultado dessas investigações, a fronteira entre o banal, o estranho e o sem sentido é tênue e fugidia. Cabe, pois, ao leitor extrair conclusões à leitura das mesmas. Eu voltarei, portanto, a imiscuir-me na história apresentando, ao fim, a abreviatura do apurado. E um pouco mais, confesso, já que, sem o querer ou prevenir-me, acabei me enredando na trama...

Myrna morreu há dezesseis anos atrás. Estava com cinquenta e um anos e, ao que parece, sofria de uma até pouco antes de morrer não identificada isquemia cardíaca. Disseram-me que morreu dormindo. Eu me pergunto se isso é mesmo possível, morrer dormindo... pode-se estar dormindo, quando o mundo acaba?

Rabiscada no *Diário*, consegui decifrar a citação de Stefan Zweig, que deixei como mote às reflexões de Myrna.

Como organizadora deste livro-fragmento ou fragmento de livro, a mim resta esperar que ele o encontre, leitor...

Porto Alegre, verão, 2017
Ismália Porto

"Pois essas pessoas, elas roçam-se apenas,
não se dominam de todo, não são
destino algum, mas rudimentos de destinos.
Seria preciso compô-las até o fim."

(Stefan Zweig, *Sommernovellette*)

O Viaduto Otavio Rocha

*... parada sob os arcos deteriora-
dos do Viaduto, tinha na mão
um maço de marcelas e falava
com a vendedora...*

Outono, 1996

Foi hoje, ao voltar da cidade, que decidi escrever estas lembranças. Eu a enxerguei quando subia a Borges. Parada sob os arcos imundos e deteriorados do *Viaduto*, tinha na mão um maço de marcelas e falava com alguém; acho que a vendedora. Foi sua *voz,* na verdade, que me fez relembrar não dela, propriamente, mas do espaço e do tempo em que tudo se deu. Vizinhas de andar em um velho edifício, na Cidade Baixa, conhecidas apenas, sem substrato qualquer que nos ligasse, sem história a narrar, bastou-me, porém, vê-la ou, melhor dito, *ouvi-la,* e o passado saltou da lembrança.

A lembrança tem truques de empurrar à tona o que tememos. Usa uma voz, um gesto, um rosto, um ruído qualquer, um sabor, que de longe se enlaça ao vivido, e provoca no corpo um levante, uma guerra. Neste caso, sua voz trouxe de volta a cena antiga, de conversa banal no elevador do prédio. Tal conversa se deu no meu reencontro com a cidade após anos de ausência, quando o tempo inventou a primeira laçada no tecido do espaço habitado. De algum modo, esta *voz* conectou-se ao vivido em espécie de código, um dos muitos, por certo, a aguardar o sinal de empurrar o obturado à consciência. Não que eu sofresse de amnésia ou coisa assim. Eu lembrava o passado, sem *sentir* sua existência. Os ardis do Inconsciente e a memória habitual. Nesta, o passado assemelha essas caixas antigas, nos porões, que – atulhadas de coisas, artigos de jornais, cartas, bilhetes, documentos, ramos e flores secas em papel dobrado, roupas, brinquedos, bonecos sem membros, tudo aparentemente sem valor, já sem cor e cheirando a umidade – evitamos abrir, revirar. Sem coragem sequer de pôr fora. Esquecidas, perdidas; mas lá. Nelas, nada nos toca do que mostram aos olhos, ao tato, ao olfato. Velhas quinquilharias malcheirosas. Até que um encontrão fortuito abra a caixa e as espalhe no chão. Ao nosso olhar atônito, elas se metamorfoseiam; tomam-nos, sedutoras, numa avalanche de sensações e sentimentos soterrados – que chamamos *lembrança.* A memória recua a este avanço, e a lembrança recria o vivido em possível jamais aflorado, ainda que pressentido de passagem, lá atrás. No passado? Ou quem sabe já à frente, por acontecer, no futuro?

Eu hesitei, de início, medrosa ao peso emocional daquele encontro. Melhor dizer, do que nele se abria à lembrança. Mas também me atraiu, no lembrado, a estranheza entre os *eus* que temiam, e o *eu* que ansiava lembrar. Se o eu de agora, habitual, por conforto recusa a lembrança, o eu real, no passado, a recusa por medo e, angustiado, obscurece o vivido. Sendo assim, o voltar a lembrar faz-se em um horizonte complicado: o eu habitual reflui, cede espaço ao primeiro, eu real ou passado; que, alienado de si em novo ecrã, se estatela na luz de outro eu, nem de hoje nem de ontem – olho duro, em que o dado se parte e abre frestas, vazios, para o nunca aflorado. Anamnese esquisita, e sempre triangular. Que se faz para um eu distanciado e até frio, infenso ao hábito e decifrador da vida.

Eu prossegui com ela até o *Matheus,* onde, entre dois cafezinhos, contou-me acerca de seu casamento e do filho. Tive pejo de ouvir-me à mentira social de nos revermos breve. Entre risos e abraços, o arabesco do tempo evocando outro espaço em meus sentidos. Tinha pressa em voltar, ficar só. Agora à mesa de trabalho, percebo o quanto me será difícil reordenar, na escrita, o que toma meu corpo e reclama sua vida em minha vida. Ajudará, por certo, a nova situação em que me encontro, nesta casa sem marcas do passado. Ouço Alcina mover-se, lá atrás, na cozinha; sinto o cheiro do pão que ela tirou do forno, vejo a cara retinta, o sorriso franzindo a ferrugem das sardas. Sem ela e o marido a ocupar-se de tudo em relação à casa e a mim, como estaria eu neste momento? Digo o mesmo de Balko, o meu cão, e de Lesko, antes dele. Disto, porém, mais tarde. O que agora me ocupa é de outra natureza, tanto no tempo quanto no espaço.

... de um tempo no passado.

... a pilha de papéis sobre a mesa; como se a maldição ganhasse o dia...

A pilha de papéis sobre a mesa. Cor encardida e o cheiro de bolor. Como se, decorridos séculos, escapada à gaveta do sótão pela senha da *voz*, a maldição ganhasse o dia.

Esses papéis, eu os tinha ocultado no sótão, em alçapão junto ao piso, entre o madeirame da parede dupla, ao fim da escada. Ao chegar com a mudança, eu os metera ali resistindo ao desejo de jogar tudo no lixo. E esqueci sua existência. Hoje cedo, ao abri-lo, o cheiro acre alcançou-me o nariz como um tapa. A visão dos papéis me fez mal, o estômago enrolou. Hesitava em tocá-los, como se queimassem.

Não é muita coisa. Manuscritos grampeados, cartas, um bloco com anotações, o mapa desbotado de Porto Alegre, uma foto de Carlos. Eu mesma a tirei. Sentado a uma mesa na área externa do *Chalé*, na *Praça XV*, esperava por mim lendo um livro. Tomei-o de perfil, o corpo inteiro. Mesmo em repouso, está pronto a saltar, a alma radiografada na objetiva pelo meu olhar; ou pelo olhar da objetiva? No nariz reto e queixo proeminente, na boca desdenhosa imprime-se o caráter voluntarioso e uma vaga soberba. No ricto irônico-sombrio dos lábios, o contraponto melancólico. Senta com elegância displicente, as pernas cruzadas, o livro na direita, a outra mão mergulhada no cabelo negro, farto e semilongo. Ele não soube desta foto; testemunha restada de quê?

Foi, na verdade, o sótão que me levou à compra desta casa. Apaixonei-me por ele de imediato. Mesmo sabendo que teria de refrigerá-lo o tempo todo, no verão, foi nele que instalei meu quarto. Minha mudança aconteceu no inverno, e o sótão deu-me o que precisava então: a sensação do novo e inusitado. Eu estava no estágio em que os bichos se escondem a lamber suas feridas. Na primeira manhã, ainda escuro lá fora, ao saltar do colchão eu bati com o nariz na janela. Prisioneiro do hábito, o corpo é o último a aceitar a novidade. No velho apartamento, o banheiro ficava à direita; aqui, à esquerda. Terá sido este o meu primeiro movimento a caminho da amnésia? Ao abrir a vidraça, deparei com a geada, abaixo, nas telhas do alpendre. Raspei-as com os dedos, e seu verde brilhante feriu-me a pupila. Após meses de cinza eu percebia as cores. "O mundo é colorido...", eu me ouvi murmurar.

O inverno foi rigoroso e ensinou-me a extrair panaceias do novo entorno. A casa, a gente a minha volta, e, mais tarde, os dois cães, enlaçaram-se a mim em substrato ainda virgem, aberto a uma definição qualquer. A casa ficou confortável com a reforma. Na parte inferior, a sala avança para a frente em área envidraçada e mergulha no pátio pelos janelões, de onde se viam, então, os plátanos apenas. Atrás da sala, e separados dela por um corredor, o lavabo, a cozinha, uma pequena suíte e a lavanderia. Aos fundos do terreno, um bangalô rente ao muro domina o cenário. É onde moram Alcina e seu Arnaldo. Em cima, onde ficava o sótão, estão o quarto de dormir e a sala de trabalho conjugados. Ligado ao quarto, a oeste, o banheiro. Escassa era a vegetação nesse primeiro inverno. Lembro a expressão incrédula do vendedor, no Jardim Botânico, quando eu lhe disse que plantaria as cem mudas de árvores, nativas e outras, em espaço de apenas 600 metros quadrados. Trabalhamos nós quatro. Arnaldo cavando os buracos, Alcina ajudando-me a plantar e aguar as mudas, Lesko excitado farejando as plantas, para após *batizá-las* como a dar-lhes licença de se enraizar. O inverno custou-me uma quantidade respeitável de madeira, porque a casa contava unicamente com a lareira, para o aquecimento. Chegado aqui bem mais tarde, Balko *rebatizou* por conta própria a plantação no terreno ainda pouco ensombreado.

Volto aos papéis e o cheiro me incomoda. Ponho-me a ler o que escrevi no bloco, e me surpreendo à emersão do eu estranho, só olhar, que me toma à leitura. Levanto, bebo um café, lavo o rosto com raiva, e o espelho me devolve uma cara irritada. O maxilar inferior rebela-se à pressão dos dentes. Retomo o bloco e o folheio com nojo. Ouço-me recitar a anotação. É de março, não longe do fim...

> "Madrugada, amanhecer de um domingo. De volta em meu apartamento, é impossível dormir. Refiz a cama, fiz o café e me ponho a escrever. Por que para ti? Sei lá.
> Perguntas nem sempre delimitam respostas. Eu não saberia responder. Fico, ainda assim, rodando o novelo desse perguntar. E escrever, neste caso, é assediar um fantasma, uma forma inventada do desejo. Ele emerge da sombra e se investe de um nome, o mesmo que te impuseram quando nasceste. Existirás, realmente, para além do demônio que invoquei sob o nome e a presença física do nome? E o que é isto que, em ti ou nele, me reclama?

Ontem comprei o fumo para meu cachimbo. Sem que o dissesse, o vendedor percebeu que eu o comprava para mim. Aconselhou-me o perfume capitoso: Ânphora. Não consigo tragar, mas o gesto, o ritual, algo de espiritual impregna a atmosfera. Tonta de sono. Desejo agudo de teu corpo. Os termos armadilhas: corpo, alma, espírito. É de sua junção que recebem sentido; afrouxem-se os laços, o sentido desbota, desgasta-se, perde-se. Morra a matéria, o espírito já não existe. O que é feito da alma sem ambos?

Café com leite esfriando na xícara. Patrulho o espaço como o ponteiro a esfera de um relógio. Tua presença em mim ocupa lugar. Como a mesa e a cadeira, aqui, na minha frente. É daí que te invoco. Para o amor. Seremos demasiado pobres para isso?"

Nunca reli essas notas, nem mesmo enquanto as escrevia; minha letra estranhada no leve bolor que escurece o papel. Nomes saltam das folhas, dizendo-se a si mesmos nas imagens que evocam: Carlos, Maria Helena, Daniel, Laura, Olavo, Joana, Bruno e eu mesma. Aí, porém, quem sou eu? Ocultada no texto, os olhos engolindo o rosto, a alma, o corpo. Como um retrato copta, só olhos. Onde ficamos, todos? Haverá para nós uma outra vez, para o que quer que for? Afasto o bloco, volto a escrever. Há reentrâncias nas frases, nas palavras. Como se pistas de papel carbono riscadas por pena invisível. Não no papel – em mim, no mapa de meu corpo. Lá atrás, no passado. Lá e aqui. Onde o laço entre ambos?

Éramos nós. O desenho está em mim e alguma marca antiga o abriga no seu envelope. Como trazê-lo à tona? Lá dentro, no magma entre a carne e a palavra, é onde se forja o texto do passado. E a senha de o alcançar está no imaginário. Se é preciso voltar para desencantá-lo, ele se incorporou, contudo, a cada agora destilando moldagens possíveis a novas capturas. Nem sequer somos nós que o buscamos.

É ele que nos chama e empurra e exige, a partir de um lugar que se oculta à consciência dirigindo-se a nós... no futuro.

Quem é Carlos no tempo interior em que se inscreve a saudade? Quem é Bruno? Na fronteira autoimposta ao vivido, há um corpo exigente, as sobrancelhas negras sobre os olhos ávidos; e há outro corpo, outra voz, vindo de um horizonte incomparável, de uma cadência e um ritmo desiguais. Mas arrastam-me, ambos, na escrita, ao charco indefinido e opaco do desejo. Riscando-os no papel, eu os desloco a um novo patamar na usina das imagens. Lugar em que a lembrança reinventa o vivido sem o esquartejar, como o faria o entendimento. Pelo contrário, nela as abstrações ou o pretensamente inalterável do passado recaem na concretude nebulosa do vivido; e as imagens nos vêm como possíveis a realizar.

Outono, 1996

A noite foi difícil. Pensava em Bruno. No encontro que sua carta anunciava, sete anos atrás, e recusei. De onde extrair coragem para vê-lo, se nem me permitia examinar o que nos tinha unido e desunido no passado? Sim, por que Carlos, além ou apesar de Bruno?

Os dias têm estado quentes. Trabalho no jardim, sob as árvores, que tornam o calor menos insuportável. Ao aceitar proposta de traduzir textos literários, eu não imaginava que isso me daria prazer. Fazia-o provisoriamente, para ocupar-me apenas; mas estava enganada, gostei do trabalho. A imposição de disciplina, aliada a uma grande liberdade pessoal, reordenou meus dias, após longo período de desorientação. Traduzir é uma atividade fascinante, não só por arrancar-nos ao círculo do próprio imaginário, mas sobretudo porque, ao traduzitmos um texto, de algum modo morremos com ele, ou melhor, nele. Quero dizer que nos vamos tornando também fisicamente outros, segundo o que a outra língua nos exige, com sua carga de imagens e sentimentos peculiares pesando no escrito. Algo desaparece em nós, ou se torna obsoleto, algo novo se mostra, que não só psíquico, intelectual, mas físico. Um trejeito, um modo de sentar, pegar a xícara, um gosto súbito por algo que até aí não nos tinha chamado a atenção.

Determinante, nisto, é a descoberta de que língua nenhuma deixa-se traduzir sem violência. A mesma morte que sofre o tradutor, tem de sofrer também a língua traduzida junto àquela a que o texto estrangeiro é transposto. O que intento dizer é que, se a língua na qual o texto foi escrito metamorfoseia-se, ela exige da outra, em que será vertido, igualmente, uma morte no que lhe é mais peculiar; e uma ressurreição em nova configuração – estranhada e afinal reconquistada na tonalidade daquela que a exigiu e alargou. O tradutor tem de ser, de algum modo, um ator. Que este, deixando embora intacto o texto interpretado em seu espaço-tempo próprio, inalcançável em si mesmo, rouba-lhe um simulacro e, emprestando-lhe corpo, realiza-o em outro espaço-tempo. Há atores que, mesmo sem máscara, conseguem realizar essa metamorfose sobrenatural. Grandes atores chegam a eternizar tais simulacros, que não deixam por isso de o ser. Ao tradutor cabe também realizar o ato propiciatório dessa metamorfose. Trabalho penoso de reinventar a própria língua, estranhando-a de si e do espartilho pessoal de sua apropriação; curtindo-a, por assim dizer, no anoque da outra língua.

Eu mesma não tenho essa capacidade dramatúrgica em alto grau. Mesmo assim, resultados mais ou menos felizes de minhas traduções conseguem dar-me o que não conseguiu a breve terapia, menos ainda os psicofármacos iniciais. Eu encontrei nesse trabalho o esboço de uma identidade, justamente porque, nas perdas que sofri e na reinvenção insistente de mim mesma, o ato de traduzir deu-me a noção da distância interior exigida à reinstalação da fronteira entre o real e o irreal, o efetivo e o construído. Mais ainda, deu-me o sentido do próprio, do que me delimita e marca, facilitando a distinção do alheio nas astúcias do mesmo, a saber, no desejo. Não o devo, porém, só ao trabalho de tradução. Primeiro Lesko, mais tarde também Balko reinventaram meu mundo sensitivo trazendo-lhe uma densidade perceptiva que, em geral, conhecemos apenas na infância. Não fossem os dois, mais a presença de Alcina e seu marido em minha nova existência, eu talvez não tivesse reagido ao apelo da *voz* no *Viaduto*.

Lufadas de vento, e agora a chuva. Os sentidos despertam na atmosfera pesada de umidade. É deles que aguardo um sinal vindo do emaranhado do passado. Movo-me devagar, evitando o fascínio das imagens; são lianas traiçoeiras, nesse limiar. Sinto dificuldade em distinguir o papel que *me* diz mais, lá e aqui, entre os que então representei. Mas haverá continuidade entre mim mesma e mim, lá e aqui; não seremos acaso um mero Carnaval de máscaras sem rosto?

Pesa-me escrever. Luto com o desejo de jogar no lixo os manuscritos, as cartas, o bloco abominável e a foto. Esquecer. Mas esquecer o quê, se sequer sei do que venho lembrando? Por que temo reler o que um dia escrevi? Em sua força própria, é do fel da lembrança que nasce o esquecimento. O esquecido, porém, só aguarda o sinal, que lhe enseje emergir outra vez. O que temo lembrar não é bem o vivido; antes o que não me permiti na vida que pensei viver. Pudesse a febre, o vômito; mas não chegam. Forço-me a registrar o que sinto, o que penso. E vou rasgando, página após página, o que escrevo. Para recomeçar...

Noite de sonhos e presságios. De manhã o céu-safira e a cidade morena, ao fundo, torrando ao sol. Um ar parado sucedeu aos ventos dessa madrugada. Nuvens arregimentadas no horizonte descarregam no azul as suas baterias. Silêncio, agora, cheiro de terra morna. E os sabiás. Junto a mim, no tapete, o corpo adormecido de Balko, aliviado das cargas que o enervavam. Ontem à noite, revolvendo os papéis, um embrulho amarrado em elástico chamou-me a atenção. Abrindo-o, deparei com uma série de cartas escritas por mim a meu pai, no tempo em que morei no Rio. O espanto que senti lendo essas cartas; quase nojo, aversão, desejo de rasgá-las, apagar o fantasma que as cuspiu. Pergunto-me se terei sido eu mesma o arremedo de gente que aí se diz: ser esdrúxulo, autorretrato grotesco anunciando e abortando a si mesmo a cada linha. Serei *eu* esta mistura abstrusa de imaturidade e superioridade blasonada, um Pierrô lamentável dando-se ares de Arlequim na coragem livresca?

Exagero? São cartas de uma estranha, embrião de mulher, imatura, imprecisa e deslumbrada. Lançada no mundo, eu parecia andar às tontas, reagindo sem tino à nova circunstância. O que me surpreendeu a esta leitura foi, acima de tudo, a discrepância entre o expresso e a lembrança, ainda vívida em mim, de minha auto-percepção, à época. Pois, embora não lembre as situações descritas, posso perfeitamente reeditar o sentimento que as sustenta, ou melhor, o sentimento geral que me movia, então. E neste eu era reservada até a timidez, nunca exaltada. Como teria aparecido à minha circunstância? Impossível sabê-lo. Isso apenas confirma o abismo existente entre a experiência imediata de um eu por si mesmo e a tentativa de expressá-lo em gestos e palavras. É tolo, em todo caso, acreditar nos termos de que se reveste qualquer tentativa de, no próprio momento em que se está vivendo, dizer a imediatez vivida. Entre esta e sua expressão falada há um abismo estelar, com desvios e refrações luminosas incontáveis, que a vão alterando até a deformidade. A existência se retrai, mumificada, às tentativas apressadas de dizê-la. Em sua matéria também física, a vida exige o tempo e sua fermentação antes de ser narrada. E, mesmo assim...

De volta às cartas. Não me parece que meu pai possa ter-se alegrado ao recebê-las, mas nada me disse. Tinha sofrido com a decisão que tomei de ir-me daqui, ainda que nossa relação jamais tivesse sido muito emocional. Não conheci minha mãe, ou melhor, não consigo lembrá-la, que morreu quando eu tinha dois anos. Consta que de uma gripe mal curada. Não fiquei com meu pai. Cresci no interior, com meus avós maternos, e, a partir do ginásio, em Internato próximo a Porto Alegre. Nem quero tocar nesse tempo difícil. Os períodos que passei ao lado de meu pai, nas férias, ainda que breves, foram valiosos. Eu podia sentir que sua distância não era um desamor; antes um apegar-se à própria solidão, um atentar a mim respeitoso como outra que ele. Eu não era a sua filha; era *Myrna*. Estranhamente, aquilo me fazia bem; imagino que pelo contraste com o modo como meus avós me tratavam, enquanto extensão compensatória da filha morta – da mãe que, para mim, nunca existiu. Em todo caso, esses períodos passados com ele foram determinantes também de meu gosto pelos estudos e do caminho que vim a tomar neles. O fato de eu não ter crescido ao seu lado, acrescentado da reserva que ele sempre guardou em relação às minhas escolhas, sua não insistência em influenciar-me, bloqueou-nos, decerto, uma aproximação maior; mas foi também determinante da admiração que eu sentia por ele e da aceitação de sua influência no caminho intelectual que tomei. A minha decisão de estudar Antropologia nasceu daí. Eu quase diria que nossa relação era a de um bom preceptor e sua pupila.

Nos oito anos que estudei no Rio, ele me visitou uma única vez; não gostava da cidade, de seu barulho, dos ônibus abarrotados, da pressa nas ruas, em especial do que chamava a *leviandade* no modo de ser da metrópole. Não posso dizer que sua mentalidade fosse interiorana, embora tivesse passado a infância longe da cidade grande. O fato de ele ter vindo, ainda adolescente, estudar em Porto

Alegre, de ter morado sozinho desde o ginásio, fez dele um citadino com gosto pelas ruas cheias de gente; mas isso alimentou também sua tendência à reclusão. Costumava dizer que o burburinho da cidade lhe fazia falta justamente pela sensação de anonimidade que proporcionava. Calado e mesmo taciturno, sua vida observável transcorreu entre a casa e o trabalho, realizado com competência pedante. O seu refúgio, a sua verdadeira vida, eu diria, ele o achou no universo paralelo da História Antiga, da Filosofia, das Artes e da Literatura. Gosto que teve a sorte de partilhar com um grupo reduzido de amigos. Eles se reuniam em sua biblioteca ao menos uma vez por mês, para debates, tendo em geral um palestrante – professor, literato ou artista – especialmente convidado. Foi, no entanto, só após a aposentadoria que ele pôde entregar-se a esses estudos, *concretizando-os* em viagens, que, não sem autoironia, ele dizia serem *reconstruções semiliterárias de mundos soçobrados*. Viajava sozinho, em geral, vez que outra acompanhado de um ou dois amigos mais próximos. Aproximou-se muito destes, no final da vida, quando, devido ao reumatismo, precisou renunciar a esses deslocamentos. Um deles era exator federal, como ele, o outro, um professor de Matemática, ambos exímios jogadores de xadrez. Meu pai sobreviveu só dois meses à morte do matemático. Quanto ao colega exator, quando voltei do Rio e tive de lidar com a complicada burocracia que envolve a morte de um ser humano, acorreu a ajudar-me facilitando-me não só aquele processo, senão o de meu retorno intempestivo ao Sul. No testamento de meu pai, ficaram-me certas importâncias em contas bancárias, o apartamento em que morava e o uso de sua excelente biblioteca, doada a uma Universidade em data a ser assentada por mim. Sequer pensei em deslocá-la para esta casa, fazendo executar a doação bem antes de deixar o velho apartamento.

Quando me visitou, no Rio, o fato de eu estar vivendo com um colega o perturbou. Talvez por eu nada ter dito a respeito; não sei. Ele tentou não deixar transparecer o que sentia. Meu amigo sequer percebeu seu desconforto; a mim ele não enganou. Pouco nos falamos, naquela ocasião, e senti o quanto podia ser frio. Mal chegado à cidade – tinha-se hospedado em hotel da Cinelândia –, abreviou a estadia. Despedindo-se, perguntou se eu precisava de algo (completava minha bolsa do CNPq com uma mesada), mas deu um jeito de não me abraçar. Demorou a escrever-me, após isso, e jamais mencionou a visita; sequer quando comuniquei a ele o rompimento daquela relação. Pergunto-me, até hoje, que estranhas projeções de desejo ele terá acalentado em relação a mim.

Mas seja. O que aqui me levou a meu pai foram as cartas. Lendo-as, eu não me reconheço, não consigo encontrar-me no extrato de tempo coagulado no papel. Um tempo que me pareceu, então, vivido intensamente e se apresenta, agora, vago a ponto de eu não conseguir apanhá-lo em um contínuo na memória. O período em questão era o pior possível para quem desejasse estudar. Os melhores professores estavam fora do Brasil ou excluídos das Universidades. O ensino era péssimo, com raras exceções, em especial na área que mais me atraía além da antropologia: a da filosofia. Era-se proibido de pensar até nas cadeiras do medievo, as salas de aulas infiltradas de espiões da ditadura, os jornais censurados, alguns ostentando corajosas páginas negras. Eu era por demais alienada, e, vivendo no Rio como estrangeira, sem aderir a um grupo ou fazer amizades, pouco fiquei sabendo do que se passava à volta. Só à meia consciência atentava ao que explodia na epiderme social e fervia na sombra. Contava-se de colegas vivendo perigosamente, e assisti a algumas correrias e perseguições no *Campus de Botafogo*. Falava-se, à boca pequena, de um e outro estudante desaparecido ou encontrado maltratado e morto em alguma sarjeta. Em uma dessas correrias, um jovem abraçou-me, na passagem, e enfiou-me na mão papeletes dobrados, que eu deixei cair, apavorada, enquanto seus perseguidores passavam por mim em disparada. Meu calafrio nasceu à ausência de gritos, naquela cena, ao silêncio funesto dos perseguidores. Sequer ousei verificar o que diziam os papeluchos. A desconfiança espiava nos olhos de todos, e eu devo ter parecido politicamente tão pouco substancial, que colega algum se acercava em confidências. Ou isso era geral?

Em todo caso, o conteúdo dessas cartas leva-me a perceber o quanto reprimi do que experimentei durante meus estudos. Leio-as curiosa como se escritas por um outro. Se nelas menciono pessoas aparentemente próximas, não as identifico, muito menos a mim, no que escrevo. Das cenas e acontecimentos que descrevo, eu pouco reconheço. Há perfis, é verdade, algum gesto, o timbre de uma voz, que chego a lembrar. Pouca coisa, figurantes casuais no cenário carioca. Presente, no entanto, e ainda viva em minha mente, embora estranhamente eu nunca a mencione nas cartas, está a figura de dona Otília, a proprietária russa do apartamento em que vivi por mais de seis anos num quarto alugado. Rosto de traços fortes, a tez de pergaminho, nariz proeminente característico de sua impertinência, além do nervosismo no corpo agitado, nas mãos em permanente movimento a expressar um interior febril, não raro próximo ao desatino. Os olhos – a única coisa bonita nela – eram de um verde intenso, amendoados e como que implantados na cara comprida emoldurada de cabelos longos; estes, lisos e tintos de um vermelho-mogno sempre presos à nuca, o branco das raízes gritando no alto da cabeça. O corpo forte era mal construído, as pernas em arco e um modo muito peculiar de andar, característico de certos tipos nórdicos; um impulso do corpo para a frente, sem graça, pesadão, os passos decididos de quem parece saber aonde vai e tem pressa. Lembro, na voz de fumante inveterada, o acento eslavo e a emotividade. Tinha uma inteligência intuitiva e aberta, adubada de muito sofrimento, que sabia encarar com boa dose de autoironia. Vêm-me, ao lembrá-la, o brilho de um sorriso, a gargalhada vulgar, uma frase engraçada e a narrativa de hábitos russos tradicionais. Sua figura se enlaça ao espaço habitado. Vejo-a mover-se na moldura barroca do grande apartamento, em *Copacabana.* O edifício era vizinho ao *Copacabana Palace*, junto à *Librairie*

Française. Uma ampla sala de estar forrada de tapetes orientais, poltronas e sofás gastos, elegantes um dia, as paredes cobertas com papel de arabescos dourados. Em um canto da sala, separando o banheiro, espécie de caramanchão com trepadeiras falsas. Tinha um balcão à frente, aberto sobre a *Avenida Atlântica* e nunca utilizado. Meu quarto ficava nos fundos. Era sombrio, mas amplo, uma sacada em ângulo, de onde eu podia divisar, no alto, um retalho de céu entre paredes. Além da cama e de um roupeiro, dona Otília arrastara até ali uma escrivaninha, em que depositei a velha *Olympia* de meu pai. Foi nela que escrevi minha tese (sobre a arte maia do período clássico), e os primeiros artigos publicados em revistas especializadas. Quando mudei para um apartamento, ela deu-me um pratinho minúsculo contendo sal, com a recomendação de que o escondesse bem para evitar desgraças. Ao que não atentei, obviamente...

De onde este vácuo na memória à representação do vivido? Vejo retalhos, eles mesmos rasgados, pedaços de imagens tomadas de passagem, isoladas e estanques no espaço. Imagens do mar, de caminhadas ao longo da praia, do sol intenso, as ondas arranhando a areia, pés descalços na espuma. Posso lembrar o peso de meu corpo, sua leveza na água. Só os contornos riscados das coisas, estilhaços de formas. E a luz. É o que sinto durar na emoção. Tempo coalhado nos sentidos, suspensão hieroglífica do vivido a ser reativada na lembrança – se eu encontrasse a porta e a senha de passagem. Pode-se buscar algo no passado, quando há brasas nas cinzas. Mas não; nem arremesso o anzol no caudal da lembrança. Assassínio de um eu no passado. Sem culpa. Desfiz-me das cartas. Rasguei-as todas. Volto-me ao que seguiu, curiosa de sua opacidade inaugural. Como apanhar a hora conspirativa entre o mundo interior e o exterior, para o que se costuma dizer, sem a mínima ideia do que seja isso, *o início de tudo?*

... de um tempo no passado.

***... ele arregimentava o grupo
a reunir-se no Mercado Público...***

Nosso encontro nasceu num instante qualquer, entre dias e noites entretecidos de banalidades e envolvimentos insólitos. A iniciativa para o que dizíamos *a nossa Confraria* partiu de Daniel, a qual, numa ironia quase divinatória, ele às vezes chamava o seu *laboratório político-existencial*. Com seu jeito envolvente e paternal, ele arregimentava o grupo a reunir-se no *Mercado Públic*o ou, por vezes, em bares e restaurantes centrais, próximos à Redação do tabloide em que passara a trabalhar desde 1969. Aconteceu bem antes de eu voltar ao Sul, quando, impedido pela ditadura militar, Daniel deixou de dar aulas na Universidade, onde lecionava no Departamento de Ciências Sociais. O tabloide chamava-se *Vígil*, um vespertino permanentemente censurado e ameaçado de fechamento. Ainda assim, permitiu que ele e os demais sócios compensassem, de alguma maneira, a perda do contato acadêmico. O mais deprimente durante todo aquele período foi o fato de alguns deles, Daniel inclusive, serem chamados a depor regularmente na Polícia Federal, embora não houvessem tido envolvimento algum com organizações políticas clandestinas. Ele mesmo foi expurgado de suas funções por temerem que viesse a influenciar os estudantes com seus ideais – que nem eram de esquerda. Ainda assim, nem pensou em deixar o país.

Daniel assinava uma coluna diária, no *Vígil*, um primor de crítica política cifrada sob pseudônimo que lhe cabia à perfeição: *O Sáurio*. O nome continha não só a alusão a um mundo súbita e violentamente soterrado, adequado aos acontecimentos políticos de então, senão à sua história pessoal e profissional; descrevia ademais, sem que o tivesse querido, o seu aspecto físico. Ele lembra, de fato, um sáurio. Alto, quase albino na cor, o corpo grandalhão, magro e ossudo, espirrando energia, cabelos longos amarrados na nuca, as mechas crespas caindo na testa num eco à barba espessa e descuidada. Sua voz é grave, pausada, e, ao falar, os olhos meio arregalados, de um azul transparente, parecem fixar um ponto além do universo visível, o ar sonhador camuflado atrás dos óculos pesados que lhe tomam metade da cara. Usa as roupas folgadas e em desalinho, as calças presas a suspensórios de couro puído cujas fivelas contam história incomum. Vieram-lhe de antepassado alemão desembarcado no Brasil em meados do século XIX. A vida dessa personagem livresca é uma das muitas e, eu diria, típica para não poucos desses aventureiros chegados então ao sul do país. A não ser pelo epílogo trágico. Tentarei resumi-la à base de anotações deixadas pelo próprio alemão, que Daniel me passou, mas também a partir do que ouviu na família acerca do tataravô.

O homem se chamava Reuters, Joseph Reuters. Nasceu em Düsseldorf, no noroeste da Alemanha, e desembarcou no Brasil em 1851. Estava com 24 anos e vinha para lutar contra Rosas, o ditador argentino, no dito Batalhão dos Estrangeiros; a serviço de Dom Pedro II, portanto. Participou no Combate de *Monte Caseros*, que derrotou Rosas; e até ganhou medalha. Liberado do serviço militar, permaneceu no Sul, como o fizeram muitos de seus conterrâneos, apelidados *Brummer* (resmungões). Sua vida pessoal é obscura; o que dela se conhece deve-se quase só às anotações mencionadas, na verdade um diário, que ele foi escrevendo em português precário, a partir de 1860. O único documento existente quanto a sua verdadeira proveniência veio à luz mais de um século após sua morte. Isso ocorreu por iniciativa de Daniel, que, recorrendo a um colega exilado na Alemanha, conseguiu cópia do registro de nascimento do homem nos arquivos de Düsseldorf. Ao contrário do documento apresentado por Reuters no Brasil (no qual existia até o nome de um pai), naquele original – testemunhado por uma parteira, um integrante do Cartório e um tintureiro – ele seria filho natural de mãe solteira: Sophie Reuters, de 23 anos de idade. O fato de a residência de Sophie estar indicada em rua de número desconhecido, e de *Reuters* nenhum ter-lhe servido como testemunho, leva a crer que ela já não vivesse com a família. Fora expulsa de casa, ou a deixara ela mesma? Daniel especulava, condoído, acerca desse antepassado – que julgou necessário encenar proveniência burguesa respeitável na terra de adoção. Nada se conhece de sua vida na Alemanha; sabe-se apenas que, entre 1848-1851, lutou como voluntário pela Prússia contra a Dinamarca. De sua existência no Brasil, têm-se só as referidas anotações, além de relatos esparsos e algumas anedotas passadas a Daniel por parentes; mas há também lendas locais forjadas em torno de sua figura. Eis a súmula do que Daniel me contou:

Decidido a ficar no Brasil, após desligamento do serviço militar, Reuters passou a trabalhar na profissão que aprendeu na Alemanha. Era um bom marceneiro e conseguiu ligeiro um certo patrimônio. Casou e se estabeleceu em Caçapava, no interior do Estado, onde fundou um Armazém. O negócio prosperou, tornando-se importante na região devido à importação de produtos da Alemanha pelo porto de Rio Grande. Sua mulher, quase menina ao casar (tinha 16 anos), era meio índia – o pai vindo de tribo missioneira expulsa das *Missões* –, mas se fez respeitar ensinando o marido a valorizar os índios e a lidar com animais, como vacas e bois, cavalos e cachorros. De natureza alegre, curiosa e inventiva, ela contava histórias com tal graça que encantava o marido. *Tuninha,* como a chamavam, sabia lidar com ervas e raízes, preparando chás para todo tipo de doenças, além de fazer benzeduras. Com ela, a descendência de Reuters foi grande: sete filhas e seis filhos. A vida afetiva do alemão não ficou limitada ao matrimônio. No diário, ele festeja o nascimento de uma filha, a que nomeia carinhosamente "minha negrinha Maria". Suas anotações referem quatro escravos negros, que teria alforriado (em 1884) e mantido sob contrato de trabalho em sua propriedade. Segundo ele mesmo, "para desagrado da população local". Entre os alforriados, achou-se o registro da escrava com quem Reuters festeja o nascimento de "Maria". Esse ramo também prosperou. Sem contato com o outro até hoje – o que diz muito acerca da descendência *branca.*

Notável, no diário, é o interesse do alemão por acontecimentos políticos. Considerando-se sua vida pretérita como soldado a serviço do Imperador, sua orientação ideológica era óbvia. Nas disputas entre os federalistas e o governo separatista de Júlio de Castilhos, Reuters foi a favor do governo central. Silveira Martins chegou a hospedar-se em sua casa, saboreando uma receita de ovos fritos no mel que o ex-soldado aprendera com a mãe, em Düsseldorf. Iguaria famosa entre os frequentadores do Armazém ou durante as quermesses – os *Kerbs* –, que a família do alemão organizava no local. Em todo caso, foi esta orientação política que selou seu destino. A desgraça que se abateu sobre ele e a família deu-se em 1893, em plena guerra civil entre os separatistas e as tropas federalistas. Conhecemos a brutalidade desta guerra, sabemos que a crueldade do que fizeram com Reuters havia acontecido antes com outros, e se repetiria muitas vezes, naquele e em outros períodos da história do Estado, infelizmente em *feitos* que ainda festejamos como *heroicos*. Ele estava com 66 anos, e se sabia na mira do inimigo. Tinha experiência de guerras e, conhecedor das atrocidades a que eram submetidos então os inimigos e desafetos, nunca dormia em casa, escolhendo a cada dia um lugar diferente para o pernoite. Certa feita, porém, não o fez, ficando uma segunda noite em casa. Foi traído, ao que consta, por uma comadre. Os homens que o levaram não tinham mandado oficial de prisão, embora se dissessem enviados do governo local. Eram sete, todos eles chamados *João*. Daí o falar-se na *patrulha de sete João*, em ato que, segundo consta, teria originado história de maldições e vinganças pessoais na região de Caçapava. A *patrulha* teria chegado na calada da noite e, lá mesmo, em frente à casa e sob os olhos aterrorizados da mulher e de duas filhas, amarraram o homem a um cavalo, levando-o de arrasto até coxilha próxima. Segundo relatos, feitos talvez entre risadas pelos assassinos, ter-se-ia armado uma fogueira e assado, pouco a pouco, nas chamas, os pedaços do infeliz. Ao que consta, cortaram-lhe, primeiro, a língua, depois os órgãos genitais e assim, sucessivamente, todas as partes decepáveis do corpo avantajado, ora fazendo-o comê-las ora as jogando ao fogo.

Verdade ou não, dias depois, no local, os familiares encontraram os restos de uma fogueira; e, no chão calcinado, as fivelas crestadas dos suspensórios de Reuters. As mesmas que, retrabalhada em novos suspensórios sob orientação de suas filhas, vieram parar, juntamente com o diário e por destino pouco esclarecido, nas mãos do tataraneto Daniel. Curioso é que este, por obra daquela fatalidade que à vezes persegue as famílias por séculos, veio a sofrer também perseguição política – atenuada em sua brutalidade ao menos na dramaturgia física. O sítio do martírio, próximo a *Caçapava*, em um lugar chamado *Alto da Meia Légua*, fez-se lugar de peregrinação. E acredita-se, ainda, que, havendo seca, para que venha a chuva bastará aguar por sete dias a tumba do sacrificado.

Daniel costumava narrar essa história com fervor contido, a voz seca, sem tom gauchesco ou sublinhando a trama; e a plateia engasgava. Na família, só ele falava alemão. "Não raro", ele dizia, "um tal destino envergonha os descendentes; preferem calar, esquecer...". Tocava-o, nos fatos, além da execução brutal do homem, o drama de sua origem, a vergonha de ser bastardo embutida na ficção do próprio nascimento. O alemão inventara até o nome de um pai, que decerto jamais conheceu. Situação que, supunha Daniel, o teria empurrado a ingressar na *Legião Estrangeira*. Basta dizer que, por ser bastardo, a rigidez moral de seu entorno, em Düsseldorf, o teria impedido de filiar-se, como marceneiro, à sua corporação de ofício. Com o quê, ele dificilmente escaparia à situação de miséria na cidade.

A sorte de Reuters tocava Daniel; mas o estado de abandono em que ficou sua viúva o revoltava. O assassinato do marido, com a vergonha que se abateu sobre a família, deve tê-la levado ao limite de suas forças; até porque, o governo local, contrário às ideias do alemão, não reconheceu sua morte. Deram-no como desaparecido, roubando assim à viúva o seu sustento. Impossível, segundo Daniel, reconstruir o que se passou na mente de *Tuninha* em meio a tanta hostilidade; sim, ao que a própria família a fez sentir. Daniel acreditava que a dor a houvesse feito voltar-se à proveniência indígena, a recusar os brancos e sua indiferença. Sem meios de sobrevivência, pôs-se a viajar por trilhas de carreta acompanhada apenas de seus ex-escravos. "Ironicamente", ele dizia, "quem agora a acolhia eram decerto a amante preta do marido, sua filha bastarda e os outros pretos alforriados". A carreta, que ela mesma guiava com desembaraço, ia abarrotada de quitanda, para a venda em fazenda distante nas margens do rio Itu. Eram potes e potes de figada, mel, pessegada, ervas medicinais, marmelada, passas de uvas, mais os ponchos de lã, as variadas poções e outras mais geringonças. A casa e o Armazém, que lhe tinham restado, eram tapera há muito, quando ela morreu. Daniel comentava que uma amnésia esquisita tinha levado muitos dos netos e bisnetos do alemão a seguir a linha política dos que o assassinaram. Não o próprio Daniel. Mesmo não isentando o lado federalista na guerra fratricida – nem melhor nem mais iluminado nas revanches do que os castilhistas –, sua antipatia natural voltava-se à facção dos mandantes do crime. O que lhe valeu mais de um desafeto na família.

Quanto ao próprio Daniel, a não ser pelo *intermezzo* infeliz da ditadura militar, sua vida pessoal é nada aventuresca. Casou cedo com Laura, a primeira namorada, descendente também de imigrantes alemães. Ela cultiva ainda a aparência germânica, tanto no cabelo trançado quanto na escolha das roupas, que citam, de algum modo, aquela tradição. Não é um traço antipático em si, e Laura não internalizou um outro, que caracteriza certos indivíduos dessa minoria. Refiro-me à pretensa e irrefletida atitude de superioridade que lhes é, por vezes, insuflada desde a infância nas colônias do Sul; autossatisfação esdrúxula cujo caráter excludente chega, não raro, a impedir intercâmbio real com o outro, alheio ao grupo. Uma atitude que se pode explicar de algum modo em função do que esses imigrantes sofreram chegando à região. Tiveram de lutar sem apoio nenhum dos governos, contando apenas com a natural solidariedade nascida entre eles; para não falar das perseguições injustificadas que precisaram suportar durante as duas Grandes Guerras. Tendo crescido nesse meio, Laura poderia ter desenvolvido os preconceitos que prejudicaram, por vezes, a convivência entre os descendentes desses imigrantes e as populações locais. O fato de ter sido formada em atmosfera burguesa, na qual ler, tocar piano e cantar eram uma exigência tácita, poderia também tê-la feito sentir-se especial no entorno rústico e até brutal da cultura gaúcha à época. Mas não; manteve-se afável, aberta e sobretudo crítica em relação aos clichês que se forjaram entre os colonos alemães acerca de si mesmos e da cultura local, e vice-versa. Contribuiu, por certo, para isentá-la de tais preconceitos, a sensibilidade refinada forjada no ambiente intelectual universalista cultivado por seu pai, compositor e professor de música em *São Leopoldo*. Este, sim, precisou enfrentar dificuldades em todas as frentes, impondo-se, porém, no meio ainda estreito.

Laura formou-se no Instituto de Artes, em Porto Alegre. Iniciou seu trabalho de ilustradora com o desenho a lápis de paisagens e interiores ingênuos, tornando-se a seguir reconhecida no país pelo trabalho em aquarela nas ilustrações repletas de magia em livros para crianças. Sem filhos, ela e Daniel não tiveram necessidade de buscar aqueles tratamentos em geral frustrantes, que arruínam a existência de tantos casais incapazes de encontrar substrato suficientemente rico na própria relação. Ambos têm interesses intelectuais distintos, mas Laura sabe compensar essas diferenças, não se alheando das atividades profissionais do marido. Sua inteligência intuitiva lê, com precisão quase animal, os movimentos internos do companheiro contornando superfícies de fricção perigosas. E não está sozinha neste esforço. A energia que Daniel extrai à própria natureza vital e afirmativa, impede, igualmente, a insidiosa erosão que se pode instalar em cada relação descuidada.

Com a morte da mãe de Daniel, eles passaram a morar no bairro *Navegantes*, onde seus pais viviam e ele mesmo nasceu. Sua intenção era cuidar do pai, naturalmente, mas também resgatar o sobrado aos cupins, cuja fúria já andava a derrubar algumas construções na redondeza. E ficaram aí, quando o velho morreu. Hoje a casa parece saída de um conto de fadas, faceira nas cores extraídas à paleta de Laura. Azul-celeste nas paredes, as janelas em preto e verde-garrafa, a touca do telhado ferrugem espiando, cá e lá, entre as copas das árvores. Seu ar sonhador é estranho ao bairro triste, em grande parte calvo e submisso à ditadura arquitetônica do cinza. No amplo terreno que contorna a construção, há uma selva de ciprestes e álamos, só abrindo espaço à horta de frutas e hortaliças, aos fundos. Este jardim sobreviveu intacto aos pais de Daniel. E representa uma exceção bizarra no bairro mal-encarado.

Foi nesta casa ensobradada que Bruno e eu nos conhecemos. Fomos apresentados no atelier de Laura, um grande alpendre à esquerda da casa, onde a paciência de Daniel fez crescer um surreal orquidário. Este lugar serviu-nos, muitas vezes, de refúgio, naqueles poucos anos de nossas vidas. Poucos, sim, na extensão temporal, determinantes, porém, de tudo o que viria. Pois, a partir daí, ao menos para mim, nada deixou de ter alguma relação com o que então vivemos. Daniel e Laura perceberam logo a importância da casa, para nós, como espécie de asilo. Receberam-nos sempre só os dois, sem convidar o grupo ou qualquer de seus membros.

Tenho ido visitá-los com frequência, nos últimos tempos; quero dizer, após a irrupção do passado ao som daquela *voz* no *Viaduto*. Tento ouvir ainda outras, lá atrás, que me vão lentamente subindo à lembrança. Laura e Daniel parecem-me apreensivos ao rumo que venho imprimindo às conversas. É que não lhes falei – ainda não – do episódio da *voz*, e do que ando vivendo a partir disso; mas aceitam o jogo, e vão-se aos poucos sacudindo de seu desconforto. Como que por acordo tácito, relembrando os encontros e debates em grupo, movemo-nos em patamar abstrato, trazendo à tona afinidades e diferenças de ordem meramente intelectual. E o que aparece aí são sobretudo as diferenças, tanto na nossa formação quanto no modo como cada um de nós se comportava em relação ao entorno comum. Éramos, sim, antípodas; mas os fatos brutais, a situação política aparentemente sem saída costuravam-nos em um tear de ideias recalcitrantes e ingenuamente revolucionárias, nas quais eu mesma me engajava. Daniel era exceção. Conseguia trazer-nos à terra, suportando, paciente, os eventuais rompantes imaturos, pseudossubversivos. Tal como faz agora, empurrando-me a ver como é inútil buscar reeditar os encontros passados. "Essas conversas não te levarão a nada", ele insiste, "ou poderão, no máximo, valer pelo fato de nelas tu conseguires pôr-te em perspectiva". Ou ainda: "O que estás a buscar não se entrega em um mero exercício de memória. A memória se força, se aguça, exercita, mas nada revela. O que é isso, afinal, que procuras?"

Eu não quero falar, explicar-me; e me sinto culpada de usá-los nesses exercícios. Daniel adivinha que estou escondendo o que de fato importa e talvez o que busco, pois rejeita a memória, a dimensão prosaica do lembrar, que se forja no hábito. Contrariamente a esta, o que emergiu da *voz,* sob as arcadas do *Viaduto,* tem a ver com um nível por assim dizer metafísico da lembrança; nível que, se inerente ao mundo, escapa às determinações espaçotemporais de nossas percepções comuns. O que veio à presença, em um jorro instantâneo e quase assustador, naquele instante, não ocupa lugar na empiria. Invadiu-me os sentidos pelo avesso, despertando na carne toda uma orquestra de instrumentos a afinar. A partitura é a mesma do passado, vieram junto, porém, outros possíveis de sua execução – que o entendimento vai tentando decifrar e expor, aqui, na escrita. Na presença de Laura e Daniel, e no ambiente imantado de outrora – o sobrado em que moram –, o que ajuda é a proteção que eles sequer suspeitam dar-me, na escavação que ando fazendo em mim. Tenho medo, confesso. Sem a presença de ambos, sem o olhar que desenhe limites ao meu imaginário, este bem poderá gerar monstros. Preciso deles, sim, do espaço físico daquele alpendre, para não me perder. Se encontrarei o fio que me aponte a saída ao labirinto? O meu silêncio é injusto, eu sei; mas sei também que se falasse agora, o aceno de não sei bem o que dentro de mim se esvairia. Para sempre, talvez? Não, não posso falar...

...de um tempo no passado.

Quando nos conhecemos – no final dos anos 1970 –, Bruno acabava de chegar dos Estados Unidos, após anos de um novo doutorado, este em Ciências Sociais. Ele o realizou em Princeton, sob orientação de Glifford Geertz, o criador da "Antropologia Interpretativa". Os anos que aí passou foram determinantes em sua vida; e o foram não só devido ao convívio com este cientista extraordinário, com quem aliás já tinha contato havia alguns anos. Bruno se havia doutorado antes em Matemática e acompanhava as descobertas da Física do século XX com um interesse que Carlos dizia obsessivo. Seu *fraco* eram os *buracos negros,* com toda série de consequências a bem dizer fantásticas que seu enigma traz consigo. Refiro-me em especial àquela da possível existência de outros universos além deste nosso conhecido. E, justamente em Princeton – para onde Geertz se havia deslocado, em 1970 –, Bruno topava com um dos enclaves mais importantes das investigações da Física e Matemática, à época. O *Instituto de Estudos Avançados*, onde fez seus estudos, era, então, o centro mundial da Física gravitacional não só no nível da teoria da relatividade geral, senão também no da gravitação quântica. O Instituto foi fundado em 1930. É um lugar de pesquisa independente, conhecido pela atmosfera solitária e quase ascética. Foi aí que Einstein trabalhou por mais de vinte anos, e onde centenas de cientistas e estudiosos vêm-se encontrando em intercâmbio intelectual, desde sua fundação. O edifício que o abriga é cercado de campos limitados por uma floresta cujo percurso de aproximadamente trinta minutos leva à igualmente minúscula Princeton. Bruno descrevia o lugar como refúgio de calma exterior imperturbável. Ele mesmo, contudo, parece ter vivido aqueles anos em estado de excitação permanente, porque encontrava, aí, finalmente, um caminho racional de compreensão para o que se instalara no seu cotidiano como inexplicável. Sim, a ponto de fazê-lo duvidar por vezes dos próprios sentidos. Eu explico.

Seu interesse em relação às novas descobertas da Física moderna era muito pessoal, ligado a experiências bizarras, por vezes fantásticas, tidas desde menino. Bruno era muito equilibrado e racional, nada supersticioso, mas não podia nem queria ignorar tais experiências. De modo que, mesmo tomando-as com algum ceticismo, buscava compreendê-las sobretudo no que tinham de inexplicável. Suas experiências não podiam ser ditas, na verdade, sobrenaturais. Tratava-se em larga medida, mas não sempre, de acontecimentos corriqueiros, que nós todos vivemos de uma ou de outra maneira. Acontecimentos que, dependendo de quem e qual o imaginário de quem os vive, levam a lucubrar casos de assombrações ou, como se dá com Bruno, a procurar na ciência uma resposta viável. Desde menino, nas terras de seu pai, criador de cavalos no interior do Estado, ele havia observado reações frequentes de seus próprios cães e de outros, a coisas aparentemente inexistentes para as pessoas em torno. Ri-se dos animais, quando isso ocorre, embora os sinais que emitem indiquem algo no mínimo irritante, assustador, por vezes. Os cães latem, de início, excitados, querendo avançar sobre *aquilo*, mas recuam, depois, o pelo eriçado, disparando a esconder-se, por fim, em um canto qualquer protegido. São reações a nada, como Bruno insistia, mas a um nada palpável, considerando-se as alterações físicas que se observam neles. Não só os cães reagem assim ao invisível; cavalos e outros animais manifestam-se bem concretamente e com todas as fibras do corpo a tais fenômenos; que não são, na verdade, *fenômenos*, porque não aparecem...

Isso deixava Bruno intrigado, mas também irritado com as observações jocosas dos demais, porque, como os bichos, ele mesmo afinal *via coisas*. Acontecia de sentir a presença de algo ou alguém invisível, o roçar de outro corpo em seu corpo, uma lufada de ar em ambiente fechado, a cortina esvoaçante na ausência de vento, o despertar à noite com uma coisa qualquer lhe pressionando a perna. E isso foi só o início. Já maior, com uns nove ou dez anos, passou a topar consigo mesmo, de repente, em um outro lugar, diferente daquele em que estava segundos atrás, e inteiramente desconhecido. Podia acontecer na rua, a caminho de casa ou até no próprio quarto. Nenhum anúncio, um nevoeiro esquisito, a vaga sensação de estar envolto em forte correnteza, contra a qual por segundos lutava – e eis que o outro lugar o envolvia, um lugar transparente, por vezes, como que dentro do anterior, mas não sempre. Em geral, o lugar cotidiano sumia, o outro abarcava o horizonte. Bruno se referia a esses incidentes como *passagens* ou *deslocamentos*. Segundo ele, davam-se sem ruído, mas podia ocorrer, raramente, de emitirem um som. Som agudo e cortante como se vidro ou espelho arranhado.

Um tal incidente, ele o viveu pela primeira vez jogando *sapata* com outras crianças à noite. A rua em que aquilo ocorreu se encontrava bloqueada ao tráfego de carros, quando o bando a invadiu desenhando no chão a arquitetura do jogo. Aconteceu no instante em que Bruno saltou no traçado do *céu*. Afundando na bruma, teve o corpo amarrado em um forte repuxo, e sentiu-se arrastado a um lugar que, na rua, não era mais ela. Enxergando os colegas, ainda, através de cortina de luz, um bem-estar esquisito o tomou à impressão de não estar sozinho no “outro” lugar. Um átimo apenas, e já estava de volta no espaço anterior. Ele ansiou *retornar*. Ninguém do bando percebeu sua ausência ou o que lhe pareceu ser tal. Nem pensou em falar sobre aquilo com alguém, ele mesmo estranhando o vivido. Mas a coisa voltou, sempre de outra maneira. Percorrendo uma rua, a sós no quarto ou num cinema, vinha-lhe a sensação da névoa e a correnteza o arrastava, ora a um braço de estrada, a uma esquina qualquer numa cidade estranha, ora à poltrona de algum avião, a uma estação de trens entre pessoas se acotovelando. Segundos depois, melhor dizer, tempo nenhum após, a sequência habitual do presente prosseguia como se nada houvesse acontecido. Coisas assim, que ele não entendia e o deixavam perplexo. A sensação que o tomava ao experimentado também se alterava; só não sentiu de novo o bem-estar da primeira *passagem*. Medo daquilo, Bruno dizia nunca ter sentido. Perturbava-o bem mais, ao voltar, a continuidade imperturbável do espaço habitual.

Os incidentes cessaram tão subitamente quanto se iniciaram, mais ou menos na época em que estava encerrando os estudos de graduação em Matemática e Antropologia; mas continuaram a ocupar sua imaginação. A decisão de encontrar, nas previsões da Física, uma resposta racional a isso, ele a tomou no final dos anos 1960. O estopim foi artigo que leu em revista científica acerca dos *buracos negros*. Neste se discutia a fantástica hipótese de tais monstruosidades conterem, talvez, a porta para um outro universo. Bruno só ousou falar sobre as tais experiências ao voltar dos Estados Unidos. Primeiro comigo, a seguir nos encontros com Laura e Daniel. Não o fazia, é claro, a fim de exorcizar o estranho ou o domesticar. O que agora buscava era a possível relação entre o que se passava naqueles incidentes e as especulações dos físicos sobre mundos ocultos no mundo. Tinha encontrado um solo racional em que apoiar o pé, para entender seus breves "enlouquecimentos", como qualificava ironicamente os seus *deslocamentos*. Poderiam ser tomados como surtos esquizofrênicos relâmpago, estados pontuais de loucura. "Ainda assim", completava, "o que nos pode garantir que as nossas tão confiáveis experiências habituais sejam efetivamente reais? Basta uma leve variação nas funções de nosso cérebro e o solo até aí firme da realidade soçobra; afinal, quantas vezes ele teve alterada a sua confiável *fiação*, imprimindo ao real um esboço de mundo inteiramente outro que o anterior?"

Verdade é que, por mais inaceitáveis que tais experiências pudessem parecer, Bruno jamais duvidou de sua realidade; nem no instante em que se via subtraído ao espaço e tempo cotidianos nem após, quando voltava ao estado normal. Isso é curioso, sem dúvida, e diz muito acerca da naturalidade com que tais fenômenos se desdobravam em sua consciência. Entre todos, porém, *um* passou a ocupá-lo especialmente. Porque tinha encontrado nele "uma estranha mistura entre o habitual e o anormal, um grau muito concreto de realidade outra, ainda que firmemente trançada à habitual". Mistura que, segundo ele, poderia ensejar uma pista quanto ao *modo* de se processarem tais *deslocamentos*. Melhor dizer, ao *como* do acavalamento súbito entre o espaço-tempo habitual... e o *outro*.

Aconteceu no final dos anos 1950. Visitando um colega, conduziram-no à sala da lareira, onde ficou, à espera, entre paredes cobertas de livros e velhos retratos, grandes poltronas em veludo cor de mel ostentando crochês nos encostos e braços. Imóvel no centro da sala, Bruno sentiu primeiro o cheiro penetrante de bolor e a sensação de que as coisas em torno viviam, respiravam. Veio, depois, a bruma, o corpo pressionado, preso em *meio* ondulante como se correnteza. Um breve instante e a sensação de névoa se desfez. Liberto da pressão, seu corpo cambaleou e, ainda tonto, um objeto brilhante chamou-lhe a atenção no aparador da lareira. Aproximou-se e tomou-o nas mãos. Era a figura de uma bailarina em passo de dança. Nela tudo era graça e leveza. Com as pontas dos dedos, desenhou-lhe as formas delicadas do pescoço e dos braços erguidos em arco sobre a cabeça. Assim, de perto, o rosto da figura tinha uma expressão de êxtase, os traços finamente cinzelados, cabelos escuros presos na nuca, as pálpebras semicerradas, lábios cheios num leve sorriso. O bibelô era desses que, das mais diversas qualidades e tamanhos, nossos avós exibiam sobre cômodas ou armários-vitrines nas salas de estar. Naquele, era tudo, porém, singular. Não só o brilho leitoso do alabastro e a finura das formas, senão e sobretudo o vestido de baile, no inusitado das saias, que, várias e em diversos tecidos, leves e transparentes, eram todas azuis em tons variados. Uma a uma, ele pôs-se a contá-las: eram sete. Nunca vira algo assim, tão fora do comum, quanto, nas saias de leveza sobrenatural, o contraste entre o tecido inusitado em tons mutantes e o alabastro luzidio da escultura em suas mãos.

...era a figura de uma bailarina em passo de dança...

Pouco depois, ambos tomando o lanche na cozinha, a surpresa do amigo o surpreendeu, ouvindo-o mencionar a perfeição da peça e o extraordinário do vestido; este riu, divertido, à "brincadeira". De novo a sós, Bruno voltou à sala da lareira e, ao topar com a estatueta, recuou assustado. Tendo-a agora nas mãos, precisou controlar-se ao toque grosseiro do gesso, à pose artificial do pescoço e dos braços, mas sobretudo à rigidez da saia, que, imitando na pedra o rendado do tule, exibia nas bordas um rabisco malfeito em tinta azul. O encantamento virou perplexidade. Tremendo, o suor gelado a escorrer-lhe na nuca, Bruno recolocou de volta o objeto sobre o aparador. Pela primeira vez, no tecido real da matéria, uma porta se abria para *outro* tecido jamais registrado em seus sentidos. Até então lhe faltara, naquelas *passagens*, precisamente isto, o testemunho bronco do habitual frente ao desconhecido: esse objeto de gesso vulgar a troçar de seu juízo. Mais do que as experiências anteriores, esta o abalou; mexeu com ele, deixou traços. Um mundo se abrira a partir da matéria, transmudado em matéria de um outro quilate; espiara de dentro, para se recolher, após, deixando na empiria um esgar da presença anterior.

Refletindo, mais tarde, pareceu-lhe que o instante e o lugar de *passagem*, de um a outro patamar de realidade, nascia de *um laço* entre interior e exterior, entre um estado espiritual propício no próprio indivíduo, e certo espaço-tempo inexplicavelmente alterado em um ponto qualquer do habitual, um *além*, que é presença. Um laço, que provocaria a sobreposição instantânea de regiões excludentes da realidade ou espaçotemporalmente diversas, de um modo muito mais fundamental do que as que ocorrem na sensibilidade e no cérebro de um artista, escritor, músico, pintor ou filósofo, ao penetrar em dimensões tomadas por *imaginárias*. Em todo o caso, a experiência com a estatueta e outras semelhantes, que se seguiram, foram decisivas para Bruno, no que diz respeito a sua natural convicção de que o conhecimento do mundo apresenta um enigma maior do que a ciência em geral se permite aceitar. Seguindo pistas, que a partir daí buscou na matemática e física contemporâneas, ele tinha esperança de, um dia, a ciência chegar a admiti-lo.

Foi a partir desse incidente e outros mais estruturalmente idênticos que se seguiram, que os *deslocamentos* cessaram. Talvez, pensava Bruno, devido à insistência com que se dispôs a perseguir e decifrar seu enigma. Falando acerca disso, costumava insistir em que, quisesse ou não, após o *episódio da bailarina*, encarava tais acontecimentos como fatos, por gerarem nele sensações absolutamente reais em relação a algo, que, a seguir – não sempre, nem de modo tão determinante quanto o experimentara em relação ao bibelô –, *se autodesmascarava como* ilusório. O ilusório era, aí, ele dizia, mero efeito de superfície encobrindo a anterior emersão de realidade intratável para a consciência habitual. "Se a fronteira da luz", ele dizia, "é o limite do universo para a percepção humana, vale dizer, o fim do cosmo, ela ao cabo só indica a fronteira natural de nossas *capacidades cognitivas*. Além dessa fronteira, melhor dizer, além da luz tal como a conhecemos, há decerto outros mundos delas inalcançáveis – a não ser por instantes, quando algo as abala e transmuda..." E acrescentava: "Nas bordas do que dizemos realidade há passagens ocultas, suspeitadas apenas ou adivinhadas não só de poetas e taumaturgos, em todas as épocas e em todos os lugares, senão também de um e outro cientista em suas mais ousadas especulações sobre o espaço e o tempo físicos".

Em vista da importância que tomou, para Bruno, a busca de entender tais sucessos, tentarei reconstruir, aproximadamente, o período de seus estudos em Princeton. Porque foram sem dúvida os anos aí passados, que lhe imprimiram no espírito, por natureza aberto, uma flexibilidade e capacidade ainda maiores de acolhida do estranho e do inacreditável. O corpo a corpo diário que viveu, então, com as descobertas e transformações nas concepções acerca do universo, aliado à abordagem hermenêutico-literária das culturas humanas por ele trabalhadas sob orientação de Geertz, agiram nele como comburente à sua própria percepção nada acomodada do mundo, tanto fora quanto dentro de si. Faço-o, também, porque este seu percurso na ciência foi algo que nos atingiu a todos; quero dizer, ao grupo heterogêneo de *confrades*, que privaram com ele naqueles anos de intercâmbio. Sua postura contagiou-nos, impregnou nossas vidas, abrindo-nos horizontes insuspeitados de um conhecimento, que, até então, não nos tinha realmente tocado ou sequer chegado à consciência. Conhecimento cuja força passaria a orientar, desde aí, e determinar de modo sub-reptício a nossa percepção de coisas e acontecimentos.

Bruno chegou a Princeton em 1972. Desde a década anterior, o *Instituto de Estudos Avançados* vinha cristalizando um momento importante de *virada* na Física moderna. Momento tão singular, que ele mesmo hesitava em atribuir ao acaso o ter caído ali para seu novo doutorado. Acreditava, antes, em uma dessas tramas misteriosas do destino, que dizemos casuais por força unicamente do bom senso. Tentando fazer-nos entender seu entusiasmo às descobertas feitas no período, Bruno esboçava o cenário da Física, à época, ora em palestras abertas ao público, ora só para nós, na casa de Daniel. Iniciava, em geral, essas exposições, com a confirmação do *big bang*, ocorrida nos anos 1960. Esta havia, de fato, provocado uma guinada no modo de os físicos experimentais comportarem-se em relação à descoberta da teoria da relatividade geral. Naquele momento, é preciso lembrar, os cientistas estavam apenas começando a digerir o abalo que essa teoria imprimira à Física moderna, embora continuassem a considerá-la impraticável. Agora, porém, quando graças a ela ou à sua base, tinha-se finalmente chegado à *previsão* possibilitadora da confirmação do *big bang*, nem mesmo os físicos experimentais, esses inveterados espíritos práticos da ciência, podiam continuar a ignorá-la. E fora justamente em Princeton, alguns anos antes de Bruno aí chegar, que se havia chegado a essa previsão.

O que fazia a teoria da relatividade geral difícil de digerir devia-se ao fato de ela tornar obsoleta a ideia newtoniana do universo enquanto um relógio com ponteiros voltados sempre na mesma posição. De fato, nela, a concepção intuitiva de Newton tinha sido substituída por uma ideia muito mais viva e misteriosa acerca do tempo: a de que o universo carrega em si uma memória. A teoria da relatividade geral dizia que, embora o universo nos pareça fincado no presente, ele arrasta consigo a lembrança do passado e se agita às promessas do futuro. Isso representava uma revolução no modo de pensar o mundo; só que, até aí, não se tinha extraído resultado prático algum dessa descoberta. Naquele momento, porém, à base da nova concepção espaçotemporal, segundo a qual haveria uma *história do universo* e uma *memória* preservada nele, dois físicos do *Instituto de Estudos Avançados* propuseram-se voltar à ideia cosmológica do mundo, pensando-o como uma unidade, um todo. Essa ideia de um todo cósmico era coisa do passado, repudiada enquanto não científica, ou melhor, como metafísica. Foi, contudo, à sua base que esses dois físicos conseguiram *prever* a existência de uma *radiação fóssil* restada da explosão que deu origem ao mundo. Previsão essa que se viu quase imediatamente confirmada, ainda que não por eles mesmos, senão por outros físicos, em observatório próximo a Princeton. Aconteceu que estes últimos, tendo disposto seus aparelhos com objetivo de investigação totalmente diverso, acabaram por detectar a *radiação fóssil* restada do *big bang*. Por não saberem da tal previsão, eles haviam dado inicialmente nenhuma importância ao sinal capturado, só conseguindo interpretá-lo após tomar conhecimento do trabalho dos colegas. Ironicamente, foram esses casuais “descobridores” da partícula fóssil (apelidada o *eco da criação*), que levaram o *Nobel* de Física, naquele ano, embora o mérito da descoberta se devesse aos físicos de Princeton. Mas seja, este foi o momento da mencionada *virada* na Física moderna. Pois agora forçada a retomar a há muito descartada ideia cosmológica do mundo, a Física acabou por deslocá-la da Filosofia para dentro de si, na qualidade de *sua* disciplina essencial. Uma das consequências de seu estudo foi o chegar-se a uma até então impensável *cosmologia das partículas*. Área essa cujo mais notável desenvolvimento acontecia justamente em Princeton, na época em que Bruno aí estava.

Não por acaso, o professor que mais o impressionou, no Instituto, foi um dos pioneiros da moderna teoria da relatividade, considerado um dos maiores visionários da física moderna: John Archibald Wheeler. Aluno de Einstein, Wheeler trabalhara ao seu lado durante anos, e, como ele, encontrava a chave para as leis da natureza na teoria da gravitação. Na qualidade de mestre, o seu maior empenho consistia em levar os jovens que o cercavam a investigar, à base da teoria de Einstein, o talvez mais enigmático fenômeno do universo, a gravitação; e incentivá-los, simultaneamente, a refletir sobre os *buracos negros*. Bruno contava-nos que nada, em Wheeler, denunciava o gênio. O aspecto físico, o comportamento reservado e a correção no trajar faziam-no antes parecer um controlado funcionário público. Ouvi-lo, porém, não apenas nas aulas, senão e talvez sobretudo em conversas pelos corredores ou nos intervalos do café, era uma *viagem*. O homem deixava, então, transparecer o espírito jovial e o humor malicioso, em um anedotário inesgotável acerca da comunidade científica desde a fundação do *Instituto*. Enquanto cientista, sua imaginação era capaz de imprimir concreção às coisas menos palpáveis no universo físico. Foi dele que nasceu o nome dos *buracos negros*, quando só adivinhados pelos físicos. Dele, também, veio o apelido de *buraco de minhoca* para o túnel que, supostamente, leva da porta de um *buraco negro* a outro ponto qualquer do espaço-tempo.

Pois bem, foi justamente no momento em que Bruno aí chegava, e devido à tese de um dos doutorandos de Wheeler, que o *Instituto* e até mesmo a cidade mostravam-se em uma anormal efervescência. O doutorando chamava-se Jacob Beckenstein, e sua tese – sobre a existência de uma *entropia* nos *buracos negros* – levara ninguém mais que o físico Stephen Hawking a revidá-lo. É que, até aí, esses corpos tinham sido pensados como os mais perfeitos, os mais ordenados do universo, e a entropia, sabemos, indica desordem. O surpreendente, na contestação de Hawking, foi o fato de ele, afinal, ter-se visto obrigado a concordar com o doutorando. Precisando-lhe os cálculos, mostrou que as medidas encontradas por Beckenstein representavam, de fato, o levantamento de uma *temperatura* nos *buracos negros*, enquanto causa da desordem (disso o estudante não se tinha dado conta). O que Hawking mostrou foi que os *buracos negros ardem (cintilam)* no seu horizonte (a dita *radiação de Hawking)*. O mais importante, contudo, nessa disputa entre o físico e o aluno de Wheeler, foi que, para medir essa temperatura, Hawking se utilizou da mecânica quântica, que até aí se pensava nada ter a ver com os *buracos negros*. Ele, com isso, aproximava o até aí julgado inconciliável: a relatividade geral e a mecânica quântica. Feito perturbador, porque a radiação descoberta poderia representar uma ameaça à teoria quântica; e acabou conduzindo a uma guerra entre os seguidores dessas duas correntes teóricas mais importantes da Física do século XX. Guerra que, apesar do avanço no esclarecimento dessa dificuldade, e mesmo tendo-se em conta as novas e ainda mais abaladoras teorias que surgiram após, persiste até hoje.

"Não devemos esquecer", dizia-nos Bruno, "que todas essas teorias nascem da ousadia e da força imaginativa dos cientistas. Elas são extraídas à matemática, cuja linguagem parece ter a força mágica de penetrar os segredos da natureza, para descrevê-los com precisão. Mesmo assim, a matemática é, segundo eles, produzida pelo engenho e pela força criativa do homem. Quando mergulhados nela, podemos ter a impressão de não estar inventando, senão descobrindo como se a matemática existisse em si independentemente de nosso cérebro e de nossa força imaginativa. "Uma mera impressão?", Bruno se perguntava. "Seja lá como for, mesmo que ela *pareça* ser uma invenção nossa, servindo-nos de ferramenta para entendermos e explicarmos o mundo em que vivemos, o seu mistério persiste. No caso dos *buracos negros*, por exemplo, não se pode negar que só podemos tentar decifrar seu enigma mediante equações matemáticas. Eles são invisíveis, e embora consigamos detectar sua presença nas ondas de rádio chegadas a nós do lugar no passado em que se encontram, é-nos ainda impossível comprovar sua presença. Por nós, ao menos, eles nunca serão vistos, já que a luz dentro deles se apaga. De fato, o montante da força gravitacional no seu centro é tão gigantesco, tão grande a deformação provocada na geometria do espaço-tempo conhecido, que eles se veem inteiramente subtraídos de nosso universo. Ainda assim, hoje a matemática consegue penetrar e extrair desses monstros o que até agora ultrapassava o imaginário mais ousado. Não é, portanto, de estranhar que, embora a teoria da *radiação de Hawking* não tenha podido ser comprovada experimentalmente, os físicos, na sua maioria, a aceitem. Estes, aliás, estão convictos de que seus telescópios poderão mostrar, um dia, os estragos que tais corpos provocam na matéria que os cerca. Bem, com isso eu só quero dizer", ele concluía, "que a matemática é a única linguagem que permite aos físicos falar acerca do universo e apontar-nos as leis que regem seus fenômenos. É com ela que eles têm de haver-se, seja qual for a dúvida que tenham em relação ao que a ela é possível, seja criada por eles, seja por eles descoberta".

Houve ocasiões em que Bruno tentou fazer-nos entender a sua compreensão particular do que seria a matemática, tendo em vista a, para ele, duvidosa certeza dos cientistas em relação ao verdadeiro alcance de sua linguagem. Ele apontava, então, à qualidade peculiar da matemática a que se referia: "O grande equívoco dos matemáticos e físicos modernos é, infelizmente, a crença de que a mera quantificação matemática possa levá-los a conhecer os mistérios últimos do cosmo, o segredo de seu surgimento e destinação final. Espanta-me a *hybris* que me parece tomar as cabeças mais geniais desses homens da ciência, quando afirmam a possibilidade de se vir a encontrar a *fórmula do mundo*. É inacreditável que pretendam achar nesta uma explicação capaz de tornar o universo transparente em todos os detalhes. Não consigo aceitar que eles reduzam, desse modo, o mundo à pura matéria quantificada. E que o façam com a maior tranquilidade, a ponto de extraírem da matéria a própria vida, atribuindo-a a um encontro fortuito e localizado de partículas...”

Chegado aí, Bruno podia tomar um rumo que nos deixava decerto empolgados, embora surpresos, porque, da perspectiva das ciências objetivas, trata-se de um caminho argumentativo no mínimo duvidoso. Ele sabia disso, e costumava dizer que, nesse ponto, andava a equilibrar-se no vazio sobre uma corda bamba; é também claro que calava a respeito em palestras ao público. Quando entre nós, porém, abandonando a via larga e bem asfaltada da matemática tradicional, ele se permitia recorrer a uma forma de racionalidade muito desconhecida e em geral recusada. Refiro-me à tradição pitagórica e cabalística, na qual os signos matemáticos são tomados como símbolos de uma realidade mais profunda que a da mera descrição quantificadora dos fenômenos externos. Dificultava-lhe, contudo, fundamentar esse desvio no caminho da ciência moderna, a existência de uma outra tradição – esta, sim, bem conhecida, de mistificadores e charlatães que já o trilham há muito, ainda que para vilipendiá-lo, até torná-lo abjeto e inaceitável. Devido a isso, e não querendo recair em conceitos que possam remeter a essa tradição espúria, tentarei apanhar, nas suas próprias palavras, o perfil daquela outra defendida por ele.

“Na Física”, ele dizia, “cultiva-se só o lado bem fundamentado do número, isto é, o lado quantitativo, que reduz as coisas existentes a uma mera abstração. Infelizmente, ao menos por ora, seu significado qualitativo ainda não encontrou fundamentação. Eu mesmo acredito que Pitágoras e seus seguidores conheciam bem esse lado, embora o ocultassem à maioria. Dava-se o mesmo com a tradição mágico-cabalista, para a qual os números encerravam qualidades ocultas cuja forma de cálculo era simbólica e não quantificadora. Mesmo Euclides parece-me ter escrito sua geometria em função de um só princípio, que aparece no *Livro 13* dos *Elementos,* onde trata dos corpos platônicos regulares. O que se reconheceu de seu trabalho, mais tarde, não passa de *fórmulas mnemônicas* para o essencial de seus estudos e de seu saber; que infelizmente se perdeu ou não chegou a nós. Estou convicto de que, para penetrar no lado qualitativo do número, seria necessário tomá-lo por número místico. Isso os surpreende? Basta atentarmos ao modo como a natureza dele se utiliza em seus mínimos detalhes. Sim, que examinemos os sinais emitidos pelas formas mais simples produzidas por ela, seja nos fios de pólen presentes nas flores, no denteado das folhas, e assim por diante. Para entendê-lo, seria, contudo, necessário recorrer não só à física, senão à química, à biologia e mesmo à filosofia da natureza, vista já há muito como superada e romântica. No seu ateísmo materialista, os cientistas recusam-se a fazer as perguntas mais fundamentais, aquelas que nos movem como seres existentes. Eles não ousam perguntar, por exemplo, o que é a matéria ou o que é a vida. Sabem que, se o fizessem, estariam minando os alicerces em que sua ciência se edifica, ou melhor, renunciando à sua tão desejada *fórmula do mundo.*"

O caminho escolhido por Bruno em suas investigações poderia, portanto, ser dito, de algum modo, esotérico, ainda que até certo ponto ancorado em conhecimento científico de fundamentação rigorosa. Desde sua chegada ao *Instituto de Estudos Avançados*, ele passou a frequentar também as Faculdades de Matemática e Física. Foi com interesse febril que viveu a alteração verificada no tom dos debates e palestras após a intervenção de Hawking na descoberta de Beckenstein. As reações a esse desenvolvimento aconteciam por toda parte, no Instituto, não só nas salas de aulas. "Existem quadros-negros em todas suas dependências e corredores", ele nos contava, "e basta uma conversa banal, no intervalo do café, para que nasça aí uma aula improvisada. As disputas, naquela fase, eram especialmente apaixonadas, contando com a participação de todos, estudantes, doutorandos, físicos em pós-graduação e professores. Era a comunidade universitária inteira que celebrava a descoberta de

Beckenstein-Hawking. Até os restaurantes, na rua principal de Princeton, deixaram-se infectar daquele frenesi. Criaram-se coquetéis, apelidados *ardentes,* além de pratos mais ou menos grotescos, com pequenos rojões sobre um fundo qualquer de iguaria negra. Esse entusiasmo popular não era de espantar, naturalmente, já que as consequências do achado eram polêmicas e vinham agitando a vida na instituição como um todo. Embora isso, se a partir daí as previsões de uma decifração do enigma dos *buracos negros* tornaram-se menos remotas, o mistério permanece."

Entre as especulações correntes, então, acerca desses corpos celestes, havia uma que mexia particularmente com Bruno. No centro de um *buraco negro* – lá, onde a matéria que atravessa a linha de seu horizonte mergulha, subtraindo-se ao tempo de *nosso* universo – poderia existir uma porta ou passagem para *outro* universo. Algo a que Wheeler tinha apelidado *buraco de minhoca.* Uma via fantasticamente encurtada, na verdade, uma *ponte* a ligar certa região do espaço-tempo nosso conhecido a outra inteiramente desconhecida. "No ponto onde o tempo conhecido se interrompe ou cessa", explicava-nos Bruno, "tem início, talvez, o tempo de um outro universo, que, de alguma maneira, ainda se liga ao nosso". Chegado a isso, ele entrava no tema propriamente dito de seu maior interesse, tanto na Física quanto na Matemática. Refiro-me a certas especulações vindas do início do século, quando, pela primeira vez, conjeturou-se acerca da possível existência de outras dimensões do espaço, além das três que conhecemos. Em 1919, à base da teoria da relatividade geral, um matemático polonês, chamado Kaluza, tornou matematicamente possível supor que o universo contivesse não só as três dimensões espaciais nossas conhecidas, senão várias. "O próprio Einstein", dizia-nos Bruno, "que recusou de início essa teoria, declarou-a viável dois anos depois."

Curiosamente, uma continuação desta história dera-se justamente em Princeton, em 1954; não mais, porém, no nível da teoria da relatividade geral, senão no da mecânica quântica. Aliás, por coincidência, o seu protagonista havia sido também doutorando de Wheeler, que, ao contrário de Einstein, acreditara sempre na teoria quântica. Segundo Bruno, Wheeler teria uma capacidade surpreendente de adivinhar a seta oculta nas ideias alheias, ou o que as poderia levar a descobertas abaladoras. Isso teria ocorrido com muitos de seus pupilos, mas, neste caso particular, o doutorando mostrava-se bem consciente de si e do que era capaz. Chamava-se Hugh Everett e era, realmente, um gênio matemático. Sua preocupação, à época, era encontrar a solução para um velho problema relativo às ondas quânticas. Problema, aliás, com o qual o famoso Niels Bohr ainda se debatia. Sim, ele mesmo, o físico dinamarquês que, trinta anos antes, juntamente com Heisenberg e Schrödinger, formulara os fundamentos da teoria quântica. Pois bem, para solucionar o tal problema, Everett ousou ampliar a teoria quântica, aplicando as ondas quânticas não mais só a moléculas, átomos e partículas, senão a todas as coisas materiais (já que feitas também de moléculas, átomos e partículas subatômicas). Essa ideia era ousada, porque levava a questões muito radicais. Entre elas, aquela a que Everett chegou. Conduzido por novo formalismo matemático, criado aliás por ele mesmo, o jovem doutorando afirmou que, se bem compreendida, a teoria quântica pressuporia uma teia gigantesca de universos paralelos, a saber, um *multiverso*, do qual nosso mundo faria parte. Conclusão espantosa, e também petulante, porque Everett ousava criticar o respeitado Niels Bohr, dizendo que este não teria compreendido bem as implicações de sua própria teoria.

A situação de Wheeler não era nada cômoda nesse episódio. Enquanto orientador de Everett, sua intuição o levava a aceitar sua descoberta. A possibilidade aventada desses universos paralelos o entusiasmava, mas ele havia trabalhado com Bohr e lhe votava grande respeito; de modo que resolveu consultá-lo. Bohr reagiu irritado recusando veementemente a tese de Everett. O que fazer? Wheeler estava convicto da capacidade de seu orientando e do novo horizonte que se abria em sua tese. Achou, no entanto, melhor e até mesmo necessário convencê-lo não só a riscar do trabalho suas críticas a Bohr, senão a atenuar os termos em que apresentava suas próprias conclusões. Everett submeteu-se. Em sua *Dissertação*, publicada em 1957, apresentou versão bastante emagrecida das conclusões anteriores. De modo que a *tese* propriamente dita defendida por ele, passou despercebida nos meios científicos da época. Isso deveu-se especialmente à desqualificação de seu trabalho feita maciçamente, então, por Bohr e seus seguidores. Uma injustiça, constatou-se vinte anos depois. Em meados dos anos 1970, por uma dessas reviravoltas que não raro acontecem nos meios científicos, a tese sustentada pelo formalismo matemático de Everett ressurgiu com força no cenário da Física; curiosamente, a partir de um dos físicos que a tinham recusado e atacado anteriormente.

"Tenho de esclarecer", falava Bruno, "que, até aí, mesmo os poucos que haviam lido a *Dissertação* de Everett perguntavam-se se todos aqueles universos saltados da matemática poderiam ser pensados como sendo *reais*. Agora, com a redescoberta desse escrito, percebeu-se a existência de uma nota introduzida clandestinamente no manuscrito final, na qual o doutorando acrescentava ao texto algo espetacular. Ele afirmava, aí, que, da perspectiva da teoria, todos os universos dela extraídos seriam genuínos, nenhum deles sendo mais real do que o outro. Embora a afirmação fosse feita em nível de alta especulação matemática, a permissão de pensar serem *reais* todos os universos saltados da mecânica quântica encontrava, naquele início dos anos 1970, um público científico muito mais aberto às variantes da ideologia quântica ortodoxa. Ainda assim, não era nada fácil, mesmo para os físicos entusiastas dessa teoria, o confronto com a pergunta que se impunha a partir da nova concepção do real daí brotada. A questão passava a ser aquela quanto à dificuldade de se pensar a realidade, *se* sua essência fosse de fato regida pelas leis quânticas..."

Para fazer-nos entender o pleno significado dessa questão, Bruno insistia no quanto é difícil, para um leigo e, por vezes, até para um físico, perceber o que significou, para a física teórica, a confirmação (por Niels Bohr) de que, na teoria da luz, partícula e onda são *complementares*. Porque, com isso, vinha abaixo o arcabouço tradicional da Física, isto é, o da crença no determinismo. É que, com a constatação da complementaridade entre corpúsculo e onda, estava-se introduzindo, na mecânica quântica, um elemento muito perturbador: *o acaso*. Em outras palavras, os físicos passavam a ter de contar com a inerência do imprevisível nas leis da natureza – algo até aí inaceitável. Acreditava-se, tradicionalmente, que, sabendo-se o bastante sobre o presente, seria possível prever o futuro. De fato, tal crença era o mais importante, tanto para a mecânica newtoniana quanto para aquela que a seguiu, de Einstein. Em ambas, o universo atual é visto enquanto consequência de um estado anterior, e como causa do estado que vem após. No caso da mecânica quântica, porém, isso deixava de valer. O abalo era, naturalmente, imenso. Bohr, ele mesmo, embora curvado à evidência encontrada na nova teoria, chegou certa vez a observar: "Quem não se horroriza com a teoria quântica, não a compreendeu."

"Mas por que se horrorizar?", nós nos espantávamos. Bruno procurava facilitar nosso acesso a essa dificuldade dizendo-a ser, por si mesma, de enorme alcance filosófico. "Após a descoberta da mecânica quântica", ele explicava, "nem mesmo os físicos chegam a entender, por vezes, o quanto se tornou difícil esclarecer o funcionamento do mais simples fenômeno natural. Pois não se trata, nela, de haver uma imprevisibilidade normal nos fenômenos – que poderia ser remetida à falha humana ou ao não domínio de todas as informações acerca deles. Não, no caso da mecânica quântica, temos a ver com a constatação de que, nas profundezas das leis naturais, existe *um elemento inevitável de acaso*. Um elemento, portanto, insuperável para a razão humana. Vale dizer, um elemento de incerteza, que se descobre agora aninhado no cerne propriamente dito do real. E isso é assustador. Em toda sua extensão, esta ameaça foi-nos revelada em 1927, com o chamado *princípio de incerteza* formulado por Werner Heisenberg. Porque, só então, ficamos sabendo que a mecânica quântica jamais nos dirá algo acerca do que acontece na realidade, senão apenas acerca da *probabilidade* de que isto ou aquilo venha efetivamente a acontecer. O que significa que, na sua essência, a realidade é inteiramente indeterminística."

E Bruno prosseguia, medindo as palavras, para dizer que o mais terrível, naquele princípio, estava justamente na clareza, na precisão com que a matemática leva o acaso – descoberto agora como inerente ao real – a impor-se ao nosso entendimento: "Nós bem sabemos o quanto nossa consciência se rebela, não aceitando perceber imprecisões ou borrões no seu horizonte. E isso se complica ainda mais no caso da mecânica quântica. Pois, em função da pequenez dos objetos em que essa mecânica surpreende e captura teoricamente o indistinto ou borrado, a consciência sequer os percebe. Foi só devido à precisão e clareza matemáticas dessa teoria que os físicos se viram na verdade forçados, consciente ou inconscientemente, a lidar com um mundo regido pelos altos e baixos das regras do *acaso quântico*. Não é difícil imaginar o dissabor que isso representou para os cientistas habituados às conhecidas regras do determinismo. E, agora, justamente quando eles tentavam adaptar-se a essa quase insuportável revolução na teoria do infinitamente pequeno, surgia de um golpe – dos cálculos de Everett e a partir da própria matemática quântica – a comprovação da existência possível ou até necessária de um *multiverso*! De novo, naqueles anos 1970, após sua redescoberta, houve uma imediata rejeição da tese de Everett; rejeição compreensível a partir do exposto. De modo que, se os físicos, na sua grande maioria, recusaram-se a mergulhar na investigação aberta pela nova matemática, fizeram-no agora com plena consciência do que ela representava. Houve, porém, quem ousasse o mergulho. E era fatal que, em Princeton, a atmosfera fosse propícia a isso. Afinal, Wheeler havia acreditado, anos atrás, em seu pupilo e defendido a sua posição."

Segundo Bruno, ter-se-ia formado, naquele momento, entre os doutorandos, pós-doutorandos e docentes em Física e Matemática presentes no *Instituto*, um grupo decidido a ocupar-se especialmente com o novo formalismo matemático de Everett. "Juntei-me a eles", contava, "e procurava acompanhá-los, no tanto que me era possível, exercitando-me na tentativa de reconstruir o seu feito. Sentia um calafrio percorrer-me a coluna, a cada vez que o repetíamos com sucesso. Era abalador perceber que a interpretação daquela possibilidade teórica arrancava-se, imediatamente e sob nossas mãos, àquele formalismo; sim, dar-me conta de que a mera estrutura matemática da mecânica quântica levava diretamente àquela nova representação de universos paralelos. No fato consumado de uma descoberta, um leigo não pode aferir o grau de emoção e o abalo interior que tomam um cientista ao acercar-se dela e, enfim, chegar... Como avaliar, de fora, o que se passa naqueles enclaves em que a ciência tem de contar tão essencialmente com a sensibilidade artística, a ousadia e a fantasia desses desbravadores? A maioria das pessoas não consegue sequer imaginar que as descobertas e avanços da Física e da Matemática vêm atravessados de choques, de arrepios e de assombro. Tem-se, em geral, uma ideia equivocada e fria da ciência. Como tudo na vida, ela é fruto do desejo e da paixão, mesmo que isso se esfume e pareça não existir no nível de sua formulação racional. Fico pensando no quanto mais sensíveis e entusiastas, mas também reverentes e contidos seriam esses cientistas, se se deixassem penetrar do pensamento de uma matemática em que o número se abrisse em sua essência qualitativa oculta. Não posso sequer opinar quanto a se, isso acontecendo, a matemática quantitativa desapareceria qual mero sucedâneo do mundo aparente; tendo, porém, a acreditar, que as duas se completariam."

Chegado a esse ponto, era comum que ele falasse acerca da teoria que mais o atraiu naqueles anos passados em Princeton. Refiro-me a então recém-descoberta *teoria das cordas*, no final dos anos 1960. Seu nome, *teoria das cordas*, veio de que os teóricos acreditavam que, ao fundo de toda partícula de matéria, existiria uma espécie de *corda* minúscula possibilitadora de cálculos inteiramente novos na avaliação da matéria do universo. O que nela o fascinava era o fato de essa teoria não apenas supor, senão exigir a existência de dimensões plurais de espaço, calculadas entre 9 e 10, mais aquela do tempo. Tais dimensões estariam como que embrulhadas no espaço tridimensional nosso conhecido e, somadas ao tempo, resultariam em um universo de dez ou onze dimensões. Devido ao seu caráter altamente especulativo e à praticamente inexistente possibilidade de ser confirmada experimentalmente, a teoria deixou indiferente a maioria dos físicos ao longo da década de 1970. Em Princeton, porém, pelo fato de suas equações exigirem também o *multiverso* descoberto ali mesmo, duas décadas atrás, a *teoria das cordas* foi bem-aceita.

"Vocês já pensaram", perguntava-nos Bruno, "no que significa poder ou, mais ainda, *ter* de pensar a existência real de um universo plural? O mais fabuloso", ele prosseguia, "é que os teóricos das *cordas* chegam a admitir a existência de mais de uma dimensão do próprio tempo". Seus olhos brilhavam, nesses momentos, os gestos de hábito comedidos davam lugar a uma anormal agitação, que só falando conseguia dominar: "Fico pensando em como poderíamos experimentar essas dimensões outras do tempo, tendo-se em vista o tempo psicológico que vivemos dentro do nosso próprio tempo. Pois, dentro deste, movemo-nos sempre na seta que vai do presente ao passado; o que se alteraria, por certo, ao penetrarmos em outras dimensões temporais. As qualidades dessas outras dimensões seriam, às vezes, semelhantes às nossas; mas poderia acontecer de serem muito diversas, exigindo uma transformação dramática de nossa capacidade perceptiva habitual. O que me pergunto é se, supondo-se que nosso universo contivesse mesmo embrulhadas essas múltiplas dimensões espaçotemporais, não deveria, então, haver em nós um dispositivo latente qualquer de abertura e adaptação a elas, caso viéssemos a cair na fímbria remota de alguma?"

Lembro seu rosto iluminado, ao relatar as discussões presenciadas entre cientistas por vezes exaltados, e em geral cheios de humor, a lançar mão de recursos malucos para fazer-se entender. Eles tinham, é óbvio, grande dificuldade em tornar palpáveis os problemas nascidos de suposições que pareciam antes brotadas ao imaginário de um louco ou de um drogado, que ao de um cientista... Bruno contava-nos das noites passadas em claro debatendo com os colegas, alguns ainda incrédulos quanto à descoberta de Everett; de diálogos peripatéticos travados em passeios na floresta próxima, os cérebros fervilhando em lucubrações bizarras frente às previsões extraídas à *teoria das cordas*. "Tais previsões", dizia Bruno, "bem podem parecer absurdas e até mesmo místicas; mas não o são, de modo algum. Pelo contrário, são muito concretas e plausíveis no âmbito da Física atual. Vocês não podem imaginar quantas vezes, frente ao potencial fantástico dessa teoria, os próprios físicos sentem como se estivessem penetrando no domínio da magia negra". Eu o ouvia deliciada, quando contava da febre que o tomava às revelações e aos *insights* que então tinha vivido. "É impossível", dizia, "imaginar que a luz seja a última fronteira do existente no universo, tão limitados são nossos sentidos externos. Como não admitir que algo os alcance, aqui e lá, sem que o consigam detectar e, ainda assim, o adivinhem? Ou, talvez, não a estes, mas a algum órgão outro, interior, não ligado aos sentidos externos e capaz de apanhar o impossível a estes? Não é isso que ocorre nos fenômenos ditos "paranormais", quando o conhecimento acontece independentemente do espaço e tempo empíricos?"

Eu já falei que Bruno costumava oferecer palestras sobre assuntos da Física, para a *Confraria*. Isso fazia parte do programa de intercâmbio organizado por Daniel, e o acesso era possível a outros interessados, que desejassem participar. Tínhamos muitas reservas em relação a estes, por ser difícil confiar nas pessoas, então. O conteúdo das apresentações era aberto e vário, segundo os interesses de cada palestrante, já que o objetivo propriamente dito dos encontros era a troca interdisciplinar, resultando em artigos interessantes para o tabloide e a coluna do *Sáurio*. As reuniões aconteciam no final da tarde, ali mesmo, na *Redação do Jornal*, as discussões estendendo-se frequentemente além da meia-noite. Saindo dali, com fome e querendo prosseguir a discussão, nós acabávamos tomando uma sopa reforçada no *Treviso*, já despido da atmosfera boêmia originária. Porto Alegre tinha ultrapassado a fase eufórica de seus primeiros locais noturnos, ditos *de sociedade*, como o Crazy Rabbit e o Encouraçado Butikin. Estes haviam sido palco de uma geração reprimida e entediada, exibindo-se em *fossas* existencialistas tomadas a uma Paris igualmente irreal. Já a boêmia dos anos 1970, também afeita ao álcool, tinha sido, ao contrário, engajada politicamente. Dela se diz que falou muito e agiu nada; que sua revolução teria sido mais sexual e alucinógena, uns chegando à loucura, outros à morte. Nosso grupo evitava os lugares frequentados dessa boêmia irreverente, embora tais movimentos ou gesticulações sonhadoras de resistência à ditadura militar se houvessem praticamente esgotado, quando nasceu a *Confraria*. Desta, confesso, eu teria dificuldade em determinar a pertença político-social. Se é que, entre nós, existiria outro sentido de comunidade além da fuga intelectual comum à época.

Nas palestras abertas ao público, quando o assunto era a Física, Bruno se resguardava encobrindo o interesse pessoal que o movia. Só Carlos farejava algo além, não expresso; e o chamava de médium ou prestidigitador. Não sem razão. O entusiasmo e a paixão que o moviam eram palpáveis, mesmo que sua eclosão ficasse reservada à casa de Daniel. Aí, Bruno nos confundia, às vezes, levando-nos a entrever novo enigma no enigma anunciado de início. Daniel, por sua parte, além de pouco afeito àquele tipo insólito de experiência trazido pelo amigo, era interlocutor com bagagem de conhecimento apenas diletante em relação à Física e suas novas descobertas. Seu real interesse e esforço em entender, porém, nos contagiavam, despertando o desejo de extrair o máximo àquelas exposições. Essas conversações davam-se madrugada adentro, o pensamento e a língua soltos pelo vinho, levando-nos a hipóteses beirando o espiritismo ou a ficção científica. Laura e eu embrenhávamo-nos de bom grado nesses excessos, com histórias ouvidas na infância ou lidas após, experiências pessoais um tanto insólitas, crenças e reflexões as mais abstrusas. E avançávamos, todos, em regiões do imponderável, a que só a embriaguez e o avançado da noite desculpam.

Outono, 1996

Ontem voltamos a encontrar-nos. Mal-entrada no espaço avarandado do sobrado, tomou-me o cheiro forte de baunilha, limão, passas de uva e sei lá mais o quê. Topei com Laura de avental bordado, na cozinha, extraindo do forno a sua tradicional torta de requeijão: o *Käsekuchen* germânico, encontrável talvez só nas famílias dos velhos imigrantes. "Fiz a torta", disse ela com ar malicioso, "para fortalecer-nos na *viagem* que Daniel anda tramando há dias, para hoje..." De fato, ele voltou, desta vez por si mesmo, às conversas antigas com Bruno. Na verdade, ele tenta há algum tempo suprir minhas leituras quanto ao que vem acontecendo no cenário da física atual – que eu não acompanhava desde o início dos anos 1980. Tem-me emprestado livros, artigos de revistas e recortes de jornais, em especial acerca do que ocorre na área de maior interesse de Bruno. E constatei que – se nos anos 1980, quando Bruno deixou o Brasil, a *teoria das cordas* parecia fadada ao museu das ideias, sim, como curiosidade matemática de grande elegância, mas insustentável – isso hoje mudou. A teoria não só sobreviveu, mas impôs-se afinal graças a alguns físicos teimosos, apelidados, por isso, os *últimos moicanos das cordas*. Insistindo nesse terreno, embora em outra direção, eles levaram a investigação a uma virada de consequências surpreendentes. Isso ocorreu, segundo entendi, por terem chegado a uma descrição consistente da até aí pouco valorizada *gravitação quântica*. Descrição esta cujo resultado é dito uma *revolução* no âmbito da teoria. Seu nome, *teoria das supercordas*, tornou-se, com isso, uma parte essencial da Física Teórica. Tão significativo teria sido esse passo, que seu desenvolvimento posterior contou com a participação imediata de físicos do mundo inteiro. É importante dizer que o palco de todo esse processo foram justamente aqueles anos 1980, quando Bruno estava no México. Ele por certo o acompanhou, e eu me pergunto o que terá sentido frente a uma tal guinada nas espectativas até então pessimistas com respeito às *cordas*.

"Agora mesmo, nestes anos 1990, e novamente em Princeton", Daniel iniciou com ar solene a exposição, "a história das *cordas* recebeu novo impulso. Aliás, vindo de um daqueles doutorandos que passeavam com Bruno a sua perplexidade através da floresta que margeia o *Instituto*. Vocês lembram, decerto, o doutorando exótico, chamado Edward Witten, sobre o qual Bruno contava uma série de histórias curiosas. Não faltam tipos singulares no meio científico, mas Witten consegue destacar-se entre eles. Basta pensar que, antes de se voltar à Física Teórica e à Matemática, ele cursara História e havia trabalhado como jornalista político, além de conselheiro junto de um candidato à presidência do país. Durante seu doutoramento – ele o concluiu em 1976 – suas ideias relativas às *cordas* eram tão originais que, como Everett antes, tinham-no já por gênio matemático. Não espanta, portanto, que seu desempenho no desenvolvimento dessa teoria o tenha tornado, desde 1985, um dos físicos teóricos mais importantes do século. No momento, ele é o único físico vivo a poder exibir a *Medalha Field* – a maior existente na matemática. Pois bem, Witten acaba de imprimir uma nova modificação à *teoria das cordas*, desencadeando o que se diz uma "segunda revolução" dentro dela. É que, ao transformar a *teoria das cordas* em uma outra, ele consegue mostrar que a unidade entre ambas fica preservada, isto é, que elas são só *aparentemente diferentes*, mantendo-se ligadas por uma *relação de dualidade*, como se diz em física. Tal modificação, ele a consegue mediante uma muito misteriosa *teoria M*. Tão misteriosa, que este *M* é interpretado como *Mistério* ou *Magia*, embora o próprio Witten não se manifeste a respeito. Fico, às vezes, imaginando que esse *M* queira remeter àquele outro *M*, conhecido entre os seguidores de sociedades secretas de alquimistas, rosacruzes e outras, nas quais a natureza é *Matrix* de todas as coisas, o *M* significando o *Liber Mundi*, livro do mundo ou da natureza. O próprio Paracelsus fala sobre um *princípio M*, sem dizer, é verdade, o que isso significa. Na história da Física, é comum a pertença de seus cientistas a alguma sociedade secreta, mas não se tem notícia de que Witten o seja. Ainda assim, é preciso lembrar que nenhum membro sério de tais sociedades falaria a respeito..."

Daniel interrompeu-se, aqui, sugerindo que tomássemos o "reforço" preparado por Laura. Estava alegre, como se houvesse encontrado um modo satisfatório de lidar com o que não entendia em meu comportamento atual. Seu modo descontraído de falar em Bruno, deixou-me igualmente à vontade para manifestar minha curiosidade e interesse acerca deste. Depois do chá, em que conseguimos devorar o *Käsekuchen* inteiro, Daniel voltou a sua exposição: "Mas seja, deixemos de lado essas lucubrações sobre os mistérios que a *teoria M* poderia envolver. É importante saber que, à sua base, está a descoberta de elementos chamados *membranas*, os quais, de modo muito intuitivo, apontam a estruturas possíveis de um *multiverso* (um universo de onze dimensões), do qual o mundo em que vivemos seria uma parte. Vocês lembram, decerto, a tese de um *multiverso* defendida anos antes por Everett. De fato, a *teoria M* parece corroborar as especulações matemáticas do doutorando de Wheeler, agora em outro nível. Pois, a depreender da descrição do universo extraída às *membranas* de Witten, se existissem mesmo essas dimensões a mais dentro dele, o seu segredo maior se encontraria justamente no comportamento das partículas que constituem a gravitação: os *grávitons*. É que, segundo a teoria das *membranas*, só estes seriam capazes de entrar e de novo sair de um mundo-membrana; de modo que unicamente eles poderiam transmitir-nos a influência da força gravitacional entre o nosso e outro universo. Se bem entendi, com isso se resolveria também o enigma da extrema fraqueza da força gravitacional no nosso mundo, já que, segundo os cálculos de Witten, tal fraqueza poderia advir de esta força ser o mero *efeito* de algum outro universo sobre o nosso..."

O pasmo que a exposição de Daniel nos causou, dificultou-nos sua plena compreensão, forçando-o a retomar a explicação. "Voltemos às cordas", falou, "elas são tidas como os derradeiros e horrendamente pequenos tijolos fundamentais na construção do mundo, capazes de estender-se no espaço em dimensões cósmicas, segundo o montante de energia que recebam. Agora, porém, com a nova *teoria M*, sabe-se que também as *membranas* podem ganhar extensão considerável no espaço. O que faz avançar de modo assustador a importância especulativa da Física. Se pensássemos na existência de uma *membrana* em três dimensões, por exemplo, teríamos de concluir que ela seria, neste caso, o próprio substrato do espaço, e abarcaria um universo igual ao nosso. Mais ainda, se imaginássemos, agora, esse universo – com todas as suas constelações e galáxias, inclusive a nossa Via Láctea, e muito mais que nele existe – como estando por inteiro contido dentro dessa *membrana*, eis que teríamos à nossa frente o cenário de um *mundo-membrana*, no qual nós mesmos, habitantes da Terra, viveríamos e nos moveríamos". Daniel deixou-nos um tempo, para digerir o que acabava de dizer, e prosseguiu: "Segundo Witten, se acrescentássemos a esse cenário mais duas, três ou tantas *membranas* quantas quiséssemos, o que teríamos à frente seria nada mais nada menos do que o famigerado *multiverso*, dentro do qual o nosso mundo seria apenas *uma* das várias *membranas*". E concluiu, com um sorriso maroto às nossas caras espantadas: "Por serem paralelas umas às outras, cada uma dessas *membranas* poderia ainda abrigar em si mais outras dimensões, algumas das quais conteriam seres conscientes de si, como nós..."

Encarei-o, irritada à gargalhada em que explodiu à minha reação incrédula. "Creia, amiga", ele então prosseguiu muito sério, "isto ainda não é tudo! No *multiverso* da *teoria M*, o mais fantástico – e, decerto, também, assustador – seria o fato de que o conteúdo da *membrana* em que vivemos poderia repetir-se em algumas dessas outras dimensões, de modo que nossa história pessoal transcorreria também nelas, ora de modo idêntico, ora um tanto alterado, fosse para melhor, fosse para pior...". Parecendo assustado com o que acabava de dizer, Daniel saltou da poltrona esparramando no piso a pilha de papéis que equilibrava nas pernas consultando-a aqui e lá. Laura e eu levantamos, ajudando-o a recolher as folhas em tumulto, que ele foi devagar ordenando na mesa a dar-se talvez tempo para refletir. Ainda em pé, retomou seu discurso: "A ideia é vertiginosa! Se aceitarmos a suposição de que o universo se compõe de uma pluralidade incalculável dessas *membranas*, a pergunta que então nos ocorre é: por que não conseguimos percebê-las, embora estejam tão próximas uma da outra? Em princípio, porque a luz não pode ultrapassar a brecha entre uma membrana e outra, de modo que nunca poderíamos ter a mínima indicação de sua existência. A resposta dos físicos leva, porém, igualmente em conta a estreita relação existente entre as *cordas* e as *membranas*, e soa como segue: nós, que, em última análise, somos também compostos de *cordas*, não podemos abandonar a *membrana* em que estamos. Vivemos tão fortemente colados ou amarrados a ela que, ainda que outra *membrana* possa estar situada a apenas milímetros da nossa, jamais conseguiremos vagar nesse cenário cósmico de sonho ou pesadelo. Isso, porém, se não considerarmos algum *buraco negro* ou um *caminho de minhoca*, que, aberto no interior de um *mundo membrana* – no nosso, por exemplo –, pudesse levar-nos a outra dimensão do espaço-tempo, isto é, a outra *membrana* similar ou mesmo inteiramente estranha à nossa...”

Ele se interrompeu, bebeu seu chá até o fim, e prosseguiu: “Bem, aqui está o que me ocorreu, agora, e alarmou. A saber, o fato de o próprio Bruno andar vagabundeando há muito entre *membranas*, sem aparentemente recorrer a esses supostos pontilhões cósmicos. Ou haverá uma influência qualquer inexplicável – e para mim tão intratável quanto o *sorriso do gato* no *País das Maravilhas* – empurrando-o a ultrapassar essa brecha entre universos? Vocês devem lembrar que o único sinal desses *deslocamentos*, como ele os chama, é a sensação de anuviamento, o repuxo ou sei lá mais o quê, com que ele diz ter de lutar inicialmente. E isso parece acontecer com uma naturalidade assustadora, sem que Bruno lhe sofra as consequências – até aqui, pelo menos –, a não ser pelo silêncio e a solidão que marcam seu caminho. O porquê de ter sido *escolhido ou condenado* a essas vivências, e se existem outras pessoas à volta arrastando consigo idêntica perplexidade, são perguntas que o ouvi formular alguma vez, sem se deixar, contudo, infernizar na busca de uma explicação. A *teoria das cordas* foi o recurso que mais o ajudou a suportar o insólito da situação, consciente de que poderia ter enlouquecido nessa trajetória, não fosse o equilíbrio interior que, para seu próprio espanto, o protege. Agora mesmo, o fato de essa teoria ter deixado de ser só uma *teoria das cordas*, para tornar-se também uma *teoria das membranas* trouxe-lhe certo alento. Pois, com a existência potencial destas últimas e a importância que a força gravitacional ganha na investigação das mesmas, abrem-se várias possibilidades novas para a construção do universo e para a natureza do espaço-tempo. Bruno está hoje bem mais reticente, no que tange a si mesmo em relação a isso. Nem mesmo sei se as tais experiências voltaram, embora... Não me parece, contudo, que lhe seja um fardo essa aparente aberração que lhe marca a existência.”

Ao repassar, aqui, a exposição de Daniel, tive de precisar para mim mesma a posição defendida por Bruno, à época, acerca do fenômeno gravitacional. Ele não aceitava a interpretação corrente, que toma a gravitação como inerente à matéria e a considera inexplicável. Essa discordância é compreensível, já que tal interpretação é de cunho materialista. Para Bruno, ao contrário, o universo poderia estar construído organicamente em todas as suas partes, além de ser atravessado pelo princípio ancestral da vida; um organismo íntegro, portanto, e divino no cerne. Contra a concepção materialista de uma natureza morta, ele defendia a ideia de uma *teoria de campo unitária*, em que a energia cósmica, pensada como pura *radiação gravitacional*, preencheria o espaço todo de modo contínuo. Se bem entendi, a matéria, neste caso, seria não mais do que uma *forma estilhaçada da gravidade*, resultado de efeito desagregador que ocorreria no núcleo dos astros. Tal concepção tinha, ademais, um aspecto metafísico. Se, em seu aspecto físico, a gravitação representaria o esforço das coisas por se dissolver naquele *campo originário* ou *energia cósmica primordial*, em seu aspecto metafísico, isso equivaleria a um retorno ao que Bruno entendia ser uma *vontade do mundo* ou o seu cerne metafísico. A gravitação seria, assim, uma espécie de força limítrofe, fazendo a mediação entre o nível metafísico e aquele sensível do universo. Nos meios científicos, esta posição soaria obviamente problemática, por apelar a concepções metafísicas vindas no mínimo do século XIX. Bruno a ocultava, por isso, aos colegas do *Instituto*, convicto de que estes a considerariam inaceitável e mesmo retrógrada. O mais curioso é que, na busca de fundamentar sua posição contrária à do mero materialismo, ele apostava justamente na *teoria das cordas*, a investigação mais ousada da Física atual. Que ele ademais considerava como a abertura de um caminho científico à compreensão, *não de um mundo por detrás do mundo*, como na velha metafísica, senão de uma multiplicidade de mundos no próprio mundo; a ele, portanto, inerentes.

Mais de uma vez o ouvi dizer que suas experiências de *passagens* seriam fronteiriças entre o mundo objetivo e o interior, embora não considerasse esse interior enquanto algo meramente psíquico. O que isso significava para ele, então, eu não chegava bem a perceber. Hoje, porém, a partir das conversas com Daniel e das novas leituras que tenho feito, consigo compreender melhor certas observações suas. Se, por exemplo, ele achava possível à ciência o acercar-se matematicamente daquela dimensão metafísica do universo, entendia, também, que ela não chegaria nunca a alcançá-la enquanto insistisse em voltar-se unicamente à superfície dos fenômenos. Se acreditava que a ciência seria capaz de descrever a esfera física das questões que o ocupavam, ele estava igualmente convicto de que ela jamais lhes chegaria ao cerne, de modo a resolvê-las. "A partir de um certo limite alcançado", dizia, "a ciência terá de dar conta de uma dimensão metafísica ou de forças mágicas, na qual o tempo, o espaço e a causalidade empíricos não existem". Ainda que os avanços científicos no domínio do infinitamente pequeno parecessem promissores a Bruno, ele considerava que, devido à insistência dos cientistas na mera quantificação matemática, a Física estaria sendo levada a uma fronteira de obscuridade perigosa. Uma fronteira que, a seu juízo, daria uma só alternativa ao cientista: ou levar a ciência a cair no vórtice de uma partição infinita, em um mundo feito pó; ou aceitar que estaria lidando com um substrato de realidade não verificável, causador de vertigens matemáticas perturbadoras e até quiméricas. Como reagir a isso? Ele achava que, enquanto ciência da objetividade, a Física precisaria resignar-se a mapear os seus próprios limites; a atitude para ela mais desejável seria a de, nesse recuo, aceitar o enigma de um *além imanente* ao real. Só que, ele concluía, "a modéstia é um atributo inexistente na ciência moderna, ao menos desde o Iluminismo..."

Lembrando essas conversações passadas, ocorreu-me que, se nos anos 1970 a realidade dos *buracos negros* era ainda duvidosa, consegue-se agora aferir os estragos causados por eles na matéria próxima; de modo que, embora invisíveis, sua existência está comprovada. Tendo em vista o fabuloso desenvolvimento da ciência atual, pergunto-me quanto ao que poderiam tornar-se, no futuro, *as teorias das cordas* e *das membranas?* Sim, se os cientistas viessem a abrir mão de sua fundamentação na matemática enquanto ciência da objetividade? Ou melhor, se, desamarrando-as do dogmatismo das ciências abstratas, como Bruno propunha, eles aceitassem incluir nelas, de modo consequente, as camadas também irracionais da existência, a saber, o que escapa ao poder dominador do conhecimento exato, a história nos seus vários níveis, a esfera do anímico e do espiritual em sentido amplo? Até onde essas teorias poderiam chegar? Quais segredos do mundo e de nós mesmos dentro dele, seriam capazes então de abarcar? Bruno acreditava estar inscrita em nosso cérebro, desde os níveis pré-humanos do ser, uma tarefa cósmica a cumprir. Tarefa só realizável, porém, se a consciência adoecida voltasse a abrir-se ao nexo mágico existente entre as coisas. Não estaria a *teoria M* enveredando por esse caminho?

Mas seja. Essas leituras, e o fato de conseguir agora conversar mais abertamente com Daniel, têm-me ajudado a lidar com o passado sem mais amargor. Isto se dá não só porque vejo a figura de Bruno iluminar-se no que tem de mais enigmático e fascinante, senão por conseguir descolar de mim mesma, lá atrás, dar-me pouca importância. Já nem busco entender a indagação de “por que Carlos apesar de Bruno?”. Antes de sermos analfabetos acerca do mundo, nós o somos bem mais acerca de nós mesmos.

Daniel acaba de sair. Trouxe de seu quintal, como sempre, a cesta cheia de verduras, legumes e ovos; não faltaram os ossos, é claro, para Balko roer. Quando vem visitar-nos, Alcina o mima com os quitutes da infância; coisas que ela aprendeu da própria mãe, e esta da mãe de Daniel. Nascida e criada no sobrado dos Glaser, em *Navegantes*, Alcina só os deixou ao casar, retornando, porém, quando Laura e Daniel assumiram a casa e os cuidados do pai já viúvo. Para, por fim, mais por causa dos netos, vir morar com o marido na Zona Sul; mas isso após Arnaldo aposentar-se na Polícia Civil. Ao que parece, a inatividade lhes pesava, e receberam de bom grado a sugestão de Laura, de cuidar desta casa. O que ganham, aqui, lhes facilita a vida. E o fato de terem podido alojar-se aos fundos do terreno, no bangalô destinado ao filho dos proprietários originários, levou-os a passar sua moradia da *Tristeza* à Sílvia, sua única filha. Continuaram, portanto, a vizinhar com os netos. Quanto a mim, eu já disse, não saberia o que fazer sem eles. Tudo que diz respeito à casa é coisa sua, tendo aos poucos imprimido nos dias um ritmo ideal também ao meu trabalho. Mesmo as visitas de Laura e Daniel são decididas entre eles, o cardápio ficando igualmente a sua escolha. Balko extrai seu quinhão de tais arranjos no seu brinquedo preferido: a bola. Ele e Daniel ficam tão sujos nesses jogos – e nem posso dizer qual dos dois é o maior trapalhão na disputa –, que precisam de um banho depois. Fazem-no juntos, em espaço contíguo à garagem, onde fica o "banheiro" de Balko.

Daniel apareceu sozinho. Tinha deixado Laura no Aeroporto – foi ao Rio, a firmar um contrato com nova Editora. Ele deu-me a impressão de desejar falar sobre o que estranha em meu comportamento. Desviei a conversa, e ele não insistiu; aceitou a manobra. Não o falar por si me assusta. É o que faço, afinal, escrevendo este *Diário*. O que tento evitar é o falar que procura no outro um espelho. Ainda mais que Daniel aparece nos dois patamares de espaço e tempo em que me movimento; e traria seu próprio sentido ao que tento enxergar no passado e entender no presente, a partir de mim mesma. Mesmo que só me ouvisse, mesmo que não reagisse ao dito, estaria reagindo, dirigindo-me o olhar com seu olhar. É nesse nível de trocas e influências desejantes que os desvios e bloqueios se impõem à consciência.

Era, porém, tão forte a sua necessidade de alcançar-me, que, tomando o café na varanda, ele pôs-se a falar como se adivinhando o duto de meus pensamentos: "Acredito", iniciou sem me olhar, "que exista uma cosmologia interna em cada um de nós; universo interior, em que fósseis perdidos emitem vibrações remotas, aguardando o instrumento mnemônico que as capture. Mexe comigo o pensar que a ciência do cosmo é o único domínio do saber, no qual, de fato, o homem é o testemunho ocular de acontecimentos passados, não mais existentes. Pensa bem, Myrna", ele me olhava, agora, o azul das pupilas desfeito à luz do sol a pino, "tudo o que vemos no céu, a olho nu ou com auxílio de telescópios, é passado, algo já sido ou desaparecido há milhares e até bilhões de anos. Sinto o sangue gelar, quando tomo consciência de que, aqui mesmo, olhando o céu, estou *vendo o passado, vendo-o em ação.* Percebes? Não morto, enrijecido, senão real e vivo, na fita impressa lá atrás, nesta luz que me deixa enxergá-lo. Fico, às vezes, colado à TV, quando a estação sai do ar, fixando a *neve* que dança na tela, a observar o balé desses remanescentes fugidios do *big bang*, os *fótons-fósseis* da grande explosão. Não consigo esquecer o que essa dança representa, deixar de admirar os testemunhos vibratórios de quando o universo tinha só poucas centenas de milhares de anos... E me pergunto o quanto mais fantástico seria, fosse-nos dado enxergar de igual modo o nosso interior; sim, o passado ocultado à lembrança não só pessoal, ontogênica, mas também filogênica, remontando até os seres pré-históricos e à vegetação monstruosa que os cercava. Mais ainda, quem sabe, ao início do mundo ou *ponto de emersão* em que o existente se abriu ao mistério do ver singular? O que seria poder escavar nessas muitas camadas de um *cosmo interior*, surpreendendo o já visto e ocultado à memória, desde os primeiros bruxuleios no hominídeo ancestral. Para apanhá-lo assim pulsante, liberto à areia, aos escombros e às cinzas que o obnubilam, em plena força e horror inaugurais – como as múmias capazes, ainda, de seus malefícios? O feito de Freud foi admirável intentando arrancar ao palimpsesto pessoal renitente, o passado traumático em pleno poder. Quão mais assustador o buscar recordar a Odisseia do ser na mônada imersa no magma ancestral da consciência?"

Eu o encarei, perplexa. Tinha entrado em minha mente, adivinhado o empenho de evocar, no passado comum, o que temo perder cedendo à orientação diretiva de seu próprio olhar. Como pareceria o passado, pensei, fosse dado aos atores projetar num ecrã coletivo o próprio e único de suas consciências singulares? *Universo-membrana* em retábulo aberto...

... de um tempo no passado.

De volta ao Brasil, em 1978, Bruno afundou no trabalho, alojado em hotel junto à Universidade, em São Paulo. Viajava até aqui toda semana, onde ficava no Menino Deus, no velho apartamento a ele deixado pelos pais. Sua amizade com Daniel vem de longe, embora não houvessem frequentado a mesma Escola. Os dois se conheceram na piscina de um clube, e o que os aproximou, imagino, deve ter sido o jeito silencioso e nada acelerado de ambos. Parecem ter o que se usa chamar "afinidade de alma". Já a relação entre Daniel e Carlos vem dos cueiros, porque laços antigos de trabalho e amizade ligam suas famílias. Eles são diferentes, e isso era tão visível nos nossos encontros que se tinha a impressão de uma secreta antipatia. Eram, porém, sinceros nessa oposição, leais nas dissensões e nos ataques. Carlos representava o caráter mercurial do grupo. Inquieto e nervoso, levava-nos a percorrer, entre o humor e a ironia, os labirintos de seu desejo. A voz gaguejante precipitava-se no encalço das palavras sublinhadas do riso luciférico, as mãos articulando arabescos no ar como se a rabiscar no invisível o fluxo de seus pensamentos. De família abastada, dona de um dos Cartórios mais importantes da cidade, estava fadado a seguir essa tradição, que ele, de fato, abominava. Por vontade do pai, tinha-se doutorado em Administração de Empresas; para desafiá-lo, após, ingressando na carreira diplomática. Quando o velho morreu, Carlos estava em formação no *Ministério das Relações Exteriores*, no Rio de Janeiro. Aconteceu de repente, Astúrias completara há pouco os 70 anos. A reação imediata de Carlos foi surpreendente. Interrompeu a carreira no Itamaraty, vindo gerir o Cartório e as finanças da mãe. O que o levou a isso? Por ser o único filho do casal, isso talvez tivesse pesado em sua decisão, que gerou, ainda assim, estranheza em todos os que o conheciam. A impressão que ele dava era de odiar o Cartório. Se aparentou, de início, tomar a própria iniciativa como temporária, sete anos depois, quando nos conhecemos, estava resignado e obviamente infeliz. Sua mulher, Maria Helena – beleza rara de valquíria –, frequentava também as reuniões do grupo, embora não assiduamente, ocupada demais com o trabalho de assistente social em uma instituição da Igreja. Eles têm duas filhas. Lívia e Lara são gêmeas, e estavam, então, com quinze anos. Foram, a bem dizer, criadas pelos avós, pois ficaram com estes, quando seus pais mudaram para o Rio.

Joana era a terceira mulher no grupo. Sua participação tinha nascido da mesma constelação que levara Daniel ao *Vígil*. Fora sua assistente na Universidade e, também afastada, aceitou auxiliá-lo na Redação do jornal. Pouco sabíamos dela; mesmo Daniel, com quem já convivia há anos, ignorava tudo de sua vida pessoal. Bruno era quem mais sabia a seu respeito; conheciam-se do bairro em que nasceram, e haviam frequentado a mesma Escola. Tinham-se há muito perdido de vista, voltando a ver-se na *Confraria*. Joana era cortês, mas mantinha distância em relação aos outros. Não falava em si mesma, reservada até mesmo nas reuniões descontraídas que aconteciam à tardinha, no *Mercado Público*. Sequer sabíamos onde morava. Com a chegada de Bruno, ela se fez ainda mais esquiva, evitando os encontros no final do dia. Outro membro do grupo era Olavo, que, como Daniel, não se tinha afastado do Sul sequer para estudos. Era um tipo incomum, a estatura média, cabelos ruivos, crespos, olhos inquiridores, que, afundados nas órbitas, davam-lhe o ar de raposa. Era gentil, no trato, e de pouca conversa. Seu pai, um alto oficial militar, viúvo há muito e aposentado, morava em Brasília. Formado em psiquiatria, Olavo tinha uma longa relação com Bruno, mas eram discretos acerca disso. O grupo reunia-se, às vezes, em seu apartamento, em Petrópolis, onde também mantinha o consultório. Sensível, culto e refinado, menosprezava o *modus vivendi* burguês que ele mesmo levava, e, como Carlos, sabia esgrimir as palavras com destreza ferina até o cinismo. O que lhe valeu o apelido de *Mr. Heyde.* O quanto Daniel estava próximo da verdade ao dar-lhe o cognome, só o percebemos no final daquele período, por assim dizer, *selvagem* de nossas vidas.

Havia, é claro, outros membros no grupo. Deixo-os, porém, de lado, por não terem papel nos acontecimentos desta narrativa. Eu mesma havia chegado aí a convite de Daniel, filho daquele último amigo restado de meu pai, quando o matemático morreu. O colega exator, que se dispôs a ajudar-me no labirinto administrativo que a morte traz consigo. Lamentei não ter podido conviver mais longamente com esse homem singular. Bela figura, cultivado, elegante, vital e cheio de humor, o *velho Glaser*, como o chamavam, era descendente daquele imigrante alemão assassinado na Revolução separatista. Seu pai, como o de sua mulher, imigrante também, se haviam fixado no *Bairro Navegantes*; como outros, que, abandonados pelo governo e se apoiando mutuamente, trabalharam como artesãos e, mais tarde, operários das fábricas abertas na região. Glaser ingressou cedo no serviço público. Isso o impediu de estudar, como queria, mas levou adiante, como autoditata, a própria educação. Era um porto-alegrense apaixonado, e, em longas caminhadas, ou, por vezes, de carro, abriu-me os olhos para a história da cidade desdobrando-a em seus vários estratos de deformações. Desde o tempo, em que, no dizer de um cronista, Porto Alegre teria sido bem *mais aprazível e mais doce*, até aqueles anos 1970, quando se viu desfigurada ainda mais fortemente. A começar pela extinção dos velhos bondes, apelidados *dragões amarelos* por algum poeta, no passado.

... a ausência dos bondes, a falta que deles senti...

O gingado dos bondes, seu gemido nos trilhos, o apito, os rangidos dos bancos virados no fim da linha tinham-me costurado à cidade como coisa nenhuma o fizera. Sua ausência, a falta que deles senti, ao voltar, terá sido o que nela ainda mais me estranhou, bem mais que as cicatrizes das deformações que lhe impuseram. Glaser contou-me que meu pai a adotara também como *sua*, e teria sabido contar o seu anedotário com humor. Eu senti certa mágoa em não o ter sabido através dele, em nunca o ouvir contar essas histórias; mas meu pai era mesmo bem pouco *meu pai*... Glaser morreu cerca de um ano após o meu regresso. Morreu de infarto, e tão inesperadamente quanto o amigo antes dele.

Daniel tomou a sério as recomendações do *velho* a meu respeito e nem tentou plantar-me na cidade. Sentiu logo, em meu ser ouriçado, uma forte recusa em afundar raízes. Nada forçou, tampouco, ao me propor entrar na *Confraria*, aceitando que eu tomasse parte como ouvinte e espectadora nos jogos literário-filosóficos encenados nos encontros. Quanto a achar trabalho em minha área, eu desisti ligeiro. Continuei escrevendo em jornais e alguma revista, e acabei assumindo atividade em um Grupo Escolar de cidade vizinha a Porto Alegre. Eu gostava daquilo, do contato com as crianças, da liberdade que me concederam na elaboração de um currículo próprio na abstrusa disciplina de Educação Moral e Cívica – que eu tentava passar na forma de uma elementar antropologia social.

Estando na cidade, Bruno ia apanhar-me na Escola, após as aulas. Nosso programa era tomar café ou jantar lá mesmo, na cidade acanhada, em boteco qualquer ou padaria. Com o tempo, os proprietários passaram a contar conosco em certos dias da semana ou do mês – só comigo, por vezes, nas ausências de Bruno. Compartilhávamos o gosto por esse modo de estar sem realmente estar no mundo, sem laços com a circunstância material e humana. É curioso o quanto a sensação de não pertença, o olhar de fora os lugares e as gentes pode tornar-se forte em quem não se enraíza. Éramos parecidos em muitos aspectos; no gosto pela solidão, na sensação de estranheza em relação à circunstância imediata e no distanciamento interior, que torna leve a relação com o outro a partir da leveza no trato consigo mesmo. Partilhávamos o jeito introvertido, também, até a timidez, embora em Bruno esta fosse aparente. O que o define é uma serenidade surpreendente, que, segundo Daniel, o havia distinguido já na adolescência. Isso lhe vem, em parte, da experiência equilibrada que teve na própria família; bem mais, porém, penso eu, do tipo de inteligência que o caracteriza, marcada de um vívido senso de realismo prático. Dotado de vontade forte e determinada, mantendo-se embora sensível e aberto às diferenças e ao novo, não se deixa abalar ou desorientar quanto aos próprios valores e convicções. É um tipo maduro, interessado no outro enquanto tal, sem buscar ver-se nele refletido como em um espelho. Se sua presença me tranquilizava, e se aprendi a admirá-lo por suas ideias e coerência, não saberia dizer a forma que tomou, em sua própria percepção, o que encontrou em mim. Falava pouco ou nada acerca do que sentia ou pensava a respeito de nós e dos outros. Era um homem de gestos, não de palavras. Neles, eu me senti amada e acredito, ainda hoje, que não me enganei.

Inverno, 1996

Arnaldo acaba de voltar do passeio matinal com Balko. Lavou-lhes as patas com a mangueira e o secou com vigor, o animal feliz ao contato dos corpos. Há quase uma semana o sol não mostra a cara, mas parou de chover. Está frio e o minuano voltou a soprar parecendo anunciar a melhora do tempo. Dormi pouco esta noite. Aninhei-me na sala, com o cão, vendo a água jorrar nos beirais e nas poças do pátio.

Ouço Alcina mover-se, lá em baixo, entre a sala e a cozinha. Percebeu que acordei, e já sinto o perfume do café passado, dos *croissants*, que só ela consegue fazer por aqui, retirados há pouco do forno. Deu-me a receita, há mil anos atrás, e sob grande segredo, o padeiro francês da *Alliance Française*, na *Senhor dos Passos*.

... de um tempo no passado.

A posição político-social de Bruno era bastante curiosa para os demais membros do grupo, que o diziam "romântico". Lembro do encontro em que a conversação girava em torno ao desenvolvimento atual da sociedade brasileira, e se haveria aqui uma alternativa viável ao capitalismo. Bruno em geral não se manifestava, ressabiado, mas alguém lhe pediu que opinasse. "Vocês bem sabem", ele se deixou provocar, "que, para mim, as gentes latino-americanas não pertencem à dita *cultura ocidental capitalista*, embora nos tenham tentado insuflar esse vírus; ou este, em nós, resultou no contrário. Como acontece com uma vacina, fomos inoculados contra a doença dos lucros e excessos nababescos. Só nas zonas mais superficiais, epidérmicas de nossa sociedade, a contraímos. E mal. Enquanto entidade metafísica ou *povo* não me parece que tenhamos assumido o destino que há muito vêm-nos tentando impor de fora para dentro. Na verdade, preservamos ainda, sob a superfície de nossas culturas, uma destinação originária de *pobreza* singular". Bruno sequer se interrompeu à risada de Carlos, que, chegado à mesa naquele momento, tinha ouvido a última frase. "Não nos atraem", ele continuou, "a não ser como brinquedos substituíveis, os luxos do capitalismo. Nossa capacidade de sofrer perdas e recomeçar extrai sua força de uma certa proveniência mais rica do que a do desejo de posse e de poder. Eu diria que existe, entre os latino-americanos, uma certa predisposição para o jogo, que se traduz na surpreendente alegria, num prazer de viver por vezes incompreensível, sobretudo nas camadas mais pobres de nossas populações. Mas entendam, isso que eu chamo uma *destinação de pobreza* ganha sua singularidade do fato de provir não de uma carência, senão de um transbordamento de forças em nossas raízes. Pois a capacidade de afirmar a vida, assim, no gozo ou na alegria que ela oferece até mesmo na perda e na dor, nasce de uma coragem que nada tem a ver com a consciência autoafirmadora típica do homem moderno, alimentada no desejo de ganho e de domínio. Não, essa capacidade lúdica de afirmação do aqui e agora nasce de impulso cujo fulcro é o excesso ou uma abundância interior, um esbanjamento de si sem desgaste, até porque essa qualidade é em si mesma inesgotável..."

Bruno calou esperando um ataque, mas ninguém reagiu, precisando de um tempo para digerir o que acabavam de ouvir. Ao retomar a fala, sua cabeça sumira na nuvem de fumo que ele mesmo extraía ao cachimbo. "Uso o termo *pobreza* por soar como provocação; mas também porque a força que nela descubro indica uma positividade diferente da que existe no desejo de domínio sobre a natureza ou sobre o próprio ser humano. Chego a crer que seria possível dirigir tal força em esforço que unificasse a arte, a filosofia e a ciência em um novo sentido." Sua cabeça emergiu da nuvem azulada e ele agora sorria. "Pode parecer *romântico*, como vocês dizem, mas o conhecimento filosófico, aquele científico e a criação artística, embora parecendo diversos e contendo fins opostos, poderiam ser compreendidos, separadamente, como o avesso ou o que cala em cada um dos outros. Se isso que silencia em cada um desses domínios se abrisse, poderíamos ver o que neles completa os demais. Pois, se a filosofia crítica desmascara os delírios da razão, se as ciências induzem a imaginação à sobriedade, o que aponta na arte é o passado não cumprido, ou melhor, o futuro, a promessa. Parece-me, por isso, que valeria a pena o esforço do pensamento em investigar as fronteiras entre essas regiões aparentemente antípodas do saber e do fazer humanos, buscando apanhar antes suas afinidades."

Os ouvintes reagiram, e a discussão se generalizou entre séria e brincalhona. Excitado, o cérebro aguçado nas operações da *Bolsa*, de onde acabava de chegar, Carlos ponteava a conversa com tiradas jocosas.

"Meu caro Bruno", ele falou entre outras coisas, "a tua América Latina é uma espécie desconhecida de utopia! Sob o manto esfarrapado dos pedintes, as matemáticas serão fecundadas pelo húmus artístico, como aliás o quer o nosso *Sáurio*. E implantarão na rigidez dos economistas, pernas aladas para um salto qualitativamente outro que o destruidor-dionisíaco. Salto, por assim dizer, compadecido e simpatizante em direção a um mundo isento da frieza algorítmica, lúdico e livre das ameaças do Inconsciente naturalista; abrindo espaço, portanto, à ilusão de um futuro sem guerras. AVE, amigo! Que aqui não cabe dizer EVOÉ!"

Inverno, 1996

A chuva desabou formando córregos barrentos, quase lagos represados nas esquinas. Nas ruelas do *Centro*, guarda-chuvas nervosos e as caras irritadas dos passantes. A chuva aí cheira a asfalto, a bueiro, a papel sujo, a fuligem. Mas os sons, os contornos das coisas tomados do cinza se atenuam, tornam-se suportáveis, até mesmo atraentes. De volta à casa, a tarde se estendeu, molhada, por detrás das vidraças. Sinto-me inquieta nessa falta de pressa aparente, nessa pretensa disponibilidade. No pátio, as árvores se agitam. É o minuano que sopra e que bufa. Balko esconde a cabeça nas dobras do acolchoado. Afundo a mão no pelo do pescoço e o tremor cede; eu me acalmo, também.

Acho que adormeci, porque já anoitecia quando o senti arrancar-se do chão. Balko não pode ouvir Alcina sem fazer-lhe uma festa. Durante o jantar, esvaziada a tigela de ração, ele vem exigir de meu prato o que lhe cabe da matilha. Se um dia voltaremos a entender os lobos?

A noite vai alta; o vento e a chuva amainaram. Na mesa de trabalho, vou imprimindo no papel as dissonâncias do passado, que se ordena, arredio, entre as margens das folhas. Balko rosna e se agita no sono. Ele sonha, estou certa, e o que vive se inscreve em seu corpo; de onde certas alterações de humor, embora seja um animal equilibrado.

... de um tempo no passado.

O Restaurante Dona Maria

...gostava do lugar, dos móveis gastos, dos quadros nas paredes, garçons discretos...

Naquele fim de tarde, no *Mercado Público*, particularmente distraída, eu não dava atenção ao discurso de Carlos, quero dizer, ao conteúdo do discurso. Sua voz e o riso atingiam-me em cheio, a pele arrepiada ao jogo incendiário das frases. Tudo era som e cheiro na tarde suarenta. Estávamos reunidos no *Naval*, nosso lugar de encontros no final do dia. Calor insuportável, naquele dezembro, no segundo Natal que eu passaria em Porto Alegre após o meu regresso. Bruno sairia dali para o Aeroporto e eu decidi não ir com ele até lá, como fazia sempre. Acenei-lhe um adeus e deixei o *Mercado*.

Não me tinha habituado à cidade; ainda não. Sua geografia ia-se, aos poucos, desenhando em meus sentidos refundida num molde inquietante. Se é verdade que todo o regresso implica uma mudança na relação do indivíduo com as coisas, mesclava-se a isso, no meu caso, um elemento imponderável de estranhamento ou distância interior, que me isolava delas. Eu voltava a um lugar conhecido, ainda que nele nada me acolhesse ou dissesse respeito. Nem o esforço de Glaser em mostrar-me a cidade conseguira atenuar a distância. Ou melhor, a acentuara. Porque *sua* Porto Alegre – provinciana, lá atrás, alargada dos bondes na amplitude tímida – era bem mais a *minha*, soterrada na atual, desfigurada. Ao esboçar-se, *nova*, em elevados, praças, ou na imponência de alguns monumentos, o sentido inventado era o de ser metrópole. Assim, cortada de avenidas e perimetrais, a engolir ou partir velhos bairros do *Centro* dando-se ares de grande, ela me rejeitava, ou só acolhia a meio em ruelas centrais salvas à *modernização*. Lembro meu sobressalto e o susto, ao deparar com o *Convento do Carmo* à margem da *Primeira Perimetral*. Não parecia o mesmo, desnudado do velho casario que o envolvia, e atapetado de cimento junto à feia *Avaí*. Era aí, nesse *Beco do Firmo*, que meu pai me levava a passear por ruelas estreitas, entre mercadinhos e Cafés sem capricho, para, subindo e descendo a *Borges*, realizar meus desejos na *Banca 40* do *Mercado Público*. Na Porto Alegre agora esquartejada, eu também me estranhava dos velhos conhecidos; eles de mim denunciando a inconsistência dos antigos laços. O meu único *outro* era, agora, esse espaço alienado, o lugar que meu corpo ocupava sem nele caber. Pus-me, então, a encená-lo – ou ele a mim? – na retorta do tempo por vir. O que aí me inquietava tinha a ver com um certo limiar na minha autopercepção de exilada. De tanto errar, minhas raízes se haviam alçado da terra em direção ao vago, extraindo alimento apenas dessa não pertença. Eu a sentia com certo prazer, sem pensar que o perigo do vago é o *qualquer*, que, por graça ou desgraça, nos pode agarrar.

Desse estado de coisas resultou que, conservando intacto o apartamento de meu pai, onde me acomodei, nele faltava a âncora ou a força gravitacional que servisse de lastro à invenção de outros hábitos. O apartamento era grande, no último andar de um edifício na esquina da *República*, onde meu pai viveu por mais de trinta anos. Nada havia de mim naquele espaço inventado por ele e tão seu, que eu nem quis construir um lugar de habitar, a ser *meu* dentro dele. O único prazer que o apartamento me proporcionava era o poder amanhecer e anoitecer vendo o rio em seus vários humores. Ainda assim, naquele fim de tarde, eu rejeitei a ideia de voltar para dali assistir a outro pôr de sol magnífico. No espaço indiferente, eu receava as paredes, os vãos, testemunhos da morte que eu não presenciara. Vaguei pelas ruas, parando aqui e lá, para um caldo de cana ou cafezinho, quando um grupo a minha frente o fazia. É um prazer esquisito esse ombrear, de passagem, os retalhos de vidas na nuvem de vozes, de cheiros, perfumes, desejos, e o mais que há de vir ao sumirem na esquina, na loja, no bonde, no mundo...

Era noite, quando subi os degraus da plataforma iluminada do *Chalé*, na *Praça XV*. Encomendei um chope e me deixei ficar, atenta aos risos, estilhaços de frases à volta. Nada comum, então, que uma mulher sozinha o fizesse. Eu insistia em quebrar certos tabus frequentando lugares julgados inadequados, alegre do escândalo pontual provocado. Eu chegava do Rio trazendo o hábito de frequentar a sós, na madrugada, as lanchonetes de Copacabana; dos *Jeans* desbotados, inaceitáveis para a mentalidade conservadora do Sul, à época. No *Centro*, o meu local preferido era o *Restaurante Dona Maria* junto à *Estação de Bondes* – tornada há muito praça de alimentação. Frequentava-o à tarde, vazio, a não ser por um grupo de homens, creio que jornalistas, indiferentes a minha presença. Gostava do lugar, dos móveis gastos, dos quadros nas paredes, garçons discretos, que me deixavam ler ou escrever pelo tempo que bem o quisesse.

"Achei que estarias aqui!"

Carlos sentou à minha frente, a luz berrante das lanternas natalinas deformando-lhe a cara, olhos nos meus, agarrando-os nos seus. Falava rápido, as sílabas ferindo os lábios como se ferraduras sobre chão de pedra. O tom áspero ainda em meus ouvidos, sensação fugidia dos joelhos roçando nos meus. Sem esperar que eu respondesse, entabulou monólogo hipnótico, eu tentando domar meus sentidos, pensamentos confusos remoinhando no cérebro. Imersos na atmosfera pegajosa da cidade, destinados talvez a encarnar seu silêncio e seu grito, nós passamos, sem pressa e nela atados, a reinventar sentimentos na luz do olhar e na opacidade do corpo. De algum modo, sabendo que este sustenta aquele, e não sentindo medo.

Difícil capturar, no instante, o fado nele inscrito. Não hesitamos como se à espera e até sabendo o que viria. Sem mais, agarramos com a mão o que aflorou, naquela noite, em aura de fatalidade. Núcleos inessenciais emergiram na luz vindos de não sei onde. E traçaram seus próprios limites na epiderme dos dias. Um solavanco breve e o tempo represado em mim tingiu-se de espanto, roubado embora à determinação do amor por própria escolha. Esta designação não me assomou à consciência; tampouco à dele. Títeres de nós mesmos, a partir daí, eu me pergunto, agora, se nos teríamos equivocado, se não teria havido outra interpretação ao traçado da *nova* que emergiu ao choque de nossos possíveis.

... já era noite, quando subi os degraus
da plataforma iluminada do Chalé, na Praça XV...

Naquela noite, ao deixar o *Chalé*, descobrimos um ponto em comum entre nós e a cidade, na mediação do *velho Glaser*. Este o havia iniciado, igualmente, a ele e Daniel adolescentes, nos mistérios da velha Porto Alegre. Os Glaser e Astúrias tinham essa amizade, eu já disse, a partir do momento em que o pai de Daniel iniciou relação com o fundador do Cartório, o Astúrias avô de Carlos. Mas seja; este ponto em comum, na figura de Glaser, aflorou quando Carlos lembrou velhos Cafés extintos da região. Um ficava na *Sete de Setembro* cujo nome ele já não lembrava; os dois outros, bem perto, na *Rua da Praia*, entre a *Praça da Alfândega* e a *Ladeira:* o *Café Java* e o *América*, politicamente inimigos. Até Glaser morrer, disse-me Carlos, repetiam, os três, o ritual de invocar lugares soterrados no traçado alterado da cidade. De volta aos paradouros surrupiados, eles buscavam surpreender-se, uns aos outros, com algo original até aí não sabido – fosse no anedotário da cidade, sua história, arquitetura, em algum novo acesso literário ou num relato inédito, recorrendo até mesmo ao *nonsense*, se preciso. Isso cessou, quando o *velho* morreu. "Como encontrar desejo e compasso comuns, que só ele insuflava em nossos jogos de reminiscência?", lamentou Carlos.

Sob a impressão daquela afinidade, ele e eu palmilhamos as ruelas centrais até o amanhecer. Ensaiamos, primeiro, reconstruir no imaginário a descrição que Glaser nos fizera da via pública ancestral partida em duas: a *Rua da Praia*, que ia da *Ponta das Pedras* à *Ladeira*; e a *Rua da Graça*, da *Ladeira* à atual *Praça Dom Feliciano*. Tateantes, reerguemos sobrados, redações de jornais, magazines, alfaiatarias, livrarias, os muitos Cinemas, Confeitarias e Cafés, onde, em seu apogeu, reinventou-se a regência social na mistura de classes dos que os frequentavam. Seguros, aos poucos, de nosso poder demiúrgico, fomos adivinhando o que teriam sido suas primeiras transversais. Na verdade, os seus *Becos* sem luz e de farta miséria, a um só passo dos ricos sobrados...

...no Largo dos Medeiros, onde o Restaurante Vienna trocava olhares com a Livraria Americana...

Com ademanes de um *almofadinha*, e o manuseio apalhaçado de um chapéu fictício, Carlos reencenou a *Praça da Alfândega* e o *Largo dos Medeiros* do início do século. Reconstruindo edifícios até o extinto *Palacete Chaves*, onde o *Bar e Restaurante Vienna* trocava olhares com a *Livraria Americana*, ele descortinou, por fim, no topo da *Ladeira*, a *Praça da Matriz* de Augusto Meyer. Imprecamos, os dois, contra a demolição da Igreja da Matriz, investindo ainda mais contra a expulsão do ingênuo *Chafariz da Praça* em nome do positivismo. Com pausa na *Riachuelo*, em boteco espremido no vão de uma esquina, voltamos à *Rua da Igreja*, avançando até o *Alto da Bronze*. Nem o claro luar, nem um gato perdido e o bêbedo que o acariciou ensejou-nos sonhar o encanto do passado no palco ultrajado. Morrem, também, as coisas? No espaço mítico da *China-Messalina*, nada acende outra vez, na fantasia, o cenário aterrado. Decepcionados, continuamos descendo. Amoldado em cimento barato e abortado ao desejo de amantes de mal com o presente, o *Castelinho da Vasco* ainda encena um medievo improvável. Abanando a cabeça, prosseguimos. Até sermos barrados por tropa fantasma de animais de corte; no suor das bestas, o pavor do fim antecipado. Não longe, na *Ponta da Usina*, a sinistra *Cadeia* insinuou-se por trás do *Gasômetro*; num gesto de mãos a pusemos abaixo aplaudindo a elegância da velha *Chaminé*. Pouco depois, na *Prainha*, Carlos fez-me parar desenhando com o corpo a silhueta rítmica das lavadeiras batendo roupas nas pedras do *Riacho*. Fomos sentar, depois, na mureta encardida da *Ponte de Pedras*, quando o sol já nascia desenhando em carvão os novos edifícios da *Cidade Baixa*.

Carlos cansou primeiro, desejando um café. Nós o tomamos dividindo o jornal em padaria da *República*. Ele ficou, quando me despedi. Surpreendi-me, a caminho, contemplando os sobrados da *velha Imperador*. Se espiarão, ainda, os passantes de então, a transitar, diáfanos, furando os corpos dos que aí desfilam?

A cidade, eu até aí a buscara em ruelas centrais, insistindo em seguir seu traçado coleante ou pelos botequins de nomes engraçados, impregnados de cheiros e pigarros. Mastigava o *completo* no balcão, bebia o vinho amargo e, embarcando em um ônibus qualquer, ia até o fim da linha... e voltava. Procurava nas formas em que se exibia, feia e prostituída, surpreender um aceno qualquer de aceitação às minhas tentativas de *chegar*. Sem efeito, até então; mas, naquela manhã, ao alcançar o prédio em que morava, senti o corpo aprumar-se no espaço como se fosse um poste, um banco, orelhão ou bueiro de rua. Tinha, afinal, chegado...

... fomos sentar, depois, na mureta encardida da Ponte de Pedras...

Que destinos gorados encarnamos, a que gérmen obscuro obedecemos, quando assim nos curvamos a um fado? E o que somos nós mesmos nesse novo avatar de nossa história? Como se Carlos e eu estivéssemos sendo sugados por roteiro gorado, que, topando conosco, distraídos, exigisse de nós encená-lo até o fim... Teremos errado deixando ao roteirista a forma de o realizar, ao invés de lhe darmos o cunho de nosso querer? Recriando seu texto em nossos corpos, fazendo-o nosso, teríamos, quem sabe, conseguido salvá-lo à sua maldição, ou curado do vago e do mal que o atava à antiga determinação? Faltou-nos consciência? Vontade? Estávamos preparados para o que vivemos? Tolice, estamos sempre prontos. Para tudo. Ainda assim, olhando atrás, a compreender o que passou, tenho a impressão de que algo se perdeu ou ficou estiolado, como qualquer destino de mediocridade. É na lembrança que o tempo se dilata, desnudando incisões de investiduras outras, possíveis. No momento vivido há uma hora propícia, porém; que, aliada à força produtiva dos atores, pode evitar uma constelação nefanda... realizar o melhor. Tampouco a idade é um empecilho, da infância à extrema velhice.

O sexo aconteceu muito depois, sem premeditação. Estávamos no meu apartamento. Era de madrugada. A nossa relação se havia costurado enlaçando os sentidos a certa afinidade intelectual centrada na fala, que Carlos esgrimia com desenvoltura. Fala que, junto dele, eu mesma fui recuperando até encontrar, na infância, a sua fonte perdida entre as paredes espiãs dos internatos. Estávamos na porta; ele se tinha despedido, mas voltou, para falar sobre um artigo seu, por sair em revista paulista. Nenhum ruído, ou raro, nessa hora. De pé, naquele umbral, nossas mãos enlaçaram-se no ar como seres autônomos. E fizemos amor, sugando e derramando um no outro, até o amanhecer, a energia armazenada em nós ao longo das muitas semanas macerando desejos indistintos. Horrenda, licenciosa e exata, toda excentricidade e desmedida, vi-me arrombada em gozo e danação, para o sentido inaugural da carne. Senti que havia sido frouxo o mundo em que vivera. E o coito conduziu-me a uma espécie de morte em suspensão, limite de murmúrios, gemidos e silêncio. Deixei de ser avara com a vida. Pisei no tempo com a sensibilidade dos que estão de partida, esperando o sinal e já tendo acenado a despedida. Contrariamente ao que se possa imaginar, isso permite o desvendar de cenas, sons, cores e vibrações, que os apegos proíbem. Estamos muito mais, quando já não estamos. A nova imbricação de meus nervos ao mundo abalou perspectivas anteriores. Como um recém-nascido, eu imergi no agora sem tentar dar-lhe um molde. Sem desejo nenhum de fazê-lo.

Carlos e eu vivemos, a partir daí, como dois polos imantados, indo e vindo sem quaisquer programas ou combinações. Quando nos separávamos, saciados, era como se não fôssemos voltar a ver-nos. Distraída, eu vagava na rua, e um querer inconsciente buscava o seu corpo e o encontrava. A ponto de esses encontros não mais me espantarem. Ou a ele. Nós nos deixamos esculpir sem resistência ao que nos exigia: vontade cega e anônima, que recusou chamar *amor* o que sentíamos. Aos poucos, porém, a atmosfera mudou entre nós. Fomos deixando de falar um com o outro. Como se servos de uma vida alheia à nossa vida, delegamos ao corpo o fazer-se entender na sua língua arcaica, não assimilada pelo entendimento. Eu passei a ter medo. A vontade pessoal agitou-se na franja do desejo. Quis fugir, mas só senti mais forte o apelo dos sentidos. Os encontros tornaram-se diários. Adormecido, eu o beijava num ritual de fé milenária percorrendo com os lábios as reentrâncias do peito, dos braços e pescoço, aspirando na pele o cheiro quente como de terra umedecida. Na vírgula das sobrancelhas, ele lembrava um Fauno em tela antiga. Se ausente, eu lhe invocava o espírito, vampiro esmorecido ao primeiro sinal da manhã.

Bruno se ausentava permitindo que Carlos e eu nos víssemos com frequência. Quando voltou, passei a sussurrar-lhe o extravio amoroso, entregando ao seu corpo todos os gozos que pertenciam a Carlos; prazeres aprendidos em sua pele, repetidos na dele com a mesma intensidade e o mesmo horror. Eu me entregava, peixe, eu o tomava, fera. Jogava a outra mão no jogo do desejo. E a minha humanidade se multiplicava, perdida desde aí para o engaste da alma indivisível. Em Carlos desenhava-se o eixo da minha loucura. Ele me percorria como um fogo fátuo, e de início eu sequer percebi que enganava Bruno. Não havia um só laivo de mentira em meu desejo; ele *era* Carlos."

De todos, no grupo, só Olavo soube de meu extravio; que já durava meses. Com faro para o não habitual, percebeu logo o que se passava entre Carlos e mim. Era verão. Estando na cidade, Bruno viajava com frequência à casa de seus pais, na praia; para nadar. Também eu gostaria de fazê-lo; uma parte da infância afinal eu passei junto ao mar. Perturbava-me agora o aglomerado de gente na orla. Ficava aqui, vendo Daniel e mesmo Laura, às vezes – eles só vão à praia no inverno –, ou algum membro extraviado do grupo. Olavo tinha seus pacientes e não buscava o litoral nem nos fins de semana. Deixando o *Naval*, certa vez, ele veio até mim sugerindo um passeio a *Ipanema*. Consenti surpresa e, confesso, aliviada em poder esquivar-me de Carlos.

Ir a Ipanema no final da tarde era um hábito antigo, ele disse, cultivado o ano todo e sempre que possível. Encomendamos cerveja e pastéis em sua tenda habitual e, na praia vazia, assistimos ao sol mergulhar no *Guaíba*. Pouco falando e comendo com gosto, olhos presos na cena dramática, nós ficamos assim até a noite chegar. Na segunda cerveja, ele me perguntou se eu gostaria de falar, dizer o que me perturbava no momento. Hesitei, irritada. Nossos abalos interiores ficam, no mais das vezes, invisíveis para o entorno, e incomoda saber que, para alguns, somos feitos de vidro. Ele esperou. Creio ter sido sua leveza, uma forma incomum de disponibilidade, que me fez falar. De início nervosa, os maxilares rígidos, eu fui ficando aos poucos menos tensa, até sentir-me bem. Ele me ouvia, e com uma observação pontual fazia-me repetir, corrigir ou procurar algo escapado no que havia dito. Ficamos lá até a madrugada, ora passeando na beira do rio ora de volta à tenda, a tomar um café. Encontramos, aos poucos, um desembaraço surpreendente como se velhos conhecidos. O encontro me fez bem, e o repetimos com frequência, depois. Aquela relação era esquisita, porque unilateral na abertura pessoal de um ao outro. Conversávamos muito e sobre tudo. Além da medicina, ele tinha cursado filosofia, o que o ajudava a iluminar o contexto teórico de seu trabalho. No meu caso, isso o levou a um nível interpretativo quase divinatório do material que eu lhe ia abrindo naquelas conversas. Confiei-me a ele como jamais o havia feito com pessoa alguma, nem sabido, até aí, ser capaz de fazê-lo. Era uma qualidade própria a Olavo despertar esta confiança. Eu não a atribuiria apenas a sua formação, senão e sobretudo à intuição oculta em sua capacidade de ouvir. Atento, o olhar penetrante, a expressão concentrada e quase fria, ele dava a impressão de enxergar muito além do nível em que eu me movia. Suas reações ao que eu dizia eram exasperantes, por vezes, mas levavam-me a expor-me ainda mais a cada novo encontro. Meu sentimento de errância aguçou-se, ao ver-me, assim, solicitada a escolher-*me* na galeria de *eus* que pretendiam ser *eu* nas minhas falas; e ele ajudou-me a suportá-lo.

Pergunto-me de onde Olavo teria extraído forças para ouvir-me sabendo, hoje, que, justamente naquele momento, sua relação com Joana alcançava o seu clímax, encaminhando-se para o desenlace; e a tragédia. O instante em que essa história veio à tona coincidiu com a súbita separação de Carlos e Maria Helena. Este se havia mudado para um hotel próximo à *Duque de Caxias*. Entregava-se à escrita de um romance e pouco aparecia aos encontros do grupo, no *Mercado Público*. Ainda assim, conseguia manter funcionando o Tabelionato. Este era um traço de seu caráter. Nas responsabilidades assumidas, era de uma disciplina férrea; nada ficava à deriva no domínio das coisas públicas. Não sei como organizou sua saída de casa, já que, para ele, o casamento pertencia igualmente a esse domínio. O papel de sua mãe deve ter sido, naquele momento, de enorme importância para as gêmeas, porque também Maria Helena iria logo subtrair-se ao mundo administrado por ele. Certa tarde, deixando o hotel em que ele se hospedava, topei com Olavo duas ruas abaixo. Estava de costas para mim e gesticulava, nervoso, a voz alterada dirigindo-se a alguém que eu não via. Reconheci Joana, ao passar, o rosto desfeito, olhos duros me olhando. Acelerei o passo e, chegada ao *Mercado,* evitei o *Naval,* indo tomar um suco na *Banca 40.* Inclinada na mesa, a cabeça entre as mãos, eu procurava decifrar, sem sucesso, a cena presenciada, até notar que Joana estava ali, na minha frente. Convidou-me, com um gesto, a sair; toda ela tremia, os dentes batendo como se sentisse frio na atmosfera sufocante daquele fim de maio.

Caminhamos caladas, até a última e pouco percebida brecha ainda existente no muro para o *Cais do Porto.* Da *Avenida Mauá,* o ronco dos carros chegava até nós como se ondas batendo em um dique. Havíamos sentado sobre caixas junto à água do rio, e ainda vejo seu rosto iluminado pela luz do sol já afundado. Rosto de traços fortes, o nariz reto, a cara emoldurada dos cabelos crespos. Quando falou, as palavras saíam da boca aos arrancos, o queixo apoiado com força nos joelhos, braços em torno às pernas como se temesse desabar. Aos poucos se acalmou, e só então, na voz normalizada e rouca, entendi o que dizia. O que não deveria ter passado de aventura banal entre ela e Olavo, embrenhou por terreno perigoso, exigindo de ambos reservas de forças de que, obviamente, não dispunham. O esgrimir do desejo nos jogos iniciais, foi-se fazendo destrutivo na relação exasperada. Buscando evitar-se em nível refletido, eles se procuravam no desejo, deixando-se arrastar a excessos e ao descontrole. Isso vinha durando há meses, e Olavo decidira cortar de uma vez os encontros. Joana negava-se a aceitar, iludindo-se quanto à possibilidade de a relação encontrar certo equilíbrio. Passou a persegui-lo e importuná-lo por toda parte na cidade. De onde a atitude destemperada que eu acabava de testemunhar nele.

Eu a ouvi fascinada. Os sentimentos primitivos têm uma beleza que atrai e repugna simultaneamente. Nada mais revelador da errância humana do que o impulso destrutivo, essa estranha ascensão, que é um precipitar-se no nada. Enquanto falava, sua cara foi ganhando uma expressão endurecida, um ricto mau na boca, o corpo hirto em crispação de animal prestes a urrar. Um véu de desespero a isolava de mim e eu a vi envelhecer décadas em um segundo como se devorada por dentro. Já era tarde, quando voltamos. A região começava a ficar perigosa e eu a deixei num táxi junto ao *Mercado*. Este não foi nosso único encontro. Joana voltou a procurar-me, outras vezes, por saber que eu via Olavo com frequência, e acreditar poder agir sobre ele por meu intermédio. Lembro da observação que fez em uma de nossas conversas, bem mais monólogos seus que realmente diálogos.

"Sinto como se tivesse estado parada desde sempre em um lugar do passado ou do futuro, tentando abrir uma porta já aberta. Pessoas vão e vêm sob formas distintas, mas nenhuma é outra que a anterior. Elas vêm ocas, qual máscaras que nada ocultam. Eu mesma fico ali, buscando ver através, embora saiba que não há outro lado ou avesso em parte alguma."

A relação entre ela e Olavo vinha marcada de um automatismo perigoso. Minha sensação quanto ao que os atraía, um ao outro, era de que irrompia a um ponto opaco em ambos, algo substancialmente ressentido e desapaixonado, antes frio, que passou a tecer a desmedida no desejo, dando-lhe só o aspecto da paixão. Sem paixão o desejo enrijece, fazendo da repetição o tema e a forma de sua manifestação. Não há força positiva nesse arremedo de fluxo, que opera no sentido inverso ao da vida. Entre eles tudo parecia dar-se como se não um demônio, mas uma razão pervertida dominasse o cenário e, arremedando o desejo, fosse abrindo feridas pelo corpo; também na psique, com a navalha da autoironia. O que os havia costurado, na parte de fora, recusava a costura no lado interno e, tentando-o, chegavam a um nível destrutivo cuja única saída era o afastamento. Joana sabia disso, mas insistia temendo recair no vazio anterior – de que Olavo sequer suspeitava. Recusando aceitar a decisão do amante, ela escolheu um modo de ferir que atingiria não só a ele, mas a todos no grupo. E a vítima maior foi o objeto ele mesmo de sua abjeção: a vulnerável Maria Helena, abandonada por Carlos.

Joana encarnou esse novo papel com cinismo, tirando proveito de uma situação de desamparo. De sua própria perspectiva, ela extraía o gosto inusitado de tornar-se amante de uma mulher arrancando daí, por ser mais velha e machucada, um prazer refinado cozido no fel do ressentimento. Quanto a Maria Helena, agarrava-se à figura da mulher-vampiro, acreditando poder resgatar, assim, aquilo de que fora espoliada: a confiança em si mesma e no próprio desejo. Deixou-se, creio, fascinar também pela indiferença moral de Joana. Isso a impediu de perceber que, na entrega licenciosa, que as tornava sábias nas carícias, Joana não se entregava a ela, mas a seu próprio abismo. Joana era inteligente demais para não compreender que tateava às cegas no desejo inventando outro jogo, desta vez com um parceiro que ignorava a trapaça. Chegou a perceber que Olavo não passava de um fantasma em sua ânsia destrutiva; um dos tantos forjados no magma do eu há muito calcinado.

Nossos encontros – em que Joana mostrava-se tensa e miserável – deixavam-me exausta. Eles a ajudavam, de algum modo, porque ia ganhando clareza em relação ao que a movia. Com o decorrer do tempo, entendi que ela já não buscava nem queria mais ser ajudada. Eu temia por Maria Helena. Bem mais, porém, por Joana, que, naqueles encontros, parecia afinal só desejar um testemunho de seu desatino. Menos de um ano após aquela conversa no Cais, Daniel me procurou para fazermos a identificação de seu cadáver. Sensação esquisita de receber notícia já sabida. O suicídio pareceu-me, então, como que embutido na forma de vida escolhida por ela. Ao criar desse modo a própria morte, Joana parecia estar querendo negar o automatismo psíquico que a determinava, embora o estivesse apenas confirmando. O corpo estava inchado, nos lábios um trejeito de humor que eu nunca surpreendera no seu rosto vivo. Para ela, deve ter sido uma morte bonita. Era excelente nadadora e o mar a fascinava. Entregando-se à água sob um céu metálico estalando em claridade, creio ter experimentado liberdade e horror idênticos.

Daniel – só então fiquei sabendo – sabia da relação entre Joana e Olavo, e até buscara intermediar um entendimento entre ambos. Pouco falamos a respeito, guardando para nós as confissões recebidas. Olavo desapareceu de nossas reuniões após o enterro de Joana, cuja morte foi dada como acidental. Carlos e eu, fiéis à irrealidade de nossa relação, evitamos o tema. Como se Joana não tivesse morrido, como se Maria Helena não estivesse à beira de um colapso. O único sinal exterior do abalo que sofremos foi nosso breve afastamento. Mas o apelo voltou, e o espaço desenhou, de novo, no corpo da cidade, a lei magnética que regia os nossos corpos. Obedientes a ela, nunca chegamos a gastar-nos no fluxo e refluxo do desejo. Ele nos percorria qual oceano o seu leito milenar; esculpia sem dor nossas entranhas, como o mar a escavar suas gargantas nas rochas. Até virmos à tona, à procura de ar...

Inverno, 1996

O inverno não cede. Voltei a percorrer velhos caminhos, quando as noites se aquietam na cidade abandonada. Deslocar-me com Balko até o *Centro* é difícil. Os táxis o recusam, normalmente, como passageiro. Eu insisto, porém, em rever as ruelas da cidade velha, sentir o cheiro da comida, ouvir o som de vozes escapadas aos bares e pequenos restaurantes, reencontrar meus fantasmas na cena originária. Com Balko, não me sinto ameaçada nessas caminhadas, quero dizer, fisicamente ameaçada. O seu tamanho, a cara concentrada, criam um campo protetor a nossa volta; até os bêbados nos evitam resmungando palavrões. Ele parece ter consciência de seu papel, e atenta a cada movimento próximo ou distante, pondo a correr um gato ou vira-lata que ouse chegar mais perto. Sua presença ao meu lado não é, entretanto, só física como se ele marcasse em mim um limiar para o avanço das sombras.

Alcina e Arnaldo preocupam-se, é claro, com esses passeios noturnos. Ele, principalmente, como ex-policial. E já se ofereceu para me acompanhar, de modo que precisei dar-lhes certo esclarecimento. Sem, contudo, dizer que toda companhia humana teria efeito nefasto neste meu acesso aos lugares do passado e às coisas que se encontram nele. Ou que, até certo ponto, nada disso está fora, além de mim. Sem indicar, portanto, que o tempo em que essas coisas todas voltam à presença é tão enigmático quanto o tempo real, em que a história pessoal do que penso ser eu, dentro dela, vai-se mostrando em atos no palco da cidade. Eu só os fiz entender que os passeios a sós têm a ver com uma certa terapia.

Aonde se encontra, em mim, a comporta que se abre aos cenários antigos, que vou percorrendo *sem* e *com* meus amigos? Vejo-os surgir, lá atrás, como se em palimpsesto, inclusive nos ruídos, nos cheiros de então. Vez que outra, brotam à luz outras camadas ainda mais remotas do passado, como as ditadas nas lições do *velho Glaser*. Ontem mesmo, em espécie de transe, presenciei uma cena que o ouvia narrar com forte colorido emocional. Foi um roubo com morte, fuga e final sangrento, ocorrido em 1911. O local do crime tinha sido ali mesmo, na *Rua da Praia*, onde Balko insistia, agora, em farejar um vinco sujo de parede. Deu-se em *Casa de Câmbio* existente no térreo de um sobrado, não longe da *Livraria Americana*. A cena abriu-se envelopada na voz de Glaser, e ouso dizer que *senti* sua presença ao meu lado. Projetados atrás, eu e o cão emergimos à porta de uma Barbearia, que, na narrativa, ficava em frente à casa em que se deu o crime. Se, no tempo real, era tarde da noite, no salto do tempo, o sol iluminava a rua; e, com tanto realismo, que, ao primeiro disparo por trás da vidraça, eu me curvei. Logo seguiram outros sacudindo a vitrine do estabelecimento. Vindo da Barbearia atrás de mim, um homem de cara ensaboada avançou na calçada, aos tropeções. Eu o vi justamente no instante em que um sujeito abandonava a Loja agitando na mão uma pistola e a gritar qualquer coisa em língua estranha. Outros três, de boné, foram saindo, após, enfiando nos bolsos de calças e coletes o que devem ter sido as peças do roubo; um deles carregava uma sacola. O espaço à volta recendia a pólvora queimada. Pessoas olhavam aquilo, paralisadas; outras, a partir dos balcões de sobrados vizinhos, gritavam pela polícia. Os ladrões evitaram correr. Afastaram-se rápido, saltando nos trilhos, para a seguir descer a *Rua do Comércio*. A coisa toda durou nada. Vi-me de volta no presente lutando com Balko, que puxava a correia atrás de um gato. Pude ver o bichano esgueirar-se na esquina da *Ladeira*, onde, instantes atrás, estava a *Livraria Americana*. Balko sentou, ao comando, eu buscando o lugar do sobrado em que se dera o crime. Sequer onde ficava a Barbearia, de nome *Brasil*, eu consegui identificar.

Glaser concluía a narrativa lamentando os "infelizes anarquistas". "Estrangeiros", dizia, "como tantos na cidade, à época; sequer hábeis com as armas. O assassinato do atendente da Casa de Câmbio não foi premeditado; um deles perdeu o controle, disparou de nervoso, estou certo, à reação mal-entendida do infeliz. O plano era roubar o máximo sem chamar a atenção; sem matar. Os quatro precisavam de dinheiro, é o que mostram as cartas achadas nos seus bolsos. Para voltar à Rússia? Viu-se que discutiam entre si, no percurso da fuga; algo saiu errado..." O cenário político estava então sob o comando de Borges de Medeiros, e teria encontrado plataforma de guerra nos jornais inimigos, a *Reforma* e a *Federação*. Glaser, é claro, elogiava o papel da *Reforma* a apontar as mazelas do governo e da polícia: "Como aceitar o fuzilamento injustificado de quatro ladrões portadores de armas de repetição por uma força inteira da *Brigada Militar* armada até os dentes?". E concluía: "Porto Alegre esqueceu, quis esquecer o episódio. Como a outros, sangrentos, de que se teceu... e a rotina jogou nos arquivos..."

Embora esses meus saltos no passado – radiografias mnemônicas de ruas e logradouros da antiga Porto Alegre – pareçam ter um parentesco com as ditas *passagens* vividas por Bruno, uma coisa não tem a ver com a outra. Eu não saio daqui. Meu mundo permanece sendo o mesmo. Sua transparência ou o poder revivê-lo na subitamente alterada sobreposição do espaço-tempo em que se concretiza, vem de minha insistência, penso eu, em colher o já sido no agora. Se posso vê-lo, surpreendê-lo como se além de mim, é, também, acredito, porque o tempo, em si mesmo, não passa ou se esvai, nem aqui nem no todo. Armazena-se ou fica represado em dimensão mais ampla e misteriosa do instante?

A noite estava fria, mas sem vento. Andamos até o rio, Balko feliz após a reclusão do dia. Carros estacionados balançavam aos corpos corcoveando no velho ritual. Deixo-me estar indiferente à beira destes gozos como se, morta, olhasse o mundo através de uma lente. De onde vem isso em meu desejo? Não foi a vida que o imprimiu em mim. Não o faria com nenhuma de suas criaturas, que, até o último ato, mantém prisioneiras.

O frio cedeu lugar a um quase verão. Sentada na varanda, tenho Balko ao meu lado. O pelo ainda quente do banho e do secador, ele apoia a cabeça nas patas dianteiras e resmunga presença me olhando de esguelha. No pátio à frente, machucadas da chuva e do vento das últimas semanas, as copas das árvores pendem ao próprio peso. Passei um café e o vou bebericando devagar, olhos postos na luz que atravessa o arvoredo a inventar arabescos na terra encharcada. Ah, não ter de lembrar ...

... de um tempo no passado.

... qual retrato roído, a ruela saltou-me nos olhos: Travessa dos Venezianos...

Carlos levou-me, certa vez, a uma rua especial, para ele, na *Cidade Baixa.* A rua em que, na adolescência, ia visitar sua primeira e muito proibida namorada – filha de uma doméstica da mãe. A rua não ficava longe de onde eu morava, e o bairro preservava, mesmo agredido dos novos projetos urbanos, algo do encanto original da colonização açoriana. Ruelas de muros antigos, casas zarolhas ornamentadas de guirlandas ingênuas, pilares inúteis e as feridas no estuque. Aqui e lá, em algum armazém recendendo a cebola e toucinho, uma armada de moscas no balcão atraídas pelos vidros sebosos a exibir pirulitos e balas "quebra-queixo". Qual retrato roído, a ruela saltou-me nos olhos. E o nome: *Travessa dos Venezianos.* Casas minúsculas sobre calçadas pouco mais estreitas do que a própria rua, postes-lampiões e os interiores de ontem. No corredor, pela fresta, o piso de linóleo. Um rosto iluminado, ao fundo, e as lembranças de Carlos. Não longe, crianças jogando *sapata* derrubavam o céu sobre o passeio...

"Ela era linda", eu o ouvi murmurar. E alto, a seguir, irônico: "Perdeu a virgindade... e a mãe o emprego." O cinismo de Carlos era sua arma de defesa mais óbvia. Nossos encontros rareavam, os corpos esvaziados de seu magnetismo. Em mim, por vezes, o desejo dormido acordava, de prazeres apenas sugeridos à consciência. O espaço fazia-se jaula. Noites febris, insones. O trabalho ajudava.

Desde a morte de Joana, eu não voltara a ver Maria Helena. Meses após o enterro, no início da primavera, eu a encontrei. A noite tinha sido sufocante; antes das seis eu já estava na rua. Na *Borges*, decidi tomar um ônibus em direção à Zona Sul. A *praia de Ipanema* me atraía; distante de tudo, além de pouco frequentada àquela hora – a não ser por alguns proprietários de cães, acompanhados de seus animais. Desci do ônibus, e, os olhos fixos na ponta da cidade alvejada do sol, eu avancei na praia, os pés descalços afundando na areia ainda fria.

Tudo era transição sem limites discretos, as formas escorrendo umas nas outras como labaredas. Ouvi meu nome e voltei-me, surpresa. Da areia, a alguns metros, alguém me acenava. Não a identifiquei, de imediato, assim tão longe de seu ambiente, não composta e elegante como de hábito. Vestia uma camisa longa sobre o *Jeans*, os pés nus. Não levantou, quando me aproximei. Acenou com a cabeça um convite a sentar junto dela. Se sabia de Carlos e mim? Pelo inesperado

... avancei na praia, os olhos fixos na Ponta da Cidade alvejada do sol...

do encontro ou porque o insólito de certas situações desobriga os rituais de cortesia, sentei sem falar. Ficamos, assim, algum tempo, acompanhando o jogo da luz sobre o rio e o casario distante. Quando ela falou, senti que estava apenas exteriorizando o sentimento que a tomava naquele momento. Desde a morte da amiga, talvez?

"Foi assim que estivemos, da última vez", sua voz veio áspera.

"Joana?"

"Jo-a-na..."

O nome atravessou-lhe os lábios soletrado como se admirada de o encontrar lá fora, arrancado à neblina do mundo interior e lhe ferindo o ouvido. Cerrou os punhos e as pálpebras, a voz colada na garganta.

"Eu não podia suspeitar. Quero dizer, supor que realmente o faria. Aquilo a obsedava. A morte era uma cicatriz antiga e a sugava por dentro. Fazê-la acontecer assim, porém... Era cedo, eu dormia e deve ter estado ainda escuro, quando ela deixou a casa. Os pescadores a viram na praia; disseram que ficou ali por muito tempo. Esperava por mim? Por qualquer um que a detivesse? Eu tento imaginar o que sentiu, naquela hora, a sós com o elemento que escolheu como testemunho final, o único a que se entregou sem reservas. Horroriza-me pensar que eu dormia. Como pude? Como são embotados, opacos, os nossos sentidos, mesmo em relação àqueles que amamos."

Havia nela um desespero resignado como se ainda estivesse lá, no limiar entre a vida e a morte de Joana. Limiar em que via a si mesma dormindo, como num pesadelo. E esperava, como num pesadelo, poder modificar a cena, imprimir-lhe outro rumo ou corrigi-la; mas se via dormir, sempre de novo ...

"A gente se queria tanto!"

Só então me encarou, perscrutando meu rosto. Estava magra, abatida, o cabelo amarrado em nó frouxo na nuca.

"Nós dividimos nossas vidas a partir de um instante qualquer, para melhor suportá-las, talvez... Parecíamos gêmeas na dor partilhada. Seus silêncios eram os meus silêncios, sua alegria derramava-se em mim como uma onda. Atingimos a qualidade rara, que só os grandes amantes atingem, por instantes, quando os meus e os seus gestos assemelhavam-se como o voo de pássaros migratórios. Nadávamos e mergulhávamos juntas, fazendo do mar nosso amante comum. E imitávamos os peixes, como fazem as crianças. Creio que em certos momentos fomos completamente felizes. Aconteceu, então... bem no centro do Paraíso. Ou terei me enganado?"

Ela tremia, parecendo febril.

"Quando cheguei na varanda, ela nadava longe contra o disco do sol. Avançava devagar, com braçadas poderosas; e parecia leve, serena. O mar brilhava, o céu tinto de púrpura. Eu só senti medo, só *soube* o que viria segundos antes de acontecer. E gritei, gritei como louca o seu nome, até vê-la jogar o corpo para o ar, numa espécie de salto. Suspenso na superfície ondulante antes de mergulhar, a luz ainda brilhou nele... e desapareceu, precipitou-se ao fundo sem voltar uma só vez à tona. Corri até a praia e a teria seguido não fossem os pescadores, que acabavam de arrastar os barcos para a areia. Um deles, o único que sabia nadar, ainda voltou até onde ela tinha desaparecido. Fiquei ali, esperando, horas a fio, enquanto a procuravam... E ainda acordo de noite, aos gritos como se nunca tivesse saído de lá."

Chorava, agora, o rosto devastado por cansaço sobrenatural. Puxei-a para mim e a abracei até ela se acalmar. Devo ter sido a primeira pessoa com quem falou daquilo. A primeira vez que conseguiu chorar, quem sabe? Quando nos separamos, prometeu entregar-me uns escritos deixados por Joana. Não pensei que o fizesse. Dias depois, os recebi pelo Correio. O pacote continha cópias de anotações feitas a mão, quase sempre datadas, algumas delas na forma de aforismos, outras, simples relatos de acontecimentos. Junto, um bilhete de Maria Helena dirigido a mim: "Não sei o que é a morte, e se nela se encontra o sentido da vida. Parece-me, por isso, importante que outros além de mim percebam algo dessa existência singular. Joana confiava em ti e eu.... Creio que sei, agora, o que sentes por Carlos."

Hesitei muito em ler aqueles papéis. Como se, lendo-os, forçasse Joana a voltar de sua morte. Ainda assim, em algum momento, no final do verão, eu decidi fazê-lo – por Maria Helena. Li à luz de uma vela, para invocar e nutrir o fantasma. A letra firme, levemente inclinada para a esquerda, fez-me lembrar o modo oblíquo de olhar próprio a Joana. Eu a enxergava à minha frente, as pernas cruzadas, um cigarro na mão, a cabeça inclinada para a direita, o ar tempestuoso sublinhado pela juba escura.

Abaixo, extrato das anotações de Joana:

05.10.80
Sôfrega. Dias enormes de meu e seu corpo disjuntivos. A pressão de suas mãos nos meus seios. Necessidade retomada dessa dor, da força de seu punho no meu ventre, dos dentes mordendo-me as coxas. Eu o desejo com a mesma perversão que o move para mim. As tardes mastigadas no gosto de sangue em minha boca, nos beijos agudos que me penetram, na bofetada, na mordida, no açoite. Por que fugir? Morrer-me dele, nele. É o que quero, ele sabe. O que resta de mim para outros amores? Nenhum essa tortura-gozo que me repõe em mim como a mênade antiga, desvairada.

09.11.80
Mais uma vez, Olavo. Ah, Olavo! Deixa-me exangue, macerada. Eu o quero. Eu o quero assassino.

20.11.80
Quantos ousam contar seus momentos de horror para si mesmos? O terrível em nossa civilização é a negação de inúmeras dimensões do sexo em nome da moral. O que é o homem? Desenterrar camadas apagadas da psique; que brilhem à luz, sem etiquetas apequenadoras. Deixá-las vir, jorrar na luminosidade quente do acontecimento sem desnaturá-las. Quando o permitiremos? Quando deixaremos de temer a vida? A lei condena, seca e faz murchar a vida. Olavo continua a

punir-nos, mesmo sabendo que isto é inútil. Torna-se o algoz de seu próprio querer, tão duramente conquistado ao que fizeram dele. Eu o amo, só eu, no que ele é mais. Amo-o no que tem de mau. É tolo perguntar por quê. Não existem perguntas na metafísica licenciosa do desejo.

30.11.80

As noites em que o espero; em que permito a espera e o desespero. Sinto na pele a aspereza das suas arestas. Como um escalpelo. A mágica ilusão de que meu pensamento possa tocá-lo, arrastá-lo até mim. Na porta, a espera é uma presença quieta. Olhos vãos. Meus passos na sala medem ausências. Mesmo isto, que se torna a substância de meus dias, mesmo esse corte transversal da falta de seu corpo no meu corpo, lhe pertence. Passo, então, a gozá-lo, antecipando a posse e a danação.

07.12.80

Daniel e Laura arrastaram-me, ontem, a um passeio noturno pelo Guaíba. Não sabia tão belo o nosso rio. Silêncio nele, crivado de ruídos. E luz, muita luz, vinda de vários pontos dentro dele e de suas margens. É um rio masculino. Incisivo e ríspido. Suas ilhas, grandes manchas escuras, cheias de vozes abafadas, são animais feitos de barro e vegetais sonoros. Cheiro forte de peixes e dejetos. É este rio que rascunha a cidade, acavalando-a nele, abrupta e resistente.

04.01.81

Maria Helena. As pernas brancas murmurando arrepios nas minhas mãos exigentes. O sexo florescendo nos meus lábios, eu a vergo em orgasmos repetidos, até senti-la exausta, implorando que pare. Pobre amiga! Repete em mim o desejo impedido do homem terrível que é seu marido. Tem o sabor de lava a repugnância inicial de sua entrega. Possuo nela apenas o seu desespero.

13.01.81

Em uma hora viajaremos a Garopaba. Gosto de mar nos seus cabelos louros quando a beijo, noturna, o corpo ouriçado entre areias e ondas. Vai-se, aos poucos, fazendo mulher. Carlos parece pressentir. E se aproxima, farejando carniça.

19.02.81

Noites perfeitas. O mar barra de negro o horizonte. Há sussurros no miolo das coisas. Quando chega a manhã, a vibração da luz repete, inaudível, os nomes do que vai surgindo. Recria-se o universo e os existentes vão se abrindo, opacos, antes de ousar falar o próprio nome. As panteras são mansas quando o mundo nasce. O espaço é azul e se coagula à luz do que se forja nele. Nada acontece.

20.03.81

A criança caiu e a pandorga perdeu-se no céu. O mar, monstro agachado a lamber para sempre os próprios excrementos. Somos os vermes de suas entranhas. Quando voltarmos, seremos outra vez pedaços de algas, corais de arrecifes nunca descobertos, a barbatana alada de algum tubarão...

23.03.81

Seu corpo se adelgaça nos meus braços. Descobre ressonâncias de prazer que a deixam linda. Ela aprende o meu corpo e o percorre encantada, encontrando a si mesma nos meus olhos. Nosso ritmo vai tecendo sabedorias geométricas na matéria ensolarada dos dias. O oceano assopra-nos ensinamentos milenares. Nada é importante. Tudo importa demais."

A essas anotações, Maria Helena acrescentou poemas, histórias curtas, ensaios sobre filmes e outros escritos da amiga. Nada, porém, tão forte quanto o que transcrevi antes. Detectáveis as marcas de seu desespero no que escreve? Certas intensidades brotam de seres raros na forma de ser, no modo de pisar o mundo. Isso os exila e põe à margem, condena-os a se consumir no próprio gelo e fogo. Pouco sabemos dessas constelações interiores, para as quais a destruição e a morte são o zênite e o nadir, o alto-mar e a âncora.

Pergunto-me qual o papel de Olavo neste desenlace? A que terá temido mais: a si mesmo ou à mulher-medusa? Nele, ao contrário de Joana, o mergulho e a travessia no pior foi caminho de cura.

Inverno, 1996

Voltou a chover esta noite. De manhã, fui com Balko até o rio. Ninguém na praia; ele a galope, o corpo elástico estendido, prestes a voar no encalço desta espécie de corvo aquático de um cinza agourento, que não recordo de ter visto antes por aqui: o *cormorão*. Balko goza o prazer da própria força, da água que o encharca, deixando-se excitar pelo grito irritado das aves. E volta, a língua pendente, para saltar em mim, exultante. Eu disparo atrás dele e voltamos os dois, para a ducha e o café perfumado de Alcina. A satisfação de me ver devorar seus *croissants* ilumina-lhe as sardas como se vagalumes no campo preto da pele.

Balko partilha as frutas comigo, sobretudo o mamão e a banana; também Lesko, antes dele. Este chegou a nós por uma indicação de Arnaldo. Um ex-colega seu, Investigador da *Polícia Civil* e adestrador de cães, buscava alguém para ficar com o animal. O policial e o cão haviam trabalhado juntos durante anos, na busca e na perseguição de fugitivos. Percebi a tormenta interior que sacudiu o homem ao separar-se do "amigo", mesmo sabendo que lhe daria uma velhice digna em nossa casa. Algo que ele já não conseguia, desde o despejo forçado da casa em que morava, na *Cidade Baixa*, em consequência do projeto urbano que a esquartejou. No novo apartamento do *Centro*, o ex-policial sentia o desconforto do bicho não só devido à perda do espaço físico anterior, senão pela falta que lhe fazia o trabalho diário na *Corporação*. Lesko era um cão inteligente, e chego a acreditar que compreendeu a situação, quando, após um período experimental, o *Investigador Horácio* – como o chamava Alcina – passou-me definitivamente a guia. Segundo ele, o animal me elegeu já na primeira vez em que nos vimos. Eu lhe tinha deixado a iniciativa de se aproximar, e, enquanto seu dono e eu conversávamos, ele observou-nos algum tempo, aproximando-se após, para me investigar com o focinho. Deixei acontecer e ele sentou colando o corpo em minha perna. Só então o afaguei sussurrando-lhe o nome. Um ser bonito, as orelhas em pé, o pelo dourado. Uma mistura de ovelheiro com não sei bem o quê.

Ao perceber que seu amigo me aceitara, o ex-policial falou-me de suas vidas em comum, da bela relação pessoal e profissional entre ambos. Quando o deixou comigo, Lesko soube... e sofreu; mas aceitou com dignidade a decisão do dono. Por não ter trabalhado só com este, no grupo? O cão pertencera às primeiras gerações de animais a trabalhar, aqui, na *Polícia Civil*. A ideia nasceu de alguns policiais, que, tomando-os à rua, em geral vira-latas, como o próprio Lesko, adestravam-nos nas diligências de busca e perseguição de pessoas. Esses cães pertenciam, portanto, não à *Corporação*, mas aos seus integrantes, que, por sua conta e risco, encarregavam-se deles. Naquela fase, os adestramentos davam-se sem tortura, o que, segundo Horácio, propiciava um intercâmbio íntimo entre o adestrador e o animal, a ênfase posta na confiança mútua. Entre o dono e o cão, mas também entre este e os demais policiais com os quais trabalhava, nascia espaço em que a mescla de afeto e confiança tornava supérflua a brutalidade machista e repressiva – que passou a existir e ainda existe, lamentavelmente, em certos *Canis* oficiais da Polícia.

Lembro que, quando Horácio me passou a guia, e, voltando-se andou na direção do carro, um leve sobressalto atravessou o corpo do bicho. Não se moveu, porém, os olhos fixos nas costas do dono, até vê-lo sumir. O que sentiu, naquele momento? Pergunto-me de que maneira esse embrião de pensamento que cruza o cérebro dos animais consegue resolver tal situação. Acredito que o fato de ele ter convivido com diversas pessoas, no trabalho diário, tornou-lhe menos difícil o processo de reorientação no novo ambiente. Era um cão comedido, eu o diria refletido, e parece ter confiado em mim tão imediatamente quanto eu nele. Encantou-o, obviamente, o espaço do jardim, que se pôs sem demora a investigar. Alcina, com seu jeito manso, ganhou seu coração já na primeira refeição, e, ela estando na cozinha, Lesko ficava por ali, no lugar que escolheu como seu. Dei-lhe direito à casa toda, a um espaço ao meu lado no quarto, se o desejasse. Não custou a assumir o trabalho de guarda utilizando, sem hesitação, o alçapão semioculto existente na porta dos fundos. Nesses primeiros dias, pondo talvez à prova sua efetividade, ia e vinha, curioso, entre o interior da casa e o exterior. Ajudou muito, é claro, o fato de o *Investigador Horácio* ter continuado a visitar-nos. Pudemos coordenar, assim, satisfatoriamente a ordem de domínio no novo ambiente – com Alcina e Arnaldo em segundo lugar na hierarquia de mando.

Horácio é um sujeito simpático e despretensioso, capaz de contar com humor e empatia, entre muitas histórias de seu ambiente de trabalho, as façanhas dos cães e seus adestradores. Foi também ele que nos trouxe Balko, mais tarde: um filhote engraçado de Labrador com algo outro não identificável. E encarrega-se dele, até hoje, quando Arnaldo está em férias ou impedido de fazê-lo, por qualquer motivo. Tornou-se familiar à casa, vindo apreciar sempre que pode os biscoitos, os bolos e a famosa ambrosia de Alcina. É o único colega de Arnaldo a cultivar a relação – e um dos premiados com os produtos-extra de nossa cozinha.

Entre mim e esse primeiro cão nasceu uma cumplicidade boa. Não tão solta e brincalhona como a que tenho com Balko, mas igualmente forte e estável. Desde o início, estabeleceu-se um pacto de confiança entre nós. Lesko hesitava, inicialmente, em deixar-me sozinha, quando Arnaldo o levava a passear. Só aceitou plenamente a divisão entre este e mim, nas caminhadas, após termos saído juntos algumas vezes, quando eu então passava-lhe a guia. Pela manhã, Lesko se dirigia a Arnaldo, mas à tarde a tarefa tornou-se ligeiro uma parte integrante – e a melhor de nossos dias. Ele e eu tínhamos o mesmo gosto em desbravar, ele provavelmente em patrulhar o bairro e a praia. A relação desenvolveu-se num crescendo e, no meu caso, atravessada de um sentimento até aí desconhecido à constância e incondicionalidade do afeto que emanava dele. Perdê-lo, oito anos depois, foi penoso em um grau incomum. Não só para mim; todos sentiram sua falta, especialmente Balko. Este o adorava e o fez rejuvenescer em brincadeiras malucas pelo pátio. Embora Lesko não lhe permitisse dormir em sua cama, tomou-o sob sua proteção e lhe passou muito da própria experiência. Soube impor-lhe limites nos jogos de força ou se o pequeno ensaiava patrulhar *seu* terreno na casa. Inquieto e intempestivo, Balko entendeu ligeiro que precisava respeitá-lo e aceitou seus sinais com bravura. Tinha seis anos, quando o perdeu. Sua vida havia girado em torno ao companheiro e teve um luto prolongado. Para arrancá-lo à depressão, tivemos de investir muito carinho e paciência. Passou a depender de cada gesto, cada palavra nossos; não aceitava ficar só, nem ocupar espaços até aí dominados por Lesko. Na praia, para onde costumávamos viajar, no inverno – o chalé de Daniel –, ele ficava ainda mais angustiado. Certa feita, deixou-me nas dunas disparando de volta, como se perseguido. Encontrei-o escondido no quarto, sob a cama. Mas o tempo o curou.

Tornou-se um excelente cão de guarda e enfrenta com firmeza as situações difíceis, sejam elas com pessoas ou outros animais. Incorporou as lições do mais velho, sem perder, entretanto, o jeito afoito e brincalhão.

... os dois prestes a voar, deixando-se excitar pelo grito irritado das aves ...

Sonhei com Bruno esta noite. Sentado a um banco, em plataforma de Estação de trens, na parede atrás dele um enorme relógio que marcava as doze. Ele esperava um trem e não parecia ter pressa. Não consigo dizer o que senti vendo-o, ali, imóvel, o olhar perdido em um ponto dos trilhos à frente. Quis ir até ele, mas não consegui mover as pernas; nem meus lábios se abriram, quando tentei chamá-lo. Recuperando a voz, gritei, mas um trem apitou naquele instante. Ele, então, levantou e avançou na plataforma. Do Bar, a garçonete acenou para mim apontando em sua direção. Tentei mover-me, mas as pernas de novo recusaram. Acordei chorando e ouvi Balko ganir. Dei com a cara peluda apoiada na cama.

... de um tempo no passado.

Quais os meus sentimentos em relação a Bruno, naquele período? Não longe do fim, vejo-o sentado à minha frente, no *Mercado Público*, uma taça de nata na mesa, o ar de menino que cresceu demais. Cabelos lisos caindo na testa, rosto anguloso, a tez clara e o olhar distraído. Lembra o polichinelo de olho vazado que ganhei em quermesse da Escola; e amei inutilmente. Bruno cresceu muito e depressa demais. Sobram pernas e mãos, que estão sempre batendo nas coisas e parecem forjar armadilhas ao corpo. Os olhos verde-cinza estreitam-se por trás dos óculos, sacudindo a aparente sonolência que sua lentidão provoca. Lentidão proverbial entre os amigos, tal como a súbita erupção de entusiasmo na serenidade habitual. Sua primeira experiência mais fundamental de vida é banal. Casou com uma quase menina – ele mesmo tinha dezoito anos. O fato de ela o ter abandonado alguns meses depois, não o deixou misógino. Tornou-se, sim, arredio, evitando envolver-se mais profundamente com outra mulher. Mesmo assim, quando nos conhecemos, não mascarou ou tentou reprimir o interesse ao meu próprio interesse. Tolice perguntar o que teria sido de nós, não fosse Carlos; antes pelo porquê de eu permitir que este se intrometesse em nossa vida.

Pouco após o suicídio de Joana, outro elemento inesperado imiscuiu-se na cadeia de influências que nos determinava. Eu costumava, então, fazer um e outro levantamento fotográfico, para ilustrar os artigos de Daniel no *Vígil.* Certa tarde, indo entregar-lhe um material, deixamos juntos a *Redação.* Ao entrar na *Dr. Flores,* avistamos a cabeça de Bruno emergir sobre a massa dos passantes e avançar saltitante em nossa direção. Já de longe, agitava algo no ar, como a um tacape, e, sentados a um banco, no canteiro central da *Otávio Rocha,* foi despejando afoito o conteúdo de carta empunhada. Era um convite da *Universidade do México,* para lá trabalhar nos próximos dois anos. Desenrolou ligeiro a série de vantagens que o convite trazia, mas era óbvio também que alguma coisa o perturbava, apesar do entusiasmo. No meu embotamento, sequer pensei que eu mesma pudesse ter a ver com aquilo e remeti sua angústia ao receio de não conseguir um novo afastamento da Universidade. Daniel vibrou com a oportunidade aberta ao convite, ironizando a hesitação de Bruno. Ele iria, afinal, conhecer e trabalhar *in loco* a cultura dos índios mexicanos, um dos pontos centrais de suas preocupações acadêmicas. A discussão entre os dois se intensificou e eu não podia entender o porquê da animosidade de um, nem da atitude renitente do outro. Daniel se interrompeu, de repente, e, alegando pressa, afastou-se. Com um gesto ríspido, Bruno afugentou a pergunta que não concluí. Andamos em silêncio até o *Gasômetro,* quando o sol já pintava o horizonte, costurando-o ao *Guaíba* em negro e púrpura. Demoramos, ali, de mãos dadas, presos à coreografia mutante de cores e nuvens no poente.

A sensação de conforto e segurança que eu sentia ao seu lado, a ternura de uma qualidade especial aquietavam a ansiedade experimentada com Carlos. Voltávamos, às vezes, a viver a sensualidade repousante anterior; intensidades quietas, sinais de transcendência

...andamos até o Gasômetro, quando o sol já pintava o horizonte, costurando-o ao Guaíba ...

sem a ânsia de um *mais* inalcançável, que Carlos não parecia conhecer. Só hoje compreendo o sentido dessas duas formas de amar. Se uma é inaugural e abre espaços mundanos, a outra os vem habitar, tecendo a rede dos afetos permanentes. Não acredito que ambas sejam conciliáveis. Teríamos de optar por vidas paralelas, para termos as duas. A dizer a verdade, esta opção nem existe; o desejo inaugural e o que preserva um mundo na presença são inconciliáveis. Da perspectiva atual, vejo que a relação entre Bruno e mim se havia deslocado a uma outra borda do presente, oposta àquela em que Carlos e eu nos costurávamos no desejo. Respeitávamos nossos silêncios mútuos, sem necessidade de fazer pressão, espreitar sentimentos. Por vezes, ao exigir seu corpo com ânsia maior, ele me interrompia e, apertando-me ao peito, levava-me de volta a mim, melhor dizer, a ele. Há pelo menos uma qualidade maternal no homem, e esta se manifesta na intuição compreensiva das fraquezas da mulher amada. Não é o macho que acolhe as feminidades instáveis, senão o que no homem é receptivo e capaz de parir. Essa capacidade envolve compreensão e aponta à caridade própria ao sexo masculino, ainda que este raramente a desenvolva. Mas seja. O novo que se introduziu em nossa relação naquela tarde foi a consciência de sua partida; e o medo quase pânico que passei a sentir de mim mesma *sem ele.*

Nos últimos tempos de nosso convívio, tínhamos preferido andar pela cidade a ficar no seu ou meu apartamento. Os poucos lugares restados intactos de nosso passado comum, que agora revisito, semelham frestas através das quais vislumbro abraços, toques de mãos, roçar de corpos, relâmpagos de ideias, palavras soltas que levam a séries de associações, até alcançar algum ponto saliente, um destroço qualquer de lembrança.

"Os mortos não têm sombra..."

Isso me tinha escapado, o olhar fincado em meu duplo espichado no chão. Bruno acenou com a cabeça, pensativo. Tinha perdido a mãe há pouco mais de um mês.

"Talvez os mortos sejam, eles mesmos, sombras", falou, "e é impossível à sombra projetar-se a si mesma no espaço. Outro é o modo de suas ressonâncias. Sinto como se minha mãe se houvesse misturado a mim, que eu fosse agora um pouco ela, que algo até aí desconhecido aflorasse em meu corpo. Estando vivos, podemos quase esquecer nossos pais, parecendo que nada maior nos liga. Chegamos a surpreender-nos de sermos o que resultou de seu encontro. Ao morrerem, porém, passamos a encontrar sinais de sua presença em nós: um tom de voz, um gesto inadvertido ou traço antes imperceptível apanhado no espelho, que vem e fica qual aceno do além na nossa pele. A sugestão de um laço entre o soma e a psique, de que os mortos participam?”

À medida que escrevo, vou, pouco a pouco, adivinhando os entre-nós ficados por tramar na urdidura do tempo, lá atrás. Tento ajustar a vista nessa direção, mas nada vejo. É o que se passa, quando, perscrutando um céu noturno, só enxergamos o astro ou a constelação buscados ao desviar o olhar do ponto em que se encontram. Viro e reviro o palco do passado e o sentido me escapa. Nesse céu interior as distâncias são outras e seus astros regidos por leis diferentes. Não tão outro, porém, há de ser, dentro e fora, o mistério do ver...

Lembro a manhã em que topei com Bruno, por acaso, sob a imensa paineira em frente à *Escola Militar*. Ele estava sentado, a cabeça afundada nas mãos. Quando falei seu nome, ele me olhou – o rosto transtornado, não sei se de perplexidade, dor, tristeza – e não reagiu, pareceu não me ver, escondendo outra vez a cabeça entre as mãos. Eu me afastei. Dias depois, não longe dali, ele veio sentar-se a meu lado em um banco da *Igreja Santa Terezinha*. De onde soube que me encontraria ali? Apoiei a cabeça em seu ombro, e ficamos assim até os sinos tocarem anunciando as *Vésperas*. Naquela noite, ele me confirmou sua partida para o México em poucos meses. E perguntou se eu gostaria de ir ao seu encontro, de ficar ao seu lado, fazer um novo doutorado. Se eu o desejava? Como dizer que estava grávida e nem mesmo sabia se dele ou de Carlos?

Eu passara a sentir algo estranho, nos últimos tempos, meu corpo enfeitiçado regido por poder alheio. Não suspeitei de uma gravidez. A descoberta veio de um quase desconhecido, de um homem – um professor da mesma Escola em que eu lecionava. Tomávamos café na hora do recreio e ele me perguntou, sem rodeios, há quantos meses eu estava grávida. Tive de rir, perplexa: “Mas não!” Ele sorriu. “Eu não me engano facilmente”, observou, “afinal já fui pai cinco vezes...” Impressionada, tendo em vista os sintomas, procurei um ginecologista. Tinha deixado o consultório minutos antes de entrar na Igreja; o feto estava com mais de três meses.

...veio sentar-se ao meu lado em um banco da Igreja Santa Terezinha...

Naquela noite, Bruno e eu festejamos sua partida. Festejar é dizer muito. Eu precisava dele e o perdia. Não reagi à proposta de o acompanhar, nem ele a repetiu. Quando se despediu, naquela madrugada, percebi no seu rosto, em sua figura recortada na porta um não sei quê de resignado e hesitante, a desejar dizer talvez alguma coisa e esperando um sinal. Não reagi, paralisada de horror à sua partida e ao que crescia em mim. Passei a lutar com meu corpo estranhado de mim. Afastei-me de todos, surda à campainha e ao telefone. Noites insones ou de pesadelos. E o mal-estar, o enjoo, enquanto o corpo florescia, arredondava, saltava fora de seu próprio quadro. Cada dia um sinal; era a curva do seio ou quadril, traços mínimos entre as dobras da pele e os roteiros do sangue. Eu me sentia viva e uma estranha alegria, uma força incomum me inundava. Aquilo me alterava, eu ficava bonita. Até tomar a decisão. Lembro a sala impessoal, a enfermeira de fala incisiva. Nem sequer vi o médico ou soube quem era. E veio a hemorragia. Duas semanas vazias, a consciência embotada, sem pruridos morais. Surpreendo-me, hoje, de minha frieza, de não ter pensado na criatura, no ser real que ganhava sua forma através de minha forma, entregava-se a mim confiante em seu próprio desejo de vida e alimentando-se da minha vida. Não pensei nele um segundo sequer. Hoje penso. E lamento. Vivi aquele acontecimento em meu corpo como a uma força da vida em geral, opondo-me a ela, também em geral, sem deixar aflorar a consciência do ser no processo palpável de sua concretização dentro de mim. Teria agido de outro modo, se tivesse chegado a pensar na existência que eu mesma, afinal, em uma dimensão qualquer muito alheia à consciência, *decidira* gestar?

A ideia de conceber um filho, eu a varrera de mim há centenas de anos, quando me pareceu, muito cedo, ter desenvolvido essa rara impotência psíquica que impede a concepção biológica. Tanto mais curioso – se esse é o termo adequado – o fato de eu ter engravidado justamente naquele momento, lutando contra ou por mim entre dois homens. Como se meu corpo tentasse, dramaticamente, a solução negada ao pensamento. Que eu, entretanto, recusei. O que hoje me intriga, ou, bem mais do que isso, inquieta e assusta, é o não ter hesitado um segundo sequer em dizer *não* à vida que buscava ser mediante a minha.

Ninguém ficou sabendo. Quando voltei a ver os meus amigos, a ampulheta esgotava suas areias. O conteúdo de nossas vidas parecia esvair-se por rachadura invisível. Ou tudo ficou lá, em suspenso e à espera de ser resgatado na lembrança? Só nela?

Hoje, olhando o retrato de Carlos, é a mim mesma que enxergo. Olhos furando a porta, a boca seca e a compulsão de um aguardar inútil refeito como em rede de Penélope. O fim programado no início só chegou, quando, desfeita a trama do desejo, eu insisti em reinventá-la. Fui *eu* mesma esta que vejo, aflita e reduzida a um trapo, no filtro do tempo? O desenlace foi prosaico. A tarde estava fria, naquele final de inverno. Parada, no canteiro central da *José Bonifácio,* eu contemplava a casa, a *velha bruxa,* como a tínhamos apelidado. Era uma casa do início do século, sem espírito algum. Ainda assim, um torreão minúsculo, vinhas selvagens e outras trepadeiras emprestavam-lhe a aura de mistério, que a tornava *nossa.* Tão abstrusa e irreal quanto o que nos tinha levado um ao outro. Carlos surgiu do nada, como sempre. Tinha o rosto molhado, os cabelos grudados na testa, a roupa ensopada e os sapatos metidos em poça barrenta. Ri ao vê-lo, alegre de o encontrar. Fechei o guarda-chuva, deixando-me também molhar, o coração aos saltos. Ele impediu-me o abraço e sacudiu-me, aos berros, os olhos loucos:

"Voltei para Maria Helena!"

Não respondi, não entendi o que dizia. Ele gritou ainda mais, e só realizei aquilo ao ver alguém deter-se, hesitante, antes de prosseguir correndo, a cabeça despida sob a chuva forte.

"Não nos veremos mais, Myrna... acabou! Acabou!"

Difícil precisar o que seguiu. Sua vontade, o gesto decidido, não deixavam dúvidas. Mesmo assim, o desejo mendiga; é maltrapilho, esfarrapado, e não tem brio, orgulho. É filho da Carência, identificado com a mãe. Eu pedi, supliquei. Ele nem reagiu. Dias depois, Bruno me recolheu num *Bar*, bêbeda como um destroço. Por que Bruno? Até hoje não sei.

Precisei longo tempo para recuperar-me. Via um sátiro errar nos meus delírios. Quando voltei a mim, encontrava-me em uma clínica, aos cuidados de Olavo. Bruno me visitava todos os dias e era reconfortante estar a seu lado sem muitas palavras, o sentimento reparador de um bem-querer tranquilo e persistente. Nós não falamos sobre o acontecido. Quando se despediu, um dia antes do embarque duas vezes protelado, para o México, foi-me difícil conter o desejo de abrir-me, dizer tudo. Seria egoísta demais, às vésperas de um tal recomeço, confrontá-lo com a miséria daquela traição. Falar, eu pensava, seria um grande benefício para mim mesma, não para ele. Quando o abracei e lhe pedi que me perdoasse, ele apertou-me longamente contra si, o rosto afundado em meus cabelos, e partiu. Quis chamá-lo, detê-lo, mas não pude. Paralisada de culpa.

A bondade de Bruno. São poucas as pessoas das quais se pode afirmar isso. Aparentam-se aos Anjos dos *Livros Sagrados*, porque seu contato é igualmente miraculoso. Pergunto-me se, nelas, esse estado é permanente, se são boas o tempo todo ou se o exercício da bondade requer um esforço deliberado da vontade contra a inércia que de hábito nos determina e leva à indiferença, ou pior. Com isso, eu não quero dizer, de modo algum, que os bons sentimentos nasçam de uma determinação da consciência. Não se pode ser bom por reflexão, senão correto. Se o ser correto brota da consciência da justiça, ele entretanto não se funda – não necessariamente – no sentimento de compaixão, que cunha a bondade. A reflexão sobre o justo nem mesmo é necessária ao indivíduo naturalmente bom; necessária ela o é àquele que dizemos uma "boa pessoa". É que, nesta, dita também "de boa vontade", o hábito, as circunstâncias, o próprio instante, podem perturbar ou inibir o impulso para o bem ou o melhor. De modo que, mesmo sentindo pena ou compaixão, ela precisa fazer um esforço de concentração refletida, para acionar o dispositivo que está nela e a leva a agir de modo justo. A fonte propriamente dita da bondade é inconsciente, e chego a acreditar que não difira daquela de onde brota o mal. Decifrar essas misturas elementares subjacentes às constelações sãs e malsãs motivadoras das ações humanas equivaleria, talvez, àquilo que os filósofos, teólogos, magos, taumaturgos e alquimistas buscaram inutilmente por séculos e milênios: a pedra filosofal ou crisopeia. Pois o objetivo desses sábios foi sempre o de transmudar, em nível do particular concreto, a liga ou o laço equivocado do existente, levando o vil metal gestado da fusão defeituosa entre corpo, espírito e alma a transformar-se em ouro refulgente. E o que é, em suma, a vida de cada indivíduo, a não ser um mais ou menos apurado trabalho de alquimia, uma *Obra* encenada em diversos estágios ou patamares – atravessados de desastres, explosões, fracassos, mortes e reinícios permanentes – até à morte final em um sentido para nós oculto e, quem pode saber, definitivo?

Mas eu falava em Bruno e no seu modo de ser bom. Nenhum alarde, nada encenado ou bombástico. Uma atenção quieta, capacidade de ouvir, de ir ao encontro, dispondo-se a dificuldades em princípio alheias a sua responsabilidade, um estar presente sem aparecer, um prover em silêncio e ocultamente – que torna supérfluo o agradecimento. E não só em relação a mim, naturalmente, senão a toda sua circunstância. Foi durante essas suas visitas na clínica que apanhei, conscientemente, os sinais do que se poderia chamar a ação benfazeja de um corpo sobre o outro à mera presença. Era como se meus membros fossem atravessados de ondas elétricas que pareciam ativar, em mim, a fonte similar àquela de onde provinham. Nesses períodos, eu em certo momento adormecia, acordando à noitinha, tranquila e com fome, Bruno afundado na poltrona ao lado.

Escoltada por Laura e Daniel, deixei a clínica pouco mais de três meses após sua partida. Não foi fácil voltar ao apartamento de meu pai, mas fiquei nele até ver completada a reforma da casa, em *Ipanema*. Esta eu pude adquirir sem dificuldade, incluindo na compra o apartamento. Mesmo considerando meu alívio em escapar à antiga circunstância, esse deslocamento para um novo ambiente vinha impregnado de incertezas. Um atenuante foi o fato de Alcina e o marido alojarem-se no novo endereço bem antes de mim, ainda durante os trabalhos de restauração. Sem querer, eles reinventaram o regime de meu cotidiano com seu próprio ritmo, definindo limites espaçotemporais estranhos à minha sensibilidade. Eu os assumi surpresa e agradecida, farta que estava e até mesmo enojada do modo anterior de meu estar no mundo. Horários certos para as refeições, sua labuta diária nos aposentos internos à casa e além, no jardim, ruídos até aí inabituais, na casa e no entorno, que se estendiam desde o amanhecer até a hora de eu me recolher, passaram a determinar meus hábitos. A presença constante de ambos à volta alterou meu jeito de pisar nos dias, insinuando em meu corpo o sentimento até aí desconhecido do que se chama *casa* ou *lar*. Isto não quer dizer que eu o vivesse em mim, realmente; tal sentimento me é estranho, até hoje. O que quero dizer é que pude experimentá-lo como a uma droga qualquer, sabendo que se trata de um placebo. Deixei-me apenas conviver com ele de modo benéfico, embora irônico.

As personagens do passado haviam sumido de meu horizonte. Joana tinha morrido. Carlos se desfizera do Tabelionato, retomando, em Brasilia, a formação diplomática interrompida. Maria Helena o seguiu, levando consigo a sogra e as gêmeas, apesar dos protestos. Bruno encontrava-se no México, e o próprio Olavo tinha-se ausentado para um pós-doutorado na Universidade de Columbia, na área da Antropologia Neofreudiana. Restaram-me Laura e Daniel. Cheguei a realizar, ainda, algum trabalho para o *Vígil*; até o tabloide encerrar suas publicações, com o retorno de Daniel e mais dois sócios à

Universidade. Nessa fase, eu ainda morava no velho apartamento da *Cidade Baixa.* Não foi fácil fechá-lo, passar a chave a outras mãos através de outras mãos. Não o digo por mim, senão por meu pai, que, aí tendo vivido, nada deixou de si que me desse uma pista de sua existência, resquício algum do que amou ou odiou, de como amou ou odiou. Se é que o fez. Nem diário, nem carta, em nenhuma gaveta, ou caixa, ou pasta. Nem um livro sequer, de todos que folhei, um por um, antes de encaixotar, guardava alguma anotação ou um bilhete seus. Do que meu pai pode ter sido, ficou-me apenas – no estuque esburacado, nas rachaduras das paredes, no pó que boiava no espaço esvaziado, no ruído dos carros chegado da rua, na indiferença do sol perfurando as vidraças – a inscrição imaterial de desejos, de sonhos e projetos provavelmente irrealizados. E até isso sumiu, afinal, com as derradeiras impressões digitais de seu corpo à última mão de tinta no espaço alienado. Da última vez, em que, acabada a reforma, entrei no apartamento, nada restava da vida encerrada, muda, lacrada. Mesmo o bolor ou a pátina do espírito que o tinha habitado se extinguira. Outras pessoas ocupariam aquele espaço, inculcariam nele uma interpretação e um sentido inteiramente alheios à existência anterior. "Mas não!" eu pensava. "O espaço há de guardar, em algum vinco oculto, os traços de meu pai no tempo em que se costurou..." Será?

Fez-me bem a mudança. Pus-me a reinventar o mundo nesta outra face da cidade. A *Zona Sul* é um universo antípoda do *Centro* ou dos demais lugares frequentados por mim e meus amigos, no passado. O estar aqui me ajudou a expungir da memória a antiga circunstância. Isso se deu, primeiro, em meu olhar. Os lugares constelam-se, porém, não só através do ver. Sua geografia, paisagem, arquitetura, seus habitantes animais e humanos desenham-se no olhar, por certo, projetando na luz um convívio a engendrar; mas o ouvido ainda mais determina a presença, acrescentando ao visto uma profundidade impalpável, de início inquietante, até tornar-se habitual. Os sons de *Ipanema* – das ruas, praças, de seus animais, do rio, do vento, da água da chuva na vegetação, nos pátios, muros, parapeitos e carros – são outros que aqueles da parte central da cidade. Sem esquecer os cheiros. Nestes, o predomínio é do rio, de suas águas barrentas poluídas, ainda que outros odores, apurados no olfato, venham mesclar-se aos dele inventando cadências e significados surpreendentes. Desde então, por instinto, eu me deixei levar por meus sentidos, delegando ao meu corpo a tessitura apaziguante do olvido.

Meu luto foi longo. Primeiro por mim, que minha morte, então, foi maior ou mais definitiva que a anterior, no Rio de Janeiro. A presença de Alcina, de Arnaldo e, mais tarde, dos cães, eu já disse, além das caras novas nas bancas de jornais, nos Cafés, mercados, padarias, fruteiras, etc., ajudou-me muito na crise. Meses depois da mudança, o que em mim fora *eu* até aí, mesmo no aspecto físico, já exibia outro certificado de identidade. Reinventada no espelho, os cabelos bem curtos, quase brancos, a lava derramada no interior precisou, ainda assim, de um bom tempo até esfriar e solidificar. Enrijeceu aos poucos, como em torno à cratera de um vulcão. Até o encontro com a *voz*, no *Viaduto*. Só então percebi o estágio endurecido das acomodações recentes como se houvessem passado milênios. E hoje? Se antes o esquecimento assumira a regência das alterações em mim, hoje é a lembrança dos mortos, de mim mesma entre eles, que empunha a batuta. Quererei mesmo vê-los, ouvir o que têm a dizer? Na boca desta fenda aberta na consciência, dou-me conta do risco de ser engolida, perder-me talvez para sempre na luz oblíqua de um olhar, no aflorar de outra mão na minha pele, no tom de uma voz, no arco interrogativo de uma sobrancelha, no cigarro amassado no cinzeiro, no gosto da saliva em outra boca, no arrepio provocado pela indiferença. Há muito recusado, arrastando dejetos e escombros, o monturo dessas impressões sobe à luz e me agarra, suga no vórtice de sua *matéria escura*. Eu avanço, eu recuo.

Primavera, 1996

Olhos doces, de mel, presos no dia. Meu estar e o do cão como se um só na sombra do arvoredo. E o telegrama aberto sobre a mesa...

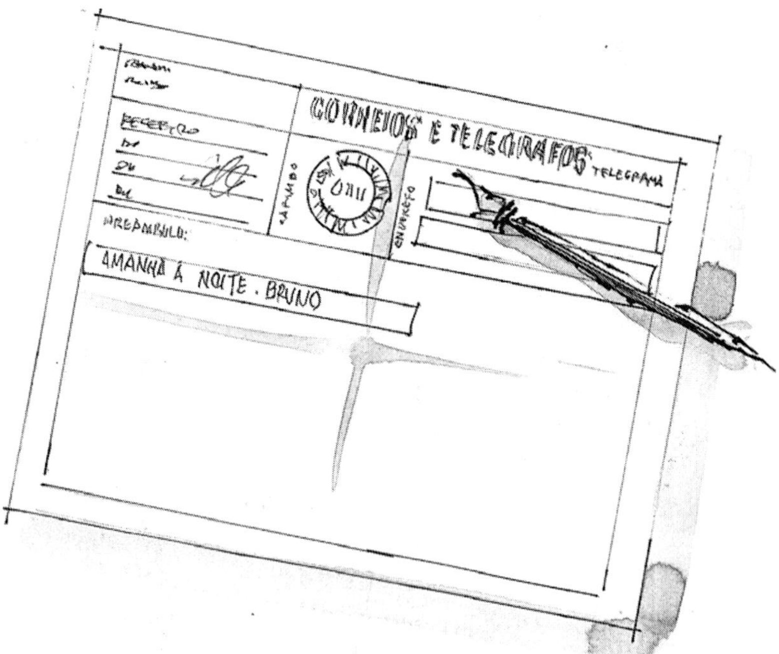

< Amanhã à noite. Bruno >

Arnaldo acaba de chegar do Mercado. Alcina o ajuda com os pacotes, Balko atrás deles farejando delícias. Cheiro de primavera no ar. Leio o texto outra vez, temendo que se altere a cada novo olhar.

Ele veio à noitinha. Balko rosnou, as orelhas em pé, mas sentou ao comando. A voz de Arnaldo no portão. E a outra. Entre a casa e o jardim, os passos... agora na escada.... Voltei-me. O corpo magro, a cabeça inclinada, e seus cabelos brancos...

Na luz mortiça do abajur, os tons ocre da sala. "Como nas velhas escavações", pensei. Nossos olhos de amarras, os rostos deformados no esforço, eletrizados das cargas antigas. E o abraço. Balko pulava nele, cheirando-o e lambendo-lhe o rosto. Sentou-lhe à frente, quando Bruno sentou. Sem as amenidades habituais. Nem o silêncio nos embaraçou. Sua voz pausada inaugurou o espaço. Só o barulho das xícaras nos pires, nós sorvendo o café, que passei outras vezes madrugada adentro. Do que falamos? Sem o desejo de explicar-nos, fazer-nos perguntas, vagabundeamos no presente a tatear com cuidado as arestas do outro. Temerosos, talvez, de ferir-nos. Bruno deixou-se escorregar para o tapete, como há mil anos. E aí ficou, encostado à poltrona, a mão no dorso do cão. Quando se despediu, entreguei-lhe uma cópia do que venho escrevendo. Anunciou para breve o envio de uma correspondência.

Abro a pasta contendo papéis que ele depositou na mesa, ao sair. São escritos de Carlos, destinados a mim; mas através de Bruno? Reajo mal à ideia de ler esses escritos. Respiro com dificuldade. Uma fisgada atravessa-me o peito, e as lembranças se agitam. Voltar ao labirinto, impulsionar de novo o carretel do vivido. Lá dentro, o minotauro. Ouço sua voz, sinto suas mãos, o jeito de me enlouquecer nos beijos calculados. E protelo a leitura.

É noite. No parapeito da janela, o lampião reedita o cenário lá atrás, no passado. Passado? Mas se tudo está aqui, no presente? Agitados do vento, os galhos de um plátano vergastam os vidros no alpendre como se gargalhassem. Entrincheirada na poltrona, o cheiro do lampião aceso me repugna. Por que não me desfiz da testemunha abjeta? Era o *nosso* lampião. Na luz arcaica, embalsamadas do cheiro, as sensações avançam. Múmias. A maldição das coisas; tempo agarrado nas narinas. Na redoma do vidro escurecido, nossos corpos coleantes. Lendo os escritos, volto a jogar-me, nua, nos seus charcos.

De seus escritos, este punhado de aforismos:

"Deus é um monstro hermafrodita paridor de espantos."

"Até na morte o Deus cristão foi um grande lascivo."

"Elefantes marinhos? Não, são hipocampos..."

"Myrna foi cuspida do útero de uma Ociânide. Seus membros de algas emaranham-se em mim como se eu fosse um arrecife. Cadela marinha."

"Os nossos pelos enroscados. Mordo sua pele e ela me esgota em beijos encharcados. Esqueço que sou um homem; engendramos o mundo como entidades elementares. A experiência da hora inaugural pertence ao único gesto humano realmente criador: o coito."

"Repetir, retornar, voltar... O Eterno Retorno do Mesmo é a foda."

"Noites redondas, perfeitas. Myrna e eu gemendo beijos de amoníaco. Penetro-a como o primeiro homem penetrou a primeira mulher: aos berros!"

"Dias vagabundos. Ordenhamos a cidade como a uma loba. Dela extraímos nossa força e ela nos açula."

"Sou o Arconte de seu ventre. Bruno apenas recolhe a minha Lei."

"A Hetera! Sacerdotisa de Afrodite, Myrna é estéril para a carne. Eleva o sêmen à fecundação da própria força. Nela o sexo é ritual de iniciação, cujo tálamo é a morte. Pedra sacrificial."

"Calor mordendo as nossas coxas misturadas. A chuva veio murmurando como num segredo. Na carne arrepiada da tarde, nossos sexos contavam-se as Teogonias."

"Myrna é a puta que ardeu no meu cérebro entre os 'Salve-Rainha' e os 'Creio-em-Deus-Padre' que emascularam minha infância."

"A diferença homem-mulher não é dialética. Diferem sem vestígio de contradição, sem síntese reparadora. Quando compreenderemos que a dialética é letal?"

"O buraco-chaga pestilento: a consciência."

"Joana e Maria Helena desenham-se as geometrias inexatas das bacantes. Olavo é o Aqueronte dessas almas não benevolentes."

"Maria Helena é a Valquíria que se perverteu ao contato do súcubo: Joana."

"A impotência e a vingança abrem cancros no espírito."

"Compreender que a virtude é um vício. Impossível ser limpo sem despudor."

"Deixado livre, o desejo não cansa. Tampouco se repete. É da própria exaustão que arranca a força de recomeçar."

"O exílio é uma inscrição que, em nosso tempo, faz parte do traçado do corpo."

"A arte é o sêmen do espírito. O artista é um ser andrógino. Fecunda-se no próprio devir, daí o poder temê-lo. Basta-se e nesse bastar-se é revolucionário, escapando à dialética dominação-dominados. Na arte há vida e há morte. No poder há negação da vida e negação da morte: transmutação doentia do vivo."

"Ver a alma! Falamos tanto nisso. A alma não é mais que a impressão capturada na luminescência instantânea do corpo. Dentro e fora, uma questão de luz e sombra. Seus limites estão entre a pele e os abismos do sangue; ou talvez entre a pele e a atmosfera que a envolve. Perspectivismo."

"Ah, a falsa bondade dos espíritos débeis, pusilânimes. A bondade exige coragem, sobretudo contra si mesmo."

Abaixo, a transcrição de uma carta:

> Myrna,
> achei que deverias conhecer, assim, por mim mesmo, os sentimentos que me moveram durante esse período de nossa relação. Hesito ao escrever essa palavra. Houve uma *relação* entre nós? Não fomos antes arrastados pelo fluxo e refluxo de um desejo em si mesmo tolhido, como oceano espremido entre rochedos? O que fui eu, o que foste tu mesma – se é que isso existe – no percurso que fizemos juntos? Juntos? Houve, de fato, um estar *juntos* entre nós? Antes do sexo, no tateante prelúdio à explosão da carne, talvez. Depois disso... o que houve depois? Não te levei nunca a sério. Tu e tua pseudofidelidade a ti mesma, teu apego piegas à própria independência, à reclusão em um mundo só teu, essencialmente antissocial, melhor dizer, carente de toda pertença. Presunção ridícula. Como levar-te a sério, se te deixavas arrastar sem mais pelo primeiro vendaval que te solicitava os sentidos? O que estavas buscando? Não te bastava *um* cavaleiro?

Também não foste a única, neste período. E não me refiro a Maria Helena. Eu não deixei de frequentar as minhas prostitutas, nem de seguir um par de pernas, para o encontro animal no beco ou na alcova mais próximos. E não por não ter tido em ti o que fisicamente buscava. Ou estarei mentindo? Tu, na verdade, sequer sexualmente me satisfazias. Há algo em ti que me deixa frio e desejando mais. Não és uma puta, ainda que eu o dissesse repetidamente. Existe no teu corpo uma dimensão recolhida – és o que em um puteiro se diria 'pura'. Há uma clausura da carne, um nível por assim dizer impoluto, que eu encontrei em ti e que, embora utilizando-me de muitas artimanhas, jamais alcancei. Creio que homem algum. Isto por certo me irritou, mas também atraiu e excitou; fez-me pior, mais devasso. Eu queria quebrar tua resistência, e é bem possível que de início só voltasse a buscar-te por isto.

Pareces não ter suspeitado desta dimensão em ti mesma, menos ainda a minha determinação de esmagá-la. Enfurecia-me perceber que, quanto mais eu te penetrava, quanto mais tu te entregavas e submetias a mim, tanto mais me escapavas, fugias, tornavas secreta. Cheguei a procurar Bruno, para expor-te ao seu desprezo (ou fúria, sei lá!), na esperança de que, abandonada por ele, te rendesses. Inútil. Passei, então, a te evitar, de puro despeito. Porque, se tu me davas uma forma de satisfação menor que outras mulheres, eu ansiava o mistério, o intocável em ti. Esta reserva espiritual – não encontro outra forma de dizê-lo – me humilhava. E era eu que queria humilhar, espezinhar.

Essa necessidade tem a ver, decerto, com minha infância recendendo a incenso e a esperma. Com a hipocrisia de uma educação que me empurrou, por um lado, e já nos cueiros, às alcovas ardentes das amas e cozinheiras, e, por outro, ao convívio com as batinas excitadas nos flagelos eróticos, ao cheiro ardido do panejamento negro nos confessionários. Tem a ver, mas não se explica através disso. E foi justamente o não poder satisfazer esta necessidade (de macho?) que me levou a mudar de atitude, a ensaiar a trova insossa do amor, que tu havias passado a insuflar no meu cérebro. Aquilo me deixava furioso. Tu me parecias estúpida e até desprezível nas tentativas vulgares de edulcorar nossos encontros. Baboseiras! Paradoxalmente, eu ficava buscando o tempo todo uma interpretação que transcendesse os corpos, para o que nos havia arrastado um para o outro. Essa tendência se intensificou quando voltei para Maria Helena. Nela encontrei a puta que eu queria. A raiva que tinha de mim, seu desespero, rebentou todas barreiras. Vivemos, desde aí, uma permanente bacanal. E tanto mais senti a tua falta, a falta do que eu não te havia conseguido surrupiar. Quando telefonaste, naquela noite, parecendo derrotada, eu recuei. Tive medo, confesso, de perder o aceno de um indecifrável, sim, de um além da carne no teu corpo e da promessa de o encontrar no meu, pelo viés do teu...

Por tudo isso, Myrna, embora possa parecer contraditório, eu gostaria muito de voltar a ver-te; de poder conhecer-te para além da carne ou talvez do mistério que se oculta nela. E quem sabe entender, finalmente, o que chamas *amor*.
Até um dia.

Carlos

Não quero recolher mais que isso aos seus escritos. Surpreendeu-me encontrar em um dos aforismos aquela observação sobre a bondade. Como se Carlos pensasse em Bruno. As datas em que foram escritos, com exceção da carta, remetem em geral ao período inicial de nossos encontros. Pode tê-los escrito para trabalhar sua perplexidade. Como, porém, interpretar a carta? Que tentasse intrigar-me com Bruno! Terrível perceber que este soube de tudo, desde o início, e pelo próprio Carlos. Posso ter sido tão cega? Sinto-me mal após essa leitura; mas não posso deixar de fazer o que tem de ser feito.

Arremessei, com fúria, o lampião na lareira. Alimentei o fogo com os seus escritos; e os meus próprios, à época. Vi a cópia bidimensional de sua alma engolida das chamas, frases e letras mastigadas em dimensão qualquer do imponderável. Tentava imaginar, que o desejo malsão de onde jorraram virasse também cinzas. Ao queimar seu retrato, enxerguei a mim mesma por trás da objetiva, na tarde remota; cremada, igualmente, com as ruas, os céus e as mil caras do rio que partilhamos...

Hoje, abrindo a janela, vi Arnaldo meter na lixeira o lampião retorcido e os pedaços queimados do vidro. Fingiu não me ver – intimidado à intuição da violência naqueles destroços?

Acompanhei, após, da varanda, o caminhão do lixo engolir com estrondo o conteúdo das lixeiras, para sumir bufando na esquina. Ao longe, a voz dos coletores arranhava-me os tímpanos. O alívio que senti quando cessaram...

Como os fantasmas no nosso interior, as coisas levam junto a sua maldição; mesmo arruinadas, são capazes, ainda, de a exercer...

Mal consigo domar o turbilhão, em mim, à verdade contida na carta de Carlos. Estava certo em denunciar o meu culto piegas de uma liberdade de fachada, seu alardear vazio. Percebeu que meu dito autoexílio era mero temor de perder-me, diluir-me no vago. Hoje sei que meu próprio desejo nasceu de um *qualquer*, inimigo da força; de onde a farsa de nossa *relação*. Faltou-me brio, coragem ... Que dizer dele?

...de um tempo no passado.

Em que dobra do laço entre a matéria e o espírito armazena-se o entulho restado do vivido? Onde se oculta o cunho individual descumprido, que o corpo delata? Onde o lapso entre o ser e o não ser, a dobra em que se enrosca a disjunção? Atado ao cipoal da carne, Carlos tentava escapar à própria danação, sem atentar à minha. Penso na madrugada remota de um sábado em que, de volta em meu apartamento, coei o café e o bebemos à janela, olhos presos na bruma que cobria o rio e o casario à margem. Desfeita a bruma, o sol ateou fogo às fachadas derramando cinábrio nas vidraças. Ele pôs-se a falar, uma ruga acentuada na testa, a mão nervosa indo e vindo na massa intransigente dos cabelos.

"Não sei lidar com os sentimentos. Assim, de madrugada, os laços entre o pensamento e a emoção parecem equilibrados. Como se eu me soubesse, desde sempre, pronto a realizar o traçado invisível que adivinho em meu sangue. É a hora em que encontro repouso na geometria circular da identidade. Nada então me perturba; mas os sucos orgânicos caminham com o sol. Sua ebulição altera o traçado inicial e o dissolve num outro. Estranho-me. A fístula de humanidade em mim, o que chamamos *eu*, cambaleia. Há solavancos nos meus subterrâneos. E começo a viver. Como se o eu anterior não passasse de ensaio ou arremedo de mim. O estado é de inquietude extrema, sem terreno de apoio. Não creio ser possível viver por longo tempo essa forma de indeterminação, em que tudo é possível. O homem que o suporte estará por nascer? Pergunto se, isso acontecendo, ter-se-ia no mundo uma espécie de monstros; ou deuses? Não será essa a forma assustadora de metamorfose que encontramos descrita nos *Mistérios* gregos?"

Ele me olhou, o jeito oblíquo. E veio o despudor amargo.

Primavera, 1996

Acaba de chegar a correspondência anunciada por Bruno. Eu já temia pelo meu juízo; que sua visita houvesse sido uma alucinação... Não sei onde se hospeda, estando aqui. Não falou a respeito, nem eu pensei em perguntar. Se procurou Laura e Daniel, se lhes contou que me procuraria? Evitei vê-los, desde então. Mais do que nunca, uma qualquer interferência externa perturbaria o trabalho dos filtros e retortas, que andam bombeando infusões esquisitas no meu sangue.

Bruno... Eu repito seu nome baixinho, para ouvi-lo ecoar nos meus sentidos. Pronunciando-o em voz alta, vou-lhe evocando a voz, o rosto invadido de rugas, o ar menino sob o desalinho dos cabelos. Marcas de dor na face, cansaço, solidão, brilho novo no olhar. Estranhado de mim, nem o cachimbo restou da figura habitual, no passado. Sua presença amplifica o processo iniciado com a *voz*, lá atrás; fantasma materializado pelo agente interior que arranja os frascos, prepara o crisol, avalia e mistura os vários elementos, e os pondo à prova, deles vai extraindo novas soluções. Não deixa de ser perigoso o que se passa em mim. Não domino o processo, porque sou, quase sempre, a consciência mais superficial de mim, e a *Obra* é regida a partir de um limiar, em que *este eu* já não conta. Que as misturas se agitem e ajeitem por si; que me assombrem, surpreendam, transformem-se, agreguem-se noutras ...

O envelope nas mãos, sei que ele voltará. E me alegro, me alegro, me alegro! Abro-o sem pressa, o coração aos pulos. Balko fareja a minha inquietação. Tenho de rir à pose interrogante, às orelhas em pé na cara em ângulo inclinado. Eu sussurro um comando, também para mim: "Ssscht! Caaaalma!"

Os olhos sorridentes de Alcina encontraram os meus, quando depositou na mesa a bandeja com o chá e os biscoitos. O corpo bamboleando e a cola em rebuliço, Balko a seguiu rumo à cozinha.

... de um tempo no passado.

A letra de Bruno é angulosa e geométrica – mimese caligráfica de seu corpo. Sua carta é uma resposta à cópia que lhe dei do *Diário*, quando esteve aqui. Nela corrige e amplia a minha percepção do que vivemos no passado descrevendo, de início, o último encontro entre Carlos e ele. Aconteceu um dia antes de seu embarque para o México. Ele acabava de se despedir de mim, na clínica, e seguiu até o *Centro*, onde o encontraria no *Naval*. Chegou antes do combinado e topou com o *Mercado Público* repleto, as pessoas fugindo da chuva. Sentado em uma mesa junto à porta, fixou primeiro o córrego barrento sob os pés dos passantes. Surpreendeu-se, depois, do prazer que sentiu

... sentados à mesa, no Naval, eles encomendaram vinho ...

contemplando, lá fora, na rua, o balé das sombrinhas e dos guarda--chuvas. Evitava pensar, deixando-se invadir da luz, zoeira das vozes, dos sons e cheiros fortes ofendendo as narinas. Abandonava o palco antes mesmo do fim, ele escreve; e surdo, de repente, à algaravia em torno, teve a impressão de *ouvir*, em dimensão estranha ao seu ouvido, “o ruído da fenda que se abria entre nosso passado e o vazio do futuro”.

Carlos chegou acompanhado por Daniel, seu crítico severo desde a infância. Lendo esta carta, percebo que nenhum de nós ficou à margem dos acontecimentos, então. Mesmo Daniel, o hierofante involuntário da cena e do palco de nossos encontros e desencontros, viu-se sugado naquele atropelo, ao menos como espectador. Mas não só. Sua vontade agiu como um determinante poderoso em nossos intercâmbios, e talvez o pior tenha sido evitado apenas porque estava lá... Eles encomendaram vinho; e mais uma, e mais outra garrafa. Carlos roubou a cena aquela noite. Exaltado, indiferente às intervenções dos dois outros, ninguém, nada escapou à lente corrosiva de seu cérebro. Revolveu nossa história insistindo em que nada estaria acabado entre nós. Daniel o fez calar só quando enveredou, já bêbado, à interpretação de *amor* para o nosso interlúdio. "Aquilo era deboche", escreve Bruno. "Para aceitá-lo em sua boca, teríamos de alijar definitivamente o termo à nossa sensibilidade". Puro teatro, farsa que nos encadearia no possível, e contra a qual Daniel se rebelou ocultando de mim os escritos e a carta que Carlos lhe entregou – para fazer chegar a mim. Passando o material a Bruno, deixava a este decidir o que fazer. Não acho que o tivesse lido, então, se me houvesse alcançado. Como aos demais escritos que joguei no sótão, eu o teria esquecido.

Primavera, 1996

Leio e releio a carta; vivo e revivo em mim, como num filme, a cena no *Naval*. Ofuscada das luzes no espaço buliçoso do *Mercado*, sinto os cheiros boiando no ar, ouço a chuva bater na vidraça, vejo-a escorrer desenhando arabescos, sinto-a em meus pés quando alguém abre a porta, os sapatos e a roupa encharcados.... Carlos chamava *amor* o nosso desvario... A sala e o que está nela, Balko e eu mesma, pomo-nos a girar contra os ponteiros do relógio.

Eis um trecho extraído à carta de Bruno.

"... e preciso dizer que Carlos procurou-me, uma certa manhã, forçando-me a espiá-los, na descrição minuciosa dos excessos vividos por ambos, quando o orgasmo protelado acrescenta uma calma esquisita e um ritmo poderoso aos corpos – tu e ele fundidos no abraço como se estátuas de arcaicos pedestais egeus. Os mesmos, lembras, que nós dois estudávamos, fascinados, planejando viajar para vê-los *in loco*? Carlos estava pálido, febril, e despejou aquilo em voz opaca, exigindo que eu me afastasse de ti. Queria ter-te só para ele. Eu recusei. Nem sequer saberia dizer o porquê, depois do que acabava de ouvir. Sentia que algo te ameaçava, que eu não podia abandonar-te ao seu e ao teu desejo. Fora de si, ele tentou me agredir. Menor e mais fraco do que eu, sua fúria lhe dobrava a força, e nem sei do que teria sido capaz, se eu não tivesse conseguido empurrá-lo porta fora.

Afastei-me de ti, por algum tempo. Precisava pensar. Pensar? Tinha um ciúme louco, consumia-me em cavilações insensatas e fui dez vezes assassino. Fiquei, primeiro, sem ação; procurei Joana, a seguir. Tu a encontravas com frequência e, de alguma maneira, estar com ela dava-me a ilusão de tua presença, como a seguir teus passos por lentes indiretas. Sabia que me trairia se te procurasse, naquele momento. Magoado demais, incapaz de lidar com o que sentia ao cenário descrito por Carlos, eu tentava entender, apesar de mim mesmo, a articulação do desejo que os havia arrastado um ao outro.

No que escreves, agora, vejo o quanto Joana permanece enigmática aos teus olhos. Tens razão; como entender tal pandemônio na alma de alguém? Na verdade, ela foi desde sempre um ser perdido para si mesmo. Os jogos amorosos a que se entregava com Maria Helena eram uma espécie de untura para o corpo e o espírito torturados dessas sedes atávicas, que passam de geração a geração, como uma tara. Ela mesma debateu-se contra a suspeita, em si, do gérmen que fez de seu pai um dissoluto e um debochado. Sabes que fomos colegas de Escola, no Menino Deus. Joana era uma criança reservada e tímida, pouco afeita aos brinquedos das garotas de sua idade. Nós nos dávamos bem, mas a perdi de vista após a morte de sua mãe, quando, deixando o bairro, ela e o pai foram morar no Bom Fim. Joana teria, então, treze ou quatorze anos; eu estava talvez com dezesseis. Só voltamos a ver-nos quando passei a frequentar o grupo de Daniel. Seu pai, um advogado de sucesso, eu, no entanto, encontrava com frequência, mesmo após o período que passei em Princeton. Isso podia acontecer na Universidade, em algum cinema, concerto ou teatro, que ele frequentava sempre sozinho. Era um sujeito elegante, refinado, o ar cavalheiresco, deixando adivinhar o gosto pelas coisas mundanas e a capacidade excêntrica de gozá-las. Viajava muito e era interessante conversar com ele, embora os temas que escolhia enveredassem sempre por vias escusas. Topando comigo, fosse lá onde fosse – acho que pelo fato de eu, como ele, estar no mais das vezes desacompanhado, ou por ter feito parte de seu passado numa fase de grande importância em sua história com Joana –, ele me conduzia a um canto ou local próximo. E se punha a falar sobre qualquer assunto, sempre a partir da peça, palestra, do filme ou concerto assistidos, conduzindo a conversa com despudor surpreendente ao ponto que mais o interessava. Tinha um senso agudo de observação e o tipo raro de inteligência que percebe a tragédia da sexualidade humana através de um véu de humor cortante, apanhando sua não naturalidade pelo viés grotesco. Um cínico, sem dúvida, e um hedonista. Uma curiosidade perversa o impelia a visitar os ambientes mais baixos da sociedade: prostíbulos, bordéis, antros de toda espécie, frequentados por marginais e delinquentes. Não bebia ou tomava droga de espécie alguma. Eu diria que sua perversão estava no desejo tanto de conhecer quanto, se possível, experimentar com toda lucidez os subterrâneos das anomalias humanas.

Joana sabia da confiança que seu pai tinha em mim, e foi talvez por isso que me procurou, quando o encontraram esfaqueado, certa madrugada, em um banco da *Praça da Alfândega*. Acompanhei-o até o fim, no período em que esteve no Hospital. Não chegou a receber alta morrendo em consequência não dos ferimentos recebidos, senão de infecção fulminante após a complicada cirurgia a que foi submetido. Adivinhou que morreria, ou *decidiu* morrer, porque, em minha última visita, quando o tomavam por recuperado, pediu-me licença para 'narrar sua vida'. Reconheceu estar cedendo à velha necessidade humana da confissão, a que caracterizou como 'um modo frouxo, ainda que impiedoso para com o outro, de lavar as tripas do espírito'. O que mais me impressionou na sua narrativa foi a frieza da exposição, o abismo que se abria, no dito, entre o feito e o pensado. Se Anselmo – era o seu nome – contou-me a verdade (difícil imaginar que não o fizesse), teria então, entre outras barbaridades, estrangulado um garoto de onze anos pela 'mera curiosidade intelectual de ler em seu rosto o gozo misturado à morte'. Sua personalidade decomposta parecia tanto mais abjeta quanto maior a lucidez exibida no tocante ao móbil de seus atos. Deve ter percebido minha repulsa ao ouvi-lo, e chego a suspeitar que também disso extraísse prazer. Que eu esteja ou não enganado quanto ao que o levou àquela confissão intempestiva, o fato é que, na mesma noite, manifestou-se a infecção, e ele entrou em coma. Morreu dias depois, sem recuperar a consciência.

Nunca encontrei Joana no quarto do pai, ao visitá-lo; sempre no corredor ou no Café do Hospital. Tampouco a vi chorar, quando ele morreu. No enterro, do qual vocês não ficaram sabendo, seu rosto estava frio e ela não esboçou qualquer gesto de afeto para com o morto. Fomos os únicos a acompanhar o corpo ao túmulo.

O que passo a narrar, Myrna, não foi por ele que eu soube; sua consciência era, afinal, capaz de alguma delicadeza moral. Soube-o por Joana, ali mesmo, em um banco de pedra em frente à cova em que sua mãe também fora enterrada, e – isto a repugnava – iria acontecer com seu próprio cadáver. Quando falou, tinha os olhos ausentes, a voz dura sem traço de emoção. Anselmo a seduzira ainda menina; morta a mãe, a relação entre ambos se intensificou – até Joana fugir, naturalmente, dele, mas também de si mesma, em Internato no interior do Estado. Concluído o secundário e de volta à cidade, ela alojou-se provisoriamente em um hotel do *Centro*, para alugar, depois, o próprio apartamento. Anselmo não tentou influenciá-la. Passou-lhe a herança em vida e a ajudava com uma mesada. Os dois se evitavam, mas sabemos que as marcas dessas relações são terríveis. Ele parece ter buscado, como um suicida, afogar o desejo, a paixão pela filha em todo tipo de perversão. Não muito diferente deve ter sido com Joana. Sua obsessão por relações incestuosas era iniludível. Lembras, em uma de nossas reuniões, o que disse a respeito? Eu o transcrevo aqui, na íntegra, porque o anotei, então: 'É na instituição da família que a sociedade humana celebra a própria perversão. Os traços das relações entre pais e filhos, irmãos e irmãs são de molde a encadeá-los fazendo-os agir como zumbis no encalço de prazeres proibidos, sonhados ou experimentados, embora arrastem na sombra da consciência o medo e a culpa dessas intensidades condenadas'.

Joana levava-me a ti. Falava-me dos teus silêncios após as incursões noturnas com Carlos; do olhar alheado e concentrado a um só tempo, das olheiras profundas, a expressão de embriaguez permanente. A energia de que ambos tiravam força vinha de camadas arcaicas da psique, pois quase nada dormiam ou se alimentavam. Foi quando decidi voltar a ver-te, não te deixar entregue a ti mesma, sonâmbula presa ao magneto de Carlos. Precisei suportar o teu jeito de fazer amor mastigando-me o corpo sem ver-me. Parecias hipnotizada, como se através de mim e ocultado em meu corpo, alcançasses o espectro ansiado. Tu o trazias inscrito nas pupilas e houve momentos em que estive a ponto de te esbofetear, de raiva e frustração. Só me continha, porque, estranhamente, eu te reconhecia na outra, na bacante. E estava certo de que, cedo ou tarde, virias a saber o que realmente buscavas, o sentido de tua própria revolução. O da minha abriu-se para mim bem mais tarde. E só quando parei de invocá-la. Não veio, tampouco, para destruir ou transformar o mundo além de mim, senão para *me* destruir ou à carcaça pretensiosa que traz o meu nome. Não lá fora, portanto, como eu havia imaginado; e não dentro de mim apenas...

A minha companhia te acalmava ou, pelo menos, te fazia bem; nela encontravas repouso. Davas-me gestos de uma ternura invulgar, só possível talvez às mulheres cujo fardo sexual apaziguado liberta das reservas da fêmea em relação ao macho. A qualidade de meus sentimentos por ti também se alterava. Eu me fui dividindo. A mulher que eu amava esboçava-se dentro e ao lado da outra, como um ser diferente, frágil, na iminência de ser devorado pela sereia. Como te odiei, por vezes! Ainda assim, percebi que lutavas com a mulher-demônio. Adormecias entre sobressaltos e gemidos, que eu procurava exorcizar com a pressão mais forte do braço em teu quadril ou beijando teus lábios – que incendiavam, o prazer te doendo no rosto, rios de suor gelado em tua pele. E eu? Desejava teu corpo, e sabia que, assim, te tornava mais pronta às carícias de Carlos. Foram meses de horror.

Joana contou-me os teus temores. Acordavas esgotada, o corpo dolorido, como se não tivesses dormido na noite anterior. Receavas andar sonambulando. Escondias as chaves antes de dormir e as encontravas na fechadura pela manhã. Vasculhavas a bolsa, as roupas e sapatos, procurando vestígios da noite. Tudo era um grande escuro, um cansaço anormal, os pés inchados, doloridos. Sairias, de fato, a vagabundear pela cidade ou seria só o pânico de uma mente ferida gravemente? Passavas os dias em estado febril, debatendo-te em semiconsciência, enquanto Carlos se torturava entre o desejo de ficar contigo, o seu trabalho e a preocupação crescente com Maria Helena. Nada nele era certeza; creio mesmo que nunca cogitou seriamente em separar-se dela. O afastamento que lhe impôs, sua mudança para o hotel, deram-lhe curta licença para extravasar, ao menos uma vez na vida, a longa história familiar de repressão que sofreu; repressão que ele internalizou, na infância, chegando a excessos de autoflagelação na adolescência. Tudo nele era desmedido. Creio teres razão em supor que, na recusa da fala, vocês se negaram o único meio de acesso real de um ao outro. Nessas relações, cujo único móvel é o desejo sexual, e que parecem tanto mais satisfatórias quanto mais estritamente físicas permanecem, o que pode salvar ao desespero e ao crime encontra-se no limiar em que a fala se articula. É aí que os sentimentos se costuram para além do corpo. Entre vocês, o abraço físico ficou sem nome, estiolando talvez um destino maior. A linguagem falada é a mais complicada, mas também promissora das conjuras humanas.

Quando me procurou, Carlos estava adivinhando o beco sem saída a que se havia condenado, e a ti com ele, no próprio desejo. Ele ensaiava a viravolta. Como nenhum de vocês era capaz de perfurar o cerco de silêncio ditado pelo corpo, ele esperava que o fizesse o meu ciúme. Não tínhamos uma consciência clara disso, então, mas reagi corretamente. Se te houvesse repelido, como Carlos queria, o laço entre vocês se teria estreitado. Como sabê-lo? Não me parece, contudo, que atitudes delegadas a outros possam sedimentar afetos. Deves adivinhar, agora, não ter sido casual a minha aparição no *Bar* naquela noite em que foste internada. Carlos apoiava-se em mim, para deixar-te. Adoecia. E o estado de Maria Helena em nada ajudava. Por um momento pensou em levar-te embora, desaparecer contigo. Sentia, porém, que as inscrições feitas no tempo partilhado por vocês rejeitariam, cedo ou tarde, uma interpretação trivial. A senha do amor, que os salvaria do *qualquer*, nunca se havia inscrito, nem no desejo nem na consciência de nenhum dos dois. Ele lutou consigo, até o último instante, partido entre o dever e a obsessão. Ao que parece, sequer suspeitaste... O que não é de surpreender, pois vocês não diziam o que sentiam como se o que experimentavam um pelo outro, o que viviam juntos no sexo, não se pudesse articular em outra língua. Tinham razão; em sua força maior o sexo é intraduzível...

Se, no entanto, como eu acredito, o ser humano é a charneira em que a vida é capaz de vencer, nela mesma, a cadeia biológica, como nele entender o impulso sexual? Se a força libidinal fosse mesmo capaz de se evadir, no humano, de ultrapassar sua prisão originária na carne, isso seria em direção ao quê? A única direção que me ocorre é a de uma liberdade tão inexprimível quanto o mistério da sexualidade – *quando pensada para além do instinto*. Acerca do que isso poderia representar na relação dita de 'amor' entre dois indivíduos, a experiência real seria, por certo, o único meio de descobri-lo...

Mas seja, Myrna, Carlos vinha até mim, e falava, falava. Eram monólogos intermináveis, suplicantes apenas de um espectador, que, ouvindo-o lhes desse sentido. Aquilo era de fato abjeto, e não só de sua parte, senão da minha, por permitir que ele o fizesse. Eu pensava que assim poderia talvez ajudar-te, evitar o pior. Ouvindo-o, tinha a impressão de estar frente a um desses demônios de Füssli, formas de pesadelos, anjos caídos, contorcidos na fúria da revolta e trazendo no rosto a expressão congelada da perda absoluta – o nada espelhado nos olhos. Tuas investidas, a insistência em procurá-lo o desconcertavam. O que mais o irritava, no final, era tua tendência de interpretar como 'amor' aquela ligação. Tu não falavas a respeito, mas ele conseguia ler, nos teus gestos, a densidade nova que buscavas em ti, para ambos. Isso tornou-se tanto mais insuportável, para ele, quando passou a conjurar em si mesmo este sentimento – que, obviamente, execrava. Foi quando Joana se suicidou, e Maria Helena caiu em forte depressão. No desespero que a tomava, a perda do fogo-fátuo-Joana fundiu-se à perda real anterior, do marido, e a vida ameaçou congelar no seu corpo. Foi a presença constante de Carlos ao seu lado que a reviveu. Ele mesmo parou de lutar. Ficou junto dela, então, e até hoje, ainda que teimasse, à época, em se dar a esperança de um outro caminho. Eu imagino que, contigo, Myrna, ele sentisse que poderia romper as cadeias de uma interpretação de si mesmo alheia à própria vontade. Não para ficar ao teu lado, estou certo, mas para conseguir, finalmente, alçar voo.

Volto, porém, à noite em que foste internada na clínica. Carlos parece só então ter percebido a extensão do que se passava contigo. Era como se ele até aí te houvesse olhado como a um ser acima do normal. Teu modo de agir independente, tua coragem de assumir tua vida longe da família desde cedo, fizeram-no acreditar que lidava com uma espécie de ser superior, que o seduzia e poderia até mesmo destruir. Ao contrário do que pensavas, ele mesmo não se interpretava como um sedutor. As deformações de uma infância aberta ao sexo e submissa às batinas o haviam tornado de algum modo impotente para o amor. Até ali, só tinha visto na mulher pecado e servidão: Eva e Vênus. Em qualquer caso, um ser sempre mais forte que ele. E perigoso. Naquela noite, ele bateu-me à porta como um louco. Suava, apesar do frio, um tremor convulsivo no corpo, as palavras cuspidas aos trancos.

— 'Pelo amor de Deus, Bruno! Ela... Com todos os demônios, eu não podia imaginar... tenta... tenta ajudá-la...'

Tu o havias chamado e ele fora, de fato, até onde estavas. E sentiu medo, recuou. O desejo que eu tinha era dar-lhe uma surra. Deixei-o na cozinha, uma garrafa de Cachaça à frente. Telefonei a Olavo, que providenciou o teu internamento; e fui buscar-te. Não pareces lembrar sua presença ao teu lado, naquela primeira fase do tratamento. Foi ele o teu médico e o foi com uma dedicação excepcional. Certa vez o encontrei, de manhãzinha, à tua cabeceira, a sombra escura da barba lhe acentuando a palidez na cara emagrecida. O sátiro de tuas alucinações? Ele te vinha analisando há algum tempo, nos encontros que referes no *Diário*. Experimentaste sua capacidade empática, o terapeuta capaz de apanhar num olhar a peculiar tonalidade psíquica do indivíduo à frente, e fazê-lo entender o quanto está sujeito a seus próprios equívocos. Desde cedo, ele se havia decidido pela medicina; mesmo naquele período de incertezas em nossa formação, quando em geral não suspeitamos aonde nos levam as setas, que seguimos tateantes e às cegas. Já na Universidade, voltou-se imediatamente à clínica geral, por conceber no organismo humano um universo em miniatura, um todo orgânico, que guarda em si os segredos e mistérios do cosmo. Convencido de que a mera causalidade física é incapaz de explicar ou levar a entender o que se oculta na construção do universo, fora ou dentro de nós, chegou a uma concepção da cura que abarca o mundo exterior e interior de cada um: o inconsciente, de onde tudo brota, e a consciência, a qual, no processo da cura – seja lá em que dimensão for que a doença se aloje –, precisa religar-se àquele, para, na troca entre ambos, trabalhar no sentido de uma transformação nos dois níveis. Ele nunca falou no que o fez desistir da clínica geral, decidir-se pela psiquiatria e a psicanálise, mas imagino que o motivo tivesse a ver com sua experiência na própria família. Retomarei isso adiante.

Hoje é comum ouvir-se acerca da necessidade de uma medicina menos técnica, mais humana. Olavo lamentava, já então, a direção materialista tomada pelas ciências médicas em nível oficial, insistindo na necessidade de uma revisão da relação médico-paciente. Esta, segundo ele, deveria preocupar-se menos com a doença manifesta, e mais com a existência do indivíduo no seu todo. 'O verdadeiro agente da doença', eu o ouvi repetir algumas vezes, 'atua na sombra, não só como o articulador oculto de nossa existência, senão também como o determinante da forma peculiar da doença que nos toma'. Se essa interpretação penetra num domínio por assim dizer *metafísico* da psicologia profunda – o que a desacredita –, isto não abalava Olavo, para quem, até hoje, esta seria a única via capaz de salvar a medicina da insensibilização que a leva a objetificar o propriamente dito humano no homem. Ele jamais abandonou a ideia do clínico geral que desejava ser. Sempre apelou, nos seus diagnósticos, à força simpático-divinatória do terapeuta que se volta à pessoa como um todo. Tu o experimentaste em ti mesma, naqueles meses de internamento. Naquela fase, em que ele precisou lutar para manter-se são, o esforço de ajudar-te terá sido, talvez, o que o levou a equilibrar-se.

Fato é que deixou a bebida e, algum tempo depois, decidiu-se por um pós-doutorado nos Estados Unidos. Nosso mal, com frequência, é tratado, aliviado e até curado no trabalho terapêutico realizado em um outro. De volta ao Brasil, ele aceitou convite para trabalhar no setor psiquiátrico de um grande hospital em São Paulo. E conquistou renome também no exterior, com as publicações que vem fazendo acerca de seu método terapêutico. Há, naturalmente, muitos que o dizem 'ingênuo', um outro modo de dizer 'romântico'.

Sua relação com Joana, eu procuro entendê-la a partir da constelação complicada que viveu dentro da própria família. Sabes que ele e eu nos conhecemos desde a adolescência. Quando passei a frequentar sua casa, cursávamos o último ano do curso secundário. Embora próximos, nunca trocamos confidências ou partilhamos experiências, como a maioria dos jovens nessa idade. Não somos afeitos a trocas pessoais mais íntimas na relação de amizade, e isto decerto preservou nossa relação, que se orientou e orienta sobretudo em torno ao trabalho intelectual. Mas, voltando. Olavo é filho único e, por morar próximo ao IPA, onde eu passara a estudar, era em sua casa que eu e alguns outros colegas nos reuníamos, à noite, buscando reforço em algumas matérias. Essas reuniões prosseguiram após entrarmos na Universidade. Gostávamos desses encontros, porque Olavo dispunha de espaço no quarto conjugado à ampla sala de trabalho, em que um rádio e a vitrola eram as grandes atrações. Ele já então nos impunha respeito pelo conhecimento que tinha na área da música, tanto popular como erudita, sendo, além disso, um excelente tocador de flauta. Não só isso, porém, nos atraía nessas reuniões. Havia mais um componente de atratividade na figura de sua mãe. Eu achava de início curioso que, embora esses encontros entrassem madrugada adentro, Celina – era seu nome – não se recolhesse, servindo-nos sanduíches e bebidas até nos retirarmos. Era uma mulher interessante, bela, eu diria. Alta e esguia, as feições finas numa pele alva e transparente, olhos fundos, escuros, contrastando com os cabelos ruivos. O seu jeito de olhar era estranho, como de quem espreita. Muito jovem, então, para percebê-lo, compreendi só mais tarde o significado e a qualidade daquele olhar. Espanta-me, até hoje, que Olavo nunca o tivesse notado ou, ao menos, não até certo momento. Celina vestia com discrição, movendo-se com um misto de elegância e displicência calculadas. Seu fascínio vinha, porém, bem mais da inteligência especulativa e formação refinada que tivera. Devia sentir-se estrangeira no Sul. Vinha de Recife, de uma família de juristas, e se tinha doutorado em Letras, na França. Dizia-se que voltara ao Brasil forçada pela família, em consequência de envolvimento amoroso com um professor. Os boatos maléficos eram, contudo, acerca de suas relações com um e outro dos colegas que frequentavam nossas reuniões de estudos. Estes, se inquiridos, negavam o fato, devido talvez ao respeito e à admiração compreensíveis tratando-se de tal mulher. Não todos, ao que parece. Os boatos corriam.

O pai de Olavo era um homem silencioso, reservado e distante. Figura soturna, da qual o filho herdou certos traços na aparência física. Borowski – o nome te surpreende, Myrna, mas Olavo só assina o da mãe – era um alto militar do Exército. Tinha chegado ao Brasil como oficial russo fugido da Europa através de Viena, no fim da Segunda Grande Guerra. Sua posição (era então general) espanta, considerando-se as reservas que se tinha à época em relação a qualquer aspirante de ascendência russa à Academia Militar. Ele viajava muito em missões – eu mesmo o encontrei poucas vezes nas visitas que fiz ao apartamento – sobre as quais sua família provavelmente nada sabia. O modo de Olavo conduzir-se em relação ao pai, no tanto que pude observar, era frio ou indiferente, como se não tomasse conhecimento de sua existência. Hoje sei que havia forte ressentimento nessa frieza. Borowski fora duro com ele, em criança e mesmo após, só não chegando a excessos devido à intervenção de Celina. Seu afeto voltava-se à mãe, inteiramente, e a afinidade entre ambos era notável. Conversavam como se fossem da mesma idade e ela, com o tempo, passou a tomar parte de nossos debates sobre temas filosóficos e políticos. Celina conhecia profundamente a literatura russa do século XIX, em especial os anarquistas, sobre os quais tinha escrito sua tese. Suas pretensões intelectuais devem ter sido impedidas pelo marido, que a conheceu em Recife pouco após seu retorno da França. Depois do casamento e da mudança para o Sul, o contato do casal com sua família deve ter-se interrompido. Nunca vi Olavo mencionar seus parentes. Tampouco tratava Celina por *mãe*. Acho que os dois viviam numa espécie de Limbo, ao menos enquanto partilharam o universo de suas afinidades sem intrusões de fora. Isto acabou, a partir do momento em que Olavo mostrou interesse por outras mulheres. Celina reagiu mal, tornou-se possessiva, exigindo-o como coisa sua. Eu mesmo testemunhei dois desses conflitos, porque envolveram alunas da Universidade, provocando pequenos escândalos no meio.

Olavo fechou-se, desde aí. Não digo que se isolasse, mas interrompeu as reuniões de estudos, reduzindo os contatos a uma distância cortês. Nada se alterou, no meu caso, porque, como já disse, nós nunca havíamos sido ou pretendido ser íntimos. Além disso, tínhamos em comum a ideia daquilo em que a ciência poderia tornar-se – no seu caso, especialmente a medicina – deixando de ser materialista e objetificadora. Isso poupou-nos o estranhamento. Só nos tornamos mais próximos a ponto de trocar confidências, a partir de teu internamento na clínica. Antes disto, quero dizer, durante os anos que passei em Princeton, nós nos tínhamos perdido de vista. Foi uma bela surpresa encontrá-lo no grupo de Daniel; também para ele, acredito. Olavo acabava de concluir o curso de Filosofia. Tinha-o buscado por acreditar que, mediante reflexão mais radical, poderia não só compreender melhor a doença psíquica enquanto tal, senão – e isso tanto para o trabalho teórico quanto prático – extrair muito do que a música e a literatura poderiam oferecer à terapia. Os cursos da Filosofia eram nada bons, à época, e Olavo tentava compensá-lo com leituras e mediante o debate extrauniversitário. Foi o que o trouxe ao grupo de Daniel.

Lembras dos recitais que ele, por vezes, nos ofereceu na *Confraria*? Olavo não deixou de exercitar a flauta, tornando-se excelente musicista. Ainda assim, não pouca foi minha surpresa, quando o vi utilizar esse recurso musical em tuas sessões terapêuticas e em outras mais que me levou a assistir quando estavas na clínica. Observando seu trabalho, naquele período, acho que descobri a chave de seu sucesso como analista. Ele é senhor de uma força magnética incomum, e se utiliza dela com raro equilíbrio e consciência. Seu intuito é levar o paciente a despertá-la em si mesmo e mobilizá-la no sentido da própria cura. Sempre lhe pareceu suspeito o médico que atribuísse apenas à *sua* capacidade pessoal o sucesso de um tratamento. 'A *força curadora*', ele dizia, 'deve ser sobretudo despertada e ativada *no doente*.' Seria em especial neste que se concentraria o segredo do sucesso não só das terapias psíquicas. Qualquer médico, segundo ele, estaria habilitado a desencadear em seus pacientes – consciente ou inconscientemente – este processo. 'O importante', eu o ouvi dizer mais de uma vez, 'é que o terapeuta seja *não* um mero profissional da medicina, senão um médico em sentido originário, a saber, que obedeça a um *chamado* interior'. De algum modo, na sua função curadora, Olavo compara o médico ao sacerdote. Se se trata de exagero romântico? Eu diria que ele mesmo, enquanto médico, não está longe disso...

Bem, Myrna, para completar esse desvio elucidativo acerca de Olavo, volto a sua relação com Celina. De início, interpretei o modo de ele esquivar-se aos relacionamentos mais íntimos como consequência de sua paixão pelo conhecimento. Mais tarde, em consequência da entrega ao próprio trabalho. Com o tempo, porém, percebi que algo corrosivo o tolhia, algo que hoje acredito ter a ver com a mãe-sereia introjetada nele. Não deve ser fácil, para alguém com uma tal biografia, conseguir relacionar-se intimamente com quem quer que seja. Não sem grandes problemas. Essa dificuldade pessoal não precisa, necessariamente, atingir o profissional. No caso de Olavo, se a pessoa estagnou, enrijeceu, o profissional se alargou e enriqueceu. Ajudou-o, naturalmente, o ter-se afastado de casa já durante os estudos, quando optou por morar numa pensão. Pouco depois, seu pai foi transferido para Brasília, e ele não voltou a ver a mãe. Da morte de Celina, poucos anos depois, eu só soube ao voltar dos Estados Unidos; e ouvi também boatos de suicídio. Que eu saiba, Olavo não mantém contato com Borowski. Não creio, na verdade, que voltasse a vê-lo após o enterro da mãe, em Brasília.

Estás, sem dúvida, estranhando o fato de eu te escrever acerca de coisas sobre as quais normalmente calaria. Tens razão. Pareceu-me, porém, necessário desfazer certos equívocos em tua avaliação das circunstâncias que agiam sobre nós, no passado. Lendo teu *Diário*, cheguei à conclusão de que o enredo de nossa história comum teria sido diferente, não fosse a percepção diversa que tínhamos, então, do que se passava não só em nós, senão no entorno partilhado. Imersos na mesma realidade, nós a vivemos, dentro e fora de nós, em constelações estranhadas, que nunca procuramos reparar na palavra. Não fosse isso, o extravio não teria ocorrido? Foi o silêncio, que nos separou? A mudez, tua e minha? Parece banal, mas não é. Nietzsche não disse que, falando, o homem paira sobre o abismo? E falávamos nada a respeito do que nos movia – como se *nos* dizermos fosse algo medíocre, indigno de nossa inteligência e sensibilidade. Escrevendo sobre o que determinava certas atitudes minhas, lá atrás, procuro de algum modo reparar não só a tua, senão a minha própria e ainda mais radical cegueira. Porque eu soube, afinal, bem mais que tu do que se passava à volta. Na verdade, o que intento é buscar, na rota que nos separou, a senda oculta que, despercebida, apontava um possível *melhor* para nós. Isso, na verdade, não difere muito do que nos leva a, *mais de uma vez*, ler uma obra literária, assistir um filme de final infeliz ou rever nossas tragédias preferidas. *Contra toda razão*, esperamos que o texto se autocorrija; que, tomando nas mãos o carretel da ação, as figuras evitem o cruel desenlace. Não é isto o que buscas no *Diário*? Como se, nesse esforço de lembrar o passado a partir do futuro, a existência real fosse solicitada a mostrar o que nela aguardava – e não se foi capaz de ver, apanhar, para tentar realizar...

O que pode significar essa procura de um sentido descumprido para os fatos vividos no passado? Dependerá da lembrança a revelação da promessa, melhor dizer, da força do futuro que age nele? Por que insistir em desmascarar, no passado, a deformação do desejo que nos separou? Para que o percorrendo, assim, na contramão, alcancemos, lá atrás, o melhor e o cumpramos, aqui, no presente – como se viu frutificar, sob o sol do futuro, as sementes de trigo encerradas em sarcófagos egípcios milenares?"

Lendo a carta de Bruno, vejo que, sem arrazoados morais ou ademanes de dignidade ofendida, aceitou meu desatino. Nem mesmo a minha ambivalência, melhor dizer, a minha traição, tirou-lhe o equilíbrio. Quando aceitas, no outro ou em si mesmo, as mazelas humanas, um quilate espiritual diverso do habitual – eivado de juízos prévios e atitudes preestabelecidas – gera em nós uma qualidade de compreensão singular, isenta da soberba própria à tolerância. Trata-se, nessa aceitação, de um agregado espiritual incomum, que, ao que parece, se condensou em Bruno naquele momento. Enfrentando o vivido em uma autoanálise dolorosa, ele se reinventou para um outro futuro. Estranho esse voltar atrás que desemboca à frente. É como se, recuando em nós mesmos – e nem quero falar no que isso nos custa –, forçando-nos a desatar o enosamento do vivido, *nos* déssemos a chance de reiniciar o percurso vencido. O mais difícil, nesse passo ou volta atrás, o que pode levá-lo ao fracasso, é a cegueira natural que temos para o instante, a hora certa – em que o até aí recusado à consciência *precisa* acontecer. Mesmo quando o apanhamos, nós corremos o risco de paralisar no seu revérbero. É preciso escavar uma certa distância interior, de onde o olhar não se deixe assombrar pelo brilho. Como Perseu, que só vence a Medusa evitando encará-la, e levando-se a vê-la em reflexo no escudo que empunha. É no olhar desviado, mas que enfrenta o abismo, que a ampulheta reverte o processo e transmuda o vivido.

Bruno parece ter chegado a isso. O olhar que lança ao já sido – território interior minado de fracassos – é distanciado e frio, oblíquo. O olhar de que falei no início deste escrito. Um olhar que se apanha de fora, percebendo outro olhar – que em si mesmo já aberto e se olhando, não sabia estar vendo. Olhar duro, em que o dado se parte e abre frestas, vazios, para o nunca aflorado.

Eu reproduzo, aqui, a conclusão da carta:

> Nenhum de nós tem o direito de se desresponsabilizar, não só do que efetivamente aconteceu, senão também do ocultado nos fatos – o que nunca se deu. Desatentos à história que nos solicita, como servos de um fim que nos escapa, deixamo-nos bem mais viver do que vivemos. E, por comodidade ou covardia, desistimos de ser ou de fazer de nós o que podemos. Retomar a meada do passado é, contudo, possível. É preciso insistir, como quem conta um *causo* frente ao fogo. Pode ser que, ao fazê-lo, a consciência vislumbre o seu *outro* na sombra que a habita; e se deixe, quem sabe, tomar da promessa..."

Surpreende-me a extensão de meu equívoco em relação a Bruno. Ou falhamos os dois, cada um a seu modo, na interpretação do outro? Isso acontece sempre, penso eu, em qualquer relação. Em geral nos atemos à mera presença, ao discurso que o corpo projeta na luz. Satisfazemo-nos com o que o entendimento objetiva à consciência, ocultando o fanal das imagens no cipoal dos sentidos. É nelas, contudo, só nelas, antes de toda apropriação, que a promessa se agita...

Primavera, 1996

Hoje é a folga dos caseiros. Seus netos vêm às vezes visitá-los, mas em geral são eles que vão à *Tristeza* nos fins de semana. Balko parece adivinhar quando estão por partir. Segue-os por todo lado, perturbando-os na casa e no jardim como a tentar dissuadi-los, enfurnando-se, após, em um canto qualquer, para fugir à despedida. Qual dos sentidos leva um cão a avaliar os gestos das pessoas? Farejam sentimentos, leem com o nariz suas intenções na atmosfera dos corpos? Capacidade um dia também nossa, apagada a seguir sob a regência exclusivista do intelecto?

Extraí meu bolo ao forno e o cheiro da erva-doce recende na casa. Poucas vezes me entrego à cozinha. Alcina é senhora absoluta do fogão, unindo a tradição alemã, que lhe veio da mãe de Daniel, à portuguesa e africana de sua própria mãe. O resultado é uma cozinha variada, simples e leve, peculiar à colonização da *Serra* gaúcha. Gosto de vê-la agir no seu domínio. Eu aprendi, decerto, alguns de seus segredos, embora os ponha raramente em prática. A habilidade de doceira, ela a exercita especialmente no Natal, transformando a cozinha em bufante oficina de massas. São latas e latas de biscoitos e bolachas, com recheio e sem ele, que ela, dia após dias, extrai ao forno – predestinadas não só à nossa despensa, mas também à de Sílvia, sua filha, à de Laura e Daniel, além naturalmente àquela do "Investigador Horácio". Mesmo o pato ou peru das festas de final de ano e o cordeiro da Páscoa, a seguir, brotam, para nós todos, à parafernália de sua cozinha.

Ponho a mesa do chá desviando de Balko a seguir-me entre a sala e a cozinha exigindo sua parte no bolo. Desde a morte de Lesko, não consigo evitar tais exageros. Consolei-o e a mim mesma, dando-lhe participação demais em guloseimas até aí proibidas. A cerimônia finda, fomos excursionar pelas ruelas próximas, demorando na praça arborizada. Dentro desses espaços, no interior do bairro, não se percebe a agitação, o alvoroço dos fins de semana à beira-rio como se um outro bairro nascesse do nada à margem do primeiro; para sumir findo o domingo. Balko ressona, agora, e até ronca estirado no tapete. Anoiteceu há muito.

... de um tempo no passado.

A senha estava na palavra. Carlos e eu temíamos tanto o que sentíamos, que recusamos achar sua meada na fala. O mesmo aconteceu comigo e Bruno, mas a empatia que nos ligava não permitiu que o mal se alastrasse de modo irreparável. Éramos magicamente consanguíneos. Lembro da noite em que, dormindo em seu apartamento, eu tive um pesadelo. Dei comigo em escura mansarda, onde um jovem sentava a uma mesa no centro do aposento. A peça estava iluminada à luz de uma só vela e ele escrevia, o gesto nervoso da pena presa à mão emersa a um punho já puído. Procurei ler o texto; era inquietante, cru, e, embora escrito em alemão, eu o entendia sem dificuldade. A tinta pôs-se de repente a escorrer provocando borrões, mas notei que as palavras brotavam por si, não da pena, senão do papel. Só então percebi que o escritor era eu, as palavras surgindo nas folhas e a tinta escorrendo das letras, os borrões desenhando-se nelas quais quadros-poemas ou poemas-quadros. Mas não! aquilo não era tinta, era sangue! Vi os corpos, então, descolando do chão, das paredes, por toda parte. Corpos nus, cambaleantes como se mortos-vivos.

Eles falavam, ou melhor, sussurravam, para depois gritar, os rostos torturados, só olhos e bocas, qual figuras de Goya ou de Munch. Tentei, mais tarde, apanhar o que ouvi, sem realmente consegui-lo. Eis algo aproximado: "A Alemanha está cheia das vozes de seus mortos. Os mortos da Alemanha. São milhares. Prisioneiros dos corpos, não conseguem morrer sua própria morte; mas têm voz, e ainda gritam sem som exigindo que os ouçam. Vindas dos corpos e neles encerradas, suas vozes suplicam que os deixem morrer sua própria morte..."

Tentei fugir, no sonho, e só então percebi que abraçava um dos corpos; estava dobrado, as costas pressionadas no meu ventre. Gritei no espaço do sonho e acordei encharcada de suor. Saltei da cama e vi Bruno à janela. Corri para ele e o abracei, olhos presos no brilho sobrenatural da luz vinda da rua. Luz esponjosa como através da vigia de um submarino. Antes de eu poder dizer algo, ele contou-me o pesadelo que acabava de ter. Viu-me cair num precipício abraçada em um corpo que era eu mesma, morta. Contei meu sonho e mal podíamos acreditar no que dizíamos. Teríamos estado juntos naquele limiar, entre o dia e a noite interiores, na orla misteriosa em que a teia da vida pessoal emaranha-se à morte universal ou à eternidade? Algo tentava penetrar em nossa consciência e não soubemos achar-lhe o sentido? Pouco tempo depois, eu descobri que estava grávida.

Verão, 1996/97

Acabo de receber um pacote pelo Correio. É de Bruno, vindo do México. Dentro dele, um grande estojo de madeira trabalhado em mosaico de jade – a pedra sagrada dos maias em seu período clássico. Sobre o mosaico e dominando a tampa (de um verde saturado, quase azul), uma peça curiosa: esculpida em pedaços de jade, uma cabeça similar àquelas dos sacerdotes do século VII, encontradas em Chiapas. A representação é bem característica; cara alongada, sobrancelhas salientes sobre olhos ovais, maçãs do rosto acentuadas, os lábios cheios bem delineados, o queixo forte e aristocrático. O perfil é pouco natural, com o nariz nascendo no meio da testa, para, desenhado sem profundidade entre as sobrancelhas, dobrar adunco na cara – a lembrar o perfil de uma águia. O ideal de beleza dos antigos maias. Típicos são, igualmente, os lábios entreabertos mostrando dois dentes frontais inferiores, burilados na forma de um T – sinal representativo do deus sol, a indicar o renascimento do indivíduo após a morte. Espanta-me que Bruno me tenha enviado

Tendo lido os cadernos, se decidires aceitar o Bezoar,
mergulha-o num cálice com vinho escuro. Se beberes
o líquido, após, e enfiares a aliança no dedo, eu saberei...

essa preciosidade pelo correio. O forro do estojo é de algodão, dentro dele um caderno espiralado e um rolo espesso de papéis enfiado em tubo azul. A capa do caderno é cinza e está bastante desbotada. Já o tubo e as folhas enroladas no seu interior são novos e ostentam um título: *Caderno Azul*. Ao extrair à caixa o caderno de espirais, caiu na mesa um saquinho de pano. Dentro dele, embrulhada em papel, uma aliança de ouro. Filigrana admirável de contorcionismo hespérico, traz no topo uma pedra leitosa em forma irregular, lisa e de aspecto primitivo. Escrito no papel – às pressas aparentemente –, um bilhete de Bruno.

Eu examino a pedra, desconfiada. É isto, então, um Bezoar? Nascida nas entranhas de certos animais e usada pelos povos primitivos em sua farmacopeia milenar, ela é tomada por mágica na cura de várias doenças e envenenamentos. Aperto-a na mão procurando sentir alguma coisa. Nada. Meto-a de volta em seu embrulho tosco e a reponho no estojo. Ao abrir o caderno, sua capa puída esfarela em meus dedos. Um punhado de ramos e folhas prensadas escapa das páginas. Ponho-me a ler as anotações feitas aí por Bruno, iniciadas ainda no Brasil. São, de início, prosaicas, remetendo ao projeto propriamente dito da viagem e aos seus preparativos mais urgentes. As que vêm a seguir, já na *Cidade do México*, são o registro de suas primeiras impressões, não só em relação à metrópole, senão também ao ambiente universitário, aos colegas, alunos e ao público presente em suas palestras. Ele parece estar bem, nesses primeiros tempos. Não fala em mim, em nós; não o faz no caderno inteiro. Meses depois, o tom dessas anotações se altera, como se, de repente, o mundo objetivo deixasse de interessá-lo. Seus próprios sentimentos tomam, agora, a dianteira, denotando uma luta entre o intelectual com uma tarefa a cumprir e o homem torturado pela sensação do não sentido desse esforço. Segue um período de silêncio e, ao voltar a escrever, sua letra se alterou; vem instável, nervosa, o texto em tom soturno relata sonhos e alguns pesadelos que o perseguem. Há curtas reflexões, em geral deprimentes, em torno a cenas presenciadas em geral ao acaso, observações brutais sobre sexo e prostituição, os resultados deletérios da bebida e das drogas, além de poemas e aforismos herméticos. Os registros interrompem-se, novamente, por meses. E o que passa a escrever vem agora em espécie de código: palavras em língua asteca, nomes de deuses, entidades telúricas e celestes, receitas de poções com ingredientes que estariam melhor em um livro de feitiçaria, descrições detalhadas de rituais propiciatórios, uma série de exorcismos e invocações em língua *náhuatl*. Há desenhos, também, cópias de antigos calendários maias e astecas, com imagens e signos complicados remetendo à velha crença no tempo cíclico, o reinício incessante das coisas. E outros, ainda, de concepção cíclico-ascensional, para mim desconhecidos. Devido sobretudo à sequência irregular em que os registros se sucedem, esse caderno fica em larga medida impenetrável mesmo para um conhecedor dessas culturas. Por não se tratar de um significado objetivo, senão interior? A partir de certo ponto, há uma mudança sensível no caráter das anotações. Isso é notável na letra de Bruno, de desenho tranquilo e seguro como se a confiança em si mesmo voltasse, soubesse para onde se encaminha. Não se trata, porém, mesmo aí, de um texto ou relato coerente; são sinais abreviados, compreensíveis apenas para ele.

Levei muito tempo, à base de consultas em livros e dicionários especializados, tentando decifrar o segredo ou caos desse caderno. Inutilmente. Desisti de entendê-lo e voltei-me à leitura do *Caderno Azul* contido no tubo. Bruno o escreveu após nosso último encontro, e se dirige a mim. Faz-me saber, de início, que o caderno anterior lhe serviu como reservatório abreviado de experiências, para muito do que irá escrever neste rolo de folhas avulsas. E acrescenta que, sem entregar a chave propriamente dita do primeiro caderno, este segundo – dito *azul* – o tornará talvez menos enigmático. Assustei-me, confesso, ao ler essa “introdução”. Em que espécie de universo terá

Bruno penetrado, desta vez? Recolhi-me no sótão para a leitura. Eu o faço em voz alta, e ouço sua voz ricochetear entre as vigas do teto...

Transcrevo, abaixo, algumas páginas iniciais do *caderno azul*:

"...além disso, Myrna, na cópia que me deste do que vens escrevendo em teu *Diário*, percebi que, aos teus olhos, a maioria do que tu mesma experimentaste em nosso passado comum não me teria atingido como se eu estivesse cego ao meu entorno. Sequer percebeste que, ao perguntar se gostarias de viajar comigo para o México, eu estava tentando, sem grande esperança, é verdade, oferecer-te uma saída à tua prisão. Aquela viagem vinha, afinal, ao encontro de teu sonho de investigar de perto a cultura maia. Meu próprio interesse no México, tu sabes, era buscar as raízes dos movimentos revolucionários latino-americanos, a começar por Emiliano Zapata. Neles me interessava um certo romantismo avesso ao progresso, que, alimentado das velhas culturas, enxergava no passado uma promessa traída a ser resgatada. O que alcancei deu-se na mescla dessas duas projeções do desejo: a tua e a minha. Eu o vivi não ao modo tradicional erudito, mediante tratados de investigação acadêmica, senão numa experiência insólita, no coração geográfico mexicano e em convivência íntima com os próprios nativos. Isso te espanta? Logo o compreenderás. Mas posso antecipar que, se me tivesses acompanhado até aqui (onde me encontro agora, bem vês), eu provavelmente não teria chegado a mergulhar no cerne arcaico dessa cultura – justamente no veio que mais te fascina – vivendo-a em mim como uma epifania.

Lendo teu *Diário*, surpreendeu-me o teu modo de sentir e interpretar meus atos no passado. Tenho de conceder, porém, que te dificultei o acesso ao que se dava em mim. Nunca *me* disse ou expressei então em gestos claros; eu hesitava em relação ao que sentia. Sabes que sou avesso a confidências. Mesmo a Olavo ou

Daniel, pouco entreguei de meu mundo interior, a não ser no período imediato antes de minha vinda para o México e por tua causa, melhor dizer, por *nossa* causa. Sempre temi a profanação desse domínio imemorial em mim (presente em cada um de nós), e o cerquei de silêncio. A experiência me havia mostrado que, no melhor e no pior, só entendemos o outro a partir do que se gesta aí. Se o acercar-nos de alguém acontece, de fato, no mundo presente e nele se objetiva em atos sucessivos, o que rege o processo e o determina em sucessos e fracassos oculta-se na sombra, em nosso íntimo, sendo em geral inalcançável para a consciência. Talvez por isso, ao tentar encontrar-te, seis anos após minha partida, estava tão seguro de saber o que se dava em ti, que tua recusa me chocou. Daniel me assegurou que não terias superado ou sequer trabalhado o passado, mas custei a aceitá-lo. Mesmo sabendo que a mera extensão temporal não cura feridas, e o quanto é confortável *não* lembrar o que nos machucou, negava-me a crer que tivesses buscado o limbo paralisante da amnésia. Acreditava em ti, sabia que não és nem covarde nem fraca a ponto de te encapsulares num tal esquecimento. Ou pensava saber...

Convenci-me, porém, de que estavas negando esse espaço interior, centro de produção de força em ti mesma, quando, ao seguir-te em teus passeios, a sós ou com os cães, *li no teu corpo* a recusa em lembrar. Ela era tão clara em teu jeito de andar, no novo ritmo a que teus membros obedeciam, tão tristemente outro que o modo dançarino anterior.... Tinhas enrijecido, Myrna, como se um outro corpo sobreposto ao teu procurasse imitá-lo. Eu o ouvia ranger na armadura mal azeitada. Lembrar e doer do lembrado quebraria o embaraço. Isso requer, porém, uma certa postura interior, que vem determinar tanto o lembrar quanto a cura, podendo ou não resultar nesta. De qualquer modo, isso dá-se de início a partir da decisão inconsciente de enfrentar o que perturba e a dor que causa; mas exige coragem e uma constituição de ânimo resistente. Sendo assim, embora percebendo o entrave que te havia roubado até a graça física, não duvidei que reagirias. E decidi esperar. Mesmo não percebida, eu pensei, minha proximidade adivinhada em teus sentidos poderia acender algo dormente em ti – e alcançar tua usina de força. Em todo o caso, ao redigir agora o telegrama me anunciando, estava certo de que estavas pronta – e me receberias. Por quê? O teu corpo voltara a vibrar no ritmo antigo, dançante...

Posso ver tua cara de espanto, e talvez me devesse envergonhar; mas não. Desde meu retorno ao Brasil, fiquei perto de ti sempre que meu trabalho e as viagens o permitiram. Eu te seguia em tuas caminhadas com os cães, ora à margem do rio ora à beira do mar, quando te deslocavas para o litoral. Misturava-me à paisagem, no cinza ou no azul, a ponto de poder ouvir o silêncio interior que emanava de ti. Conheci Lesko, e ele a mim... Lembro, mais de uma vez, em que ele esteve a ponto de me 'denunciar' no disfarce que usava, ora de pescador ora de turista ou passeante casual. Certa feita, na praia, ele avançou até as pedras da Barra, onde eu 'pescava'; e lá ficou olhando de mim para ti como quem diz 'vem cá!'. Um peixe pulava no balde, mas ele o ignorou, só desistindo de me 'desmascarar' quando – já longe e com o pequeno Balko puxando em nossa direção, na guia – tu o chamaste irritada. Que alma rudimentar se oculta numa tal criatura? Lesko a tinha muito desenvolvida. Sabias que uma certa crença religiosa da China acredita ser o cão a última encarnação animal antes do homem?

De fato, eu te segui e espionei ao longo desses anos todos. Não, não me arrependo. Aconteceu depois de tua recusa em ver-me. Decidi reduzir compromissos no contexto da cooperação entre as Universidades do México e São Paulo, e comprei o apartamento em que hoje moro, em rua paralela à tua. Dele enxergo tua casa por um janelão que fica aos fundos do edifício. Daniel procurou dissuadir-me, quando lhe disse de meu propósito. Mesmo assim, sempre que te visita – sem a companhia de Laura – dá uma chegada em meu *esconderijo*, como o chama. Laura não sabe do apartamento; acredita que, estando na cidade, eu me hospede em hotéis. Quanto aos demais conhecidos, pouco sabem de mim. Nem meu pai, que se irrita com o que diz ser um 'capricho' meu, aparece por lá. Acha que é 'esquisitice' minha, esse 'exílio' no Sul; mas o aceita e compreende, a seu jeito. Eu lhe pedi sigilo acerca de onde moro e ele não falaria a respeito com ninguém...

Por que te *espionei*? Eu estava convicto de que conseguiria *ler*, nos sinais de teu corpo, o que se dava em ti, contigo. Acreditava, eu já disse, que um dia acordarias. Tu já viste, quem sabe, aquele janelão; semioculto em geral pelas árvores, abre-se sobre o terreno baldio que fica à frente, em diagonal a tua casa. À noite, eu sabia onde estavas pela luz na varanda, na sala, ou no quarto. Se saías com os cães – só com Balko, mais tarde –, eu te seguia deslizando a alguns metros, por onde quer que fosses. A primeira diferença importante que notei nos teus hábitos foi na escolha dos bairros e ruas que passaste a fazer. Tu buscavas, agora, os lugares da velha cidade, em especial do *Centro*, e sobretudo à noite. Foi ao ler teu *Diário* que topei com o estopim da mudança, já que não presenciei teu *encontro com a voz*, como dizes. Acredito, porém, que, mesmo estando lá, não teria podido apanhar teu 'despertar' àquela vibração sonora em teu poço interior. Ainda assim, embora adivinhando o significado daquela mudança em teus hábitos, meu alívio tingiu-se ligeiro de susto. A região central pode ser perigosa, à noite, e eu me ausento demais. Lembro uma vez em que, devido ao cão, não achavas um táxi disposto a levá-los de volta a Ipanema. 'Subornei' um taxista, para que o fizesse. A situação foi cômica; precisei inventar uma história de marido ciumento, para que o homem aceitasse a corrida. Era constrangedor esse *escoltar-te* meio louco através da cidade, mesmo feliz de saber que alguma coisa se mexia no teu interior, que estavas *querendo* lembrar.

Fui percebendo alterações no teu comportamento, leves indícios de que te reinventavas, numa metamorfose que transpareceu não só nesse retorno aos lugares antigos. Teu corpo falava, à procura de um ponto em que se equilibrar; e reencontrou, por fim, o antigo ritmo bailarino, que tinha esquecido. Denunciava a mudança, também, o teu modo de olhar, em que se lia espanto e algo como prazer. Tive de me conter, para não te abraçar adivinhando a 'cura' em teu acesso às coisas. Tu as buscavas no tato, também, ou as investigavas com as narinas, como um animal. Eu te via falar contigo mesma; murmuravas seus nomes, talvez? Foi difícil – não só para ti, podes imaginar – retornar aos lugares malditos. A figura de Carlos voltava a assombrar-te. Acompanhei teus passos numa mescla de dor e alegria, vendo-te a sós com teus fantasmas, a lutar contra o encanto-armadilha de seus malefícios. Eu mesmo sendo um deles, precisava evitar que me visses, impedir que me atasses a eles, aqui, no presente. Mostrar-me, então, teria sido tão fatal quanto o erro de Orfeu deixando o Inferno, ao procurar Eurídice com os olhos. Precisavas chegar por ti mesma à seara dos vivos...

Hesitei muito, detive-me a cada novo impulso de anunciar-me. Queria ter certeza de tua *chegada*, saber-te pronta para ver-me, lá fora, não só na lembrança. Quando tua mesa no jardim se esvaziou dos livros e dicionários que a abarrotavam, soube que trabalhavas em um texto teu. Mergulhavas na escrita e de tal modo absorta naquilo, que esquecias o tempo de te alimentar e até mesmo os passeios com Balko, embora ele e Alcina tentassem levar-te de volta à regência das horas. Quando, por fim, não precisaste mais visitar os lugares do passado, quando voltaste a rir, a dançar sob as árvores, eu compreendi: estavas pronta, tinhas chegado.

Se poderás perdoar-me essa invasão de tua intimidade? Afinal, te segui e espionei anos a fio, sem respeito nenhum por isso que se diz 'privacidade'. A única desculpa a que posso apelar é a de não o ter feito por curiosidade. Foi difícil vencer-me, levar-me a vasculhar teus gestos e atitudes como a espécie de bicho em retorta de vidro. Entre outros impulsos, que não sei identificar, movia-me a necessidade de saber se vencerias o teu próprio Estige. E mais, muito mais: se, ainda assim, o teu e o meu percurso se reencontrariam..."

Interrompi a leitura e fui buscar a localização de seu apartamento. Bem ali, do outro lado da rua, em ângulo, o terreno baldio indicado. É onde as crianças da quadra vêm brincar ou jogar futebol. E lá está o edifício, na divisa aos fundos. Não muito alto e semioculto pelas copas das árvores, nele se vê a meio uma grande janela no último andar. Tem as persianas levantadas e, se existem cortinas, estão abertas. Em todo caso, esta janela é a única abertura, no prédio, de onde pode ser vista a minha casa; os andares abaixo estão encobertos por árvores, um muro alto esconde o térreo. Caminhando com os cães, quantas vezes passei na frente deste edifício! Verifiquei, agora, no painel da entrada, a indicação dos números das unidades, sem registro de nomes. Mesmo se lá estivessem, o nome de Bruno é comum, e ele teria omitido o prenome. Curioso não nos termos cruzado nesses anos todos. Ou não? Eu, afinal, encontro quase nunca os conhecidos de minha própria rua.

Volto à leitura. A confissão de Bruno é tão inesperada, que sua imagem em mim se conturba. Li e reli essas páginas voltando atrás, desnorteada e tonta não só de saber que ele esteve ao meu lado esses anos todos, senão por descobrir, em mim, a sensação de ter adivinhado algo próximo, ponto de apoio mágico, lá fora, como acontece com a presença inefável dos Anjos nas velhas gravuras. E Anjos não têm necessidade de pedir desculpas...

Encerrada essa primeira parte das anotações, abre-se um novo texto no *caderno azul*, a que Bruno intitula *Relato*. Ao contrário da parte que acabo de ler – de escrita descuidada, cortes e correções por toda parte –, o novo texto foi passado a limpo em letra clara e regular, sem mácula. Ao pé da página inicial, ele informa, outra vez, estar lançando mão dos registros constantes no caderno cinza, o de capa puída, sem no entanto buscar, como diz, "decifrá-lo".

O *Relato* de Bruno:

"... dizer que, chegado afinal à *Cidade do México*, os primeiros meses foram por demais atordoantes, ricos em acontecimentos exteriores, para que eu pudesse sequer pensar em mim mesmo, ou em nós. Vivi como um desmemoriado esse período. Não queria lembrar e era-me fácil não lembrar. Revesti minha psique de uma camada protetora, uma pequena loucura. A expressão pode parecer exagerada, porque é natural que as novas impressões, a estranheza da gente, as condições outras de trabalho com que me via então confrontado, pudessem facilmente provocar o momentâneo esquecimento da situação anterior dolorosa. Mas não era bem isso, quero dizer, essa forma saudável de esquecimento. Não. Como tu, eu estava reprimindo, bloqueando o passado. De início, correu tudo bem. Havia uma série de necessidades práticas a resolver, como a de achar um paradeiro adequado para o meu trabalho. Procurei-o no miolo central da cidade. Naquele palco antigo, de arquitetura insólita e impactante, a vida colorida, barulhenta e espontânea tomou-me de um golpe. Eu quis vivê-lo, sentir seu mistério, e acabei encontrando um lugar ideal, em pensão próxima à *Biblioteca Nacional*. Tinha, aí, tanto o recolhimento necessário à concentração para o trabalho quanto o bulício, que me deixavam, ambos, descurar da alma.

Com o *metrô*, eu alcançava a *Cidade Universitária*, ao sul, onde passava uma parte dos dias ocupando-me com as aulas, alunos e outras atividades normais. Fora dessas tarefas acadêmicas, eu vivia em estado de distração permanente. Fascinado pela metrópole, cuidei de evitar o convívio mais próximo com os colegas mexicanos, que receberam com alívio a minha independência. Meu ritmo de trabalho deixava-me tempo suficiente, para ir-me apropriando dos lugares no emaranhado de curiosidade, surpresa, prazer e o sentimento insistente daquela não pertença que a vida no estrangeiro traz em si. É, aliás, justamente este sentimento que, em espécie de hybris compensatória, leva-nos a entender como *nossos* os lugares que vamos descobrindo. Quando estrangeiros em uma cidade qualquer, é justamente a conquista dessa intimidade *pessoal com as* ruas, os logradouros e locais, que nos permite suspender a estranheza como que a obnubilando. Isso, porém, só acontece, quando não nos deixamos introduzir no novo ambiente por seus próprios habitantes, que em geral acreditam ter de nos iniciar na nova circunstância.

Habituado ao que o cerca, o olhar nativo não o enxerga mais, e antes fecha do que abre o ambiente ao olhar do estrangeiro. Eu diria, ninguém, nenhum nativo é capaz de criar, no visitante, esse oscilar prazeroso entre intimidade e estranheza em relação ao espaço a inaugurar. Isso é obra do indivíduo afetado no embate imediato com o espaço físico a apropriar. O encontro com o desconhecido nasce de um duplo fulcro. Vem, por um lado, da própria subjetividade, quando livre do binóculo alheio; e, por outro, também do que lhe fica além, lá fora, nos lugares e coisas, que, independentemente do olhar que os apanha, vão-se mostrando ao forasteiro a partir de si mesmos. Formas, sons, cores, cheiros e a sensação rombuda do toque costuram aos poucos a estranheza e a distância ao que se abre, com peso real, aos sentidos. A tônica fica na tensão entre o corpo e os lugares. É aí que se orquestra a invenção peculiar de um enlace entre o palco e o papel a ser representado nele. Já o acesso às pessoas é bem mais complicado; ao menos, se o estrangeiro não quiser tê-las à frente como figuras de papel contra um fundo que se vai fazendo familiar. No meu caso, o fato de mover-me sempre na região central da cidade, de repetir os gestos, de me deixar vagabundear entre os frequentadores habituais, desaguou numa cumplicidade sem artificialismo, a qual senti como de mútua aceitação entre eles e mim. De certo modo, foi o ter conseguido tornar invisível a minha real não pertença ao contexto que me enlaçou aos lugares e, neles, às pessoas que os frequentavam. Acenos de passagem, frases curtas trocadas com vizinhos e conhecidos de vista, risos comuns a uma piada de vendedor, de garçom, de entregador ou quitandeiro, propiciaram a lenta suspensão da antipática alcunha de 'turista'. E, assim, permanecendo embora estranho ao meio, acabei recebendo – mediante o enredamento de meu corpo às coisas, aos bichos e à gente, num vaivém incessante entre o novo e o aos poucos tornado familiar – um falso *Visto de Pertença* à cidade.

O passado voltou a acenar alguns meses depois dessa fase inicial. Aconteceu no dia em que visitei o *Museu Nacional de Antropologia (MNA),* no parque *Chapultepec*, a oeste da cidade. Como poderia ser diferente? Eu precisaria estar mesmo louco para não voltar a lembrar, porque, a cada passo que dava naquele espaço pesado dos testemunhos do passado mítico mexicano, eu me via impelido a reviver nossas conversas na varanda de Daniel, nós imprecando contra a perfídia da Europa em relação às Américas índias. Em nenhum outro lugar, tanto quanto naquele museu, eu senti a extensão do negado, do reprimido e destruído pela sanha dos brancos europeus na América Latina; mas também do negado, reprimido e destruído em nós dois pela nossa vontade. Foi lá que te reencontrei, que me deixei lembrar que te perdera ou perderia se... Se o quê? Aquilo me pegou em meio à calmaria. O teu corpo, o meu corpo no teu, nosso cheiro, o perfume só teu, frases soltas, silêncios. A lembrança infectou o universo recém-conquistado com o material radioativo da falta, da saudade. Infiltrado em meu cérebro, ele tomou a forma de um torturante *por quê.* Por que deixei acontecer? Por que não reagi a tempo? A tempo? O que significa isso? Os eflúvios malsãos do irresolvido envenenaram-me. Eu parei, virei pedra. Como um mau diretor, que só ao fim da turnê nota a falha na peça encenada, eu revirava a cena do passado a buscar a raiz do fracasso. Qual megálito em mim, o teu último olhar, na despedida. E a impotência aninhada no teu, no meu silêncio.

Minha saúde física e psíquica desabou. Aconteceu durante as férias universitárias. O próximo semestre transcorreu abúlico, embora eu conseguisse manter-me – nem sei como! – na superfície. Nas férias seguintes, porém... Eu já nem voltava à pensão, entregando-me a excessos, que até aí só conhecia de leituras ou de ouvir dizer. Ao fundo ou abaixo dessa agitação, eu experimentava uma forma esquisita de catatonia, como se gangrenasse. Sim, até o ponto de apenas conseguir resmungar as palavras de modo gutural, como animal ferido.

Após mais nem sei quantos dias e noites no inferno, arrastei-me até *El Zócalo*, onde, na frente do *Sacrário Metropolitano*, minha habitual vendedora de *Tacos* começava a montar seus utensílios. Assim que me viu, a jovem nativa derramou na frigideira a massa fina de meu pedido habitual. Pouca vida na praça, a não ser por um e outro passante apressado dirigindo-se ao trabalho ou retornando à casa. A moça – feições bem desenhadas na tez de oliva, a trança semioculta no chapéu bicudo – já me conhecia. Trocávamos, em geral, algumas palavras, mas, em contraste com o sorriso largo, sua voz veio grave naquela manhã.

... no Zócalo, minha habitual vendedora de Tacos começava a montar seus utensílios...

‘O Senhor está triste. Precisa de ajuda.’

Olhei-a, surpreso, buscando assegurar-me de que falava comigo. Peguei o copo de papel que ela, num gesto imperativo e sem desprender o olhar da frigideira em que fritava uma *tortilla*, me estendeu incitando-me a ingerir a bebida. Enrolou, a seguir, com destreza a panqueca com o queijo, e, metida num maço de papel, a enfiou nos meus dedos. Bebi o líquido sem pestanejar. Era uma espécie de garapa doce, de sabor agradável. Senti um calor reconfortante e comi a panqueca com gosto, o queijo derretido queimando-me a boca. Há quanto tempo não me alimentava? Terminada a bebida, a moça encheu outro copo, empurrando-o em minha mão como se eu fosse uma criança. Sentado ao cordão da calçada, eu me deixei ficar mastigando o alimento e bebendo a garapa, um sentimento de gratidão pela presença tranquila da jovem, sua simplicidade, a voz firme agindo como um bálsamo nos meus nervos. Quando acabei a refeição, ela falou:

‘Venho das montanhas de Hidalgo. Do povoado de *Mirafuentes*. É lá que se encontram os *Papanin*. Meu avô fala com eles. É um bom *Curandero*. Meu povo o chama *Hapapaná*, que quer dizer *el Viejo*. Ele o ajudará. Antes, porém, conheça a gente do povoado; diga que Rosalita o mandou. Não fale que procura meu avô. Quando chegar o tempo, ele o encontrará.’

Seus olhos prendiam-se aos meus, a voz num doce comando. Não respondi. Sentia-me frouxo e sonolento. Quando lhe agradeci e quis pagar, ela com um gesto recusou, e enfiando-me algo na mão, murmurou: ‘Falando em mim, mostre isto aos nativos’. Abri a coisa nos dedos. Atada a uma fita de couro, uma cumbuca minúscula em cerâmica azul. ‘Um amuleto’, pensei. A moça estava ocupada com novos clientes, e nem sei se, naquele momento, teria conseguido perguntar alguma coisa. Agradeci, sem jeito, e me afastei. Chegado à pensão, subi até o quarto, aos tropeções. O banho demorado precedeu um sono escuro de muitas horas. Acordando, eu me sentia bem, pela primeira vez, em semanas. As palavras da jovem voltaram-me à mente. Por que reagia de tal modo a um simples gesto de solidariedade? Pensei na beberagem relaxante, mas fora a segurança da moça que me impressionara, o tom firme da voz e até imperioso, além da precisão com que havia *lido* o meu estado. Não o classificou como doença, mas 'tristeza'. A minha vendedora tinha agora um nome: Rosalita.

No espelho, investiguei a cara macilenta, e só então percebi que meu cabelo e a barba, crescidos demais, estavam brancos. Quando teria acontecido? Em minutos, talvez? Meu senso de humor tinha voltado e pude rir da aparência anciã, que antes lembrava um louco a um professor. Disciplinei um pouco a aparência, e desci à sala de refeições. Tinha dormido um dia e uma noite inteiros. Quando me viu, *doña* Corazón – a proprietária da pensão –, uma sólida matrona de uns sessenta e poucos anos, levou a mão à boca, mas nada falou. Andava há muito desconfiada e reticente devido ao meu comportamento; mas ao topar comigo, assim, de um dia para o outro encanecido, pareceu intuir algo de respeitável em meu estado. Acolheu-me com um certo alarde, e foi logo servindo uma porção enorme de *tortillas* fritas, queijo e café com leite. Fiquei grato de que não se mostrasse curiosa, limitando-se às trivialidades sobre o tempo e a política local.

Quando voltei ao quarto, estava-me sentindo quase bem. A limpadeira já o tinha arejado e posto em ordem, e pude abrir meus mapas sobre a mesa e na cama, decidido a encontrar *Mirafuentes*. Identifiquei o povoado em região montanhosa de não fácil acesso, ao norte de *Hidalgo*. Eu, até então, não me havia ausentado da *Cidade do México*, e a ideia de o fazer agora à base do motivo insólito pôs-me em estado febril de expectativa. Corri à *Biblioteca Nacional* e tomei emprestada a literatura que encontrei sobre o assunto. Atirei-me, lá mesmo, à leitura, trazendo, à noitinha, o que pude à pensão. Pedi a Juanita, a bem-humorada cozinheira, um reforço de café para a noite e a vi sussurrar alguma coisa à *doña* Corazón. Antes de recolher-se, esta bateu-me à porta com o café e uma cesta com broas de milho, a especialidade da cozinheira.

Continuei a leitura noite adentro, até o amanhecer. Os habitantes daquelas montanhas fazem parte do povo *tepehua*, cuja língua, o *náhuatl*, pertence ao *maia-totonaque*, bastante similar à antiga língua asteca do noroeste do México. Fiquei sabendo que, sob o verniz da cristianização a que foram levados sob a regência de missões franciscanas, os *tepehuas* conservam as velhas crenças pagãs, como aliás outros povos nativos do México. Por viverem exilados em regiões elevadas e de difícil acesso, eles as mantêm vivas, até hoje, sob a epiderme de nomes de santos e festas cristãs. A natureza continua sendo, para eles, um ser vivo muito poderoso; sentem-na como um panteão de forças naturais boas e más, luminosas e obscuras, em relação ambígua com o ser humano. Quanto aos *Curanderos*, são *mestres de cura* de grande importância para essas comunidades nativas, tal como o são também os *Adiviños* (videntes). Essas personagens e outras tantas mais opõem-se, em geral, à aculturação, e agem como mediadores entre os homens e as forças naturais da água, da terra, da noite e dos ventos. Acredita-se que algumas seriam capazes de malefícios importantes, quando aliadas a forças desviadas, como a que habita, por exemplo, os *remolinos*, tidos como obra do Diabo. Tais personagens maléficas são chamadas *brujos*, atribuindo-se a estes toda desgraça ocorrida na aldeia em que vivam. Nas histórias narradas a seu respeito, os *brujos* têm aspecto assustador, a ponto de lembrar os vampiros europeus, pois se acredita que possam sugar o sangue das pessoas e matá-las. Segundo os estudiosos desses rituais bárbaros, nos quais as crianças aparecem como as vítimas preferidas, eles seriam uma reminiscência daqueles sacrifícios humanos mais primitivos praticados no passado e largamente documentados entre todos os povos mexicanos.

Li também que os *Papanin* – com os quais o avô de Rosalita poderia falar – seriam entidades ligadas às chuvas, ao trovão e aos raios. Em espanhol, tais entidades são chamadas *los Viejos* e, ao que parece, praticam em geral o bem. Curioso é que o nome *Hapapaná*, com o qual os habitantes de *Mirafuentes* designam o avô de Rosalita, significa *Adiviño* ou *Viejo*. Estes, foi o que li, teriam o poder de invocar os *Papanin* ou pô-los a serviço da comunidade quando em dificuldades maiores. Podes imaginar, Myrna, como fiquei curioso acerca desse avô da jovem índia, personagem dotada de dons extraordinários, e tornada – por acaso? – a meta de meus próximos passos no México. Intrigou-me, também, eu confesso, a minha imediata reação ao conselho da moça. Eu estava cedendo, afinal, sem qualquer resistência, ao comando de uma vendedora de *Tacos* no coração geográfico de um país para mim praticamente desconhecido. O que me esperava, ou melhor, o que eu mesmo esperava daquilo?

Perturbou-me o que descobri nas leituras daquela noite. Podes imaginar o efeito que causou essa vigília noturna em meu espírito enfraquecido. Naquele momento, tudo o que eu assimilava nos livros e manuais, fotos e mapas abertos pelo quarto inteiro, aliado à lembrança do que tinha visto no *Museu de Chapultepec*, parecia-me antes alucinado. Minha imaginação fervilhava e, na medida que as leituras avançavam, minha curiosidade em relação ao povo de Rosalita se aguçava. Isolado nas montanhas e inacessível aos apelos da dita 'civilização' ocidental, o povo *tepehua* guarda até hoje os signos de uma cultura milenar, para ele mesmo indecifrável. No meu entusiasmo, desejei e temi encontrar, no avô da moça, um verdadeiro *Nagual*. É, Myrna, um desses feiticeiros capazes de tomar a forma de um animal, cão, coruja ou jaguar, com seus poderes específicos. Quanto a que o homem fosse portador de algum poder ou força inabitual não me restavam dúvidas; do contrário, os índios não o nomeariam *Hapapaná*. Teria ele, eu me indagava, a mítica capacidade da metamorfose reverenciada há milênios pelos povos mexicanos? Essas conjecturas sinalizam, por certo, a febre que incendiava meu cérebro naquela noite. O que não é de estranhar, considerando a transformação que se operou em mim a partir do instante em que, suavizando o desespero que me tomava, Rosalita apontou-me o torpor perigoso que me empurrava a ele.

O sol ia alto, naquela manhã, quando acordei debruçado na mesa abarrotada de livros. A decisão de visitar *Mirafuentes* aguçava-me o apetite e dei a *doña* Corazón e Juanita nova oportunidade de exagerar nas porções de *tortillas*, queijo de cabra, bolo de milho e café. Tocou-me ver como as duas se alegravam com meu retorno à vida habitual e decidi tranquilizá-las, informando-as acerca de minha viagem e seus motivos *científicos*. Num impulso magnânimo, a dona da pensão reduziu pela metade, por todo período de minha ausência, o preço já razoável da estadia. Só pediu que o pagasse antecipadamente.

Passei o resto da manhã e parte da tarde na *Biblioteca da Cidade Universitária* dando prosseguimento às minhas investigações, para após recolher, junto aos colegas da Antropologia, informações que me seriam úteis na viagem. Comuniquei à direção da Faculdade o meu afastamento 'para pesquisa', e me foi dado um atestado oficial de pesquisador ligado à Instituição. Este, segundo disseram, poderia evitar, mas também aguçar a desconfiança dos nativos. Já no dia seguinte embarquei em um trem, que me levou até *Pachuca del Soto*, a capital de *Hidalgo*. A viagem foi curta, nem duas horas e, embora o forte calor na *Cidade do México*, à medida que subíamos em direção ao leste, o frio apertava. Chegados ao destino (2.400 m de altura), estávamos em pleno inverno. Por sorte, consegui um ônibus no mesmo dia, viajando pela *Estrada Federal* em direção ao norte do

Estado, na *Serra Oriental*. Daí, por desvio, eu chegaria a *Mirafuentes*. Cerca de quatro horas viajamos montanhas adentro. O ônibus ia aos solavancos, por via esburacada e emoldurada por densa floresta de árvores altíssimas; vi sobretudo pinheiros, carvalhos e muitas coníferas, as copas escuras metidas na névoa. Fomos parando ao longo do percurso e descendo bastante; mesmo assim, o frio continuava intenso. Era noite fechada quando, já fora da *Estrada Federal*, o chofer fez-me desembarcar junto a um aglomerado de casas. Orientado por ele, dirigi-me à única *Pousada* existente no lugar. Seu dono, um índio pequeno e atarracado, muito conversador, disse-me que estaríamos a uns vinte quilômetros do povoado de *Mirafuentes*, alcançável a pé por um longo desvio montanha acima. Ficamos de falar sobre o trajeto no dia seguinte; mas ele adiantou que eu estava com sorte, encontrava-se no estabelecimento um hóspede vindo da aldeia, a negociar mercadorias. O homem serviu-me sopa, e eu dormi como pedra até ele me vir bater à porta de manhã.

Eu me sentia leve, o apetite aceso pelo ar cortante, que agrediu meus pulmões quando abri a janela. No térreo, o hospedeiro levou-me até o nativo de que falara. Um freguês habitual, segundo ele, vindo regularmente do povoado, para, na *Venda* local, trocar por sal e outros alimentos um punhado de lagartos (iguanas) e peles de raposa. O índio chamava-se Constantino, e me olhava desconfiado, relutando em servir-me de guia mesmo depois de eu ter mostrado o documento identificatório da Universidade. Ou, quem sabe, por isso? Só ao mencionar Rosalita dizendo que me teria indicado o seu povoado para realizar meu trabalho – sem referir, naturalmente, o seu avô – ele me pareceu curioso e mesmo interessado. A expressão de seu rosto em nada se alterou, quando extraí do bolso o amuleto que ela me tinha dado. Ele o tomou na mão, examinou com cuidado e, ao devolvê-lo, sua atitude era outra. Concordou em levar-me ao povoado e – podes imaginar meu alívio! – ofereceu-me abrigo em sua própria casa. Uma hora depois, já acordados quanto ao tempo aproximado de minha permanência e ao preço da estadia – que lhe paguei na hora, para facilitar a compra de mais mantimentos –, tomamos juntos a primeira refeição: fritada de *tortillas* com ovos mexidos, molho de feijão com tomates, leite de cabra e muito café. Horas depois, com três burricos carregados, o índio estacionava à porta da *Pousada*. Grande demais para o tamanho das bestas, fiz a viagem meio a pé, meio nas costas do animal com menos carga. Sentindo no corpo o gingado do burro, o ar gelado no rosto, eu ria interiormente de mim mesmo a contemplar, embevecido e eufórico, os picos brancos das montanhas. Os membros sacudidos ao trote do bicho, os meus pulmões ardendo a cada inspiração, eu me entregava grato ao que via e ouvia, os cheiros da vegetação, da terra úmida ativando um turbilhão de imagens adormecidas em meu espírito. Angústia nenhuma, cada minuto saboreado como se houvesse saído de um coma prolongado.

Pouco falante e parecendo enrustido, Constantino era, de fato, um sujeito jovial. Deixada de lado a inicial desconfiança, toda vez que me olhava, ele abria na cara um sorriso de dentes graúdos e brancos. Descemos a passo, no primeiro trecho, até um córrego estreito, que cruzamos a pé por pontilhão de madeira desdentada. O índio lutou com os animais, que razão de empacar eles tinham, a madeira da ponte roída e bem lisa afogada por denso nevoeiro, a água abaixo tornada por sorte invisível. Aos poucos, com jeito, os jumentos cederam à voz de comando, esforçando-se, após, em um aclive agudo. Constantino falava com eles, baixinho, a língua melodiosa e estranha embalando-me tanto quanto aos mulos. Sua voz e as patas dos burricos ferindo o caminho ecoavam ao longe. Quando ele calava, a respiração pesada dos bichos misturava-se a uma infinidade de ruídos e gritos chegados da mata. Até o índio voltar à litania. Paramos às vezes, para os mulos beberem e se refazerem, e alcançamos a aldeia – sequência de casas ligadas à rua por um passadiço – seis horas depois.

Era noite, e de início só os cães nos cercaram, excitados e barulhentos. Veio um grupo de homens, depois, que, após conferenciar com o guia, empreendeu a descarga dos jumentos. Segui o índio até a casa, e precisei curvar-me, para entrar na porta baixa. Pouco enxerguei lá dentro. Agradou-me o calor, o cheiro bom do fogo misturado ao da comida. Constantino indicou-me um lugar junto ao fogão de argila – corpo orgânico e longo amoldado à parede e estendido do meio até um canto da sala, a desenhar um forno que ia morrer no teto pela chaminé. Na chapa, em panela de barro semiaberta, o feijão borbulhava. Larguei meu saco de dormir e a mochila no lugar indicado, e ali fiquei, em pé, sem entender coisa alguma da fala nervosa entre o índio e a mulher. Fui-me habituando à luz vinda da boca do fogão e de um lampião sobre o piso calçado, distante da palha do teto. O que a peça continha, além desse fogão, era uma mesa longa e baixa, com pelegos à volta empilhados à guisa de assento; sobre uma prateleira acima do fogão um verdadeiro exército de utensílios, pratos, canecas e bilhas em arranjo marcial.

Pareceu-me, de início, que a mulher não falava espanhol. Com um gesto, fez-me sentar à mesa, nos pelegos, e entregou-me uma espécie de cuia cujo conteúdo lembrou-me o que tomei da mão de Rosalita, no *Zócalo*. Disse-lhe isso com cuidado, sem referir, é claro, as circunstâncias do encontro com a moça. Constantino acudiu, explicando tratar-se de bebida extraída às vinhas silvestres, que eu vira em profusão à entrada do povoado. Bebendo, senti outra vez a sensação relaxante e fui perdendo a encabulação. Para lavar-me, o índio levou-me até um pátio fechado, nos fundos da casa, onde se encontravam a privada e uma ducha, a água escorrendo por um regador pregado ao teto e ligado por cano à serpentina do fogão. Senti-me bem após o banho, as roupas úmidas trocadas. Passado um tempo, um cheiro bom de ervas exalando da nova indumentária, Constantino ajeitou-se na mesa à minha frente.

Alva, agora mais calma, escandiu-me o seu nome e as boas-vindas em bom espanhol. Pôs, a seguir, na mesa, uma tigela de *tortillas*, outra com queijo assado, que explicou ser de ovelha, para após alcançar-nos os pratos com o feijão extraído à caçarola. Serviu-nos a beber de uma cumbuca com leite de cabra tinindo adoçado com mel. Durante o jantar a conversa girou em torno aos hábitos alimentares naquelas montanhas. Eu mastigava no feijão a carne de um lagarto comum da mata em torno. O gosto forte tinha-me agradado, e o casal se alegrou de eu apreciar a iguaria. A refeição, o cansaço, o calor e o estalido da madeira foram-me entorpecendo e eu cabeceava, quando Constantino abriu meu saco de dormir no chão de pedra não longe do fogão. Nem percebi, quando se retiraram. Só na manhã seguinte me dei conta, num susto, que um grande cão se aninhara ao meu lado. Um animal de cara inteligente, o pêlo longo e avermelhado, olhos vivos, curiosos e doces. Sentei, de um salto, no colchão, e ele lambeu-me a cara, o rabo completando um círculo perfeito em saudação. Pepe se tornaria a minha sombra na aldeia.

À luz do dia, examinei a construção da casa, que as demais no povoado repetem. Quadradas ou retangulares, elas nascem do chão sobre alicerces de pedra irregular, a subir até quase metade das paredes. Estas são completadas com argila sobre armação trançada de palmeira ou, por vezes, madeira, com trechos deixados abertos à guisa de janelas. Do lado externo, as paredes não têm revestimento, recebendo reboco no interior apenas. Quanto ao teto, eu já havia admirado a construção dentro da moradia: a cobertura é feita em palha trançada e amarrada com nós ao longo de armação cuja estrutura de madeira apresenta, no meio, uma viga mais grossa. Há um pórtico, em geral, em frente às casas, um avanço do teto apoiado nas pontas por troncos de sustentação. Nele se encontra o *coscomate*, um panelão de barro cru em que se estoca o milho, para assim protegê-lo da intempérie. Não é este, contudo, o principal depósito nas casas, senão outro, chamado *tampaco* e escavado entre as vigas do teto, no interior da construção. Sua função é armazenar a colheita das roças, sobretudo a batata; seu cultivo, em terrenos externos à aldeia, é comunitário. Há, igualmente, pastagens comuns, para as cabras, ovelhas, os *llamas*, os burros, etc. Só os animais menores, galinhas e outros, são criados nos pátios murados, aos fundos das casas.

Meus hospedeiros viviam sozinhos na casa. Sua única filha seguira o marido a *Querétaro*, no Estado vizinho, ele fazendo a vida como biscateiro, ela empregada como limpadeira em uma escola da periferia. Constantino viajava até lá, durante as feiras, a negociar sua caça, mais as mantas bordadas por Alva e outras mulheres da aldeia. Eram estas, então, que assumiam as lides diárias na casa e no entorno. Pepe ajudava em tudo, contendo o rebanho e protegendo o terreno e as plantações contra animais do mato. Constantino aceitou, desde logo, a ajuda que lhe ofereci na roça e no trato dos bichos. Com isso, Alva e suas companheiras ganharam tempo para os bordados, nos quais as mulheres *tepehuas* dão continuidade à arte maia ancestral. Eu as vi desenhar as mantas à mão sobre tecido rude de algodão, sem recorrer jamais a um molde, tendo por tema a natureza mágica das lendas. Ao bordá-las, depois, lançavam mão de bastidores de madeira circulares e linhas de cores intensas. Hoje reconhecido além do México, e organizado em cooperativas, esse trabalho é muito bem vendido; sem estas, à época, os bordados eram levados à venda por preços irrisórios. Alva disse-me precisar de um ano ou mais, para finalizar uma só manta, dependendo do desenho. Bordava, por isso, outros panos menores, mais fáceis de vender nas feiras.

Quando me despedi, nessa primeira vez, ela deu-me uma manta de presente: sobre grande retângulo de fundo claro, uma árvore arranca-se à terra, as raízes à mostra e os galhos que se vão abrindo para o alto. A árvore está cercada de animais comuns na região, interpretados a partir dos mitos: a serpente e o lagarto bem junto às raízes, o tronco e os galhos ladeados por raposas, veados, llamas e outros quadrúpedes; além de pássaros em voo ou pousados nos ramos. Bem no topo, um *Quetzal* abre as asas. Em geral, tais desenhos recebem uma profusão de cores contrastantes. Essa manta, porém, foi bordada em uma cor apenas, um verde saturado, como o jade. Alva passava horas debruçada sobre esses trabalhos, geralmente no pórtico da casa e acompanhada de outras bordadeiras. Eu as olhava fascinado, tentando capturar, nas caras feridas do sol e do frio, nas mãos calejadas, o enigma de um saber que traziam em si sem questionar, concretizando-o com precisão inconsciente. Adquiri vários desses objetos, ao longo do tempo. Refiro-me em especial às mantas. Nestas, bem mais que nos trabalhos menores, percebe-se a lembrança atávica dos mitos em sua simbologia arcaica. Cada um a seu modo, esses bordados despertam associações com um passado mítico, que, assim contrabandeado, é festejado ainda hoje no interior das novas crenças pelos *tepehuas*.

O convívio cotidiano com Alva e Constantino, o fato de me terem permitido trabalhar com eles, facilitou-me, é claro, a aproximação com os demais habitantes do povoado. Verdade é que me aceitaram ali devido à mediação de Rosalita; mas o fato de eu compartilhar o cotidiano com família da aldeia, em trabalho comum com os demais, ajudou a atenuar a ameaça do desconhecido que eu representava. Tornou-se quase natural a minha convivência com os aldeões. Mesmo assim, quando eu quis conhecer os parentes de minha *protetora*, os índios se esquivaram: 'Não existe nenhum', diziam; nem ali, em *Mirafuentes*, nem nas outras aldeias *tepehuas*. Se eu insistia, voltava ao tema, eles me ignoravam. Era notável o respeito e mesmo a reverência que tinham pela jovem, mas o assunto 'Rosalita' parecia ser de algum modo tabu. Eles, contudo, emudeciam não só em relação à moça. Isso poderia dever-se ao fato de alguns só falarem o *náhuatl*, ou, se também o espanhol, fazerem-no com certa dificuldade; seu silêncio, porém, não chegava a explicar-se. Tinham os seus segredos. Constantino dizia que os homens só me dariam certas respostas ao 'enxergarem o fundo da cumbuca do pulque moderno'. De fato, o velho *pulque* ou bebida sagrada – o *octli* – havia muito vira-se profanado na *tequilla*, que hoje grassa entre os nativos. Sabes que o pulque é extraído ao agave, uma babosa brava ou iúca mexicana, tornada rara no país. Dela extrai-se o *aguamel*, que, ao fermentar, converte-se em alucinógeno poderoso.

Em *Mirafuentes* circula uma lenda a respeito da bebida; lenda que tem a ver com a situação geográfica do povoado assim plantado na montanha em meio a uma vegetação espessa. Seus habitantes acreditam viver nos domínios de um deus denominado *Senhor das Montanhas*, uma entidade arcaica e misteriosa, um *Dionísio* local ligado ao pulque. Segundo a lenda, o deus lança mão da bebida para premiar ou castigar o viajante que ouse penetrar na sua seara verde. Se, contudo, no mito essa bebida é o pulque, na vida real o hábito a substituiu pela *tequilla*. Fato que, disse-me um dia Constantino, irritava o *Curandero* da aldeia, por sentir-se incapaz de evitar que a cumbuca com a bebida profana circulasse nas reuniões do povoado. Ouvindo-o mencionar um *Curandero*, fiquei alerta, imaginando que seria o avô de Rosalita. Mas não. Perguntando-lhe a idade do dito, Constantino falou que teria uns quarenta e se chamava Miguel. Expressei meu desejo de conhecê-lo e o homem veio até mim já no próximo dia. Dei com um sujeito educado, articulando-se num espanhol perfeito. Casado, morava com a mulher e uma filha pequena na fronteira entre a mata e o povoado, creio que por motivos estratégicos, considerando-se que sua área de atuação abrangia todas as aldeias próximas. Sua acolhida surpreendeu-me, pela ausência da desconfiança natural, própria aos demais nativos. Ainda assim, ignorando as perguntas que fiz, ele soube levar a conversa ao meu trabalho, enfatizando as novas tendências mais respeitadoras no modo de se realizar pesquisas junto aos povos índios. Tinha sabido, desde o início, da minha presença na aldeia e do interesse que eu manifestara em assistir às reuniões dos anciãos. Para minha surpresa, convidou-me a participar já da próxima. Não sei, naturalmente, até que ponto esta e outras reuniões que assisti, a partir daí, foram características, mas já na primeira delas fui advertido pelos mais velhos a evitar os domínios do *Senhor das Montanhas*. Meu coração estando limpo, um deles falou, o deus viria com a cabaça da garapa doce para matar-me a sede; desconfiasse das minhas intenções, ele me estenderia a cuia repleta de *octli* para arruinar-me ou mesmo enlouquecer. Enquanto falava, o índio percebeu a pulseira presenteada por Rosalita, que eu trazia no pulso desde o encontro com Constantino, na *Pousada*. Apontando-a com o dedo, observou que, com aquilo, eu estava seguro. Que a coisa era um amuleto, eu sabia; mas... poderoso a ponto de amansar um deus?

Depois disso, sempre que eu, a caminho, topava com Miguel – o que era raro – ele não hesitava em responder minhas perguntas, dando-me informações preciosas sobre as crenças e rituais religiosos de seu povo. Tinha juízos pessoais interessantes sobre essas questões e suas implicações políticas, não restritos apenas às aldeias *tepehuas*. Isso instigou minha curiosidade, mas ele era ocupado demais em sua função de guia espiritual e protetor daquele e de outros povoados próximos; de modo que eu sequer ousava pedir-lhe audiência especial. Certa feita, porém, logrei trazer o assunto à sua pessoa, à formação que, eu presumia, ele teria recebido e ao porquê de se encontrar ali. Ele só abriu os braços num gesto que envolvia o céu acima e a floresta ao redor e, a cara iluminada de um sorriso, nada disse de si, levando-me de novo a falar sobre mim. Nem de Constantino consegui extrair maiores informações acerca dele, a não ser que teria estudado na capital. Um *Curandero* de aldeia formado na Universidade? Foi dele, em todo caso, nas raras ocasiões em que ficamos sós, que vim a saber ou tive confirmado o que lera acerca da religiosidade daqueles aldeões. São cristãos batizados, mas sua relação com a natureza continua tendo o caráter mágico-animista do período anterior à colonização. Por trás das figuras cristãs reverenciadas ocultam-se ainda as mais arcaicas personificações daquelas forças naturais comuns aos velhos mitos mexicanos. Referindo-se, por exemplo, a Deus ou a Jesus Cristo como o *Senhor dos homens*, eles os identificam ao mais importante dos deuses mexicanos: *Wilcháam*, o *deus sol*. Quanto ao mal, *Malkuyu*, identificam-no à lua e ao Diabo cristão.

Miguel confirmava, portanto, a mistura feita pelos *tepehuas* entre as crenças tradicionais e o saber vindo dos missionários católicos; mas também insistia em que, se a mistura desfigurava os dois filões tornando-os irreconhecíveis, isso seria não só um indício da riqueza do imaginário nativo, senão de algo ainda mais importante.... Foi para mim curioso vê-lo hesitar nesse ponto de sua explanação, como a se perguntar se deveria ou não prosseguir. Mas falou: '... algo que está ligado à capacidade destes povos em lidar de modo terapêutico com a enorme tensão psíquica que lhes custou, e ainda custa, o choque entre os dois mundos antagônicos: o indígena arcaico e o cristão'. E concluiu: 'Foi, na verdade, essa postura terapêutica em relação ao universo invasor e ao seu próprio universo violado, a via em geral encontrada pelas populações nativas do México; é ela que põe em harmonia o mundo animista e o cristão de um modo que eu mesmo qualificaria como psiquicamente reparador'.

Teria desejado muito perguntar a ele sobre Rosalita; mas calei, ressabiado. Quanto ao avô da moça, os nativos falavam nele, eu o supunha ao menos, quando se referiam a *el Viejo*. Eu tentava mostrar-me indiferente, apanhando retalhos de conversas. Devia ser velhíssimo, pois conhecido pelos pais já mortos dos anciãos da aldeia. O que eu ouvia a seu respeito era surpreendente, não só quanto às curas de doenças físicas e psíquicas que realizava, senão também acerca da tranquilidade e segurança que teria trazido àquelas montanhas. Seu feito mais celebrado era, de qualquer modo, tê-las livrado dos *brujos*, até aí dominantes. Vim a saber, por Constantino, que a paz, de que hoje gozam os *tepehuas*, teria sido conquistada mediante a expulsão desses personagens mal-intencionados daqueles povoados, livrando-os da ameaça que, desde tempos imemoriais, encarnam na região.

Os malefícios impostos pelos *brujos* àquelas aldeias e seu entorno devem ter sido mesmo aterradores, seus habitantes tendo vivido à sua mercê até pelo menos sessenta anos antes daqueles anos 1980. Contou-me também que, após serem expulsos, alguns *brujos* teriam tentado reconquistar terreno mediante feitiçarias devastadoras e ondas extremas de vampirismo. Graças a *el Viejo* e seus auxiliares, eles teriam sido novamente repelidos, ao que parece, de modo muito efetivo. Ele mesmo, Constantino, com seus quarenta e dois anos de idade, só conhecia essas figuras pelas narrativas dos mais velhos; mas sabia de histórias recentes de barbaridades ocorridas em outras montanhas afastadas da área de influência de *el Viejo*. Isso pareceu-me indicar uma capacidade fora do comum no lidar com pessoas e situações por parte do *Adiviño,* como o chamavam às vezes. Sua inteligência prática e senso psicológico deviam ser muito desenvolvidos, eu pensava, para manter sob tal controle a situação.

O que me tinha impressionado mais, naquelas conversas – e devo dizer que isto só vinha à tona de modo velado, entre os mais velhos – era a crença que os aldeões manifestavam no poder de metamorfose de *el Viejo*, cujo outro apelido era *a águia que sobe*. Embora o desejasse muito, eu temia falar com Miguel acerca disso, mas a curiosidade venceu. Em um de nossos poucos encontros a sós, referi-me ao que 'teria acreditado ouvir dos *Velhos* da aldeia', pedindo-lhe que me esclarecesse acerca da tal crença e da relação que poderia ter com o personagem que os índios chamavam *el Viejo*. Vislumbrei certa marotice em seu olhar, à pergunta, mas ele reagiu de modo natural, explicando que, quando representada em ascensão, a águia indicaria a luz mais elevada ou o esplendor do bem. Nomeando-a assim, portanto, os nativos estariam identificando o dito personagem com o *deus sol* e, de algum modo, colando sua existência ao mito. Ou então – e aqui seu rosto abriu-se num sorriso –, eles de fato pensariam que a águia seria o *Nahual* de *el Viejo*, o seu *duplo*. 'Segundo o termo asteca', Miguel concluiu, 'esse *duplo* seria o alter ego ou o disfarce da pessoa em sua metamorfose'. Foi tudo o que me disse, então, e não ousei insistir; mas pareceu-me óbvio que sua formação ia muito além da esperada naquelas montanhas. De modo que o próprio Miguel se mostrava agora enigmático, embora sua juventude e presença física comum me impedissem de fantasiar poderes excepcionais, como eu fazia em relação a *el Viejo*. O que se ocultaria sob o título que os ungia? Uma máscara para conhecimentos e habilidades de uma sofisticação dificilmente imaginável naqueles confins de mundo? Percebi, a seguir, que tinha ido longe demais com minhas perguntas. Não posso dizer que o *Curandero* me evitasse, mas passara a impedir uma aproximação maior. Em relação a *el Viejo*, eu tentava acalmar-me, lembrando a certeza da jovem índia, quanto a que me procuraria.

De fato, uma tarde, quando eu trabalhava na roça, não muito tempo após essa conversa com Miguel, Constantino acercou-se de mim com aquela mesma atitude desconfiada e arredia do primeiro encontro. Comunicou-me, em voz seca, que o *Hapapaná* me convidava a ir ter com ele. 'Mandou dizer que o buscará nos próximos dias', falou, e estava obviamente emburrado. Retirou-se, após, sem mais comentários. Nos dias seguintes notei que me observava, em especial na relação com Pepe. Eu já disse que o cão se havia tornado a minha sombra, acompanhando-me aonde quer que eu fosse, na aldeia e além dela. Sua alegria, o modo de correr e brincar comigo e à minha volta, a atenção que voltava a tudo que eu fazia eram mesmo notáveis. Continuava dormindo comigo, agora em um pelego junto a minha enxerga. De manhãzinha, ainda escuro, éramos os primeiros a levantar indo ao cercado onde as cabras e os outros animais passavam a noite. Pepe corria a arrebanhá-los e os conduzíamos ao prado, onde os demais rebanhos iam aos poucos chegando. Ao voltarmos, Alva já tinha pronto o dejejum, o cheiro do café com tortillas recendendo longe, a tigela de Pepe repleta. Dias depois daquela notícia, o cão e eu a caminho do cercado, Constantino veio juntar-se a nós. Olhando Pepe arrebanhar os bichos, todo força e prazer, ele falou: 'Você até pode me enganar, professor; a ele não, que enxerga a alma!' E completou dizendo que seu povo temia ver o homem branco carregar *el Viejo* para longe das montanhas, como antigamente: 'Ele sempre voltou, é verdade; mas agora está velho, pode morrer longe daqui. E se for enterrado em um outro lugar, não poderá proteger-nos'.

'*El Viejo* se ausentou daqui outras vezes?', perguntei surpreso.

'Sim, muitas vezes! É um homem estudado... e só meio-índio'.

Fez um silêncio longo, parecendo lutar consigo mesmo. E acrescentou, num arranco, que o *Hapapaná* vivia longe do povoado, no topo da montanha, aparecendo apenas quando adivinhava dificuldade mais grave, existente ou por vir. Continuava a atender os doentes, a fazer benzeduras, expulsar *remolinos* e invocar o bom tempo nas colheitas e semeaduras; vinha também quando chamado, embora não tanto quanto antigamente. Eram os novos *Curanderos* que, formados por ele, atuavam hoje nas aldeias assistindo as pessoas e evitando o retorno dos *brujos*. 'Miguel é o melhor ...', concluiu. O *Hapapaná* o teria escolhido quando ainda garoto e, após formado e ungido, o enviara à cidade a estudar medicina; que ele exercia com o auxílio da mulher, enfermeira formada. *El Viejo* continuava, porém, pessoalmente, a intermediar internamentos e outras diligências junto aos hospitais das cidades maiores.

Pelo que pude depreender, o respeito que se votava ao homem não se limitava aos nativos. Eu não me tinha tampouco enganado acerca de Miguel, mas percebi também a responsabilidade que Constantino assumia frente às populações das montanhas; ele era, afinal, um dos poucos que viajavam e conheciam o trabalho político do *Adiviño* – além, naturalmente, dos novos *Curanderos* que aí operavam. Aqueles povoados eram tão isolados do resto da civilização, que mesmo os padres os visitavam no máximo uma vez por ano, para ministrar os Sacramentos. Sem falar nos médicos, encontráveis apenas nas cidades. O que explica não só a permanência das crenças e ritos pagãos, naquele meio, senão também a necessidade e importância dos *Curanderos* para os aldeões. Desde tempos imemoriais, coube-lhes tanto o papel do padre quanto do médico, de modo que sua presença nas aldeias é de importância vital. Compreendi que, se *el Viejo* encarnava essa figura de modo tão destacado, era não só por ter expulso os brujos da região, senão porque, atuando há muito entre os nativos como autoridade mais tradicional e elevada, conseguira formar substitutos capazes de continuar seu trabalho. Ele representava, ademais, para os nativos, uma instância política central junto ao governo do Estado, e mesmo além. Esclarecia-se, deste modo, o comportamento de Constantino em relação a ele, como de quem vela um Mistério...

Dias depois dessa conversa, acordei de madrugada sem Pepe ao meu lado. Procurei-o, mas ele tinha desaparecido. Precisei apelar ao cachorro de um vizinho, que me ajudou a arrebanhar os animais e conduzi-los ao pasto. Quando voltei, Alva tranquilizou-me; o marido o levara à montanha, em viagem de um dia. Concluí que iam encontrar *el Viejo* e passei as horas numa ansiedade febril. Chegada a noite – Alva dormiu numa casa vizinha – mal consegui pregar os olhos imaginando que Miguel e Pepe estariam de volta a qualquer momento. Bem cedo, de manhã, Alva e a vizinha apareceram, preparando o café, e as fiz cair na risada com minha apreensão. 'Eles só voltarão à luz do dia', Alva explicou, 'é perigoso andar à noite na floresta, quando os demônios andam à cata de suas presas'. Ambas fizeram o sinal da cruz.

Os dois chegaram ao anoitecer. Pepe saudou-me tão aliviado quanto eu mesmo, expressando-se aos pulos e correrias. Durante o jantar, Constantino evitou mencionar a expedição, e entendi que ele nada diria do encontro com *el Viejo* na presença da mulher. A noite teria transcorrido em silêncio, não fosse a alegria do cão à minha volta exigindo carinho, o focinho gelado empurrando-me o braço. Rimos muito do bicho, e o casal desenrolou uma série de histórias engraçadas, outras também comoventes acerca dele e de outros animais da aldeia. Lavada a louça e ordenada a cozinha, Alva se recolheu. Constantino acendeu seu cachimbo de ervas – eu não fumava há muito, desde o período em que te acompanhei na clínica – e fumou em silêncio algum tempo, passando a falar, após, com grandes pausas entre as baforadas. Informou-me, primeiro, acerca do trajeto através da floresta, nomeando árvores e alguns seres silvestres que eu iria encontrar no caminho. Disse, a seguir, que o próprio *Adiviño* – foi a primeira vez que o vi nomeá-lo assim – viria buscar-me na madrugada do dia seguinte: 'Estará a sua espera na orla da mata'. E completou: 'Os homens do povoado encarregaram-me de falar em seu nome, *señor* Bruno. Sua estadia aqui os honrou, porque o senhor não agiu como estranho. Trabalhou com eles e os ouviu com o coração, respeitando seus costumes'. Fez uma pausa, encheu o ar de fumaça e prosseguiu: 'Eu e minha mulher tivemos orgulho de lhe dar hospedagem e estaremos às ordens, se desejar voltar; não se acanhe. Digo-o por todos nós'. Rindo e afagando a cabeça de Pepe, acrescentou: 'Por este aqui, eu não preciso falar, não é, professor?'. Consegui balbuciar que a honra fora minha em ter podido partilhar o dia a dia de sua casa e de seu povo. Estranhei, é verdade, o estarem dando por encerrada minha estadia no povoado frente ao chamado do *Hapapaná*. Eu, afinal, não lhes dissera o verdadeiro objetivo de minha viagem. Começava, porém, a entender o quanto a vida próxima da natureza, não surda pelo burburinho das cidades, pode tornar o indivíduo capaz de adivinhar o que se move no outro.

Pouco dormi, naquela noite, pensando na falta que me faria a forma despojada da vida ali experimentada, e antecipando o vazio que a ausência de Pepe cavaria em mim. Tinha recuperado, nele, o sentimento mágico da infância em relação aos seres que nos cercam sem fala articulada como a nossa. Nem ele dormiu. Estávamos os dois em pé antes do amanhecer, meu saco de viagem encostado a uma estaca do pórtico, ele colado a mim, empurrando-me o corpo com o seu como a impedir-me de partir. Alva insistiu em nos servir a primeira refeição, que, embora sem vontade alguma de comer, não pude recusar. Ela se despediu de mim e seguimos, os três, Pepe dançando à nossa volta ao longo do percurso, até o ponto indicado pelo *Adiviño*. Fizemos o trajeto calados. No local combinado, Constantino estendeu-me em silêncio as mãos abertas, para apertar com força as minhas. E se afastou, enquanto eu afagava Pepe prometendo voltar. Quando o índio o chamou, ele me olhou com grande intensidade... e correu para o dono sumindo no cinza.

Num sobressalto, a sensação de pânico tomou-me. Eu percebi que estava só. Senti o mundo estranhado, hostil, à minha volta. Os maxilares apertados, meus dentes rangeram. Fiquei ali, pregado ao chão, olhos fixos na névoa que se enrodilhava ondulando nos troncos dos pinheiros a uns cinquenta metros de onde eu me encontrava. 'O que há comigo?' pensei. Desde a crise, na *Cidade do México*, e o encontro com a jovem nativa, eu não tinha voltado a pensar em ti como se anestesiado. Eu te esquecia, Myrna, eu te perdia. Perdia-me e a tudo que até então julgara ser eu mesmo. Soube-o, assim, de repente, como se essa constatação emanasse da massa leitosa na fronteira entre o campo e a floresta à frente. Um vulto alto e escuro, esguio, desenhou-se avançando na névoa; e se deteve na orla. Pareceu-me fazer um sinal de que o seguisse e, antes de eu reagir, pôs-se de novo a andar para dentro da bruma. Enrijeci, indeciso, um medo obscuro aflorando só então à consciência; desandei a correr, quando a massa ondulante já engolia o vulto.

A magia da hora matinal, o silêncio pesado e a silhueta imprecisa do homem, à frente, chegavam a mim como se eu sonhasse. Ouvi, por muito tempo, os meus passos nas folhas, o estalido de ramos no chão, e uma espécie de eco no grande silêncio. Súbito, como se obedecendo a um comando invisível, o canto de milhares de pássaros nasceu da floresta agora quase livre do nevoeiro. Estremeci ao estrondo, mas a consciência daquilo deliciou-me. O vulto não me pareceu voltar-se uma só vez, e eu não tentei aproximar-me mantendo a distância inicial entre ele e mim. A trilha era bem demarcada, com setas a cada cem metros e inteiramente desobstruída. O que indicava o uso frequente e me deixou gozar sem receio as impressões inusitadas. Pequenos animais apareciam, confiantes, entre os troncos de árvores; reconheci veados, e o que me pareceu uma pequena raposa prateada. Sabia existirem diversas espécies de cobras, por ali, mas não as enxerguei, no percurso, exceto por ruídos e movimentos frenéticos sob a camada espessa de folhas. Poderia tratar-se, também, de um lagarto ou outro bicho rasteiro. À medida que avançávamos, a mata ia ficando mais densa, a mudança das horas perceptível na luz que penetrava aos torvelinhos pelas copas verdes. Andamos por aproximadamente quatro horas, e acredito só ter suportado o esforço, devido às semanas anteriores de trabalho ao ar livre e às caminhadas com Pepe na região. Meu guia parou uma vez só, para tomarmos a refeição que cada um trazia na mochila. Comemos à distância e em momento algum tive a impressão de estar sendo observado.

O som de uma torrente acompanhou-nos ao longo do caminho, fazendo-se mais forte à medida em que avançávamos. Até toparmos com uma queda d'água a jorrar de uma rocha ao fundo de área parcialmente desmatada; o jorro ia mergulhar no que me pareceu uma caverna, para seguir encosta abaixo indo sumir na mata. Estávamos a quase dois mil metros de altura, e a clareira beirava um precipício em que o sol decidira ancorar um arco-íris. Ao longe, as agulhas geladas de uma cordilheira. Ao fundo da abertura, junto à rocha, uma casa de pedras, curiosamente moderna em meio à região selvagem. Tonto que estava, não só da subida, mas do palco inesperado em que desembocamos, custei a dar-me conta do insólito naquela construção. O material usado eram pedras recortadas de modo irregular extraídas às rochas locais, o teto em material orgânico típico das construções nativas. A casa fora feita em três círculos concêntricos ligados entre si por cunhas triagulares. Atrás, na parede rochosa, um reservatório de água ligado à cascata por canaletas de madeira e à casa por tubos de metal.

Voltado a mim da surpresa, *el Viejo* havia sumido. A sós diante do precipício, lembro a vertigem que senti ao enlace entre a matéria orgânica e inorgânica abaixo e acima de mim. Fui arrancado a essa contemplação pela voz grave as minhas costas, articulada em um belo espanhol. Voltei-me, de um salto, e devo ter parecido cômico em minha surpresa, porque, embora sorrisse acolhedor, o rosto do homem exibia um traço divertido. Olhos de um verde intenso cravados em mim, o bronzeado da pele a escamotear o tempo no rosto de finura espiritual difícil de descrever. O nariz fino e curvo, aristocrático, harmonizava-se com o queixo forte, maçãs do rosto salientes sobre a face cava. Tão alto quanto eu, o talhe fino e elástico dos membros deixando adivinhar, sob as roupas de lã, os músculos rijos e disciplinados de quem tem pleno domínio do corpo. Mesmo assim, era um velho. Tinha a tez esculpida de rugas e trazia os cabelos de um branco prateado amarrados à nuca alcançando a cintura. Cumprimentou-me, firme, no aperto de mãos, e convidou-me a entrar, tomando a si sem esforço e antes que eu conseguisse protestar o meu saco de viagem.

... o talhe fino e elástico dos membros deixava adivinhar os músculos rijos e elásticos de quem tem pleno domínio sobre o corpo. Mesmo assim era um velho...

No interior da casa, não consegui evitar a expressão boquiaberta, que meu anfitrião fingiu não ver. Sensação de conforto e de gosto esquisito, sóbrio e vibrante a um só tempo. No ambiente atravessado de uma luz difusa, as cores vivas de tapeçarias imitavam o sol pelas paredes e no piso. Não havia janelas propriamente ditas. Ogivas de cerâmica transparente arrastavam a luz para dentro da casa em efeito de nave. Na sala em que nos encontrávamos, dominada por mesa de pedra e madeira, grandes sacos de couro à guisa de cadeiras, nichos pelas paredes agasalhavam urnas e estatuetas minúsculas em terracota parecendo extraídas a escavações. Eu conheceria, mais tarde, o bem equipado atelier de ceramista, com um torno e dois fornos de tamanhos diferentes, em que *el Viejo* realizava esse trabalho.

No quarto que me foi destinado, espécie de cela disposta em um dos triângulos da casa, a cama, a mesa de cabeceira e o armário eram também em pedra. Ao entrar no banheiro foi que mais me admirei. Inteiramente trabalhado em pedra crua, tinha a pia, o balcão, o armário e o vaso esculpidos em terracota pintada – célula futurista de água encanada fria e quente. O segredo dessa água eu tinha vislumbrado no exterior da casa, no reservatório ligado à cascata e na tubulação enfiada nas paredes. Aquilo sugeria uma espécie de mundo em que a natureza era antes convidada a prover energia e conforto do que forçada a fazê-lo. A chuveirada quente que tomei pareceu-me brotada por magia, a água a jorrar com força e aos borbotões, na cavidade de um cubículo revestido igualmente em terracota.

Refeito e cheio de curiosidade, voltei à sala principal, onde, cabelos soltos e ainda úmidos, *el Viejo* preparava o jantar. Só então percebi que o que de início me havia parecido ser uma lareira era de fato um fogão. Acima deste, outro reservatório de água que alcançava o teto, com a óbvia função de levar água quente à pia junto dele, e aos banheiros da casa. Feito em argila, como os do povoado, esse fogão tinha a forma bem mais burilada, e estava recoberto de inscrições em língua maia-anuaque. Tomava toda uma parede e nele se inserira um forno e a chapa propriamente dita, em que uma caçarola semiaberta fumegava. Dela se desprendia o cheiro forte do feijão com carne de lagarto da culinária local. Na mesa já posta, o cozinheiro fatiava, com um fio, uma grande polenta sobre tábua longa. A casa inteira parecia orientar-se em torno a essa fonte de calor, espécie de centro luminoso e magnético, ao qual a construção inteira se voltava. Esta sala-cozinha era o primeiro dos círculos, o de entrada da casa. No outro – isto eu soube mais tarde – estavam os aposentos de meu hospedeiro, sua biblioteca e o atelier de tapeceiro. No terceiro e último deles, o seu laboratório com os fornos do ceramista. Os demais quartos, o meu inclusive, tinham sido dispostos nos triângulos-cunhas entre as esferas.

El Viejo indicou-me um dos sacos de couro, que se amoldou ao meu corpo confortavelmente. Ele trazia agora a indumentária tradicional de seu povo, reinventada no corte e com bordado singular na blusa – representando os olhos e o bico de uma águia sobre fundo verde. Mantendo a tradição nativa de sentar próximo ao chão diante da mesa baixa, ele facilitou-me o trato oferecendo-me o primeiro nome: Yaki. Tinha as maneiras de um homem do mundo. Com elegância despojada, levou-me a falar sobre meu trabalho em São Paulo e na Cidade do México. Concluída a refeição, que tomamos com água, os pratos foram substituídos por cumbucas de cerâmica, em que ele nos serviu da beberagem tradicional de uvas selvagens. Só então perguntou-me sobre o que me havia trazido às montanhas, dizendo estar ao par de meu encontro com Rosalita, no *Zócalo*. Ouviu-me interessado, interrompendo-me, às vezes, com uma pergunta ou observação, que me reconduzia ao duto do que eu mesmo ignorava querer dizer. Creio ter conseguido expor algo de meu extravio, mesmo sem mencionar seu núcleo irradiador. Yaki reagiu com simplicidade, aceitando ocupar-se de mim nos próximos tempos. Sugeriu, a seguir, que nos recolhêssemos. No quarto, eu encontrei a cama já arrumada, à cabeceira uma jarra com água e biscoitos de milho em cumbuca coberta por um guardanapo. Dei tratos à imaginação, fantasiando um 'gnomo' diligenciador, já que meu hospedeiro não saíra da sala durante o jantar. Minha perplexidade durou nada; adormeci imediatamente.

O sol nascendo e ao barulhão dos pássaros na mata, acordei ainda tonto do esforço sobretudo psíquico daquela aventura. O cheiro das *tortillas* chegava até o quarto e, quando entrei na sala, o meu anfitrião já passava o café. Saudou-me, perguntando como eu me sentia, e apresentou-me um índio sorridente – encarregado de pôr a residência em ordem nas próximas semanas. O 'gnomo' da noite anterior. A cada três semanas, dependendo das necessidades e tarefas atuais a realizar, mudavam os encarregados da manutenção da casa e dos arredores, incluindo uma horta de temperos e verduras, um galinheiro e um pomar de maçãs. Junto ao índio estava o cão da casa, um animal mestiço cinza e branco parecendo um lobo, olhos inteligentes e trato amigável. Toco teria no máximo dois anos, bem adestrado e contido, a comparar com Pepe. Feitas as apresentações, o ajudante ofereceu-me seus serviços e a seguir retirou-se com o bicho. A sós com *el Viejo*, constatei, novamente, o quanto era agradável ficar junto dele, falasse ou não; mas ele falou muito naqueles primeiros dias e, surpreendentemente, acerca de si mesmo. Percebi que buscava desmitificar-se aos meus olhos, adivinhando o sentimento de estranheza e exotismo que me havia tomado desde o encontro com Rosalita; e a bloquear, por certo, um acesso realista ao entorno real e a mim mesmo na atual situação.

'Sem dúvida, Bruno', ele admitiu já de início, 'se você não tivesse mencionado o nome de Rosalita, os índios provavelmente não o teriam recebido; não, ao menos, do modo como o fizeram. Não tenho parentesco algum com ela, mas a criei desde bebê, quando uma avalanche dizimou sua família arrastando-a na lama com a aldeia em que moravam. A criança foi uma das poucas sobreviventes à catástrofe e, por motivo especial – junto, naturalmente, às mulheres mais velhas da aldeia –, assumi sua educação. Seu pai havia sido um *Curandero* extraordinário e, por anos, meu melhor auxiliar. Eu mesmo e alguns anciãos da tradição de *Adiviños* da linha tolteca o havíamos preparado desde garoto, para essa função. Sua morte foi uma perda para a região, em especial devido à habilidade incomum que o caracterizava, de *desencantar* as populações mais supersticiosas suscetíveis aos ataques dos *brujos*. Imagino, Bruno, que, sabendo disto, você se surpreenda de ver Rosalita vendendo *Tacos* na Praça da Catedral. Estou certo?' Sem esperar resposta, completou: 'Foi ela mesma que escolheu fazê-lo, ao concluir o estudo de Sociologia. Antes de seguir a carreira acadêmica ou trabalhar em uma instituição social, decidiu conhecer de perto as dificuldades e a luta das pessoas menos aquinhoadas na nossa sociedade. Mesmo ocupada, no momento, em concluir o curso de artes, na Universidade do México, ela insiste em buscar esse corpo a corpo com a realidade antes de assumir um trabalho que o dificultará provavelmente muito. Quanto ao estudo de artes, decidiu-se por ele não tanto para ampliar seus conhecimentos como ceramista, senão para buscar embasamento teórico mais amplo. O ofício, ela o aprendeu comigo unindo o conteúdo profano ao religioso, como na velha arte mexicana. E se o domina há muito, nega-se a ganhar a vida com ele; a aviltá-lo, como diz'.

Yaki fez uma pausa, e prosseguiu: 'Rosalita era ainda criança, quando percebemos que herdara ao pai a força espiritual e o dom da vidência. Decidi iniciá-la no saber dos *Tlamatinis* toltecas, porque senti que era predestinada a essa função, que de origem só os homens exercem. Isto dificultou, inicialmente, o meu propósito e precisei usar de minha autoridade, para ganhar a aceitação dos demais *Adiviños* e *Curanderos*. Ela mesma, porém, se impôs a estes, que passaram a trabalhar e partilhar com ela a sua experiência. Rosalita cresceu gozando desse espaço físico privilegiado e de liberdade rara para uma mulher índia. Sua sensibilidade viu-se lapidada nessas montanhas. Tendo aprendido a conviver com sua aspereza, seu silêncio, seus perigos e armadilhas, ela se enriqueceu de um destemor incomum no modo de enfrentar dificuldades. Aliando-o ao que herdou de seu pai e ao contato de anos com pessoas e situações as mais diversas, desenvolveu essa capacidade de discernimento justo na avaliação dos fatores a serem tomados em conta em cada caso particular. Que você mesmo, aliás, experimentou. Ela domina, hoje, a arte de interpretar as doenças segundo a tradição religiosa do velho México, e conhece os segredos milenares de suas curas. Trata-se de um saber psicologicamente muito elaborado. Eu o diria mesmo um ancestral da moderna psicanálise.' A última frase, ele a disse com certa malícia, enquanto mergulhava uma colher cheia de mel na tigela fumegante com leite de cabra que a seguir me estendeu. E encerrou: 'Seja como for, Bruno, se Rosalita o fez vir até mim, foi por ter percebido que os métodos comuns dessa medicina ancestral, adequados às pessoas menos educadas, métodos de que ela mesma em geral se utiliza, não seriam os mais aconselháveis no seu caso'.

'Quanto a mim' – Yaki indicou, com um gesto, o espaço inteiro da sala –, 'já deve estar claro, para você, que nem sempre vivi nessas montanhas. Saí pelo mundo e, quando necessário, consegui financiar-me com meu trabalho de artesão; mas não só. Deixei o México com os ensinamentos de minha mãe, ceramista e tapeceira nativa, e de meu avô, sacerdote da estirpe maia-tolteca. Parti daqui por desejo de meu pai, que era europeu. Antes de chegar a essas montanhas, ele tinha servido, como oficial-médico, no exército do extinto império austro-húngaro. Forçado a exilar-se, melhor dizer, a fugir de Viena, ele escolheu o México, porque o país o fascinava. Aconteceu após duelo, em que matou seu desafiante. Nunca foi muito explícito a respeito, mas o motivo – eu o soube mais tarde, por um parente seu – foi o seu próprio envolvimento e o de seu oponente com a mesma mulher. Esgrimista excelente, meu pai teria feito tudo para não lutar com o desafiante, íntimo amigo e companheiro de armas; mas este ficou irredutível. Tais duelos eram proibidos, embora frequentes à época, e meu pai acabaria na prisão se não buscasse o exílio. Chegou aqui em 1879. Estava com 27 anos e apaixonou-se pela cultura local; trabalhou algum tempo na capital, mas lançou-se ligeiro à aventura de exercer a medicina nesses povoados.

Foi meu avô, o *Adiviño* local – eles se conheceram no hospital em que meu pai trabalhava –, que o trouxe a *Mirafuentes*, mediatizando sua aceitação entre as populações locais. Isto só foi possível devido a inexistência de médicos nessas montanhas, mas sobretudo porque o velho o iniciou na arte do curandeirismo *tepehua*. O pacto entre meu pai e os aldeões foi selado pelo seu casamento com a filha do respeitado e então único *Tlamatini* nestas montanhas. Ele ficou no México, após isso. E aqui morreu, em 1941. Eu mesmo cultivo, até hoje, as relações que ele, e antes dele também meu avô, desenvolveram com figuras do governo e da saúde, tanto em *Hidalgo* e *Querétero* quanto na *Cidade do México*. Naturalmente, isso se deu, no meu caso, com os descendentes dos profissionais da saúde e os seguidores políticos daquelas pessoas que meu pai frequentava. As relações se alteraram, é claro, segundo os governos e os indivíduos, e houve períodos bastante difíceis no trato com as instituições. Hoje nós conseguimos mais apoio que anteriormente devido a uma maior abertura política e, com isso, à presença de jovens nativos bem formados em cargos governamentais chave, inclusive na saúde.'

Este, Myrna, foi só o preâmbulo à narrativa que, a partir daí, Yaki foi derramando em meus ouvidos. Eu a escutei perplexo, deixando que se abrisse em meu imaginário tal como me chegava: cheia de dobras, vincos, barras e plissados, aos quais eu buscava ordenar com perguntas por vezes afoitas. Ele ia respondendo sem pressa e com muita paciência. Isso deu-se entre a casa e a floresta, indo por vezes noite adentro por minha insistência, o cérebro e os sentidos incendiados ao que ouvia, e tentando ligá-lo ao que até aí pensara saber sobre a cultura mexicana. A forma que darei a essa narrativa está longe de ser a real. Espalhada nos dias, durante as refeições, caminhadas, ou junto à boca do fogão após o anoitecer, eu a fui recolhendo em sua voz melodiosa, com sabor de lenda. Yaki não se estendeu mais longamente, nem então nem depois, acerca de Rosalita. Tinha-lhe grande respeito e procurou não a influenciar no que veio a fazer da própria vida a partir de si mesma.

No que diz respeito a mim, ele buscou situar-me inicialmente no novo cenário, fazer-me entender o que considerava o seu papel dentro dele. Percebi logo que seu trabalho de análise comigo viria enlaçado à narrativa de sua própria existência, numa troca em que as duas experiências de vida em confronto poderiam iluminar pontos cegos ou renitentes no meu acesso ao que me determina. Foi em um de nossos próximos encontros que ele iniciou a narrativa propriamente dita de sua jornada fora do México.

'Eu já lhe disse, Bruno, ter partido daqui por desejo de meu pai. Meu destino foi Viena, naturalmente, aonde cheguei em 1903, aos 19 anos. De seus parentes, um só me acolheu, um seu irmão mais jovem, com quem passei a morar no Centro da cidade, a um passo da Universidade. Ele era psiquiatra e muito ativo na sociedade vienense, não só profissionalmente, de modo que não demorei a mover-me com desembaraço naquele meio. Nada disto teria sido possível, não ao menos do modo imediato como se deu, se eu não dominasse o idioma alemão, que meu pai me ensinou desde pequeno, e à minha mãe, quase menina então. Você sabe que naquele conturbado início de século,

Viena poderia ser dita, sem exagero, a mais importante metrópole do Ocidente. Mais, até, que Nova York ou Berlin. Foi, sem dúvida, um privilégio acompanhar de perto o fervilhar do saber e das artes naquele cadinho de povos e culturas que a cidade abrigava. Estava acontecendo tudo, ali, naquele momento: a psicanálise frequentava os Cafés, ateliês, salões e prostíbulos; a filosofia encenava o seu *não* à metafísica e a música a imitava enterrando o tonalismo, enquanto a arquitetura rejeitava a pompa, o peso e a superficialidade do barroco, etc., etc. Personagens incríveis desfilavam na cidade revolucionando, com gestos e palavras, tanto as artes quanto as ciências.

Bastava-me sentar algumas horas em um dos disputados *Cafés* da cidade, para mergulhar em um ou outro desses domínios, dependendo de quem sentasse a minha mesa ou ocupasse outra próxima. Eu tinha a sorte de meu tio ser conhecido e manter relações com algumas dessas celebridades, que vinham não raro juntar-se a nós. Mesmo Freud, que, diferentemente da maioria, não costumava frequentar tais locais, aparecia, às vezes, a sós ou acompanhado. Esses *Cafés* diferenciavam-se muito, entre si, na atmosfera, dependendo de quem os frequentava. Em todos, porém, era possível ficar todo um dia, da edição matutina à vespertina dos jornais, com uma única xícara de café à frente; e um vizinho de mesa ou garçom não faltavam, para se discutir as notícias do dia. Ainda assim, era sempre possível recolher-se, ensimesmar-se. Inclusive os garçons, sabidos e falantes, desfilando entre as mesas, mostravam sensibilidade ao desejo de um cliente de estar só. Frequentei desde o início esses locais; e o que aí aprendi sobre a vida talvez o surpreendesse...

...nesses Cafés era possível ficar todo um dia, uma única xícara de café à frente...

Perguntaram-me, às vezes, quanto ao efeito desse período em Viena sobre o meu desenvolvimento posterior. As solicitações intelectuais e artísticas eram extraordinárias, sem dúvida; mas havia outras, por vezes nada construtivas. Eu era jovem, curioso e sedento de vida, mas consegui resistir ao que havia de negativo e deletério naquele ambiente em permanente ebulição. Isto se deveu à minha natureza reservada, à formação ascética que recebi, mas sobretudo ao desejo de conhecimento que me movia. Não quer dizer que eu não tivesse vivido intensamente aquela passagem. Meus sentidos acordaram e se desenvolveram, apurando-se no convívio com artistas, homens de letras e ciências, mas também no contato, às vezes íntimo, com mulheres singulares. Foi, para mim, surpreendente constatar a liberdade de que estas gozavam na cidade. Podiam andar a sós por toda parte – mesmo as casadas – e, embora não fosse comum, algumas frequentavam a Universidade. Mais do que em qualquer outro curso, a gente as encontrava naqueles introdutórios à Psicanálise, especialmente nos oferecidos por Victor Tausk, não só para médicos e estudantes, senão também para leigos. Elas seguiam tais aulas com paixão e lhes traziam ótimas contribuições.

É verdade, também, que esse lado positivo de sua liberdade tinha um aspecto fútil, gestado pelo estilo superficial e escancarado, previsível e inconsequente da sociedade vienense. Esta não só lhes permitia terem os seus amantes; esperava-se isso delas! Não significa, no entanto, que sua autonomia fosse real. Não, o que delas se esperava tinha de ser seguido à risca, do contrário sofriam resistência, até o ponto de quebrarem. A liberação sexual de que gozavam era, na verdade, um espartilho social, usado às vezes em seu favor, outras contra elas. E não ficavam apenas neste nível as limitações que sofriam; suas escolhas eram reduzidas também no seu desenvolvimento intelectual. Se elas tinham, por vezes, a sorte de encontrar apoio no seu círculo, o que era raro, a grande maioria precisava lutar para conseguir desenvolver-se segundo sua capacidade e desejo. Podes imaginar, portanto, que todo esforço nesse sentido lhes exigia, além de coragem, uma reserva significativa de força psíquica.

Naquela sociedade, sabia-se de tudo que se passava nas relações entre as pessoas. Era um seu traço característico o tornar público fosse lá o que fosse que ocorresse na cidade. E se fazia humor, também, com quase tudo. Basta que você leia os livros de Arthur Schnizler, para percebê-lo; são um documento perfeito do estilo leviano da vida corrente à época. Isso é igualmente perceptível em outros artistas, como Gustav Klimt e Egon Schiele, em cujos quadros você pode quase sentir o cheiro do orgasmo, enxergar as feridas psíquicas nas figuras expostas. Costuma-se dizer que a Viena de então recendia a sexo. De fato, as meretrizes pululavam nos passeios, publicavam seus anúncios nos jornais, mascaravam-se de *acompanhantes* em viagens, frequentando, na cidade inteira, as discretas *chambres séparées* dos *Restaurantes* e *Cafés*. E não só as prostitutas. Têm razão os que dizem, que um Freud só seria possível *naquela* Viena. Nela, o *sexo* era a atividade principal; e a mais aberta, fazendo-se o centro gravitacional do que aí se pensava. Os artistas, aliás, não se diferenciavam dele na sua percepção disso, a não ser na forma – direta e brutal – de dizê-lo. Freud, ao contrário, fazia-o de modo contido e esclarecido; vestindo de razão o irracional, como se diz.

Curioso para mim, embora não surpreendente, por tratar-se de um valor também na minha cultura, era o respeito de que gozava o vestir naquela sociedade; um valor que tangia igualmente às mulheres e aos homens. Chamava-me a atenção a frivolidade daquelas indumentárias, já que, entre nós, é o valor religioso que sustenta o vestir. Os chapéus, por exemplo, usados sempre pelos homens vienenses e igualmente trocados segundo as circunstâncias, ganhavam nas mulheres uma importância desmedida, porque obrigatórios em todas as ocasiões e de acordo com o vestuário. Também os corpetes, que eram um elemento essencial da indumentária feminina em toda Europa, se acresciam, em Viena, de uma nota especial, porque trazidos tão justos sob os vestidos que pareciam costurados no corpo. Espantava-me a profusão de acessórios que cada vestuário exigia: bolsas, luvas, botinhas, joias, flores e sempre as estolas, curtas ou longas, de raposa, de urso, etc. Eu ficava imaginando o tempo que essas damas gastavam à frente do espelho, porque, a cada nova ocasião, toda complexa indumentária era trocada por outra igualmente complexa. Você talvez se surpreenda de eu mencionar essas frivolidades, Bruno, mas eu o faço para sublinhar que, de cada um daqueles adereços e tecidos, emanava o desejo ou o apelo de ser acariciado e desfeito. Era o *sexo*, só ele, o motor oculto sob toda aquela profusão de coisas mais ou menos ridículas...

Por tudo isso, por tal excesso de apelos físicos, não me era fácil resistir, manter-me frio. Naquele meio, os meus sentidos viam-se permanentemente adulados e solicitados; se consegui manter-me sóbrio, foi devido à consciência da tarefa que me aguardava no México. Pouco antes de embarcar para o continente europeu, tinha sido investido da função sacerdotal herdada a meus antepassados, e a sagração parece ter agido em mim como uma bússola. Eu bem sabia que dificilmente uma mulher aceitaria acompanhar-me nesse trabalho. Além disso, meu tempo de lazer era mínimo. Além da medicina, cursei teologia e filosofia, sem deixar-me ademais limitar ao conhecimento esclarecido da época. A minha formação no saber maia-tolteca levou-me àquele milenar e oculto de certas sociedades secretas que pululavam, então, na Europa, especialmente em Viena. O contato com tais sociedades foi-me proporcionado por meu tio, que era maçom. Sem sua mediação, eu não teria tido acesso, entre outros, ao conhecimento de mistérios e antigos rituais esotéricos de raízes mediterrâneas. Essas ocupações protegeram-me, sem dúvida, contra certos apelos de ordem mundana; mas não permiti que me embotassem os sentidos, como acontece com alguns neófitos. Vivi também intensamente a minha sexualidade.

Foi mediante esses estudos esotéricos que cheguei a uma compreensão mais aberta de certos conteúdos religiosos do velho México. Isso não quer dizer que eu, como outros, afirme que os povos mexicanos herdaram de outros povos os seus mitos e religiosidade. Penso que, se nossos mitos e cultos assemelham-se a outros bastante conhecidos, a semelhança não os explica. Pelo contrário, é sua emersão autóctone que os torna tão extraordinariamente originais. Foi, aliás, a descoberta dessa originalidade que me levou a descobrir, nos velhos cultos maias, um veio libertador surpreendente. Eu voltarei a isso.

Tais estudos marcaram, por certo, a minha trajetória posterior; mas existiu outra experiência de igual importância na determinação de meu percurso, não só intelectual. E foi, também aí, o irmão de meu pai quem me abriu o caminho. Eu já cursava a medicina, quando ele me apresentou um seu íntimo amigo, psiquiatra como ele, e seguidor crítico de Freud. Refiro-me a Rudolf Reitler, o primeiro psiquiatra a praticar a psicanálise depois do mestre. Sua atenção, eu a devi de início à recomendação de meu tio; mas isso mudou, quando o médico percebeu a seriedade de meu interesse pela nova ciência, logo reconhecendo os pontos de contato existentes entre a tradição do curandeirismo maia-tolteca e a terapia psicanalítica. Propôs então me analisar, permitindo-me acompanhar alguns de seus casos clínicos. Levou-me também a Freud, que o tinha e ao seu trabalho em grande conta, e até me convidou a proferir palestra para os estudiosos de seu círculo. Nesta, eu falei sobre os costumes de meu povo e seus métodos de cura enfatizando, é claro, os pontos de contato com a nova terapia de Freud. O grupo ouviu-me curioso, mas cético. Aqui, é necessário lembrar em seu favor o quanto os relatos de Fernão Cortês e seus acompanhantes acerca da invasão do México foram determinantes na imagem assustadora e desumana que a Europa do início do século ainda guardava do povo asteca. Imagem tão negativa, que cabeças filosóficas esclarecidas do século XIX continuavam sentindo repulsa ao mero pensamento de entrar em contato com este ser diabólico, que eu afinal encarnava. Freud, por sua vez, manifestou interesse não só pelo trabalho dos *Adiviños* e *Curanderos*, senão por aquele dos *brujos*. E abriu-me a possibilidade de frequentar as reuniões das quartas-feiras em seu apartamento.

Esses encontros, hoje lendários, no apartamento da Berggasse 19, transcorriam numa atmosfera entusiástica de descobertas. O espaço de que o grupo dispunha era fisicamente reduzido, mas tudo que os participantes trocavam entre si soava como uma revelação. Eu me deliciava com aquilo, e, confesso, também com o café e os bolos servidos após a invariável preleção inicial. O café era seguido de uma tal abundância de cigarros, que eu ficava enjoado (eu jamais suportei a inalação de qualquer tipo de ervas); mas valia a pena, porque a discussão a seguir era empolgante, a palavra final cabendo sempre a Freud. Naquela fase, o clima dos encontros era leve e amigável, as dissidências só eclodindo mais tarde. Em todo caso, com ou sem elas, o que ali vi e ouvi marcou-me; presenciei com consciência o início de um terremoto intelectual, que, francamente, não me parece ter chegado ao fim.

Foi em 1907 que conheci Carl Jung, quando veio à cidade, para ver Freud. Jung era um homem atraente, interessante e carismático. Tinha um modo de ser imediato e espontâneo, sociável, com um riso contagiante e a naturalidade de alguém que vive próximo à natureza, sem interesse algum em se mostrar refinado. Comportava-se, às vezes, como um camponês e tinha uma curiosidade ingênua, que causou certo mal-estar nos refinados vienenses. O próprio Freud, pelo contrário, encantava-se justamente com isso. Sua família, incluindo as crianças, o acolheu com enorme simpatia, desde essa primeira visita à cidade. Lembro que todos eles passaram um dia juntos, ora no apartamento da família ora em caminhadas pela cidade, Jung mostrando-se encantador o tempo inteiro. Insisto nisso porque sua sociabilidade e imediatismo eram só um lado de sua personalidade. Ele podia ser introvertido e até sombrio, evitando de modo brusco qualquer companhia; sua natural jovialidade voltava, entretanto, ligeiro, fazendo esquecer tais momentos.

Quanto a mim, o que em Jung me atraiu foi sobretudo o seu acesso em grande parte outro que o de Freud ao universo psíquico. Mesmo aceitando a posição deste, seu trabalho abarcava uma realidade mais ampla e misteriosa, não aparentada propriamente à que sustenta o curandeirismo mexicano, mas capaz de torná-la compreensível. Quando lhe fui apresentado, ele se interessou vividamente pelo relato das atividades de meu pai e meu avô nestas montanhas; especialmente as que os dois empreendiam no sentido de conter o avanço dos *brujos*. Eu nunca mencionei, nem então nem em encontros posteriores com ele, a minha investidura sacerdotal; mas o que expus acerca do *nahualismo* levou-o a fazer-me perguntas constrangedoras como se soubesse de minha sagração. Esse tipo de curiosidade despreconceituosa, que o levava a interessar-se também pelo espiritismo, ocultismo e certos fenômenos ditos paranormais, era um traço seu bastante conhecido e não bem aceito pelos seguidores vienenses de Freud. Sentia-se, quase fisicamente, o seu desconforto, quando o ouviam falar a respeito. Freud se irritava, também. Sensível, na prática, a todo fenômeno dito paranormal, ele o repudiava na teoria, cioso do rigor e da credibilidade de sua *ciência*.

Reitler contou-me, anos depois, de um desmaio de Freud durante conversa com Jung a respeito desses fenômenos; eu não me surpreendi. Não que Freud repudiasse como anticientíficas as manifestações obscuras ou paranormais, os chamados fenômenos psíquicos ocultos. Não, certamente, e o sei por ele mesmo, que foi bem claro a esse respeito, ao discutirmos o tema. Tais fenômenos o atraíam, e ele se ocuparia maiormente deles, tivesse tempo suficiente para fazê-lo. Ainda assim, as investigações e experiências de Jung, nesta área, o perturbavam, por temer, como dito, ver com isso arruinados os seus esforços de vestir a psicanálise de objetividade científica. Ele era certamente ambíguo em relação a Jung, mas a personalidade forte e o espírito independente do jovem psiquiatra o atraíam, tendo depositado nele muita esperança quanto ao futuro da psicanálise. Por isso, apesar do autocontrole invejável que exibiu, quando da ruptura entre ambos, o abalo que sofreu não passou despercebido a nenhum daqueles que o cercavam. Eu, pessoalmente, vejo essa ruptura como uma grande perda para a psicanálise. Parece-me, também, que os dois tinham consciência disso; mas fazer o quê? Freud era incapaz de abrir mão da sexualidade como explicação última de todo fenômeno psíquico. O que não é de espantar, considerando-se o meio em que sua teoria se gestou e desenvolveu.

Não é difícil perceber, Bruno, a importância que tiveram, para mim, os anos de descobertas e revelações que passei na Viena do início do século. A eclosão da Grande Guerra foi por certo um desastre também nesse sentido. Como a grande maioria dos vienenses, eu pensava que aquilo duraria uns poucos meses. Mas não. Tudo mudou, a partir daí, na cidade. A vida e o ritmo da existência, em geral, foram de tal modo feridos, que todas aquelas complexas encenações sociais que descrevi viram-se aos poucos sufocadas. Eu até diria que só permaneceu, ou antes, recrudesceu o lado pior daquela sociedade, o de seu preconceito em relação aos judeus. Em Viena, o antissemitismo fazia parte do dia a dia. Assistia-se a toda hora cenas deprimentes de humilhação pessoal, sem que ninguém em torno reagisse; nem mesmo os próprios agredidos. Tais cenas aconteciam nas ruas, nos passeios, nos bondes, trens, e até na universidade. Eu mesmo, junto a outros colegas, abandonei, certa feita, uma sala de conferências, quando, como se enlouquecidos, os demais estudantes puseram-se a berrar 'Fora, judeus!' Em geral, fiquei livre de tais brutalidades, não só devido à influência de meu tio, senão também porque eu passaria talvez por um militar do Império Austro-Húngaro. Na imprensa e no Parlamento, essa animosidade era tão grande, que, num dado momento, o Imperador viu-se forçado a acorrer contra a campanha difamatória que se alastrava contra os judeus. Em 1917, quando a fome, a sujeira e a desordem tomavam conta da cidade, os jornais chegaram a alardear uma conspiração geral manipulada por eles contra a Áustria-Hungria. E isso que, desde o início da guerra, os judeus se alistaram com o mesmo fervor que os demais vienenses. Ficou deprimente, a partir daí, ler os jornais e, ainda pior, frequentar os *Cafés*, devido ao tom maléfico das discussões. Mesmo assim, apesar de todos esses sinais de perigo, os israelitas mantiveram seu estilo de vida; mostravam-se serenos, na aparência, como se nada estivesse anunciando a catástrofe. Mesmo Freud, você sabe, hesitou quase tempo demais em abandonar a cidade.

Foi justamente naquele início de 1917 que Reitler morreu. Não preciso dizer do golpe que isso representou para mim, mas vi-me forçado a agir para amparar meu tio na depressão que o abalo de mais essa perda importante lhe causou. Reitler não era seu primeiro amigo a morrer, naquela fase; muitos outros, mais jovens, que se haviam deixado fascinar pela guerra e imediatamente alistado, na ilusão de que duraria pouco, acabaram morrendo, ficando aleijados, ou psiquicamente doentes. Esta perda, porém, levou-o a recolher-se ao campo. Estava melhor aí, de fato, não só por ter conseguido manter dois criados já velhos (considerados inúteis na máquina da guerra), senão por conseguir alimentar-se menos mal – pois em Viena faltava de tudo. Quanto a mim, a situação na cidade ficou ainda mais difícil, sem sua presença. Eu já me havia diplomado, é claro, e ajudava no Hospital, com os retornados da guerra. Cursos e trabalhos científicos que me prendessem ali já não existiam, porque tinham a ver sobretudo com a Sociedade Psicanalítica, e esta viu-se forçada a interromper quase completamente suas atividades. Verdade é que a maioria de seus membros se havia alistado na frente de combate; em alguns casos, espontaneamente, em outros por intimação do governo. Isso tudo me levou a antecipar uma viagem à Índia, que vinha programando para mais tarde.'

Sobre essa fase de sua vida, do que viveu na Índia, Yaki nada me disse. Como se o trecho de sua formação no Oriente não coubesse na história narrável de suas experiências. Retomou a meada a partir da passagem que ainda fez por Viena, dois anos depois, ao retornar à Europa.

'Quando voltei", ele disse, 'por onde quer que andasse ou o que quer que ouvisse denunciava um mundo desfigurado, confuso e miserável. A situação na Áustria era das mais precárias, os tempos que se anunciavam assustadores. A guerra não tinha acabado, na verdade, nem na cabeça nem na sensibilidade das pessoas. Meu tio, então de volta a Viena, passara a trabalhar com os destroços psíquicos dos retornados dos campos de batalha. Encontrei Freud, que insistia em não deixar a cidade, ignorando os terríveis augúrios para ele e seu povo. Muitos de meus colegas haviam morrido, outros tentavam recuperar-se de seus ferimentos, sobretudo psíquicos. Meu tempo aí, eu o soube imediatamente, se havia esgotado. Antes, porém, de regressar ao México, eu viajei à Alemanha. Não falarei, agora, acerca desta viagem, do que fiz e vivi neste país marcado ainda mais profundamente pela guerra do que a Áustria. Mais tarde, talvez.

Cheguei de volta ao México no final de 1920. O meu avô tinha morrido há pouco mais de um ano, e a situação de meu pai entre os nativos estava complicada. Por não ser índio e contar apenas com a influência da filha do *Tlamatini* morto, sua autoridade passara a ser contestada, inclusive pelos bons *Curanderos* da região. É preciso lembrar que meu avô se impusera, até aí, enquanto autoridade incontestável nos povoados *tepehuas*, garantindo o lugar de meu pai como médico e *Curandero*. Este gozava de respeito pelo seu trabalho, mas, na falta do velho *Adiviño*, os adeptos da tradição mais popular, quero dizer, dos *brujos*, passaram a contestar suas aptidões enquanto não nativo, a fim de retomar seu domínio. O fato é que, com sua morte, a supremacia de meu avô, o representante mais antigo da tradição não supersticiosa e destrutiva naquelas paragens, cristalizava-se agora em minha mãe, sua única filha; mas também se perdia, porque, embora iniciada pelo pai nos mistérios do curanderismo e trabalhando com ele desde jovem, tratava-se de uma mulher. Resumindo, Bruno, voltei ao México em momento crucial, quando meus pais perdiam terreno para os inimigos da corrente esclarecida da magia local. Aldeias próximas a *Mirafuentes* viviam um ressurgimento alarmante daqueles charlatães, que se disseminavam aterrorizando e explorando suas populações. Havia, é claro, sobretudo em nosso povoado, uma maioria que apoiava meus pais. Alguns nativos das aldeias próximas os procuravam, ainda, porque os resultados de seu trabalho eram conhecidos e os doentes em geral morriam nas mãos dos *brujos*. Todavia, era enorme o temor de represálias na forma de feitiços por parte desses indivíduos mal-intencionados, e os aldeões acabavam por se submeter a sua vontade.

Meu regresso virou a situação. Em primeiro lugar, por eu ser neto do velho *Tlamatini*, que sabidamente me ungira como sacerdote da antiga tradição. Ritualisticamente, ele passara a mim não só o poder, senão também a sucessão. Além disso, o fato de eu ter viajado através do oceano e voltado, alimentava fortes superstições locais em meu favor. Com isso, o trabalho de conscientização que passamos a realizar junto aos nativos extraviados foi, aos poucos, dando resultados. Nós contávamos, naturalmente, com o auxílio daqueles que se tinham conservado fiéis a meus pais; mas nosso sucesso deveu-se em especial à melhor assistência médica que meu pai e eu, agora juntos, pudemos oferecer às populações desatendidas. Os povoados *tepehuas*, mesmo os mais distantes, começaram a reagir desvencilhando-se dos preconceitos e superstições de que os *brujos* tiravam proveito. A ponto de, passado algum tempo, minha mãe conseguir retirar-se daquela vida de viagens e plantões permanentes, para voltar-se à casa. Ela contara sempre com a assistência das moças da aldeia; e foram estas que a ajudaram, agora, a retomar o trabalho de tapeceira, que amava. Meu pai e mais dois *Adiviños*, além de mim, lançamo-nos à formação de novos *Curanderos*, a fim de fazer frente às ameaças futuras dos *brujos*. Foram anos de luta, até conseguirmos debelar esse perigo quase inteiramente. Digo *quase*, porque sempre resta um grupo que se rebela a qualquer esclarecimento e, fixado nos velhos atavismos, retoma a feitiçaria, encontrando prazer em toda sorte de cultos sangrentos.

O trabalho prossegue até hoje. Conto, atualmente, com onze ajudantes, todos formados não apenas na sabedoria maia-tolteca, mas exercendo profissões como medicina, enfermagem, farmácia e ciências sociais. Alguns chegam a ter duas dessas formações. Não é fácil encontrar jovens capazes e dispostos a assumir as tarefas exigidas aos iniciados. É uma vida de sacrifícios, e tive de aceitar que não poucos ficassem nas cidades após completada a formação. Mesmo assim, vale a pena, porque, raramente – posso citar apenas quatro casos nesses quase 60 anos –, acontece de tais especialistas abandonarem os princípios que regem seu trabalho de magia, aproveitando-se dele em benefício pessoal. Em geral, mesmo afastados, esses profissionais permanecem em contato comigo, auxiliando-me, quando preciso, e cumprindo à sua maneira a tarefa a que foram preparados. É preciso não esquecer que, apesar do isolamento dos povoados nativos, as condições em que trabalham os *Curanderos* alteram-se num contínuo. Eles precisam encontrar um modo e um caminho próprios de realizar satisfatoriamente a missão de que foram investidos. Se decidem ficar na cidade, têm de encontrar aí o melhor modo de fazê-lo.'

É claro, Myrna, que meus encontros com *el Viejo*, nessas primeiras semanas, não se limitaram a sua narrativa. Ficávamos um grande tempo em sua biblioteca, onde, informando-me à base de textos sobre as velhas culturas mexicanas, ele enriquecia essas lições com um saber que não constava nos livros. As aulas davam-se ora na biblioteca ora em longas caminhadas na floresta, ou subindo algum pico de montanha. Era nesses passeios, sobretudo, que ele me levava a falar, a dizer-me. Eu retornava à infância passada no campo entre animais e gente rude, numa atmosfera de vivências mágicas até aí silenciada. Era tão leve a comunicação com ele, que consegui vencer-me, confiando-lhe o mais difícil: as minhas experiências de *passagens* – que haviam cessado há muito. Foi nesse contexto que também lhe contei de meu interesse pelas especulações da Física e da Matemática acerca de *buracos negros* e *mundos paralelos*. Ele me ouviu sem reação nenhuma. Chegada a noite, levou-me até uma construção não distante da casa, que eu até aí não tinha percebido. Era mesmo difícil notar sua existência, por estar escavada e bem dissimulada no paredão ao fundo da clareira. Subindo por degraus naturais no rochedo bem junto ao precipício, topamos com uma sala de aproximadamente vinte metros quadrados. Na parte dos fundos, um quarto e o banheiro, tendo também aí a água armazenada em depósito aquecido por fogão de argila. Bem à frente, na sala, uma grande abertura para o céu e o precipício abaixo. Encostado à parede, um enorme painel utilizado obviamente para fechar a abertura. Feito em pano de linho e embebido em óleo até ganhar a transparência necessária, havia sido esticado à medida do vão na moldura em madeira. Se ajustado à janela, a transparência permitia à luz infiltrar-se no espaço, em solução idêntica à encontrada nos cômodos da casa completando as ogivas. Isso tudo, porém, eu percebi mais tarde, fixado então no que me pareceu ser um imenso telescópio junto ao vão, sobre o abismo. Uma impressão que corrigi ligeiro: o instrumento era modesto e de potência regular.

... o que me pareceu ser imenso telescópio junto ao vão, sobre o abismo ...

Numa breve loucura, eu me vi transportado ao *Castelo das Estrelas*, de Tycho Brahe (o Astrônomo dinamarquês renascentista). E sequer tive pejo em confessá-lo a Yaki. Ele riu, e observou ser curioso eu mencionar o matemático. 'Tycho', disse ele, 'é uma figura realmente extraordinária, parecendo bem mais uma criação literária. De fato, a Renascença deu-nos várias personalidades incomuns, na exuberância, na força, na criatividade e sede de saber. Esses indivíduos viram-se em geral oprimidos nos conflitos externos com o mundo. Foram, porém, tão fiéis ao ditame interior que os guiava, que encontraram, por fim, o seu próprio caminho, íntimo e solitário. Tycho é exemplar, nesse sentido. Você lembra, decerto, na Bíblia, da luta noturna travada entre Jacó e um desconhecido, um Anjo, quem sabe, que lhe cruzou o caminho. Esta luta parece-me simbolizar um *desvio* na jornada de cada um de nós, humanos, na existência. Cedo ou tarde, consciente ou inconscientemente, vemo-nos todos confrontados com ele. Refiro-me à estrada deserta em que o encontro se dá, na narrativa bíblica. Ela é o 'desvio', no qual o enigma da própria escuridão abre-se ao indivíduo solicitando-o a tentar iluminá-lo... ou não. Tycho parece ter achado nele o seu caminho áureo no sentido da velha alquimia. Sua trajetória de vida indica que topou e reagiu com sucesso – seja lá o que for que isso possa significar – ao seu duplo trevoso.'

Foi a primeira vez que entrei naquele Observatório. Depois disso, o tempo estando bom, passávamos ali à noite, para observar o céu, voltando à casa só ao amanhecer. O que aprendi naquele espaço, sempre através da astronomia e astrologia dos velhos sacerdotes maias e astecas, não se encontra nos livros. Yaki me foi abrindo este cenário na mescla entre a velha cosmologia local e as descobertas recentes da física e matemática estelares. Isto se deu aos poucos e, é claro, não só naquela minha primeira visita às montanhas. As lições prosseguiram de cada vez que voltei a Hidalgo, sempre a partir das novas descobertas e suposições da Física, que se intensificaram desde os anos 1980. Maravilhou-me saber que *el Viejo* conhecia as últimas publicações e artigos referentes ao tema do *big bang*, da *matéria e da energia escuras*; sim, que lhe eram familiares os estudos feitos sobre as velhas provas matemáticas da existência de múltiplos universos. Todo esse material científico encontrava-se ali, no Observatório, o que explicava o fato de eu nada ter encontrado a respeito na biblioteca da casa.

O interesse de Yaki pela astronomia não me surpreendeu, por saber do investimento milenar de seu povo na ciência do céu e dos números. Impressionou-me, contudo, a profundidade a que tinha levado esse conhecimento, sobretudo no modo como o interpretava, em paralelos traçados entre os resultados alcançados por seu povo e a cosmologia da Física atual. Ouvindo-o, descobri que, além da ousadia futurista existente em suas previsões e augúrios, os sacerdotes maias ocupavam-se seriamente com a questão filosófica da determinação e da liberdade da vontade humana. Nas reflexões que o ouvi fazer acerca de seus antepassados – sempre escandidas com vagar, na voz grave, o rosto sem data iluminado apenas pela luz noturna –, eu vislumbrava um panorama de intuições e deduções surpreendentemente aparentadas às dos nossos cientistas. Suas exposições vinham decerto revestidas da roupagem metafórico-religiosa dos antigos astrônomos mexicanos, mas ele o fazia com calculada sobriedade sublinhando o parentesco entre ela e as correntes científicas de nosso tempo. Eu ousaria até mesmo dizer que essas exposições antes denunciavam, nas últimas, o cunho mágico que ainda as imanta. Para não pensares que exagero, Myrna, dou-te um só exemplo dessas falas de Yaki. Certa noite, em que acabávamos de trabalhar alguns textos referentes à *matéria e à energia escuras* do universo, ele concluiu, recorrendo ao saber dos sacerdotes maias:

‘Sinta as rochas magníficas, Bruno, deixe-se penetrar de seus abismos; pense no mar, no seu rugido côncavo, habitado de seres incontáveis; imagine os desertos, suas tempestades e as dunas errantes; sonhe as noites geladas habitadas de lagartos e da voz do coiote. E, por toda parte, aqui e nos confins do universo, a massa indevassável da matéria incognoscível. O enigma, ali e em nós, é sem dúvida o mesmo. Lá e aqui, a escuridão é idêntica. O sulco aberto pela luz na matéria, lá fora, ou no negror abaixo da consciência, não passa de uma tentativa de ordenar o incontrolável. O próprio movimento ordenador é talvez em si mesmo nefando e destrutivo, não se entendendo bem de onde teria vindo ao Ser a necessidade de abandonar seu repouso ou o nada em que afundava, para precipitar-se na agitação trespassada de dor do existente. Por que ele se teria, assim, condenado a repetir para sempre essa tortura? Ao que parece, se é que nos cabe decifrar até o fim os augúrios nas pedras e nos astros, é a nós – imperfeitos e frágeis, não cumpridos – que compete apontar a saída ocultada no mundo interior, resolvendo afinal o enigma do universo ou da insistência cósmica dos astros. Tudo leva a pensar, melhor dito, a esperar que a insensatez desse esforço infinito do Ser possa acabar, quando a consciência humana o tiver decifrado...’

Imóvel, o corpo desenhado contra o abismo acima e abaixo, ele calou. Passado um tempo, retomou seu discurso:

‘Lá, ao longe, no topo rochoso das montanhas, nas entranhas pesadas de minérios, nas folhas dos pinheiros, no mar e no céu, o enigma tem um nome, uma chave que aponta à saída. A inscrição é legível, por certo, na aspereza dos meteoritos, na cristalização instantânea das rochas, nas rugas da madeira, nas nervuras das folhas e no nácar das conchas que os oceanos vomitam. Inútil, porém, o tentar decifrá-la no olhar que só aflora a superfície. Não lá, no exterior. O caminho é noturno, por dentro. Se a inscrição me aparece no espelho, palpável, no pergaminho da cara...'. Yaki voltou-se para mim, e concluiu: '... isso de nada vale, enquanto eu não achar na minha própria noite a chave que a decifre.'

Não consegui dormir naquela noite. A angústia que encharcava a fala do *Adiviño* repetindo o lamento milenar de seu povo me pegou. Vi abrir-se, nas palavras dos sábios mexicanos, o mesmo abismo que espia à pergunta ancestral dos filósofos: 'por que o ser e não antes o nada?' Torturados da mesma inquietude à demência do mundo, limiar de escuridão impenetrável dentro e fora do homem, a resposta ensaiada é idêntica à encontrada na Europa, mil anos depois. A chave, em qualquer caso, está no homem – enigma máximo no todo incompreensível do existente. Não na luz da consciência, mas na 'noite interior', sussurraram os sábios andinos; muito mais tarde, num eco, os pensadores europeus diriam: em um 'não saber'...

Enquanto isso, na biblioteca, eu levava as leituras adiante, Yaki concretizando o lido em exemplos tirados à própria experiência. Dentro e fora da casa, nossas conversas eram retomadas em novas perspectivas, minha anamnese impulsionada e aguçada ao impacto de sua narrativa. Certo dia, alguém veio buscá-lo e tinha pressa. Descendo ao povoado, ele deixou-me aos cuidados de Miguel, que chegou à montanha na manhã seguinte a sua partida. Gostei de poder conhecê-lo melhor, mas lhe deixei a iniciativa de se aproximar ou não de mim. Foi-me logo dizendo que sua tarefa seria introduzir-me no *xamanismo* mexicano. Continuamos, portanto, na biblioteca, onde ele me mostrou tudo que aí existia sobre o tema. Sugerindo uma ordem de leituras, ia fazendo recensões precisas das obras propostas, entre elas um e outro volume e ensaios de autores internacionais, vários do próprio Yaki. Dele mesmo, Miguel, um ensaio recente em revista americana.

Das leituras que fiz, dos esclarecimentos recebidos, saliento o aspecto que me parece essencial à compreensão do trabalho terapêutico realizado até hoje pelos curandeiros *tepehuas* nessas montanhas. A começar pela concepção do *sábio* entre eles. 'Para os *tepehuas*', Miguel explicava, 'o verdadeiro sábio ou *Tlamatini* é visto como um médico, um tutor bem instruído, em quem se pode confiar. Sua tarefa é ensinar a verdade, não apenas de modo verbal, mas com seu próprio exemplo. Compete a ele abrir olhos e ouvidos do discípulo, a fim de que veja o caminho percorrido e ouça o que lhe poderá facilitar e encurtar o aprendizado. Isso implica em que as qualidades curadoras do mestre devam ser tão reais e ativas, que lhe permitam levar o neófito a enxergar-se no espelho e, enfrentando a própria sombra, abrir-se ao mestre. E que este, ouvindo o discípulo, tenha sabedoria medicinal suficiente para orientá-lo. Vale dizer, sabedoria capaz de agir sobre o discípulo, despertando nele a confiança necessária não só para enfrentar a própria sombra, senão para chegar a abri-la ao médico'. E concluiu: 'O domínio desse procedimento é importante, porque, embora o mestre precise estar atento e acompanhar o iniciante evitando que se perca a caminho, será sempre no próprio caminho que o aprendiz poderá descobrir o que aí lhe pertence, e só a ele'.

Esse discurso pode parecer banal, Myrna, mas oculta uma sabedoria que se poderia traduzir, até certo ponto, na linguagem psicanalítica; digo 'até certo ponto', porque, na relação com o aprendiz, o que o médico mexicano busca é uma façanha só realizável no caso de ele possuir de fato, enquanto *mestre da cura*, aquelas qualidades terapêuticas reais e ativas mencionadas – que ultrapassam em muito as exigidas do médico analista entre nós. Entre os nativos mexicanos, tais qualidades advêm de um saber especial não só acerca do mundo acima de nós, senão igualmente do reino dos mortos. Nem preciso insistir, em que o modo de se apresentar e agir desses *mestres* é diametralmente oposto àquele do *falso Curandero*, que, sendo um médico incapaz – e aqui uso expressões de Miguel –, não passa de um *segredeiro* ou *fanfarrão*. Ele explicava: 'Um segredeiro é alguém que passeia através dos Mercados falando coisas sem nenhum sentido, mas com força mágica. É um indivíduo perigoso como uma correnteza traiçoeira, um precipício inesperado ou ângulo cego em muro de rua mal iluminada. É um fazedor de feitiços, um embusteiro, que pratica o roubo de almas humanas'. E concluía, irritado: 'É um tipo que escarnece das pessoas e as leva à confusão, até tornarem-se um perigo para si mesmas'.

Quando penso nos médicos charlatães que saem, por vezes, de nossas Universidades de Psiquiatria, pessoas que, mesmo tendo um diploma, fazem-se apenas passar por médicos, embora nada tenham aprendido do que isso significa – confesso que, aí também, me parece apropriado esse discurso sobre os autênticos e os falsos *Curanderos*. Com o tempo, e não apenas a partir do que observei no trabalho praticado naquelas montanhas por Yaki, Miguel e alguns outros *Curanderos*, pude verificar o quanto esse modo consciente e refletido de fazer a medicina tem resultados surpreendentes. Resultados que não eu hesitaria em qualificar como *mágicos*. Desde que se entenda, é claro, o que com isso tenho em mente. No que digo *mágico* não se trata de algo não natural ou sobrenatural. Pelo contrário, os resultados a que me refiro são mágicos *porque* advindos de uma capacidade natural de curar inerente ao organismo, tanto do médico quanto do paciente. São resultados, na verdade, inconcebíveis no nível em que o corpo apareça como mero objeto extenso, a saber, *desalmado*, sem contato com o centro de força que nele sustenta o todo.

Segundo Miguel, o saber em torno à arte de curar exercido até hoje pelos *Curanderos*, nas montanhas andinas, teria chegado aos *tepehuas* através dos *toltecas*, que, por sua vez, tomaram-no à primeira civilização *maia*. Sabe-se há muito que os descendentes diretos da cultura maia soçobrada sufocaram a sua lembrança. Agiram para com ela como se um véu de esquecimento a encobrisse, impedindo-os de lembrá-la. Quem nos deixou o testemunho da sabedoria desses antepassados do povo maia atual e do enigma que ainda os cerca, foi o povo tolteca, que chegou, ele mesmo, até nós, como lenda, até ser comprovada sua existência. Os toltecas viveram no período de transição entre o primeiro e o segundo milênio d.C.; e consta que, traumatizados e inspirados pelo sumiço do primeiro império maia, deram início ao culto de *Quetzalcoátl*, o homem-deus. *Homem*, sim, porque esse personagem de fato existiu na figura de um príncipe-sacerdote maia. Segundo certa tradição asteca, *Quetzalcoátl* teria vivido na cidade de *Tetzcoco*, também considerada lenda por um longo tempo – até suas ruínas serem encontradas, no final dos anos 1970. Isso se deu justamente quando tu e eu nos conhecemos, lembras? Guardo a edição do *Vígil* contendo artigo que escreveste a respeito.

O que me parece mais importante, Myrna, no que se refere ao mito tolteca, ao menos no que diz respeito ao trabalho que Yaki e os demais Curanderos vêm realizando há anos na região, tem a ver com o repúdio de *Quetzalcoátl* aos usuais sacrifícios humanos. Ao invés destes, o príncipe-sacerdote sacrificava serpentes, pássaros e mariposas. Uma atitude herética, que redundaria em sua expulsão de *Tetzcoco*, a saber, em seu exílio. Curiosamente, esse exílio é indicado pelo termo maia *Yaki*. O termo é sinônimo de 'tolteka', e significa 'os que foram embora'. Segundo Miguel, o povo tolteca só teria começado a pensar a figura de *Quetzalcoátl* de modo messiânico a partir desse movimento de *ir-se embora*, partir. 'Só então', ele sublinhava, 'os toltecas passaram a esperá-lo como o seu *salvador*, dando-lhe um novo apelido, a saber, *Kukulkán*, que significa a *serpente de penas verdes*'. Em um ensaio teu, chamas atenção ao mistério que envolve esta figura; sua representação já existia entre os olmecas, sendo, portanto, mais remota que aquela cultuada pelos maias do período clássico. O que a torna ainda mais enigmática.

Fiquei curioso acerca desse aspecto do culto tolteca, ou melhor, acerca da *promessa* nele embutida e retomada, após, pelos astecas. Disse-o a Miguel, que se pôs a buscar o que ainda existia a respeito nos poucos textos restados à destruição espanhola. Revirando os arquivos, na biblioteca, encontrou um calhamaço empoeirado, de que extraiu poucas páginas soltas contendo sua tradução. O próprio Yaki os tinha traduzido, e ajuntado ao trabalho uma interpretação. Confesso que só consegui decifrar o que li apoiado nesta. Entendi que, para suspender os sacrifícios humanos, o príncipe-sacerdote de *Teztcoco* se tinha inspirado na figura misteriosa de um antigo culto *maia*, dita *deus único ou desconhecido*. Figura venerada como o mais elevado dos deuses, um deus, na verdade, inalcançável. Apelidado *Hunabku*, esse deus maia não aceitava os sacrifícios humanos, substituídos, então, pelos de cobras, pássaros e borboletas. Quando os astecas assumiram o culto tolteca a *Quetzalcoátl*, deram um outro nome àquele deus maia originário em que o culto se apoiava: *Hunabku* passou a ser chamado *Ipalmenoa*. Os tempos em que isso aconteceu eram críticos, bem no final da civilização asteca, quando um grupo que se pode dizer 'rebelado' de sacerdotes-poetas, ditos 'sábios', reescreveu, em *Cantos* e *Hinos*, a teologia maia-tolteca de recusa aos sacrifícios humanos. Fazendo-o, eles sabiam estar desrespeitando os cultos sacrificiais correntes, de modo que sua celebração ao deus desconhecido (*Ipalmenoa*) precisava ser feita às ocultas ou camuflada. O resultado desse esforço de reinterpretação do mito, é uma obra incomum de encobrimento e desvelamento cuja força poética perde-se, infelizmente, nas traduções.

A mim, como dito, interessava o sentido da 'promessa' aí embutida, e Miguel desenhou com vagar o desdobramento da lenda. Fê-lo desde as nascentes, na cultura maia, e perpassando a dos toltecas, os quais, pela primeira vez, sublinharam, na crença, a promessa inerente ao culto maia originário. Foi isso, aliás, que fascinou igualmente os astecas, no culto ao novo deus; a saber, seu retorno e a promessa contida neste movimento. Pois, assumindo o novo deus tolteca, e visando repor o antigo cerne (o culto ao *deus desconhecido Hunabku/Ipalmenoa*), eles acentuaram, no drama, justamente o seu retorno, a sua volta do exílio – que implicaria, afinal, a *suspensão dos sacrifícios humanos*. Percebes o paradoxo, Myrna? O motivo central da cultura asteca, fundada nos mais bárbaros sacrifícios humanos, tornava-se, *naquele momento*, o anseio de poder finalmente suspendê-los. A novidade era perturbadora, porque feria no cerne essa cultura, em sua pedra de toque religiosa, histórica e moral: *os sacrifícios humanos*.

Podes imaginar a febre que me tomou, a partir daí, o anseio de investigar mais a fundo o núcleo dessa tradição; mas não coube a Miguel guiar-me nesse labirinto. *El Viejo* voltou à montanha, e aquele retornou já no dia seguinte a *Mirafuentes*. Quando pedi a Yaki que me esclarecesse acerca desse aspecto no culto a *Quetzalcoátl*, ele achou necessário voltar à raiz do problema, à concepção propriamente dita do sacrifício entre os povos andinos e centro-americanos. 'Só não seremos injustos com esses povos', ele iniciou, 'se tivermos presente o significado central dos sacrifícios humanos entre eles. Em todas essas culturas, os sacrifícios nascem dos mitos da criação; eles são, na verdade, não mais do que a repetição do ato criador do mundo. Ora, como esse ato inaugural é concebido como um sacrifício cósmico, é este que se entrelaça de modo irremediável à própria existência do mundo. Há versões diferentes dessa narrativa mítica; elas todas repetem, porém, o autossacrifício dos deuses fundadores, que, para gerar o Ser, lançam-se a uma fogueira. Eu mesmo, Bruno, oriento-me pela versão em que dois deuses mergulham nas chamas, para originar o sol e a lua, ou melhor, a luz e a treva. O mais surpreendente nessa cosmologia é que a função desses princípios antagônicos é *manter o universo na presença*; este só pode subsistir mediante a luta eterna, em que eles se engalfinham. O *motivo*, portanto, dessa teogonia sacrificial é pura e simplesmente *conservar a criação*. Em outras palavras, os deuses sacrificam-se para salvar o mundo da morte.

Ainda que soe absurdo, os povos andinos e centro-americanos conceberam o universo como estando, desde a origem, na iminência de deter-se, morrer, deixar de ser. Sua ideia fixa era manter o cosmo em movimento; e o fizeram à base de uma concepção dramática, que o encena na forma de um autoestraçalhamento incessante. Em outras palavras, o Ser tem de morrer, para, renascendo, manter-se na presença em luta consigo mesmo. Eis o sentido originário dos sacrifícios cujo eco se encontra nos cultos religiosos de todos esses povos. São cultos nos quais o ato primordial dos deuses precisa repetir-se de modo tão torturado quanto se iniciou, no mito. De onde, também – e eis o ponto a enfatizar nesse contexto –, a importância e o valor das *vítimas* nesses sacrifícios. Eram elas, de fato, ou os sacrificados, os *heróis* nessas celebrações; heróis cuja função sagrada era *salvar o mundo da paralisia*. Não fossem eles, o sol morreria. Tente pensar comigo, Bruno. No mito, o alimento do astro era o sangue das estrelas vencidas na luta cósmica travada entre a luz e a treva. Se nesses cultos, portanto, são os vencidos os sacrificados, é preciso entender que eles *se dão livremente* à pedra sacrificial; e o fazem cobertos de honra – já que, sem eles, o sol não nasceria outra vez no horizonte...'

Yaki deteve-se, a dar-me tempo de assimilar o que acabava de ouvir. Como eu nada dissesse, prosseguiu: 'Bem vês, Bruno, o sacrificio humano é divino, porque repete a origem. Tal concepção do existente é, sem dúvida, trágica. Nela, o universo não só emerge a partir da tortura autoimposta dos deuses; ele mantém-se, preserva-se tão somente mediante a repetição humana da mesma. Trata-se de um processo irreparável, sem que haja saída para a dor e o sofrimento que atravessam o mundo. Pois, se o sacrifício é divino, ao mergulhar na história fazendo-se humano, torna-se tão irrevogável quanto a cena originária, que nele se repete. Sua encenação pela vítima torna-se nada mais do que a repetição honrosa do ato criador, e irá repercutir no cosmo, salvando-o sem cessar...'

Ele encarou-me, agora, como a avaliar minha reação; e continuou: 'Você já se deu conta, por certo, de que toda a arte desses povos nativos é uma celebração permanente de tais sacrifícios; uma celebração que põe em cena, de mil modos, as suas vítimas-heróis. O que nela se desdobra é uma teogonia cujos protagonistas sofrem metamorfoses repetidas e sempre sangrentas; fantásticas, sim, porque nelas os deuses não passam de máscaras que se vão transmudando em seu contrário ou duplo mediante o sacrifício: a morte transforma-se em vida, a vida em morte, e assim por diante, ao infinito. Não esqueça, porém, que a chave à compreensão desses repugnantes e escabrosos sacrifícios humanos está na crença inabalável de deles depender a subsistência, a vida do universo...' Yaki fez uma pausa tão longa, que cheguei a pensar que estaria encerrada a exposição; mas voltou a falar: 'O próprio fundamento ético dessas velhas culturas era o sacrifício. Basta lembrar que, quando aprisionados nas guerras, só os nobres eram sacrificados na *pedra sagrada* ou divina; o que lhes permitia partilhar da força dos deuses. O sangue derramado era, portanto, o óbulo pago à divinização. Ser sacrificado era uma honra, e, enquanto tal, encadeava o homem ao ato inaugural do mundo. Seria talvez justamente a consciência geral desta honra, reconhecida em especial pelas vítimas, o que tornava os sacrifícios uma necessidade irreparável...' Yaki pareceu hesitar, mas concluiu: 'A parte macabra do ritual consistia em os vencedores comerem um pedaço da coxa do guerreiro sacrificado, introjetando, assim, concretamente, a honra a ele concedida. Os espanhóis tinham razão de horrorizar-se com isso. Ainda assim, queiramos ou não, a moral desses sacrifícios humanos era a de uma plena solidariedade com a criação; só possível, talvez, à base de um quase sobrehumano estoicismo individual...'

Não, Myrna, Yaki não partilhava esta visão religiosa de seus antepassados. Se era capaz de uma análise empática ou imanente desses velhos costumes e instituições, não significa que *não* enxergasse justamente aí a limitação que afinal os destruiu. Ele reconhecia o barbarismo inerente a essas crenças, a esses rituais e à intuição moral de seus antepassados; execrava o caráter circular, repetitivo de sua história, que, segundo ele, os teria impedido de abrir-se a ideias novas. E não se referia apenas aos povos mexicanos, senão àqueles outro tantos similares no continente americano. Costumava dizer que, 'por mais diversas que fossem aquelas culturas, eram todas, no cerne, a *mesma cultura*; meras variantes de um único modelo. Se houve momentos brilhantes e até sublimes na sua sucessão', ele admitia, 'tratou-se, ao fundo, sempre de *uma só* civilização portadora de idêntica visão de mundo, trágica e pessimista. Visão que, encenada e reencenada repetidamente, alterava-se apenas na dramaturgia.' Yaki atribuía essa concepção fatalista da história à incapacidade dos nativos de aceitar novas ideias. Estas teriam, sim, surgido entre eles; ideias capazes de levá-los a quebrar preconceitos solidificados a ponto de investirem em uma real inovação da base cultural vigente; mas eles as recusaram, mataram-nas na raiz. 'Tudo, naquelas culturas', eu o ouvi repetir, e senti que doía com isso, 'tinha a mesma origem: os mitos traziam variantes complementares, os deuses vestiam outros nomes, os costumes, a moral e as instituições se repetiam num *eterno retorno do mesmo*. Com isso, elas jamais souberam o que poderia ser seu *outro* histórico-cultural – em cujo espelho teriam podido estranhar-se de si mesmas. O único sentido que esses povos conseguiam identificar, no estranho, era o sagrado; de modo que a cultura asteca precisou sucumbir no primeiro confronto com uma realmente *outra civilização* – a de Cortés'.

Peço que me desculpes por te estar assoprando retalhos de pensamentos cujo manancial e riqueza teriam de ser lentamente estudados e digeridos. Meu intento é levar-te a entender o que eu mesmo descobri naquelas montanhas, considerando que tinha imaginado encontrar nelas um pensamento primitivo e ingênuo. Busco também refrescar tua memória acerca do substrato mítico-religioso dessas culturas, e de certos elementos do culto asteca a *Quetzalcoátl*, a fim de que possas avaliar, ao longo de meu relato, o que experimentei então e mesmo após, quando de volta à *Cidade do México*. Posso adiantar que o que vivi naquele e nos outros períodos que aí passei, teve sempre esse mito tolteca e seu culto como ponto de referência. Ele tornou-se o centro gravitacional simbólico de todo meu desenvolvimento posterior. Hás de estranhar o fato de eu não ter mencionado o que agora estás lendo, quando te visitei recentemente. Calei, embora soubesse que me entenderias. Mesmo agora, confesso, podendo rasgar ou refazer o escrito, é-me difícil falar a respeito. Há um limiar fugidio no domínio do possível, em que o inacreditável perturba e pode levar ao descrédito. Só te posso dar *pistas* do que se passou comigo. Relatos dessa ordem são em geral meras indicações do que efetivamente experimentamos. A maior parte do que então pensamos, imaginamos, das sensações fugidias e do mais, que então elaboramos de modo mais ou menos inconsciente, ficam não ditos, soterrados na fala. Desejaria tanto que pudesses entrar no narrado vivendo-o em ti mesma. Desejo vão, bem sei. Real e imaginário, sonho e vigília misturam-se até quase fundir-se, mesmo em mim. Tudo se passa como se o sentido habitual da realidade desse lugar a outra forma de percepção, em que interior e exterior, de tão mesclados, varressem de mim a ilusão natural de um dentro e um fora excludentes. Houve, porém, um ápice naquilo tudo que eu então vivi. Momento em que, tragado pelo mito, eu o vivenciei num átimo de tempo... ou fora dele.

Antes, porém, de abordá-lo, preciso referir um hábito inerente à nova crença no deus *Quetzalcoátl*. O hábito chamou-me a atenção já nas leituras feitas com Miguel, por lembrar-me um costume que observei no próprio Yaki. A lenda conta que o príncipe-sacerdote de *Tetzcoco* costumava dirigir-se, sempre à meia-noite, aos subterrâneos de seu palácio, onde se achavam fantásticas instalações de banho. Essas instalações eram chamadas *palácio das águas* e estavam destinadas aos banhos sagrados do príncipe, que nelas se purificava ritualisticamente dos pecados. Segundo Miguel, para entendermos o significado desse ritual, teríamos de lembrar aquela luta originária entre a luz e a escuridão da teologia maia-tolteca. O nome do ser é *Hunabku*, o *deus único ou desconhecido*, que significa *repouso antes da criação*. Nesta, eu já disse, o mundo emerge à presença em um 'movimento do ser para fora de si', quando abandona um estado de repouso ou *nada* originário, para criar o mundo trespassado de dor em que existimos. Segundo a lenda, nesse 'mover-se para fora de si' trazendo o mundo à presença, *Hunabku* – um primeiro princípio luminoso (bom) – teria abandonado um estado anterior, silencioso e flutuante, repassado de calma desértica. Sendo ele um princípio luminoso (bom), pergunta-se como se arrancaria dele o mal existente no mundo? Deve ter sido difícil, para os sacerdotes maias, extrair o mal e a inquietação reinantes na existência a partir desse único princípio benfazejo. De modo que se introduziu, na lenda, um segundo princípio igualmente anterior à criação, que, ao contrário do primeiro, seria trevoso, agitado, irritado e nervoso (mau). A oposição teria, pois, existido, ainda antes do universo criado e o atravessaria por inteiro. É a existência paralela de um princípio das trevas existente na origem, que preserva o ser "bom" originário, de gerar o "mal" no mundo. Mas não só. Por ser ele o primeiro, o mais antigo, isso lhe dá a força maior para, afinal, vencer o "mal" ...

Se no mito, o primeiro princípio é o luminoso, o que, rasgando a noite originária num gesto violento, declara guerra à escuridão, eis que é ele, igualmente, no mundo ou na história, que carrega o projeto do homem cujo corpo é pensado como um universo em miniatura. Sendo assim, o homem é visto como um campo de batalha, em que a doença e a cura reeditam o embate entre os princípios cósmicos. Não só, portanto, lá fora, no cosmo, os princípios opostos se engalfinham, senão na criatura. De modo que a doença física ou psíquica passa a ser interpretada como debilitação das forças luminosas, sintoma do domínio da treva sobre o corpo e o espírito – o que nos traz de volta aos referidos banhos purificadores em sua conotação mágico-luminosa. A saber, como meio de luta contra os sintomas da supremacia do princípio das trevas no organismo. Bem mais tarde, após o desaparecimento dos povos maia e tolteca, quando os astecas adotaram o mito de *Quetzalcoátl* em suas teogonias, essa prática foi igualmente assimilada em seus rituais sacrificiais. O que não é de surpreender, porque, em função do caráter curador dos banhos, lavava-se tanto as vitimas, quanto os agentes das cerimônias antes da realização dos sacrifícios. Eu mesmo, Myrna, deduzi daí – no que fui confirmado por Miguel –, que as instalações de água nos banheiros da casa de *el Viejo*, e não só aí, mas em caverna próxima, como eu logo veria, remeteriam ao *palácio das águas* do príncipe-sacerdote de *Tetzcoco*.

Eu mencionava um ápice em tudo que experimentei, naquela primeira visita à montanha de Yaki. Aconteceu quando me submeti a um ritual de sacrifício. Aconteceu sob a regência de Yaki enquanto sacerdote ou *Tlamatini*. Ele escolheu uma noite especial para sua realização, considerando sobretudo a conjunção dos astros, no momento, e só após submeter-nos a um período de jejum: a ele mesmo, a Miguel, que o assistiu no ritual, ao animal sacrificado e a mim. Uma semana antes, os auxiliares nativos foram dispensados, levando junto o cão de Yaki. Não percebi a presença de Miguel durante a cerimônia; mas o que se passou – vi e vivi – tinha bem pouco a ver com o universo regido pelas leis conhecidas da Física.

Ao deixarmos a casa, na noite escolhida, a lua cheia estava no seu ápice. Uma camada de neve refletia-lhe o brilho emudecendo a natureza a nossa volta. O ritual foi iniciado à meia-noite na caverna próxima. Dentro dela, a água da cascata era igualmente armazenada em um reservatório, sendo aquecida por fogão a lenha e indo jorrar, por canos, em grandes banheiras de pedra. Volto a dizer o quanto essas instalações faziam-me lembrar o *castelo das águas* do príncipe de *Tetzcoco*, já que utilizadas com o mesmo propósito purificador. Yaki me havia esclarecido os passos do ritual; mas a estranheza era tanta, que me perdi ao vivê-lo como se corpo apenas, as imagens se abrindo de modo imediato em meus sentidos, sem passarem na mente ou ao que assim chamamos. O animal eleito para o sacrifício havia sido um lhama. 'Não o *venado*', Yaki me tinha dito, 'porque o lhama corresponde bem mais à sua própria natureza animal'. Achei engraçado ver-me comparado a esta criatura usada como força de tração nas montanhas andinas, além de, há centenas de anos, sua pelagem prover aquecimento àqueles povos. Ao entrar na caverna, topei com o lhama junto ao tanque. Um animal de brancura beirando o sobrenatural naquele entorno iluminado por tochas. Estava imóvel, as pupilas vazias como se anestesiado. O *Adiviño* vestia uma túnica verde e levou-me a sentar em pilha de pelegos junto ao animal, não longe do que me pareceu uma mesa escavada na rocha. Pôs-se, depois, em pé na nossa frente, recolhendo-se em si como se meditasse. Não sei quanto durou aquilo, e me pergunto se me teria hipnotizado, pois entrei numa espécie de transe. Vi-o banhar o lhama, seus lábios se movendo em língua estranha e voz monocórdia. O animal estava tranquilo e cheirava bem, a pele e o pelo brilhantes de óleos e unguentos. Não resisti nem senti desconforto, quando o *Adiviño* repetiu comigo esse procedimento, enfiando-me após pela cabeça uma túnica de lã azul-turquesa, que me ajustou nos tornozelos como a uma bombacha. Cantando o que hoje sei terem sido mantras, fez-nos beber, ao lhama e a mim, ingerindo ele mesmo do suco extraído ao agave, o *octli* preparado segundo receita tolteca. Senti como se ele, o animal e eu nos misturássemos, a energia bombeando no corpo. Yaki tinha trazido a criatura até mim e colado seu corpo no meu, nosso calor e o cheiro dos unguentos produzindo sonolência em ambos. Íntimos, o lhama e eu assistimos à hierática coreografia ritual da dança executada agora pelo sacerdote. Impulsionado ao ritmo da própria voz e escandindo as palavras na língua indecifrável, ele ondulou dentro do próprio corpo. Ora apoiado em uma, ora na outra perna, pôs-se a girar sobre si mesmo, os braços abertos como a sublinhar o sentido do canto. Isso se repetiu algumas vezes, com intervalos regulares, em que a poção era de novo ingerida pelos três.

A luz borrava o horizonte, quando *o Adiviño* conduziu-me para fora da caverna, fazendo-me sentar próximo ao precipício. Arrastou, a seguir, até ali, o lhama cambaleante, e, sem parar de verter-lhe na goela a bebida sagrada, fê-lo deitar sobre uma pedra longa. Vi o animal jazer imóvel, olhos velados por cortina de inconsciência. Em pé junto a ele e voltado ao nascente, murmurando fórmulas inaudíveis, o *Tlamatini* dobrou-se de repente sobre o corpo do animal, para se endireitar em movimento brusco erguendo os braços, uma faca de pedra nas mãos fortemente enlaçadas. Eu a vi refletir a luz fria do sol, para descer depois e mergulhar de um golpe no peito da criatura. Alargando a incisão num só gesto, ele extraiu à carne estraçalhada o coração sangrento, e o levantou no ar contra os picos distantes. Não ouvi um só gemido. O que então se passou é difícil dizer. Senti o sangue escorrer nos meus cabelos encharcando-me o rosto e, cego, mergulhei remoinhando em um delírio.

Vi-me correndo em subterrâneo até desembocar em uma plataforma. Algo ou alguém me desafiava à luta. Eu aceitava o repto, e após, ferido, exausto, prestes a ser trucidado, via o lhama saltar entre mim e o oponente, e, assumindo o combate, afastar o perigo. Isso se repetiu algumas vezes. Percorri, desse modo, uma série de círculos ou patamares mais e mais iluminados, as dores físicas dando lugar a outras mais sutis, morais. Eu me sentia baixo, vil. A luta, agora, dava-se contra algo medonho, que, saltado de mim, era mau até a extrema crueldade. O lhama trotava ao meu lado, apoiando-me quando eu cambaleava ou detendo meu corpo na queda. Eu o buscava com os olhos, ansioso, a assegurar-me de que estava ali. Sem forças, as pernas cedendo e à beira do desmaio, o meu corpo ancorava no seu como se fôssemos um – centauro andino. Notei, só então, que Yaki estava ali e lutava, também, o corpo elástico pintado em preto e branco, a cara assustadora, animalesca. A luta era um balé surpreendente, em que o via saltar corcoveando sobre formas odiosas, semiafundadas em um lamaçal.

Esse percurso pareceu-me durar uma eternidade. Fui-me sentindo, num crescendo, abandonado e só, roubado a mim, até dar com um espelho e, em seu centro, uma nuvem espessa de fumo. Toquei-o. O espelho reagiu engolindo a fumaça, e passou a irradiar certo brilho. Aproximei-me e vi um velho, lá dentro. Olhos duros, antigos. A figura tremeu e recuou no tempo, até tornar-se embrião; para após renascer, em sucessão de corpos-máscaras mutantes. Reconheci-me nele, na cara antiga, os braços apoiados à frente sobre um caduceu. O sentimento de pavor intensificou-se, mas o velho apontou para o lhama, no espelho, ao seu lado. Enxerguei, num segundo, minha existência atual armazenada no seu corpo. Eu a vi refletida em traçado sinuoso na alvura do pelo, e pensei extrair daquela tecedura um significado cósmico instantâneo. Aquilo refulgiu na superfície lanuda do bicho – e sumiu. Avancei para dentro do espelho e abracei o animal, afagando-lhe o dorso. Pressionando o focinho em meu peito, relinchou, as pupilas fundidas às minhas. Sentindo-me cair, busquei o ancião, a mim mesmo no espelho; nada. Tampouco o lhama estava lá. A escuridão voltou, que me tinha agarrado na Cidade do México: o pior em mim, o mais antigo, a fonte ela mesma do vivo. Eu não queria ser esse caos intratável e torpe. Engalfinhei-me com aquilo sem que forma ou criatura qualquer me amparasse. Eu lutava comigo; e estava só. Quanto tempo durou? Abraçado a mim mesmo, vi-me arrastado em torvelinho, até um raio rasgar com estrondo o negror. O espelho partiu-se. Mesclas apavorantes saltaram-me à frente, para sumir rodopiando na névoa. Um mar verde-azulado ondulou no horizonte, ameaçando também me engolir... Voltei a mim gritando.

Os olhos do *Adiviño* perscrutavam meu rosto. Senti a água da compressa escorrer-me nas têmporas, e divisei as nuvens se arregimentando acima. Ele ajudou-me a sentar e deparei com o corpo ensanguentado do lhama sobre a pedra, a alguns passos de nós. Comecei a chorar, alto e aos soluços. Quando me recompus o sol estava a pique. De costas para mim, braços cruzados no peito, Yaki seguia com os olhos a curva ascensional de uma águia. Um silêncio, uma calma sobrenaturais. Lá fora e em mim, sentidos nus, eu distingui como se os identificasse, um a um, pelo tom e o trinado, as centenas de pássaros, suas vozes em algazarra. Yaki voltou-se, amarrando no seu o meu olhar. Ouvi a pedra rolar despenhadeiro abaixo e pairei dentro da águia; mergulhei e alcei voo em seu corpo, elevando-me em círculos mais e mais largos, sobre o precipício. Com as lentes poderosas de suas pupilas divisei miríades de pássaros e outros seres diversos movendo-se abaixo entre os ramos, nas copas das árvores. Senti o vento assobiar nos seus e meus ouvidos, o coração pulsar dentro do seu. Despenquei no vazio, o ar inflando os pulmões como se em brasa. Nas órbitas fundas, o olhar imperioso de *el Viejo* e seu nariz adunco arrastaram-me de volta, para o alto. Ele *era* a águia, o seu duplo, o *nagual*; e me tinha raptado no seu voo.

...ele era a águia, o seu duplo, o nagual...

Só então notei a presença de Miguel. Ofereceu-me a beber de uma cuia, e minha mente se desanuviou. Como se uma cortina se tivesse aberto à minha frente, reconheci a paisagem à volta. Ele estava metido em macacão de lona e retirava à pedra o corpo ensanguentado do lhama. Ajeitou-o nos ombros sem esforço e dirigiu-se a um tanque na entrada da caverna. Começou a esfolar o animal separando-lhe as partes e lavando-as em água abundante. Parecia dançar num balé minimalista, os gestos leves, precisos e rítmicos. Aquilo deve ter levado muito tempo, mas durou-me na mente um segundo. Yaki veio até mim e enfiou-me na mão uma pedra leitosa, com cerca de um a dois centímetros de diâmetro. 'Um presente do lhama para você', disse. E acrescentou: 'A pedra contém antídoto poderoso; cura não só os envenenamentos do corpo, senão e sobretudo os da alma'.

Já leste sobre essa pedra, Myrna. Ela se forma nas entranhas de certos mamíferos por concreção calcária, a partir de cabelos e fios das plantas que engolem. Seu culto nasceu no Oriente e o nome persa, *Bezoar*, foi mantido na Europa. Os antigos pulverizavam a pedra e a ingeriam dissolvida em uma bebida qualquer, contra envenenamentos sobretudo. Yaki alertou-me, mais tarde, a que eu não o fizesse. 'Use-a próximo ao corpo, como um amuleto', foi seu conselho. Cada *Bezoar* manifestaria propriedades diferentes dependendo de quem o usasse; e mais, ele mesmo elegeria o seu portador, havendo uma correspondência mágica entre seus poderes e o caráter daquele escolhido. 'A força ou ideia que a pedra encerra', ele disse, 'há de manifestar-se apenas para este, no momento azado. A relação entre ela e o portador é a mesma que ocorre com todo o amuleto de efeito real. O seu poder mostra-se apenas para quem busca o sentido da própria existência com sinceridade. Fala-se muito acerca disso, Bruno, mas o que realmente significa, e o que isso exige de quem empreenda essa busca é algo desconhecido. O que há algum tempo vem-lhe acontecendo, e não só desde que decidiu procurar-me, há de ganhar sentido dentro de você e para você, que é quem gesta e encena o acontecido; e o único, também, capaz de interpretá-lo'. Para minha surpresa, então, embora hoje o compreenda, ele acrescentou: 'Preste atenção, meu jovem, há uma só condição para a doação ou transferência dessa pedra a uma outra pessoa: o amor'.

Eu não sentia necessidade alguma de falar, naquele instante, nem Yaki esperava que o fizesse. Vi Miguel despir o macacão sujo de sangue e carregar, após, até a casa, uma gamela com pedaços do lhama. Como o Adiviño, ele usava um colete de couro coberto de penas imitando, nas costas, o desenho coleante de duas serpentes invertidas: a cauda em cima e a cabeça voltada para baixo. Era uma peça extraordinária, em que o tecido se entremeava às plumas como se brotadas dele. Dei-me conta, naquele momento, de que eu já não trazia a indumentária inicial, metido agora em poncho com capuz sobre uma camisola. Compreendi que me haviam banhado depois do ritual, provavelmente enquanto eu delirava.

No quarto, uma tigela de sopa fumegante me esperava; tomei algumas colheradas, e mergulhei num sono sem sonhos, que durou até o entardecer. Vesti a túnica, que encontrei dobrada na cadeira, e dirigi-me à sala. Em caldeirão de barro, a carne borbulhava em seu tempero forte. Os sacerdotes me esperavam vestindo um manto azul-turquesa. A cerimônia daquela refeição foi solene, eles se revezando no ritual. Distribuiu-se, primeiro, o coração picado do animal numa espécie de bolo com farinha de milho bem condimentado. Partindo-o com as mãos, *el Viejo* proferia o que supus ser uma bênção em língua asteca. Explicaram-me que, ingerindo assim o coração do animal sacrificado, eu me estaria apropriando agora fisicamente de seus poderes e qualidades. Foram passos diversos, nessa cerimônia, cada nova porção introduzida por cantos ou breve oração, e ingerida a seguir. Não se serviu o *octli*. Pelo contrário, partilhamos a bebida amarga que Miguel me havia oferecido de manhã, destinada obviamente a desassombrar a mente e purificar o corpo dos resíduos embriagadores. Yaki me alertaria, após, aos perigos do *pulque*, mesmo que preparado segundo a receita original. Ele o fez referindo-se ao equívoco de Freud em relação à cocaína e ao quanto, embora se tentasse diminuir ou encobrir o acontecido em suas biografias, ele teria tido de lutar contra o vício.

Recolhemo-nos tarde àquela noite. Eu mergulhei num sono inquieto, atravessado de pesadelos e despertei aos gritos algumas vezes. Yaki ou Miguel parecem ter-se alternado à minha cabeceira um longo tempo, refrescando-me o rosto e dando-me a beber do chá amargo. Cambaleei ao tentar levantar já à tardinha. Tinha suado muito e fiquei sob a ducha até sentir-me firme. Na sala, fizeram-me engolir duas tigelas de leite de cabra com mel e aveia, e voltei a dormir. O sol ia alto, quando abri os olhos. Sentia fome, mas estava sem forças, como um convalescente. E trataram-me assim, por algum tempo.

Miguel desceu, poucos dias depois, ao povoado, enviando de volta os ajudantes. Em correrias loucas pelo pátio, Toco dava vazão à alegria de rever o dono. Yaki o seguiu com os olhos, acalmando-o depois com afagos e falas que o animal pareceu entender. A confiança de entrar na floresta acompanhando os índios, ele a recuperou só passado algum tempo; acho que por temer que o levassem embora, outra vez. E acercou-se de mim, como nunca fizera, farejando, talvez, algo que eu pressentia e até ouvia em meu corpo: um condão interior me enlaçava ao entorno em mágica cumplicidade.

Curioso de saber acerca do ritual vivido, eu não me continha crivando *el Viejo* de perguntas. Elas vinham voltadas bem mais ao que eu tinha vivido em meu delírio, mas ele se esquivou de respondê-las; eu mesmo encontraria, ou não, o sentido buscado. Eu teria viajado através dos sub-e-sobre-mundos de minha consciência e isso me pertencia, só a mim. Quanto ao significado do sacrifício, explicou que o ritual tinha por fim reparar, simbolicamente, uma *ruptura* ou *falha* na relação do homem com a natureza. Nesse *desgarre*, ele falou, o homem teria passado a encarar a natureza como coisa morta, em postura nascida do crescente estranhamento da consciência em relação ao cosmo. Essa postura, hoje notável sobretudo em sociedades tecnicamente muito desenvolvidas, nos teria induzido à crença equivocada na hegemonia do homem sobre a natureza. 'Um equívoco de consequências devastadoras', Yaki concluiu, 'porque o homem só conseguirá conquistar sua independência em relação às raízes pulsionais que o determinam, se as enfrentar com coragem, até alcançar a aliança entre esse nível inconsciente e os vários patamares da consciência – desde o mais rudimentar até o de maior conplexidade espiritual. Afinal, as potências superiores da razão ou do espírito arrancam-se às pulsionais, muito mais poderosas. Sem aliança entre elas, sem reconhecimento mútuo, a consciência as reprime de um golpe; golpe fadado a devolver o cetro à instância arcaica. Esta vem sendo meramente apaziguada; e mal, com muita manha e um bocado de astúcia!' Depreendi, dessa fala, que, ao enlaçar o humano ao animal, o sacrifício 'encena' essa aliança entre as forças arcaicas e novas. E compreendi o porquê de o *Tlamatini* ter optado por um animal – não por flores ou borboletas, como no novo culto a *Quetzalcoátl*. De modo geral, disse-me ele, o ser humano ainda não alcançou o estágio de consciência em que os rituais não sangrentos dariam bons resultados.

Tempos depois, pedindo-lhe que me dissesse algo acerca de minha experiência de voo no corpo da águia, Yaki pareceu desejar pôr-me à prova, pois reagiu ironizando: 'Você viveu mesmo isso?' Eu bem sabia não ter alucinado aquilo e o encarei. Ele me olhou de volta, agora sério, e buscou reduzir o fantástico da coisa. Explicou-me, primeiro, que, na língua *asteca*, o termo *nahualli* significa *máscara* ou *disfarce,* tendo por fundamento religioso a crença no enredamento das duas esferas, do céu e da terra ou do divino e demoníaco. Segundo essa crença, as qualidades tremendas e indevassáveis do demoníaco manifestam-se justamente no divino, sem que este deixe, por isto, de o ser. Os povos mexicanos sempre acreditaram que certas pessoas, ditas *naguales*, pudessem transformar-se em um animal – com mais frequência em um cão –, sem contudo entender tais poderes ou forças como algo sobrenatural; eles provêm da natureza. Ainda hoje se acredita que os *naguales* nasçam com tais poderes; mas também que certas pessoas possam apropriar-se deles ao longo de suas vidas, tornando-se verdadeiros *naguales*. São muitos os animais em que, segundo a crença, o ser humano pode transformar-se. Cada indivíduo teria maior afinidade com este ou aquele animal, cabendo, contudo, ao último revelar o caráter ou a ordem natural e divina a que se alia. Sem esquecer que, na crença, o natural e o divino têm o mesmo significado. O jaguar, por exemplo – e o mesmo ocorre com a pantera e o tigre –, representa uma divindade noturna, reconhecível no pelo manchado, que lembra o céu estrelado e pode indicar uma divindade hibernal ligada à constelação da Ursa Maior ou às regiões geladas do Norte. Em seu aspecto destrutivo, porém, ele remete ao sol, enquanto *deus da guerra.* Em geral, tanto o jaguar como seus semelhantes são interpretados como uma encarnação do mal, dos poderes das trevas. Eles seriam, neste caso, a máscara ou o *nagual* do mal, e quem tomasse a si esse disfarce seria um indivíduo perigoso e mal-intencionado. Já a máscara da águia, sua concepção básica é a de ser um disfarce oposto ao do jaguar, por ter, no mais das vezes, caráter benéfico. Ainda assim, sua singularidade estaria em representar não apenas o caráter luminoso do sol, senão também o seu lado soturno, da guerra; enquanto tal, poderia expressar poderes tão maléficos quanto o jaguar.

Além dessas interpretações já bastante complexas das metamorfoses possíveis na crença milenar do *nahualismo,* Yaki acrescentou uma outra e pouco conhecida, para o *nagual* da águia. Nesta, o pássaro representaria nada mais nada menos do que aquele misterioso *deus único ou desconhecido* dos antigos maias. No panteão mexicano, só a águia, entre todos os animais, seria capaz disso. Daí ser considerada a mais elevada das máscaras existentes. 'Na verdade', ele prosseguiu, 'tão grande é a complexidade de algumas figuras dos deuses maias, toltecas e astecas', ele falou, 'que dar-lhes uma só interpretação seria temerário. Isso vale mesmo para a figura do homem-deus *Quetzalcoátl,* que poderá ganhar um aspecto tremendo, se a abordarmos a partir de sua origem nórdica, marcada pelo frio e a escuridão. Basta-nos lembrar que, como conta a lenda, vendo-se ameaçado por seus inimigos e forçado a fugir, o príncipe tolteca vestiu a pele de uma serpente. Neste caso, o disfarce – acredito que em todas as culturas existentes – é a máscara de um animal subterrâneo e simboliza um princípio telúrico ameaçador e obscuro. A própria cor em que é representada a pele da serpente, na qual o deus em fuga se disfarça, a saber, o *azul-turquesa,* remete às profundezas interiores indevassáveis do indivíduo, ao seu *dêmon* ou demônio. O que quero dizer, Bruno, é que, ao assumir tal máscara, *Quetzalcoátl* investe-se do caráter numinoso e impenetrável de um deus tremendo cujo culto provoca arrepios. Você deve considerar que todas essas manifestações oriundas das metamorfoses do humano em animal acontecem para além do nível natural-empírico; e ultrapassam, assim, os limites ainda manejáveis pelo entendimento, levando ao mal-estar metafísico expresso pelo *calafrio.* Ao toparmos com o bem ou com o mal que essas metamorfoses representam, nós nunca poderemos evitar esse sentimento de estranheza radical, seja no mito seja na realidade. Trata-se nelas de manifestações numinosas, e o número sempre causa arrepios'.

Entendi finalmente que o *nagual* de *el Viejo* continha propriamente dois: a *águia* e o *jaguar*. Posso quase sentir tua surpresa, Myrna. Se eu acredito mesmo nisso? Como explicá-lo, ou melhor, como fazer-te compreender que não se trata mais, para mim, de uma questão de crença? Eu o experimentei em mim; *vivi* o *nagual da águia* no meu corpo! Acredites ou não, a águia *era* o disfarce do *Adiviño*. Eu o vivi conscientemente em sua manifestação matinal benéfica, na qual o pássaro levanta voo em direção ao sol. Já a águia que ao entardecer desce à terra – em seu aspecto, portanto, demoníaco ou destrutivo, na máscara do jaguar –, eu a vi atuar sob esse disfarce na luta que Yaki travou no meu delírio. Aconteceu, se lembras, no final de meu périplo através das sombras: no corpo de um jaguar, em preto e branco, ele lutava com figuras horrendas emersas de um pântano; eu o vi dançar sobre torsos disformes. Foi importante saber que o *nagual* da águia contém esses dois lados, ou melhor, que eles não se excluem mutuamente. Porque ficou mais fácil, para mim, entender as conquistas do *Tlamatini* frente aos poderes maléficos dos *brujos* naqueles povoados. Compreendi, Myrna, que Yaki tinha podido recorrer, nesta luta, a um nível de forças de destruição tão poderosas quanto aquelas de que se investe o inimigo, ou ainda mais. Aliás, tudo que vi e ouvi não só então, do próprio Yaki, senão após, dos anciãos das aldeias, o confirmou. Se o disfarce da águia que sobe permitiu-lhe vencer os malefícios, tanto internos quanto externos, que lhe asfaltaram o caminho pessoal, foi, penso eu, sob o disfarce maléfico-destrutivo dessa mesma máscara, o da águia que desce no horizonte, que ele enfrentou e venceu os *brujos*. Há, por certo, um mistério tremendo no mal, quando enfrenta e combate a si mesmo...

Chegado aqui, nesta narrativa, acho importante lembrar que o próprio nome do novo deus tolteca, *Quetzalcoátl*, é composto de um duplo *nahual* descritivo dos poderes que nele se enlaçam. *Coátl* significa *serpente* – o disfarce que o deus usou ao fugir de seus inimigos – e remete ao aspecto assustador telúrico-demoníaco da máscara; *Quetzal* significa *verde* – o verde das plumas que, tomadas ao pássaro pelo deus em fuga, vieram completar o seu disfarce. Do que se pode depreender, intuitivamente, que, nesse *duplo disfarce* do deus, expressam-se os *dois níveis da promessa* contida no culto. *Primeiro,* o nível rastejante ou serpentino da máscara (*coátl*): aquele da serpente que morde a própria cauda indicador do jugo do príncipe tolteca ao eterno-retorno material da natureza. *Segundo,* o nível alado, expresso nas plumas do pássaro *Quetzal,* quando o deus se alça em direção à luz. Neste segundo nível, Yaki chamou-me a atenção ao *símbolo da cor* nas plumas de *Quetzal,* do qual nasceu o apelido: *a serpente de penas verdes,* ou *Kukulkãn.* Tem-se nela o símbolo mais elevado no disfarce do deus, porque o verde-azulado, ou *o azul-turquesa* das plumas simboliza o aspecto messiânico de *Quetzalcoátl;* o passo em que a escuridão serpentina transfigura-se em luz, vale dizer, o passo em que a consciência iluminada sacode-se do jugo à natureza em seu *eterno retorno...*

Foi a minha insistência nesse aspecto messiânico do culto ao novo deus que levou Yaki a mencionar um *terceiro nível simbólico* naqueles disfarces ou máscaras. Um nível que, segundo ele, emprestaria aos dois *nahuales* do deus o seu pleno sentido, a saber, o da *temporalidade.* 'Para entendê-lo', explicou-me, 'basta pensar que, enquanto o *coátl ou o nahual da serpente* remete a um passado arcaico (que cola o ser humano aos ciclos repetidos da natureza), a *promessa* aberta por *Quetzal* tem sua origem no futuro, em direção ao qual o deus levanta voo em seu disfarce ou máscara de plumas verdes. A seta temporal, portanto, ou a promessa contida no mito vem do futuro e aponta ao passado'. Yaki estava convicto de que só aí, nesse nível temporal, os dois *nahuales* do príncipe tolteca se esclareceriam. 'Se o disfarce da serpente aponta às profundezas telúricas ameaçadoras', ele dizia, 'é aí, no passado, vale dizer, no coração do horror, que encontramos o *Centro sagrado* ou a Aliança perdida entre o dentro e o fora, ou entre o interior divino e o exterior profano. É estranho, Bruno, porque, se a seta nasce do futuro, é no passado obscuro da origem que pode acontecer o resgate do *Centro* pela nova consciência. Será na obscuridade do início, portanto, ali onde suas raízes afundam, que a consciência terá de lutar consigo mesma, vencer a própria opacidade transmudando-a na *cor do Centro*, no *azul-turquesa* das plumas de *Quetzal*. Não, de modo algum, para ficar no passado, senão para, transfigurada, lançar-se *de volta* ao futuro...'

Aquilo me intrigou. Qual o significado da transmutação da escuridão serpentina em luz? Qual o sentido da promessa contida na cor *azul-turquesa*? Yaki sorriu, dizendo que esperava a pergunta. 'Este', disse ele, 'é o mistério maior da velha religião maia no seu culto ao *deus desconhecido*. Uma passagem enigmática nessa teologia é, como vimos, aquela em que *Hunabku* abandona um estado anterior de calma imperturbável para, ao sair de si, criar o mundo. Há, porém, uma outra não menos misteriosa, na qual, finda a criação, o deus a ela *se substrai*, retira-se do mundo, *rouba-se à criatura*. Qual o sentido desse passo? É nele, em todo caso, que se desvela a dimensão essencial da *promessa* contida no culto. Veja bem, Bruno, aqui acontece algo até então inimaginável entre os povos nativos. Que significado pode ter a ideia de um deus que se subtrai à própria criação? Não se tem nela, acaso, uma *responsabilização do homem pelo que o universo venha a tornar-se* em suas mãos? Nela não se estará apontando ao *mistério da liberdade humana*? Lembras de eu ter antes mencionado um *veio libertador* latente nos velhos cultos mexicanos? Pois aí o tens. Tomar consciência desta liberdade significaria, para todos os povos andinos e centro-americanos, uma reviravolta em sua cultura tradicional; pois, afinal, conscientes de que o indivíduo poderia assumir a responsabilidade por si e pelo mundo que o cerca, o seu jugo milenar à natureza teria, sim, a chance de ser contestado. Sabendo-se autônomo, esse novo indivíduo não passaria a lutar por desamarrar-se da lei cósmica do *eterno retorno do mesmo* ancorada sem contestação no seu *inconsciente coletivo*?'

Ouvindo esse discurso, comecei a entender o pleno sentido do trabalho de *el Viejo* entre os *tepehuas*. Junto aos demais *Curanderos* formados no que ele dizia o 'veio libertador' contido no culto a *Quetzalcoátl*, seu intento era orientar as populações nativas no sentido de assumirem uma autonomia difícil, baseada no repúdio à dívida cósmica. Recusando submeter-se à mera exterioridade da natureza, eles se tornariam responsáveis por si mesmos e seu entorno, forçando-se a repensar o seu papel no mundo. Isso, dizia Yaki, poderia ter acontecido há muito. Na verdade, os toltecas já teriam feito essa *virada* em sua religiosidade, abrindo-se ao nível reflexivo de sua fé, ao aceitarem a promessa de uma penosa liberdade pessoal contida no culto ao *deus único*. Isso voltou a acontecer, como vimos, na cultura asteca do séc. XV, quando os *sábios astecas* assimilaram esse deus maia à figura de *Ipalmenoa*. Deu-se, porém, naquele último estertor da cultura asteca, pouco antes da invasão espanhola e não na crença oficial, senão como *desvio subversivo* das velhas crenças. Ainda que à revelia da religiosidade estabelecida, o movimento se desdobrava e ganhava força. Yaki estava convicto de que, não fosse a invasão que reprimiu e sufocou as culturas então existentes, o povo asteca poderia ter chegado a um grau de espiritualidade em relação ao qual resta-nos só conjecturar...

Fascinou-me saber desse nível libertador possível de ser ativado no culto a *Quetzalcoátl*; mas foi na dimensão de seu significado ligado à *cor do Centro sagrado* que cheguei à plena compreensão da promessa nele existente. Yaki explicou-me que, ao roubar-se à criação, *Hunabku* não a teria entregue ao total abandono. Subtraindo-se ao mundo, o deus teria lançado um *apelo* para dentro dele, um *chamado* à criatura abandonada. *Chamado* a que os últimos sábios astecas entenderam ter sido emitido na forma de um *canto.* O criador, eles dizem, seria um *deus cantor*, o primeiro cantor, o primeiro poeta. Esse *apelo*, porém, as palavras do canto, os seus sons, se teriam desfeito ao contato com o mundo, ao entrar na aspereza da matéria empírica. Desfeitas, tornadas pó na fricção com a opacidade mundana, as palavras, porém, rebrilharam na luz emitindo um *fulgor.* Fulgor, que só ele restou desse apelo sonoro: o seu brilho. Para, na cor *azul-turquesa, refulgir no miolo sagrado do universo.* Esta cor ter-se-ia, portanto, feito *o meio*, em que o apelo do deus percorre o mundo à procura de quem lhe responda. Tornou-se a porta ou brecha, o *lugar sensível* de sua epifania. Com o que, *ver a cor* desse brilho passou a ser outro modo de *ouvir* o chamado do deus.

Este o segundo ponto a enfatizar, no culto, referente à *promessa* que contém. Consciente de sua autonomia, o homem nativo poderia sacudir de si o nível meramente exterior de sua crença (o da religião natural), dando-se a chance de avançar para o *nível reflexivo* de sua religiosidade. Equivale a dizer que poderia abrir-se à sua *mística*, mergulhando no abismo espiritual representado pela *cor do Centro;* pois é dele que brota o chamado do deus no seu *canto.* Tendo em vista esse aspecto da lenda, Yaki e os demais *Adiviños* recorriam sobretudo à cor *azul-turquesa* em seu trabalho de conscientização dos nativos. Procuravam mostrar-lhes que, se o *deus oculto ou desconhecido* se rouba ao mundo criado, empurrando o indivíduo a nele assumir sua autonomia responsável, o mistério maior da criação é o que ecoa e refulge na *cor de seu apelo*... a resolver por cada um, de cada vez...

A possibilidade de tornar concreto o que pregavam, eles a encontravam sobretudo na arte milenar das culturas andinas e sul-americanas, que, essencialmente religiosa, tematizou continuamente esse apelo, como se vê na presença repetida do *azul-turquesa* em obras encontradas em todos os museus e lugares sagrados dos antigos povos. Isso acontece desde a arte mais primitiva, não só em objetos de pedra, como o jade, mas também nas cerâmicas e nos murais do século VIII. Verdade é que só a partir do século XV essa arte passou a remeter ao aspecto libertador do culto, isto é, ao nível simbólico da *temporalidade* contido no duplo disfarce de *Quetzalcoátl* – nível em torno ao qual girava o trabalho de Yaki e de seus auxiliares. Pergunto-me, Myrna, o que aconteceria, se esses povos chegassem a reconhecer a dupla promessa contida no mito a *Quetzalcoátl*. Seriam capazes de, redescobrindo o passado, libertar-se e, sacudindo-se da dívida cósmica, transmudá-lo à luz do futuro? Difícil responder. Mesmo Yaki mostrava-se pessimista a respeito: 'Não é fácil', dizia, 'levar os nativos a entender que os cultos tradicionais os amarram aos próprios desejos, como animais; que, esquecidos do sentido messiânico de sua religião, condenam-se a repetir o destino das velhas culturas. Você pergunta se temos tido sucesso em nossos esforços. Talvez, Bruno, é um trabalho lento. Em todo caso, trata-se, aqui, não do arbítrio, essa pseudoliberdade que circula no mundo como moeda falsa; tampouco da dita liberdade do eu moderno fechado em sua autonomia, alheio ao sentido do outro e da compaixão. A verdadeira liberdade é um mistério assustador. Será sempre mais fácil submeter-nos a um poder superior qualquer, que nos dê a falsa segurança da infância. No México, sobretudo, onde o homem cultuou por milênios uma ordem trágica servindo heroicamente de alimento a um cosmo faminto de vítimas, não é de espantar que essa ideia assuste e até repugne'. De outra feita, porém, ele foi mais concreto: 'Se nosso trabalho vale a pena? Uns poucos indivíduos chegam a dar-se conta do que podem fazer de si mesmos. Acontece de um e outro chegarem a transfigurar a esfera rastejante do homem curvado sobre a terra em serpentino-esclarecida. Isso, Bruno, esse mínimo, é imenso...'

Voltando ao ritual propriamente dito a que me havia submetido, Yaki fez-me entender que eu não deveria tomá-lo como feitiçaria, embora em outras situações pudesse ser tratado assim, particularmente quando celebrado por um *brujo*. Para fazer-me entender o que tinha em mente, remeteu à complexidade contida nos vários patamares do culto sacrificial, tal como à sua riqueza interpretativa. 'Em nível empírico', explicava, 'a morte do animal sacrificado é um ato corriqueiro e tão brutal quanto o que temos num açougue. No nível do rito, contudo, essa morte acontece em dimensão interior ou metafísica. Tudo se passa na esfera do sagrado, para dentro da qual as personagens em jogo são catapultadas. Trata-se, aí, de um deslocamento, na verdade, ontológico: o eu é cuspido para fora do *princípio de individuação* que o determina e projetado em um outro patamar, difícil de apanhar em palavras. Acontece num átimo de tempo. O eu se ilumina, e a escuridão volta a engolir a luz. Poderia ocorrer de essa experiência esvair-se no escuro, sem deixar traço na consciência. Para aquele, porém, que conseguir partir o *espelho do intelecto*, deixando-se afundar no que deste ainda resta, após isso, o resultado poderia ser o que se indica comumente como *transmutação ou metamorfose*. Eu prefiro dizê-lo uma *morte*. De qualquer modo, quem vive isso, o experimenta como passagem relâmpago de um a outro estado existencial. Dizê-lo é impossível, a não ser por metáforas. Fala-se, comumente, em um *raio de luz* que ilumina a consciência, e aí não se trata obviamente da consciência habitual. Essa luz é um mistério, porque se dá no escuro. Mesmo o ver interior desse clarão nada vê. A própria decisão, o ato interior da escolha pessoal que aí acontece não será perceptível sequer àquele que a tomou. A não ser, talvez, *a posteriori*, em suas consequências, lá fora. Mais ainda, a decisão, com toda carga de responsabilidade pessoal que implica, vale não só para quem a tomou, senão para o Todo. Quanto ao que vem depois desta experiência, isso só tem a ver com indivíduo que a viveu; com sua força moral ou determinação.' Eu o interrompi, neste ponto, dizendo que aquilo soava por demais obscuro. Ele abanou a cabeça e concluiu: 'De fato; e não posso ajudá-lo. Esse passo pertence a você, unicamente ...'

Yaki considerava, portanto, o ritual a que me submeteu como um processo mágico em sentido amplo, de consequências existenciais tremendas. Segundo ele, como em todo outro processo de autoconhecimento, não haveria, nessa metamorfose, nenhuma relação causal entre a sequência externa, os atos visíveis, e o que acontece no interior da pessoa. 'No sacrifício', ele falava, 'celebra-se simbolicamente uma ação que repara a ferida ou falha metafísica; a saber, o divórcio entre o homem exterior e o interior, o desgarre do *Centro*'. Essa celebração, ele de fato a interpretava como forma de *Missa*, na qual os dois níveis, natural e sagrado, se reconciliam. E explicava: 'O *Centro* é a dimensão metafísica presente em todas as religiões. Foi ela que se abriu para você ao ser ungido com o sangue do animal. E o fez em seu aspecto tremendo – subterrâneo-serpentino –, como você o viveu no seu delírio. Essa vivência, por si mesma, não realiza *a cura da falha* entre o nível interior-refletido e o todo. Torna-a apenas *possível*. Se você chegará a realizá-la? Não sei. Tudo que eu possa dizer acerca do que se passou, naquele instante, ou mesmo o que você próprio venha a deduzir racionalmente acerca do experimentado, diz respeito ao sentido geral e hipotético daquele ritual. O sentido particular, de que se revestiu o sacrifício na sua vivência imediata nascerá de você, de seu modo de lidar com o que experimentou.' E Yaki concluiu: 'Esta não é, por certo, a resposta que você esperava. Não é sequer uma resposta, Bruno. Esteja certo, porém, de que ninguém desfará o nó cuja laçada você está buscando decifrar. Ninguém seria capaz de fazê-lo, a não ser você mesmo. Estando a caminho, nós podemos adivinhar por vezes o sabor, a cor, o som e as asperezas do percurso, extraindo daí uma dimensão de realidade mais complexa; outras, o percebemos com clareza, remetendo-o ao que, embora enigmático, sabemos que nos determina e imprime ao percurso a forma peculiar que pressentimos nossa. É até possível que, conscientes dele, cheguemos a remeter nossa precária autoconsciência ao operador oculto que nos determina na sombra. Este é, porém, um passo extremo, e eu diria serem necessárias muitas vidas, para chegarmos a ele. A errância é inerente ao caminho. Se saber disso o inquietará ou lhe trará conforto, depende unicamente de você...'

Hoje sei. A forma tomada por aquele ritual nos meus sentidos, o modo como o entendimento a acolheu, apontavam não apenas a minha pessoa, mas a um avatar de meu destino. Enquanto tal, sua compreensão envolvia não só o meu, senão outros destinos a ele enlaçados – o que a dificultava, tornando-a para mim em muito inacessível. Eu talvez não viesse, por isso, a extrair dela a determinação oculta peculiar ao meu destino. O que seria uma pena. Afinal, nossa vida parece empurrar-nos a entender o sentido ou não sentido que a impregna. Nesse intento, a dificuldade maior é o fato de, nela, estarmos já sempre a caminho. O passado em sua maior parte nos escapa, e o que ainda virá é para nós um mistério. Nossa consciência presente é fugidia e opaca. Nós tateamos na bruma ora imaginando poder escolher o melhor entre os caminhos possíveis, ora sem sequer pensar nisso. Há outro modo, porém, de lidar com esta dificuldade. Um sentimento em nós, melhor dizer, pressentimento, parece dizer-nos que não se trata de achar ou buscar um caminho. O segredo é trilhá-lo, mover-nos nele qual sonâmbulos em telhado noturno. E acordando lá em cima, ousarmos prosseguir, agora conscientes. Entendi, finalmente, por que Yaki deixava em aberto as respostas; não elas importam, importa aprender...

A esse período de preparação teórica sucedeu um outro. Passamos a ocupar-nos com a parte prática do curandeirismo. Após introdução, feita por Yaki, acerca dos fundamentos e princípios da religião maia-tolteca, Miguel vinha à montanha sempre que possível, para ajudá-lo nas lições. Pude iniciar, então, os meus experimentos com plantas regionais e alguns metais, dos quais fui descobrindo as propriedades e os usos definidos pelas várias mesclas a que os submetíamos. Essas beberagens iam desde as mais simples, de aplicação medicinal objetiva, úteis no dia a dia dos *Curanderos*, até as mais complexas dirigidas à alma. Aprendi muito, também, acerca do caráter de alguns animais da região e do modo correto de agir em relação a eles. Orientado por Yaki, embrenhei-me, a seguir, no estudo da floresta e sua vegetação, especialmente no da vida secreta das árvores, a que os nativos atribuem sensibilidade e pensamento. Com exemplos concretos, ele foi desdobrando este saber aos meus sentidos, e descobri, nesse modo primitivo de pensar, resultados de observação bem mais complexos que os da corrente objetificadora. Constatei, por mim mesmo, então e mais tarde, uma capacidade afetiva e social nesses seres vegetais, não só entre si, com a vegetação e os demais seres vivos no entorno, senão também para conosco, os seres humanos, com os quais buscam comunicar-se por sons e sinais. Tu te espantas, Myrna? Aprendi, sim, a percebê-los de outra maneira, a ouvi-los e acredito que até a responder-lhes. Yaki suspeitava que o cérebro das árvores estivesse localizado nas raízes, por ter nelas constatado a presença de eletricidade, e chegado a medi-la. Mais ainda, ele lhes atribuía uma memória e um caráter individual. Do que hoje não duvido. Estranho, na verdade, seria que as árvores *não* tivessem essas qualidades. Elas acaso não povoam a Terra desde muito antes de o homem aparecer por aqui? Teriam podido manter-se e prosperar, se não guardassem a lembrança de tudo que experimentaram?

Em meio a essas descobertas, fui sendo introduzido na colheita, no preparo e na maceração de plantas. Mergulhei com prazer nesse trabalho, as plantas se mostrando dóceis nos meus dedos; isso se dava no exterior da casa, no espaço reservado à horta, em um balcão de pedra. Utilizávamos objetos singulares, alguns – uma retorta de vidro, por exemplo – extraídos ao gabinete experimental de Yaki, o seu *laboratório alquímico*, como ele o chamava. Eu estranhei, de início, a existência desse gabinete, e a ocupação do *Adiviño* com tal *arte*. Logo, porém, percebi que seus experimentos nesta área se ligavam, não à transmutação material de metais ou à criação do fabuloso *homunculus* celebrados na literatura acerca da velha Alquimia. Seu fim visava sobretudo ao trabalho psicológico realizado junto aos nativos, voltado em especial contra as atividades maléficas dos *brujos*. Yaki contava com a existência de *sedimentos coletivos ou imagens mnêmonicas* no Inconsciente dos índios. Vazios de conteúdos reais, tais sedimentos poderiam, segundo ele, ser ativados pela mascarada dos *brujos*, determinando então suas predisposições gerais. Ele se referia, aqui, à máscara coletiva usada pelos *brujos* em seus rituais. 'Essa máscara', ele insistia, 'é forte o bastante para influenciar os nativos, dando voz à sociedade tradicional servil à natureza exterior no retorno incessante que a caracteriza. O curvar-se dos índios a ela é vantajoso apenas para os *brujos*, que asseguram seu domínio mediante o falso compromisso da dívida cósmica a ser paga por todos'. Daí a insistência e perseverança do *Adiviño* e demais *Curanderos*, no trabalho de prevenção psíquica que se vinha realizando há décadas naquelas montanhas, em especial junto às novas gerações.

Eles, de fato, já há muito, podiam contar, mesmo entre os indivíduos mais velhos, com certa estabilidade na luta contra os *brujos*. Ainda assim, eu repito, a tarefa maior que Yaki se propunha, era desmascarar o compromisso infeliz da dívida eterna a ser paga ao cosmo mediante o sacrifício individual. Ele apostava numa crescente interiorização dos nativos, que os levaria a enfrentar e contestar as interpretações naturalistas tradicionais. 'Os *brujos* são fortes', dizia, 'acreditam no que representam, isto é, na máscara que usam, conseguindo por isto mexer com extratos inconscientes altamente inflamáveis nas comunidades nativas. Uma tendência contra a qual é difícil lutar, para chegar a despertar nos indivíduos aquele sentido de responsabilidade pessoal que poderia sacudi-los de sua influência. É, afinal, bem mais cômodo submeter-se à mascarada que afirma o coletivo em detrimento do singular, do que fazer escolhas individuais refletidas'.

Sabedores dessas dificuldades, Yaki e os demais *Curanderos* insistiam em sacudir os índios, tomando, aliás, ao próprio oponente a sua arma principal. Eles se utilizavam justamente da *máscara*, procurando aplicá-la de modo no mínimo tão convincente quanto os *brujos*. Yaki não se iludia, é claro, quanto ao perigo que isso implicava. Sabia que o efeito da unção de que seus ajudantes gozavam – fosse como *Curanderos, Adiviños* ou *Tlamatinis* – tinha de ser devidamente controlado no que diz respeito ao *uso* da máscara. Pois esta, como dizia, não passa de um *oco*, um vazio pronto a ser preenchido por conteúdos sedutores, em geral enganosos. E atentava, por isso, a que, usando-a, nenhum deles abrisse mão da própria individualidade. Em outras palavras, o *oco* da máscara tinha de ser preenchido pelas próprias e muito concretas qualidades pessoais do ungido, a ponto de torná-lo reconhecível entre os nativos sobretudo em função destas últimas, e não, em primeiro lugar, devido à máscara. Seus ajudantes eram, portanto, orientados a trabalhar no sentido de serem não só a máscara, senão eles mesmos, ou aquilo que, de cada um, era possível esperar. Cheguei a perceber que, em consequência dessa atitude madura em relação a si, uma intuição certeira levava esses *ungidos* a tratar os nativos como interlocutores independentes, incentivando o desenvolvimento progressivo das peculiaridades a eles inerentes. Estavam conscientes de que, só quando os jovens das aldeias chegassem a viver autonomamente o dia a dia, enfrentando e vencendo dificuldades sem interferência de poderes superiores, conseguiriam sacudir os velhos preconceitos e eleger um caminho pessoal.

Vim a saber dessas coisas aos poucos, é claro, não só quando da primeira visita àquelas montanhas; mas foi nessa primeira vez que Yaki introduziu-me em seu *laboratório alquímico.* O espaço era tomado de livros dispostos ordenadamente em prateleiras ao longo das paredes, um forno redondo de tijolos a um canto (o athanor), grandes foles no chão, mais duas mesas compridas. Uma delas estava repleta de garrafões contendo líquidos diversos e um arsenal de frascos e retortas; na outra, um grande livro aberto, outros livros e folhas distribuídos em torno e por toda parte, inclusive no piso. Recuei, assustado, pois aquilo lembrava antigos quadros representando a cena da Alquimia. O cheiro forte de infusões, um cadinho sobre a chama fraca do fogão, seu conteúdo amarelado soltando borbulhas causaram-me um tal desconforto, que não consegui disfarçar. Yaki naturalmente percebeu e acudiu com humor, para arrancar-me àquele estado. Foi escandindo num tom divertido os esclarecimentos, entremeando-os de um anedotário que o poupava e a mim mesmo à solenidade poeirenta da coisa.

Explicando-me o uso daquela parafernália, desde o athanor, os vasos e demais instrumentos, trouxe o cenário à terra numa interpretação vestida em termos psicoterapêuticos. Fez-me apalpar e por vezes cheirar as bilhas, frascos, tubos de ensaios e retortas, enquanto me explicava o uso e a finalidade daquilo, além de costurar, no dito, referências jocosas ao passado da arte milenar. Purgou-a, assim, das interpretações vulgares, sobretudo daquela referente à busca material do ouro. Ele mesmo se havia apropriado daquele saber quando em Viena, orientado por alquimistas europeus e orientais, que, de fato, ainda existem e são bastante respeitados.

...aquilo lembrava antigos quadros representando a cena da Alquimia...

Yaki sequer pensou em iniciar-me nos mistérios maiores da prática alquímica, limitando-se à superfície profana do saber que a embasa. Só bem mais tarde, levou-me a realizar alguns experimentos. Devo dizer que estes fizeram-me entrever a íntima relação entre os processos alquímicos e o terapêutico, sobretudo na mescla e ligação entre componentes nobres e vulgares, igualmente presentes entre as funções diferenciadas e aquelas inferiores existentes na relação entre o nível consciente e o Inconsciente. Cheguei mesmo a intuir, nesses processos, a faculdade de metamorfose própria à alma; a surpreender, *em obra*, a capacidade autotransformadora da personalidade.

De qualquer modo, Myrna, fosse assimilando conhecimentos teóricos, fosse acercando-me dos seres vivos e inanimados com que topávamos a caminho, relacionando-me com os primeiros e manipulando os últimos sem objetificá-los, ou simplesmente observando Yaki misturar e destilar elementos naqueles tubos e retortas, iniciava-se em mim uma forma interior de alquimia, de acesso ao *Selbst ou eu profundo*, como ele dizia. Nesse processo, orquestrado entre o que acontecia em mim e o desvendamento gradativo do mundo exterior, fui-lhe entregando meus sonhos e pesadelos. Seu modo inortodoxo de agir e tratar-me, tendo sempre em conta o mundo a nossa volta, foi-me aos poucos livrando de preconceitos e determinações enrijecidos. Deixei às coisas e aos seres à volta a sua diferença peculiar, tanto nas relações entre si quanto para comigo. E entendi, com surpresa, que tudo me solicitava e reagia às minhas solicitações com o mesmo reconhecimento que eu agora lhes votava. O entorno foi adquirindo um aspecto que só posso dizer mágico, porque ligado a mim intimamente. Passei a viver correspondências misteriosas entre *dentro* e *fora* como se meu cérebro se alargasse, abrisse interiormente. Eu chegava ao meu outro – água, terra, planta, animal ou gente – tão imediatamente como se interno a mim ou sendo eu mesmo. Ganhei uma simplicidade esquisita no trato com o *fora* e em consonância tão reparadora, que me lembrava o que experimentamos na extrema juventude, quando, distraídos de nós e atentos às coisas, parecemos flutuar, sem peso, no instante.

Foi nesse período que presenciei acontecimentos insólitos envolvendo Yaki. Eu disse, antes, que os *Curanderos* nativos, os *Viejos* e *Tlamatinis* são pessoas consideradas capazes de prodígios em relação às forças naturais; acredita-se até que poderiam dominá-las dirigindo-as com sua própria força. Eu tomava tais coisas por lenda, até presenciá-las protagonizadas por *el Viejo*. Certa feita o segui, quando deixou a casa sob a tempestade, porque o vira fazê-lo outras vezes ficando intrigado com a calmaria após. Pode ser que ele o tivesse percebido e deixado acontecer; em todo caso, o segui até um aclive semidesmatado da montanha. Chegados lá, a tempestade se intensificou e ele, imóvel primeiro, pôs-se então a dançar, os movimentos lentos, cantando em tom baixo como a conversar com os elementos. Os *Papanin*? Arrastado, a seguir, para o alto e agarrado do vento, seu corpo foi sacudido e as roupas arrancadas a meio; continuava dançando no vazio, os membros controlados e sempre cantando, embora eu não lhe ouvisse mais a voz sugada da cacofonia elementária. Um raio partiu a árvore próxima, com estrondo, jogando-me ao chão. Voltando a mim, ele lá estava, em pé, os braços abertos, enquanto a chuva, o vento e as descargas elétricas recuavam dando lugar a um céu sem nuvens sobre nossas cabeças. Voltamos à casa em silêncio. De outra feita, a caminho, vimos um *remolino* avançar em nossa direção. Com um gesto incisivo, ele me fez parar e prosseguiu, jogando-se no turbilhão. Sumiu lá dentro. Não sei dizer o que lhe aconteceu mergulhado *naquilo*. Uma tromba de folhas e areia varreu o entorno, corcoveou rodopiando a uma altura de três ou mais metros num escoicear de uivos e gritos, para a seguir arrefecer ainda varrendo o chão num sussurro. Yaki emergiu daquilo em desalinho, mas em pé. Presenciei outras coisas do gênero, então e nos anos seguintes, não fáceis de dizer, porque, mesmo no caos, um repouso esquisito as marcava como se um oco aberto no tecido do espaço. El Viejo não tematizou, jamais, tais acontecimentos. Retomávamos o percurso sem nada dizer. Nada havia a dizer...

... retomávamos o percurso sem nada dizer...
nada havia a dizer...

Nós nos aproximamos muito, naquele período. Nas conversas, após o jantar, quando o tempo impedia uma visita ao Observatório, ele por vezes retomava a narrativa de seu aprendizado na Europa, eu levando-o a estender-se noite adentro com minhas perguntas. Já falei que seus conhecimentos na arte dos *Curanderos* vieram de tradição mexicana milenar passada a ele pelos pais e o avô, além de outros *Adiviños* tão velhos quanto este; mas Yaki acrescentou a esta uma outra tradição de sabedoria ancestral, vinda da Pérsia. Do que viveu na Índia, ele nunca falou; mas o conhecimento a que me refiro, ele o adquiriu no convívio com um personagem fora do comum, que encontrou na Alemanha pouco antes de voltar ao México. Refiro-me a Friedrich Carl Andreas, o erudito persista, marido de Lou Salomé. A história da aproximação entre os dois homens é longa. Ainda assim, Myrna, o interesse que sempre tiveste por Lou e Andreas não me deixa hesitar em contar-te o que ouvi de Yaki. Eu o farei, também, à base das anotações que fiz das conversas com ele.

Já falei que, levado por Rudolf Reitler, o psiquiatra vienense que o analisou, Yaki tinha passado a frequentar as reuniões das quartas-feiras, no apartamento de Freud. Bem, foi nesses encontros que ele e Lou Salomé se conheceram. Aconteceu no outono de 1912. Lou viajara a Viena para ser iniciada por Freud na sua ciência. Este vivia um período difícil devido ao rompimento com Adler e às dificuldades crescentes com Jung, mas ela o convenceu de sua seriedade. Freud encantou-se com a mulher; o que era compreensível pelo modo direto, descomplicado e aberto, com que se dirigiu a ele. Convidou-a, por isso, a tomar parte nas reuniões das quartas-feiras. Mas não só. Iniciou desde logo a análise didática que ela tanto queria. O zum-zum entre os homens do grupo foi grande. Lou era conhecida na cidade – havia estado aí anos atrás – como pessoa emancipada, culta e amiga de homens famosos; de Paul Ree, sobretudo de Nietzsche, mas de Rilke, também. Isso a tornava um magneto, onde quer que aparecesse, ainda que se mostrasse indiferente à curiosidade e à malícia do ambiente. Yaki a achava atraente nos seus 52 anos. Era, segundo ele, jovial, tranquila, despretensiosa e discreta. Evitava manifestar-se tanto nas reuniões da *Berggasse* e nas aulas introdutórias de Freud à psicanálise, quanto nos cursos oferecidos por um e outro psicanalista do grupo. O seu silêncio decepcionava os participantes, pois se sabia de sua erudição. Este comportamento era então pouco comum, segundo Yaki, e não só às mulheres. Ele o atribuía a uma relação peculiar de Lou para com o conhecimento: não tinha necessidade de exibi-lo ou de vê-lo aprovado publicamente; era-lhe por si mesmo suficiente. Além disso – e Yaki usava aqui de certa ironia –, ela devia ter aprendido a detectar, no convívio com homens extraordinários, as suscetibilidades próprias aos círculos intelectuais, evitando feri-las com suas intervenções.

O que, mais do que tudo, pareceu-me ter nela impressionado Yaki, foi a falta de preconceitos com que Lou se movia no grupo de homens em torno a Freud. Estes, por sua vez, embora curiosos, eram todos céticos a seu respeito, tendo em mente em especial sua relação turbulenta com Nietzsche. Nada disso, porém, seria problema na maliciosa Viena, onde o comportamento livre das mulheres era esperado. 'Não', ele insistia, 'o desconforto que os seguidores de Freud manifestavam à presença de Lou, vinha antes da soberania que esta exibia em seu comportamento social. Inquietava-os a naturalidade com que se movia onde quer que estivesse, alheia inteiramente à fama que a aureolava. Freud, ao contrário deles, além de valorizar seu desassombro e agudeza intelectuais, encantava-se justamente com tal soberania'. Como seu tempo era escasso, ele agendou suas sessões terapêuticas à noite, para poder analisá-la. Podiam trabalhar, assim, sem interrupções, e tão longamente quanto necessário. Finda a sessão, ele a escoltava ao hotel em que estava hospedada. Ela havia escolhido o *Hotel Zita* de propósito, por próximo ao apartamento de Freud e a um passo do *Auditório da Psiquiatria*, onde ele dava suas aulas aos sábados.

Desde sua chegada a Viena, Yaki mantinha o hábito das caminhadas noturnas pela cidade. Era quando podia quase '*ouvir* o tempo em seus becos e ruelas'. Foi nessas caminhadas que ele surpreendeu os dois mais de uma vez, sempre de madrugada, em conversa animada a caminho do hotel. No entorno psicanalítico, falava-se que Lou estaria tentando seduzir o mestre, mas Yaki detectou não mais que a vívida proximidade espiritual entre ambos, sem um laivo qualquer de provocação física. Cruzou com eles, também, em um e outro *Café* mais ao gosto de Freud, como o *Ronacher,* onde levavam adiante alguma discussão iniciada no grupo. A atmosfera entre ambos era, segundo ele, de real entendimento atravessado do que se costuma dizer um *prazer desinteressado*'. 'Se admitirmos', observou certa vez, 'que Lou pudesse ter imaginado que conquistaria Freud sexualmente, ela então teve a sorte de fracassar; porque, assim, teve nele um parceiro espiritual até a morte'.

Yaki considerava extraordinário, para a época, o senso de independência intelectual de Lou Salomé. Ela não hesitou, por exemplo – com o conhecimento de Freud, naturalmente, e sob a condição de não fazer comentários a respeito –, em frequentar as reuniões que Adler mantinha com seus seguidores, nas quintas-feiras. Isso teria irritado os discípulos de Freud, não habituados a tais atitudes, sobretudo vindas de uma mulher. 'Mais ainda', ele prosseguiu, 'irritou-os o fato de ela escolher Victor Tausk como seu amante. Tausk era, então, o discípulo mais próximo de Freud, e o mais fiel entre todos; era, também, e não só na aparência, um homem atraente. Além de jurista, advogado e quase médico, fazia trabalho excelente como jornalista e poeta. Isso decerto despertava inveja, mas o que irritava o grupo era a tenacidade com que ele buscava o reconhecimento de Freud. Daí, sobretudo, o desagrado da maioria frente à escolha de Lou. Esta decerto o percebeu, mas pouco ligava a tais infantilidades'.

Eu imagino, Myrna, que Lou tivesse realmente gostado de Yaki, porque o convidou algumas vezes a jantar ou assistir algum filme no recém-construído edifício da *Urânia* – o novo centro de educação popular tornado há não muito o símbolo da cidade. Os dois andavam muito a pé empreendendo excursões pela cidade. Iam ora até o Prater, ao Jardim Botânico cuja entrada era franca, ora, além de seus muros, ao Parque do Castelo e ao Zoológico de Schönbrunn. Yaki achava curioso, nesses passeios, o fato de Lou deixar sempre, no Hotel, a informação do lugar em que estaria – para Freud alcançá-la, caso ficasse livre, a fim de organizar outra sessão de análise. E isso teria mesmo acontecido, ao menos uma vez, que ele lembrasse. O gosto da mulher em sua companhia, Yaki atribuía-o ao fato de ele não pertencer à sociedade vienense, que ela achava 'blasé e viciada'. Não levou muito, aliás, para Lou adivinhar que o jovem mestiço carregava um segredo, ou, como teria dito, que um 'condão mágico o protegia'. Tocado pelo caráter certeiro dessa intuição, ele confidenciou – só a ela, entre todos – acerca de sua sagração sacerdotal nos *Mistérios* cúlticos de seus antepassados. Lou reagiu com naturalidade mostrando compreender o que isso significava, e o quão notável lhe parecia o efeito dessa unção em seu comportamento. Sua confiança nele deve ter sido grande, porque lhe falava não só sobre Tausk, senão do movimento de rejeição do próprio Freud a este. 'De início', disse-me Yaki, 'Lou remeteu tal rejeição à suspeita de um certo ciúme de Freud, já que este insistia em lhe abrir os olhos aos defeitos de Tausk. Poderia estar certa', concluiu, 'tendo-se em vista o quanto sua presença se havia tornado importante para o médico; mas ela acabou por revidar essa interpretação, ao conhecer melhor o amante e a complexidade de seus envolvimentos com outras pessoas'. A relação entre eles, de fato, não durou. Menos de um ano após, ela poria fim ao romance, mantendo embora sua troca de cartas. Tausk cometeu suicídio anos depois, em situação que envolvia o próprio Freud. Lou teria ficado abalada, porque gostava dele e o admirava. 'Nunca o esqueceu', disse

Yaki, 'ela mesma afirmava que, se permitindo embora trair as pessoas, nunca o faria com a *lembrança* das mesmas...'

Se a independência de Lou, seu menosprezo às convenções, encantaram Yaki, fascinou-o a sua força intuitiva. Segundo ele, sua 'capacidade de ler dentro do outro', o modo empático como reagia às situações, eram incomuns. Como Jung, anteriormente, Lou mostrou interesse real em relação à cultura dos índios mexicanos. Levando Yaki a falar de suas experiências com a magia e o xamanismo, percebeu paralelos entre certos aspectos da psicanálise e uma e outra função inerentes aos rituais descritos. Adivinhou também ligeiro a grande afinidade de interesses existente entre seu marido e ele. Andreas era biólogo e médico, e os caminhos não cientificamente asfaltados nessas áreas o interessavam tanto quanto ao jovem *Curandero*, de modo que Lou os pôs em contato. Desde as primeiras cartas, desenvolveu-se entre os dois homens uma intensa troca de experiências em torno às terapias naturais e mágicas praticadas por ambos. Isso se interrompeu, enquanto Yaki esteve na Índia; mas, de volta à Áustria após o fim da Guerra, ele escreveu a Lou, e o casal convidou-o a visitá-lo em Göttingen, na Alemanha. Yaki deixou Viena no outono, decidido a passar com eles uma ou duas semanas; mas sua acolhida foi tão calorosa, tão forte a afinidade que sentiu em relação ao professor, que estendeu sua visita por meses. O casal o hospedou em sua própria casa em troca de pequeno auxílio monetário, que os teria ajudado no duro pós-guerra alemão.

Desde 1903, Andreas ocupava uma cátedra (lecionava línguas da Asia ocidental) na Universidade de Göttingen. A casa em que ele e Lou moravam, a 'casa de seus sonhos', como diziam, ficava longe da cidade, mas tinha sobre ela uma vista privilegiada, porque edificada na encosta da montanha. Um extenso jardim em declive, muito arborizado, cercava a moradia. Era, segundo Yaki, o lugar ideal para os hábitos de convívio com a natureza próprios a Andreas e adotados por Lou, depois do casamento. Ele contava então 74 anos; tinha a saúde abalada, mas sua têmpera e personalidade fortes sequer deixava percebê-lo. Não sei se sabes, Myrna, o quanto a biografia deste homem é complexa e envolta em lendas. Eu mesmo, ouvindo Yaki falar sobre ele, não pude evitar o fascínio que terá exercido sobre todos que dele se aproximaram. As minhas impressões ao que ouvia vinham também, sem dúvida, do fato de a figura de Andreas e outras, que desfilavam com tanta naturalidade em sua narrativa, brotarem de um tempo quase mítico para nós dois. Lembras de *nosso* Nietzsche, e de Freud, e de Rilke, todos eles amigos de Lou? Lembras de como os citávamos e parafraseávamos permanentemente? Era como se eles pertencessem a uma era longínqua, de humanidade há muito desaparecida, inalcançável a não ser em nossos devaneios. Pouco sabíamos, então, de Andreas. Ele era o estranho marido de Lou Salomé, mais ou menos à margem do panteão de seres que povoavam nossas conversas. Já na fala de *el Viejo*, sua figura emergia no centro, e tão real, que abafava o revérbero das demais com o seu próprio brilho. Fiquei sabendo que nasceu na Pérsia, de mãe alemã-javanesa, o pai vindo da alta nobreza persa. Chamou a atenção desde garoto pela facilidade que tinha no estudo de línguas e, ao que parece, conheceu quase todas as existentes no mundo; de modo que, além de biólogo e médico, tornou-se mais tarde o orientalista reconhecido pelos melhores de seu tempo. O que mais atiçou minha curiosidade acerca dele foi, porém, o saber da *virada* que viveu na existência, quando, tendo concluído a sua formação na Europa, ele voltou à Pérsia.

Esse reencontro com a cultura de seu pai não foi nada tranquilo. Após passagem pela Índia, ele desembarcou na Pérsia, em missão arqueológica do Ministério da Prússia. Não demorou a se indispor com os superiores, conhecido que era pelo temperamento forte, a rebeldia natural, e certo radicalismo. Quando a missão retornou à Alemanha, ele permaneceu na Pérsia e aí ficou por mais de seis anos, sem auxílio oficial de espécie alguma. Teria vivido, então, sob condições miseráveis, extraindo sustento do exercício da medicina, mas dando prosseguimento às investigações arqueológicas, históricas e científicas que o levaram ao país. Yaki não soube disso por Andreas, senão pelos colegas deste, na Universidade. Dele só ouviu acerca das descobertas científicas feitas então, dos tipos humanos que encontrou, além de situações reveladoras da gente e do mundo na aparência rude, com os quais conviveu. Ele falava muito acerca das plantas e animais locais, em especial dos répteis, em que era especialista. Dentro da Universidade, mas também fora dela, corriam histórias curiosas a seu respeito, às quais Andreas não dava sinal de conhecer. Entre estas, Yaki referia-se sobretudo àquelas atinentes à *virada* que aí teria ocorrido em sua vida. Eram relatos remetendo em especial à sua vontade inquebrantável e à quase sobre-humana capacidade de suportar situações difíceis; que o teriam, aliás, distinguido ao longo de toda sua trajetória pessoal. Histórias sempre ligadas às atividades que exerceu na Pérsia, e que Yaki dizia responsáveis pela aura de mistério que o cercava. Foi sobretudo enquanto médico que ele granjeou a fama de *sábio* naquele país. Falava-se muito acerca da capacidade curadora nada convencional, que lhe seria própria – o que torna compreensível a afinidade existente entre ele e *el Viejo*. Mesmo assim, tais narrativas eram antes boatos e lendas, e o período oriental da vida de Andreas manteve-se obscuro para Yaki. Não talvez tão obscuro, acredito, quanto o é para mim o período passado por este na Índia, além daquele de sua iniciação sacerdotal no México.

Yaki costumava dizer que a vida de Andreas pareceria antes um romance de mistério e aventura. Para concretizar essa impressão, lembrava o modo como, na Berlim de 1886, ele se aproximou de Lou Salomé. Vinda da conturbada relação com Nietzsche, Lou se tinha alojado em abrigo ou pensão destinada a estudantes e intelectuais, muito comum à época. Partilhava ademais o apartamento com Paul Ree, o amigo que a levara a Nietzsche. Ree a teria desposado, mas ela há muito decidira não casar ou ter sexo com alguém. Quando Andreas bateu na sua porta, os dois provavelmente não se conheciam. Pode-se imaginar um motivo banal por trás da visita; ele, afinal, frequentava a pensão dando aulas de alemão para alguns oficiais que aí moravam, em geral turcos. Se já ouvira falar sobre ela, se a conhecia de vista? Algo nela o teria fascinado, e a procurava agora com plena consciência do que desejava? Jamais saberemos. Tal como não sabemos o que disseram um ao outro, o que os ligou desde então, e os levou a casar. Pode-se depreender, a partir do que Lou escreve em seu diário, que Andreas a teria impressionado tanto, também fisicamente e de modo tão perturbador, que, desejando-o ao primeiro olhar, precisasse fechar-se na defesa. É inegável que uma atração misteriosa os uniu, embora ela de início o recusasse, aceitando-o só após ele encenar um suicídio a sua frente. Meses depois, casaram. E sob que condições?! Lou continuaria sua relação com Ree – o que não ocorreu – e ela e o marido não teriam contato sexual.

Para mim, Myrna, essa última condição – absurda para o entendimento comum – é a prova da fatalidade que Lou deve ter extraído de sua própria atração por Andreas. Em todo caso, o encontro e a atração entre ambos foram nada banais como se antes mesmo de se conhecerem eles se houvessem pertencido e o contato sexual violasse o laço. Pouco após o casamento, ela confidenciaria ao diário não poder entender o porquê de as pessoas decidirem-se pelo matrimônio, quando se amam sobretudo sexualmente. Pois a *Vermählung*, como ela escreve, o *enlace matrimonial*, seria algo muito misterioso indo além do corpo físico. Posição compartilhada por Andreas, para quem a isenção do sexo em uma relação amorosa de modo algum haveria de ser estranha – basta pensar no que o ligava ao gnosticismo oriental cuja doutrina sobre o amor e o sexo ele provavelmente partilhava. Hoje sabemos, contudo, o quanto lhe foi difícil suportar a recusa do sexo por Lou. Ela mesma conta que quase o teria estrangulado à única tentativa de possuí-la que fez. Eu posso imaginar que, em seu primeiro encontro – no eu-tu que se forjou ali –, o enigma que os marcava separadamente, e o que a ele se veio acrescentar naquela forja, poderá tê-los paralisado até quase o fim de suas vidas. Digo 'quase', porque houve uma reviravolta em sua relação, como verás.

Yaki confessou-me ter sentido no mero aparecer físico de Andreas – como se ouviu aliás também de outros – 'uma sensualidade de natureza espiritual ou presença carnal tão encharcada de alma, a ponto de alarmar todo aparelho sensorial do outro a sua frente'. Teria Lou recuado a esse apelo-ameaça no homem que, pela primeira vez, mexia com ela de tal modo? Tratando-se de Yaki, pode ter sido justamente essa mescla, em que o corpo é tão corpo que ultrapassa o físico, o que o ligou a Andreas pelo resto da vida. Foi seu mestre maior, não só no espírito, senão nas trocas de influências físicas entre ambos. Não tão diferente, imagino, há de ter sido a reação de Andreas à presença de Yaki. Também para ele, o jovem mestiço foi, por certo, uma revelação e um ganho. Então com 35 anos, Yaki trazia uma bagagem de conhecimento incomum em diferentes áreas do saber, além de habilidades curadoras que impressionaram o médico ou, mais precisamente, o *curandeiro* em Andreas. Estou naturalmente especulando, Myrna. Yaki nunca deixou a superfície do narrado ao falar nesse encontro com o *sábio*, como o chamava; o mistério dessa relação, ele o guardou para si. Sei que os dois voltaram a se encontrar aprofundando a relação antes de o professor morrer, em 1930. Sete anos depois, Lou também morreria, tendo experimentado antes a opressão nazista; aconteceu quando a ressentida irmã de Nietzsche – amiga de Hitler – a denunciou como 'judia finlandesa'. Sem consequências maiores, por sorte.

Mas voltando. Naquele inverno de 1919-1920, a situação do casal era precária, seus ganhos insuficientes, a escassez enorme. Desde sua formação didática com Freud, em Viena, Lou passara a exercer a psicanálise. Seus clientes eram poucos, à época, quase só estrangeiros recomendados em geral por aquele. Na Alemanha faltava de tudo; os alimentos alcançavam preços proibitivos e era difícil conseguir material para o aquecimento das moradias. Não nevou, no período, mas o frio foi extremo. Yaki contou-me da festa que se fazia, na casa – onde, além do casal viviam uma empregada com a filha –, a cada vez que ele conseguia um pouco do raro e dispendioso carvão. Sua sorte era terem o jardim, que os provia de ovos e carne, em especial de batatas, raras e caras na época. Andreas trabalhara demais nos anos anteriores e apresentava um forte esgotamento nervoso, estando liberado de parte de seus afazeres naquele semestre. Dava aulas duas vezes por semana, por períodos de no máximo duas horas, mas era óbvio que se recuperava mal, deprimido pelo que pressentia se arregimentando no país. Yaki tentava sacudi-lo abrindo-lhe segredos religiosos milenares dos antigos povos mexicanos. Ele reagia, criava ânimo. Percebendo, porém, que ensinar era o seu maior prazer, Yaki lhe foi transferindo aos poucos a tarefa. O ensino era, de fato, algo que Andreas exercia de modo incomum, e com tal magnanimidade, que marcou o discípulo pelo resto da vida. Não é de admirar, portanto, que fizesse deste mestre entre todos, o paradigma de sua própria trajetória como formador de almas.

Embora debilitado, a relativa liberdade de que Andreas gozava, permitiu que ele e seu hóspede convivessem longamente, trocando experiências. Uma das matérias principais de sua ocupação foram os textos do gnóstico Márcion, de que o professor se havia ocupado intensamente no passado (traduzindo-os e interpretando-os), e aos quais voltara nos últimos dois anos. Percebendo o interesse de Yaki – que, em uma das sociedades secretas frequentadas em Viena com o tio, havia estudado a cristologia maniqueísta –, Andreas repassou com ele esses textos. 'Nossos encontros se iniciavam à tardinha', Yaki contava, 'e, dependendo do tema abordado, Andreas o encenava ou com bolos e chá, que preparava com vagar e do jeito oriental, ou com vinho e sanduíches. Sua relação com a *Pérsia* era mágica. Monossilábico em relação a tudo que beirava o seu mundo interior, ao falar em sua terra natal, ele a materializava à nossa frente, a ponto de eu *sentir* sua atmosfera, nas cores, nos gostos e cheiros das coisas descritas. Nada ficava abstrato em suas narrativas. Na fala e nos gestos, ele trazia à tona de modo palpável o tempo, as personagens e os lugares, corporificando-os num agora cuja regência emanava de seu forte magnetismo. Foi nesses encontros – eles varavam a noite – que experimentei com mais intensidade a irradiação dessa energia. Para alguns, ela era o seu *charme*, outros diziam ser sua *sabedoria*. O próprio Andreas recusava tais interpretações; era o pesquisador, dizia, o cientista, não mais. Em minha experiência, porém, o erudito e o visionário mesclavam-se nele de tal modo, que, ouvindo-o, eu às vezes sentia um calafrio à sensação concreta da presença das coisas narradas ou ensinadas no espaço a nossa volta. Era tão vívida a plasticidade do que ele, falando, trazia à presença, que eu tinha a impressão de estar enxergando o seu espírito tornar-se carne, plasmar-se à nossa frente ...'

Essas sessões de estudos estendiam-se até cerca das quatro da madrugada, pois trabalhar à noite era um hábito antigo do professor. As manhãs eram livres, e os dois voltavam a encontrar-se para o almoço, atirando-se, após, à investigação daqueles outros territórios do conhecimento que os aproximavam: o da natureza e o da medicina. Uma grata surpresa, para Yaki, foi descobrir mais uma afinidade entre ambos, quanto a um seu velho hábito cotidiano. Refiro-me aos banhos rituais de purificação herdados pelo *Curandero* a seus antepassados. Aqueles, lembras, realizados pelo príncipe-sacerdote maia em seu 'palácio das águas'? Yaki contou-me que, embora Andreas se mostrasse despreocupado em relação à aparência e ao conforto de seu próprio corpo, tinha enorme respeito por sua limpeza, banhando-se muito e tratando-o com unguentos especiais. 'Nós dois concordávamos', ele falou, 'em que, se o corpo é a pátria do ideal, uma pátria em que o ideal se concretiza existindo, temos de dar-lhe os mesmos cuidados e proteção dispensados ao espírito'. Essa consciência da não separabilidade de espírito e corpo, Myrna, esse enigma ou mistério filosófico-religioso partilhado por ambos, é mais um indício do parentesco que os levou um ao outro.

Nessa primeira visita de Yaki a Göttingen, o convívio que teve com Lou foi mínimo. Ela dormia e levantava cedo, ao passo que ele e Andreas trabalhavam até alta madrugada. Era, em geral, à tarde e de passagem, que os três se encontravam, o mais das vezes no jardim, onde, apesar do frio, os dois homens trocavam experiências no trato com plantas e animais. Lou não partilhava os aposentos com o marido; morava na parte superior da casa, ele no térreo, com acesso imediato ao jardim. Yaki lembrava com humor um hábito próprio a Andreas, antes de recolher-se à casa, à noitinha. Costumava fazer uma inspeção minuciosa no terreno em torno à residência caminhando da casa em direção ao galinheiro. Este ficava na parte mais baixa, beirando os limites da propriedade, e ele fazia o trajeto imitando o assobio do Melro. Para minha surpresa, este respondia sempre, enchendo o ar de trinados. Só ao final da inspeção, próximo ao galinheiro, Andreas imitava um galo – ao que, acordando e em feroz reboliço, as aves punham-se a xingar o galo intruso. Mais de uma vez, naquela hora, Yaki viu Lou debruçada à janela no segundo piso, parecendo encantada à vista do marido assim fundido à natureza, o andar dançante, leve e elástico como o de um animal.

Podia acontecer, ainda que raramente, de Lou descer para juntar-se a eles, no jantar. Isso tornava as noites especiais, porque Andreas buscava agradá-la traduzindo algum texto literário de seu interesse. Ele o ia fazendo de modo direto, em voz melódica, ora tomando versos de Omar Chajjãm, ora algum trecho inédito de Ibsen. E o interpretava, após, ou o fazia ela mesma provocando entre os três uma troca animada de experiências. Yaki sentiu, nesses encontros, a força que os unia; mas entendeu, também, que só intelectualmente havia *toque* entre os dois. 'Andreas sofria com isso', observou, 'embora procurasse mascará-lo'.

Tudo o que ouvi, então, acerca de Andreas e Lou aguçou-me a impressão de que algo misterioso os enlaçava. Lembras, Myrna, do dia em que, ao discutirmos a ligação entre ela, Nietzsche e Ree, tu trouxeste à conversa a figura de Andreas? Nós outros buscávamos nele uma perturbação psíquica, um desequilíbrio qualquer, mas tu o defendeste dizendo ver na sua postura singular a expressão de um 'caráter sublime'. Rimos de ti. Hoje te dou razão, quando penso na certeza com que Andreas abordou e conseguiu impor-se à mulher escolhida; sim, no que foi capaz de suportar dela ao longo dos anos. Hás de ficar alegre em saber que ambos se aproximaram muito nos anos que antecederam sua morte. Isso, segundo Yaki, aconteceu quando Lou adoeceu do coração e ele ficou ao seu lado. Até aí, os dois tinham sabido evitar constrangimentos deslizando em diagonal e de longe em relação um ao outro. Agora no hospital, ficavam frente à frente por horas a fio. 'Nos olhos negros de Andreas', ouvi Yaki dizer como se houvesse estado lá, 'Lou talvez se sentisse obrigada a enfrentar o apelo inicial, que nunca arrefeceu à sua proximidade. Forçada agora a vivê-lo, outra vez, terá enfim admitido que Andreas acertara em dizer que ambos se pertenciam?' Seja lá como for, conseguiram dizer-se um ao outro, Lou mostrando afinal a grande admiração que sentia por ele. Estranho esse reencontro... A efetivação talvez do primeiro contato, e do nele ficado em suspenso? E que tivesse demorado tanto a acontecer, embora os dois desde sempre soubessem que algo extraordinário os unia...

Estendo-me demais, bem sei, na exposição do que Yaki viveu na Alemanha. É que sei, o contato com Andreas foi o mais decisivo em sua vida madura. Foi o mestre europeu de que mais se aproximou naqueles anos de sua formação; o único, também, que procurou de novo após voltar ao México. O último encontro entre eles aconteceu no verão de 1928. Yaki chegou a Göttingen em junho, e imediatamente percebeu a mudança ocorrida na relação entre Andreas e Lou. Eles agora agiam como um casal; buscavam-se um ao outro encontrando-se diariamente, ora na casa, ora na *maisonette* do jardim. Preservavam a própria independência, a solidão natural a cada um; mas estavam presentes, inteiros, naqueles momentos, dando-se um ao outro sem reservas. 'Ele era ainda um jovem nos seus 82 anos', disse-me Yaki, 'e não só no espírito. Andava descalço no jardim, como sempre, e quase despido. Fazia ginástica, e, segundo Lou, mesmo no inverno continuava dormindo na cama gelada posta no ar encanado'.

Yaki ficou com eles até o fim do outono, o bastante para trocarem de novo as próprias experiências, sobretudo as vividas por Yaki, no México, a combater os *brujos*. Aquilo tinha-lhe custado muito, e ele pediu auxílio a Lou, que o fortaleceu em análise didática de quase três meses. Por ser verão, as sessões davam-se cedo, de manhã, em sua sala de consultas. Lou em geral sugeria que eles as retomassem à tardinha em caminhadas na floresta próxima ou nos campos vizinhos. 'Foi uma experiência extraordinária', Yaki admitiu. 'Não se desenvolveu numa abordagem unilateral; Lou não me ouvia, apenas, ela entrava no diálogo aprofundando nossa ligação. Entre outras coisas, contou-me um acontecimento fascinante que presenciou nos primeiros anos de sua vida comum com o marido. Algo que, segundo ela, lhe teria revelado a natureza empática de Andreas em relação a todo ser existente, sim, do respeito que lhe votava, fosse humano, animal, vegetal e até mesmo mineral'.

Yaki passou-me o acontecido nas palavras da própria Lou, que, anotadas por mim, eu transcrevo:

> 'Nós acabávamos de conseguir um cão de guarda para a casa, um animal enorme da raça *Neufundländer*. Era verão e, numa certa noite – para testar a *quem* o cão trairia, se ao dono ou ao gatuno –, meu marido esgueirou-se do jardim para o vestíbulo. Andreas estava nu, como o cão nunca o vira; e, estranhado de si na expressão séria do rosto e na elasticidade cautelosa dos membros, parecia-se de tal maneira a um animal selvagem frente à presa, que – difícil apanhar isso em palavras – os dois, ele e o cão, assemelhavam-se tanto como dois segredos... O drama íntimo do animal, aquele *a favor ou contra*, pegou Andreas tão fortemente, que ele já não brincava, submetido ele mesmo ao duplo desejo do cão: esperava do novo companheiro, tanto ser amado quanto protegido. Em monstruosa tensão, o animal safou-se de modo brilhante satisfazendo os dois desejos do dono: *ele recuou... rosnando ameaçadoramente.* Ao que, simplesmente feliz, meu marido riu alto e, arrebatado, puxou para si num abraço o cachorro, que já lhe saltava aos ombros.'

Nem preciso dizer o quanto essa narrativa me tocou. Um intelectual de seu quilate, capaz de abrir-se de tal modo à concretude imediata do existente, será sempre um indivíduo extraordinário, um mágico no sentido real da palavra. Não surpreende, portanto, a influência duradoura que um tal *mestre* teria na vida de alguém que conseguisse compreendê-lo. Em todo caso, foi esta, Myrna, a última vez que os três se encontraram. Dois anos depois, Lou comunicaria a Yaki a morte do marido. Andreas encontrava-se em uma clínica, quando aconteceu. Era domingo, o verão acabando. 'Até o fim', ela escreveu, ‘o seu espírito afiado, o temperamento vivaz da juventude não se perderam. Como uma criança profundamente ocupada, ele morreu para toda temporalidade sem olhar para a morte como a algo assustador qualquer, que se aproxima’. Junto a essa correspondência, ela ajuntara as cartas escritas a Andreas por Yaki. ‘Eu as deixei com Rosalita’, disse-me este, ‘junto às que dele recebi’.

Revendo essas anotações do que, noite após noite, eu ouvia de Yaki, volto a sentir o assombro que experimentei à sua narrativa; e a certeza de que, no encontro entre ele e Andreas, cruzaram-se espíritos semelhantes em vários sentidos. Era própria ao *Curandero mexicano* aquela mesma determinação do espírito e da vontade que marcava o *sábio persa*. Sua seriedade, abertura, capacidade de doação e ausência de preconceitos viram-se certamente buriladas no convívio com este; mas Yaki já as trazia em si. Tinha, ademais, como o mestre, aquela independência sem soberba, indiferente ao brilho e ao poder, que é sem dúvida a marca de uma liberdade interior nada comum. Estou convicto de que, quando de seu retorno ao México, foram sobretudo essas qualidades que, como um magneto, agiram sobre várias gerações de nativos nos povoados *tepehua* em que atuou. Creio que podes bem imaginar o que significou, para mim, aquele primeiro período passado ao seu lado; sem desconsiderar, é claro, os que vieram depois.

Enquanto escrevo, Myrna, tento encontrar palavras capazes de expressar o que se deu comigo na montanha de Yaki. É difícil. Poderia dizer que, por desvio através do que não era eu (o mundo à minha volta), acabei por *chegar a mim mesmo*. Afirmação sem dúvida banal, que nos aflora facilmente aos lábios, quando nos referimos a esse périplo em nós. ‘Chegar, encontrar a nós mesmos’... O que é isso, afinal? Parecemos saber, sem poder explicá-lo, estendê-lo no varal do entendimento. Foi esse inexpressável que eu vivi, certo dia, na floresta vizinha à clareira em que Yaki plantara sua casa. Eu procurava ervas, e, após horas andando, detive-me sob um carvalho imenso a imaginar os séculos que ali estaria. O tronco poderoso elevava-se, reto, a copa aberta acima de todas as árvores próximas, parecendo enviar a própria força aos carvalhos mais novos, à volta, em trocas misteriosas com outras criaturas minerais, vegetais e animais, tanto abaixo quanto na superfície da terra em que afundava. Adormeci sobre o tapete de musgo em suas raízes, e acordei de repente a um ruído qualquer apanhado no umbral da consciência. Alguma coisa próxima – eu lhe sentia o cheiro acre – congelou-me. Abri os olhos e deparei com a cabeça de um grande lagarto a alguns centímetros da minha. Nossos olhares se encontraram. Um pavor ancestral apertou-me a garganta ao topar com seus olhos de vidro. Porque *vi*, dentro deles, o imponderável que nomeamos *alma*. O mesmo espanto, a mesma *inteligência* do encontro que eu sentia. No corpo cinza, nas saliências das veias sob a pele grossa – movimento suspenso e a tensão congelada no instante –, eu vivi sua presença na minha, senti o sopro do solo sob o corpo elástico como se em mim. Instante mágico, encharcado do cheiro da vegetação e dos sons que, através das narinas, de todos os sentidos me invadiram como se eu fosse o lagarto ou estivesse dentro dele. Aquilo durou uma eternidade. Uma veia pulsou, de repente, na pele rugosa do réptil, o vidro do olho estremeceu e ele se escafedeu, rabeando, as folhas em tumulto à passagem do corpo. Vendo-o afastar-se, eu compreendi que o mundo se encenava ali só para mim, embora remetendo a tudo além de mim. Foi quando *me encontrei* num *lá fora* que é *dentro*. E soube o quanto fora tolo em esperar que Yaki me pudesse esclarecer acerca do que se passava comigo. Ocorreu-me, no instante, a figura temida do *Senhor das Montanhas*. No encontro com o lagarto, o deus tinha despido sua máscara mítica; e, na cuia estendida de seus olhos-alma, derramado em meu corpo o *pulque* refrescante...

... o vidro do olho estremeceu e ele se escafedeu, rabeando, as folhas em tumulto...

Nada do que aprendi, a partir de então, acerca das plantas e dos animais daquelas matas, veio de um solo, por assim dizer, objetivo. Todo particular que me tocou os sentidos, após aquilo, aconteceu aquém – ou além? – da abstração racional, surpreendendo a consciência. Os meus sentidos conseguiam detectar, agora, uma regência poderosa e inumana agindo no miolo das coisas. Sem medo, permiti-me afundar na sensação vertiginosa das interações imediatas entre mim, as coisas e os seres à volta. E compreendi o porquê de Yaki insistir em que só eu poderia entender o que estava vivendo. Passei a exercitar uma atenção insólita, em que se apreendem as coisas nelas mesmas, sem mediação do entendimento; não da razão, ao menos. Em si, esse estado é inexplicável. Nele, as imagens são tão vivas, intensas, que o pensar não consegue abstrair do vivido. A minha afinação com o mundo, lá fora, era perfeita como se as linhas de meu corpo, o seu desenho, a pele que o cobria não marcassem limites. Todos os exercícios que, a partir daí, realizei com plantas e minerais, nos seus diversos agregados, resultaram perfeitos. Certeiro, eu achava os arbustos buscados selecionando folhas e raízes com precisão sonambúlica. Os animais tampouco me evitavam, ou eu os temia.

Yaki então decidiu ser tempo de eu voltar ao seu *laboratório alquímico*. Lá dentro, o trabalho iniciado no exterior da casa prosseguiu. Pusemo-nos a macerar as plantas preparando infusões, só que agora buscando o que ele chamava o *fermento* mineral na produção da *massa* alquímica. A partir de certo momento, quando eu já conseguia diferenciar a miscelânia de vidros disponíveis e usá-los sem o seu auxílio, Yaki deixou-me agir sozinho. Com um cuidado distraído, sem pressa, elogio ou incentivo, ele se limitava a observar o que eu fazia, sem precisar o tempo dos procedimentos ou indicar o caminho.

Como ocorrido na primeira vez em que me introduzira em seu laboratório, ele me analisava. Nossas sessões voltavam-se imediatamente à matéria das coisas trabalhadas, ao *não eu*, para após flexionar-se em direção a mim. Orientado por ele, fui conseguindo decifrar, na matéria concreta dos experimentos, de modo agora mais agudo, correspondências surpreendentes com meu mundo interior. Em um além de mim, em um fora que é dentro, simultaneamente, quero dizer, nos vincos e nós da matéria trabalhada, nas reações das misturas, em que folhas e fibras, pedras, metais e líquidos se ofereciam dóceis ou resistentes ao manuseio, iam-se denunciando diques e bloqueios na massa psíquica, empurrando fantasmas e sombras de sombras à consciência. Eu saía de mim, para, cego de luz, voltar-me à noite interior, aos estágios iniciais daqueles *preparados*. No material colhido e em infusão nas retortas e frascos, eu observava a minha própria opacidade posta em obra.

Vale a pena relatar outra experiência indicadora desse estado de fusão entre interior e exterior raramente vivido em nossa cultura; não sem recurso a uma droga qualquer. Certa feita, estirado na grama em um declive de clareira, olhos cerrados, senti a Terra girar, arrastando-me, e prestes a cuspir-me do chão. Abri os olhos, e um céu metálico atraiu meu corpo como um imã. Eu me agarrei à grama, as unhas escavando o chão, um grito atado na garganta. Senti a testa de Yaki colada na minha – eu não o tinha visto, até aí –, um som grave na voz emitido a partir da garganta. Aquilo ecoou através de meu corpo como um diapasão, meus órgãos e membros atravessados como se cordas de instrumento musical sendo afinadas. Senti a angústia ceder e um rio de lágrimas escorreu-me nas têmporas indo afundar na grama. Yaki ajoelhou-se junto a mim falando em tom monótono. Eu nada entendia do que ele dizia, mas podia *enxergar*, projetadas em tela interior, as imagens contidas nos sons. Vi o mundo nascer e formar-se nesse ecrã; e outros mundos brotarem do abismo, eu mesmo nascendo e morrendo com eles.

Em meio a essas experiências, meus sonhos foram-se tornando enigmáticos e assustadores como se camadas arcaicas da psique exigissem passagem à consciência. Uma ameaça de psicose? Sem a presença de *el Viejo* ao meu lado, naquele momento, eu não sei se teria aguentado o fascínio das imagens à espreita na orla do eu fragilizado. Eu tentava entender e explicar os meus sonhos, mas Yaki sorria aos meus esforços. Para ele, o essencial era que eu vivesse as minhas fantasias, que as experimentasse, desse-lhes corpo, aprendesse a resistir, superar sua pressão. Houve momentos em que, no confronto com os níveis mais rudimentares em meu interior, vangloriei-me da força que sentia ao vencer os fantasmas. Ele reagia alertando-me contra a soberba, até eu mesmo percebê-la e desviar da teia sedutora e enganosa dessas predisposições psíquicas vazias. Aprendi a resistir ao poder que me empurrava para o fundo. Nessa luta, senti emergir em mim, lentamente, um equilíbrio de medida apropriada à elaboração consciente daquelas misturas explosivas dos afetos. Yaki ajudava-me a ver o que era máscara ou ficção no que eu julgava ser *eu mesmo*; consciente dessa diferença, eu aprendia a não me equivocar, a resistir ao fascínio contido no engodo.

A fase que, no trabalho analítico, sucedeu esses primeiros estágios perpassados de vivências e intuições importantes, chegou sem transição. Deu-se no instante em que a reflexão, o trabalho penoso, enformador e organizador do entendimento imiscuiu-se no emaranhado de abalos, impressões e *insights* amontoados em mim não só desde a chegada ao México, senão já antes, ainda no Brasil. Eu percebia admirado o modo como o intelecto, acostumado a dominar o cenário, entregava-se agora submisso ao manancial de imagens e impressões, sem pressa e com muito cuidado, procurando guardar um máximo possível de sua concretude; sim, da verdade contida no vivido – que em si mesma, ainda assim, lhe escapava. Isso levou um tempo enorme, porque a rota do intelecto até os charcos da vida é tortuosa. Eu escrevia tudo que me acontecia. E, comparando-o agora – na fonte de sua irrupção – com o que venho escrevendo, percebo a imensidão do que se vai perdendo da força inicial; melhor dizer, talvez, a imensidão do que, para mim mesmo, tornou-se inacessível na atual exposição. Eu preciso, ainda assim, ordenar o vivido e buscar compreendê-lo, não só para mim ou por mim...

Foi durante essa fase de minha análise que decidi voltar à *Cidade do México*. Eu tinha percebido que, se desejasse mesmo aprofundá-la, o tempo restante até o final das férias acadêmicas não seria bastante. Cheguei a pensar em desistir do trabalho na Universidade, mas Yaki mostrou-me que essa não era a solução. Meu caminho, ele disse, era outro que o de um *Curandero*. Voltei à capital e consegui convencer meu Departamento da importância do trabalho iniciado em *Hidalgo*. Bastou-me, para tanto, referir um mínimo do que sabia das atividades de Yaki e de seus ajudantes junto às populações daquelas montanhas. Eu o fiz, naturalmente, evitando expô-los à curiosidade acadêmica e, é claro, sem mencionar o que eu mesmo estava vivendo. Deram-me os dois trimestres seguintes para desenvolver a pesquisa, permitindo--me ainda concentrar os meus cursos no final do trimestre a seguir. Juntado-o ao tempo das férias normais, ganhei, oficialmente, a partir daí, mais de um ano em *Mirafuentes*.

De volta ao povoado, passei a noite com Alva e Constantino. Receberam-me como a um velho amigo e, durante o jantar – Pepe grudado em mim –, contei-lhes sobre o que aprendera acerca de animais e plantas da região. Eles decerto conheciam bem aquilo tudo, mas orgulhavam-se de sua cultura nativa ser tomada a sério por um 'professor estrangeiro'; além de ficarem reconhecidos de eu lhes confiar um pouco do que estava vivendo e aprendendo com *el Viejo*. De madrugada, tomei o caminho à montanha, desta vez acompanhado apenas por Pepe. Este exultava durante o percurso, festejando a confiança do dono em lhe dar a tarefa de guia. Semanas mais tarde, o próprio Constantino encarregou-se de substituir os nativos, e levou Pepe

... Pepe exultava em servir-me de guia à montanha de Yaki...

consigo na próxima troca de pessoal. Para nós dois, agora também para Toco, a separação foi triste. Pode ser que o *Adiviño* interpretasse a minha relação com Pepe como parte do tratamento; pois, já na troca seguinte, os nativos trouxeram-no junto, e ele ficou conosco até o final daquele período. Os dois cães acompanhavam-nos por todo lado – a não ser quando Toco cumpria as tarefas da casa –, inclusive nas noites em que ficávamos no Observatório.

A minha terapia ganhou ritmo mais lento e elaborado, Yaki se aprofundando na interpretação de meus sonhos, cada vez mais complexos. Eu tinha percebido, naturalmente, que a psicologia analítica de Jung representava um papel importante em seu método terapêutico. O que é compreensível, visto que o médico suíço ampliou para a vida da alma em geral a tese freudiana sobre os instintos. Jung via nas representações e comportamentos mágico-míticos da humanidade, vivências arquetípicas inapagáveis afundadas nas profundezas da psique. Isso fazia eco à interpretação do psiquismo humano pelo próprio Yaki, para o qual tais vivências viriam à tona nos sonhos noturnos e diurnos, descarregando a alma de modo natural – quando não irrompessem nas doenças psíquicas. A acolhida dos mitos e símbolos que, segundo Jung, viriam repor o sentido espiritual das imagens, encontrava, é claro, um solo ideal na formação de Yaki enquanto sacerdote de uma religião enraizada em mitos e símbolos. Além disso, a diferenciação junguiana entre Inconsciente coletivo e individual, e a atenção que o suíço voltava aos fenômenos inalcançáveis para os sentidos normais do homem davam ao *Curandero* os subsídios necessários a um trabalho terapêutico voltado a populações imersas num cenário estruturado à base de conexões e nexos primitivos.

Se pensarmos que, em seu trabalho junto aos nativos *tepehua*s, Yaki buscava despertar uma consciência individual responsável, de modo a que, no cultivo de sua liberdade relativa, eles chegassem a sacudir-se da culpa cósmica, teremos de conceder que a ideia jungiana da *função transcendente* do Inconsciente, considerada pelo suíço como capaz de *transformar a alma humana*, vinha mesmo a calhar. Nesse sentido, se, no intento buscado, Yaki considerava sua experiência até aí satisfatória, estava consciente de que um trabalho dessa envergadura seria irrealizável em grande amplitude. Em tais condições, que uns poucos reagissem positivamente era-lhe suficiente, de modo especial tratando-se dos ungidos, dos *Curanderos e Adiviños* que o auxiliavam não só naquelas aldeias. Porque assim, mesmo sem ele, o trabalho prosseguiria.

Chegado aqui, Myrna, preciso falar acerca de algo que, imagino, deves estar curiosa de saber. Refiro-me àqueles *deslocamentos ou passagens* que vivi na juventude, e, de repente, cessaram. Perguntaste, uma vez, se eu desejaria que eles voltassem, lembras? Eu não te dei resposta, então; mas sim, eu sempre desejei e esperei vivê-los novamente. Sabia que neles se velava uma dimensão perigosa apenas suspeitada, mas também desejável. Pois bem, eles voltaram, sim, na montanha de Yaki, em íntima relação com o estágio de elaboração refletida dos conteúdos inconscientes que eu havia alcançado em minha análise. Foi para mim surpreendente que eles voltassem, sobretudo, porque, de alguma maneira, chegavam contestando os *deslocamentos* vividos anteriormente como que se autocorrigindo nas novas configurações sensíveis e mentais, que eu neles agora alcançava. Eu me sentia internamente alargado – como que metamorfoseado. De cada vez que essas *passagens* aconteciam, meu cérebro dava a impressão de apresentar um tramado mais denso e complexo, dando-me a perceber relações e nuances que eu não apanhava antes. Se, por exemplo, como anteriormente, a própria realidade não se alterava ou sofria mudança nos outros universos; se o mundo permanecia idêntico ao habitual, sua resolução espaçotemporal era, contudo, outra, e intuída por mim como determinada pelo impulso ou desejo das próprias personagens em cena. Tu mesma, Myrna, estavas sempre lá, fosse qual fosse o lugar, tal como Carlos; e eu percebia de imediato que o espaço-tempo em que a cena se abria era determinado pelo impulso ou desejo costurado em vocês. Em outras palavras, o sentido geral do acontecido *parecia* arrancar-se à escolha ou decisão inconsciente das personagens em jogo. Havia algo mais, porém, que descobri aos poucos. Se o determinante do arranjo na cena presenciada era, em larga medida, uma *escolha*, esta vinha tomada no escuro e à pressão de algo outro que o 'eu' em questão. Compreendi que os atores se comportavam como marionetes. Também eu, enquanto espectador; porque as interações entre as vontades inconscientes vinham acrescentadas de minha presença, ou melhor, de minha posição frente ao que acontecia – sem que eu mesmo tivesse poder sobre o em mim decidido e a influenciar a cena. Algo em mim se me impunha, como às demais figuras, determinando a ação. O regente de tudo era outro, portanto, que os atores, no emaranhado de escolhas subjacentes à peça – incluindo-se a minha como espectador. Sentindo isso, eu nunca me identifiquei com a personagem 'Bruno', melhor dizer, não me fundi a ela enquanto espectador. Era esquisito enxergar-me em ação – marionete encenada à revelia; minha figura, porém, pouco me interessava, senão aquelas vividas por ti e por Carlos...

A partir de certo momento, as *passagens* tornaram-se frequentes e, ao voltar, eu conseguia trabalhar a nossa relação, ou melhor, arrancar de mim um material até aí negado à análise, e não só no tangente a nós dois. Isso, porém, pertence ao processo da análise, não a esta narrativa. Importante, aqui, é o fato de que em nenhum desses mundos tu me pareceste estar feliz com Carlos, ou ele contigo. Os cenários variavam, mas o teor do acontecido era o mesmo: tu e ele corriam perigo. Carlos em especial, porque em algum daqueles universos ele cometeria um crime; e a vítima serias tu. Deparei com vocês, certa feita, na sala de um apartamento em edifício alto, o janelão aberto para o mar, nuvens negras ao fundo, a água explodindo nas rochas abaixo. Tu avançavas de costas para a janela aberta. E falavas. Não ouvi o que dizias, nem vi o rosto de Carlos; na expressão de seu corpo, porém, e nos punhos cerrados percebi o desespero e a fúria que o tomavam. Ele avançava para ti, devagar, os membros crispados. Ia empurrar-te no abismo. Acho que adivinhaste, porque vieste até ele, de repente, e o abraçaste sem uma palavra. Imóvel um segundo, os braços caídos, ele reagiu e te apertou contra o corpo, chorando. Esta cena é exemplar para todas que assisti. Uma fatalidade perversa enlaçava vocês como se destinados a amar-se pelo avesso; até, quem sabe, curarem-se da *maldição* a que apontas no Diário?

Eu continuo a não saber por que ou como se dão essas *passagens*. E dizer *dar-se*, aqui, é o único modo de dizê-lo, já que nada as anuncia ou prepara. A sensação que experimento ao vivê-las é sempre a mesma: uma espécie de névoa me envolve, eu mergulho em um campo magnético, o corpo atado em forte correnteza. Cessado isso, cambaleio para dentro de um mundo, que, sendo embora o mesmo, é outro. Reconheço lugares, pessoas, os acontecimentos desfilam diante de mim como se em uma lupa. As mesmas decisões são, por vezes, tomadas e as consequências advindas se assemelham; se outras as decisões, outras as consequências. Eu as *leio* nos corpos e cenas, sem poder separar a decisão da ação. Quando te vejo, ali, és por inteiro a decisão tomada, sem cisão entre um fora e um dentro, entre o querer e o agir, ato e vontade enlaçados em *um*. Só que *não tu* decides, senão algo em ti, que, na cenas, *faz-se passar por ti*. Eu me pergunto se o desencadeador de minha percepção do estranhamento entre ti e ti mesma, nas cenas de agora, não será o novo patamar que hoje alcanço nos *deslocamentos*. Refiro-me ao que indiquei antes como uma nova dimensão, talvez perigosa, embora desejável nesse processo. Eu não saberia dizer, tampouco, se, da perspectiva temporal, os mundos que visito encontram-se no passado ou no presente. Uma só vez, em um deles, creio ter presenciado o que viria após, no futuro real deste mundo em que estamos. Aconteceu quando, eu estando lá, em um mundo-membrana, acompanhei vocês – tu estavas com Lesko – em passeio nas dunas. O cão me viu, parou, tentou vir até mim, e se deteve a certa distância. Na barreira invisível que separa universos? Anos depois, já de volta ao Brasil, eu revivi esta cena, aqui mesmo, neste mundo. Lesko veio até mim e sentou ao meu lado. Afaguei-o. Em seus olhos de mel, ele me pareceu saber algo de nós, que eu... O que *sabem* os bichos? Ficou comigo, até ouvir teu chamado; olhou-me, a inteligência do instante brilhando nos olhos... e correu para ti.

Nesses *deslocamentos, passagens, travessias* – qualquer dos termos se adéqua ao que neles experimento – eu, por vezes, topei com cenários estranhos, mundos ou regiões de mundos nada familiares. Ainda assim, tão reais, que pude carregar comigo um objeto qualquer; coisas banais, um ramo, uma folha, uma pedra minúscula. 'Dispositivos de passagem', talvez, prontos a ser acionados? Mas sumiam, após, sem que eu soubesse como. Uma só vez, manuseando um seixo assim contrabandeado para *este mundo*, uma *porta* se abriu. O que, então, se passou foi terrível. Em um vórtice escuro e com velocidade torturante, fui projetado em região vergastada de vento, um grande sol noturno no horizonte. Muitos vultos sombrios, movendo-se com lentidão a cantar litanias, arrastavam consigo, em grande esforço, algo que eu não podia ver, mas vinha preso a cordas nos seus ombros. Súbito, percebi estar no fundo do oceano. O que tinha pensado ser o *vento*, era uma correnteza; no que julgara ver um *sol noturno*, eu enxerguei a lua através da massa líquida. Já nos *vultos sombrios*, vi homens encapuzados arrastando um sarcófago, o barítono das vozes vibrando um lamento na água.

Nessa ocasião, Yaki lutou para trazer-me de volta. Vendo o seixo que eu tinha na mão, ele insistiu, mais uma vez, em que eu me acautelasse frente a tais objetos. 'São coisas-chave', falou. 'Há seres mal-intencionados nesses portais; os *brujos* não habitam só o nosso universo e podem provocar incursões clandestinas em espaços dobrados no espaço. Para que você conseguisse transpor sem perigo esses portais, seria necessário que suas faculdades fossem mais apuradas; quero dizer, bem mais espiritualizadas. Seja lá como for que você chegue a tais lugares, Bruno, precisa ter presente que, a rigor, essas paragens são inalcançáveis para os sentidos humanos normais. Mesmo assim, foram sempre acessíveis a certos estados excepcionais de consciência, para os quais a matéria do mundo se abre ou concretiza de outro modo. Pense apenas no quão pequeno há de ser o pequeno, segundo a perspectiva, ou na possibilidade de haver qualidades de expansão e encurtamento inauditas em uma matéria regida por leis diferentes daquelas de nosso universo. Quem poderá saber, se no futuro não virá a tornar-se possível e até corriqueiro, para nós, o migrar entre um e outro universo nesses espaços-tempo múltiplos? Quem poderá afirmá-lo ou negá-lo, com tudo que a ciência até aqui descobriu de fantástico dentro dos limites que a regem?' Yaki fez uma pausa, parecendo hesitar no que diria, após. E concluiu: 'Além do mais, meu caro, você sabe que a força gravitacional é até hoje um mistério. Newton tentou driblá-la, e mesmo Einstein não conseguiu de todo compreendê-la. De onde vem essa força? Será o *efeito* de algum outro universo sobre o nosso, como pensam alguns? Se 'sim', poderia estar justamente aqui, neste universo, a *brecha* ou *passagem* que você vem transitando há anos. É preciso, porém, ter presente que muitos desses mundos hão de ser ambíguos e até perigosos. Por mais breve que seja o nosso acesso a eles, o seu fascínio representa uma armadilha. Você mesmo, que os tem frequentado, viu que é tênue o limiar entre o encanto e a ameaça, ao seu contato. Não creio, por isso, que eles se abram no *avesso* deste nosso mundo; o que os tornaria menos maléficos. O que neles se mostra é algo *outro* em um sentido para nós incalculável, incitando à cautela a consciência saudável.'

Isto foi tudo que Yaki permitiu-se dizer sobre as tais experiências de *deslocamentos*. Negou-se, já então e depois, quando voltei ao tema, a esclarecer-me acerca dessas incursões em mundos paralelos; e me alertou que ninguém, homem nenhum poderia esclarecer-me a respeito. Pouco tempo depois, o seixo desapareceu de minha escrivaninha. Quando lhe disse, Yaki observou que não seu sumiço era o mais surpreendente, senão o fato de a matéria de um outro universo penetrar no nosso, atingindo a consciência a este afeita. Veio-me à mente a bailarina com suas sete saias numa sala prosaica do passado. O que levaria esses espaços invisíveis a invadir o horizonte inimigo da consciência habitual? O que permitiria a esta *negacear* de tal modo a sua atual fiação, a ponto de se debruçar assim tão perigosamente além da própria moldura? De qualquer modo, algo está acontecendo permanentemente nas bordas da realidade; vale dizer, em cada ponto das três dimensões espaciais nossas conhecidas. Algo que pode, inadvertidamente, levar à *fenda* ou ao *rasgão* no tecido espaçotemporal conhecido. E tão perto de nós que consegue, por vezes, sugar-nos...

Fico curioso de saber, Myrna, como irás avaliar o que estou escrevendo. Pensarás que sonhei, alucinei? Isso é ainda ciência; só que exige de nós, neste caso, um grau de sensibilidade artística elevado. Por que 'artística'? A acreditar nos filósofos, tudo acontece no interstício ou fenda em que nos encontramos, onde o início de tudo aconteceu e segue acontecendo – aqui, precisamente, na raiz do eu, onde o espaço enovela-se ao tempo. O que vemos passar, escorrer, diverso a nossa frente, deve-se tão somente ao instante inicial, ao interstício no mapa do ser. Pois não seria, então, de perguntar-nos se os universos filosóficos, literários, artísticos e científicos não nascem, afinal, de incursões semelhantes no interior de universos paralelos – sejam elas reais, sonhadas ou imaginadas? Mesmo assim, tenho de admitir que o inaudito afixou suas balizas pelo meu caminho, e procuro buscar não te dar a impressão de ter estado delirando. Deves ter percebido que, em sua primeira fase, meu percurso encenou-se em um palco exterior e à base de dramaturgia que, mesmo podendo ser dita *real*, não se submete às leis gerais de tempo e espaço conhecidas; ela escapa, de fato, a todas as categorias conhecidas do pensamento. No período seguinte, embora a sóbria intervenção do intelecto conseguisse plantar-me no solo desiluso do presente, era cedo para eu avaliar a extensão do mal e da cura que se engalfinhavam em mim.

Pronto a voltar à *Cidade do México*, Yaki alertou-me a que, no tempo por vir, eu não buscasse *diferenças* em meu estado de espírito ou, em geral, em meu comportamento. O que eu tinha vivido naquelas montanhas, ele disse, seria um processo meramente inicial de cura ou desenvolvimento espiritual. O seu prosseguimento dependeria de mim, da importância que eu viesse a atribuir-lhe. Um grande passo fora dado, eu me havia arrancado ao desespero. Este não voltaria, acentuou, mas o perigo de que, distraído do desdobramento interior iniciado, eu chegasse a estagnar no caminho, persistia. Achei estranho que *el Viejo* ainda temesse por mim nesse sentido; mas estava enganado.

De volta à pensão, na *Cidade do México*, o novo em meu estado era a ausência da angústia anterior e a leveza no trato com os outros. Apresentei ao meu Departamento um relato contido acerca do que tinha observado em *Mirafuentes*, naturalmente sem entrar em considerações acerca da existência pessoal de Yaki ou do que se passou comigo. Seu trabalho era, sim, conhecido pelas gerações mais velhas na Universidade; mas não tinha, até então, despertado o interesse dos jovens, quem sabe por desconhecerem sua dimensão política. O relatório e as palestras que dei, não só ali, resultaram em certo interesse pelo que vinha acontecendo de extraordinário há décadas e sem apoio oficial, naquelas montanhas. Quanto a mim, deixei repousar como que em suspensão o que tinha vivido. Sem isso, acredito, o recomeço teria sido difícil. Voltei ainda àquilo, ao menos intelectualmente durante as próximas férias, pondo-me a estudar de modo concentrado a língua e a cultura dos povos maia e tolteca. Nesses estudos, fiz contato com dois especialistas cujos avós haviam conhecido Yaki e deixado com eles certo material relativo à sua vida e ao seu trabalho; a que igualmente recorri nesta exposição.

Eu me sentia bem. Voltara a extrair prazer do que fazia e aproximei-me dos colegas, aprofundando a relação com um e outro deles. Na Pensão, Juanita e doña Corazón enchiam-me de mimos. Procurei Rosalita, que me fez conhecer um pouco de seu trabalho social – junto a alguns voluntários, nativos e outros –, para as comunidades indígenas da cidade e arredores. Desde os exames finais, nas Artes, deixara de vender *tortillas*, preparando-se, naquele momento, para um doutorado em Ciências Sociais nos Estados Unidos. Quero adiantar que ela hoje leciona na Universidade Autônoma de Querétero, mas prossegue o trabalho de ceramista; quando o tempo o permite, oferece cursos de extensão, ora no México ora nos Estados Unidos. Encontrei-a algumas vezes, nesses anos. Continua o trabalho social e terapêutico anterior, voltando sempre que pode às montanhas de *Hidalgo*, para auxiliar Miguel e oferecer seus cursos às mulheres dos povoados. Pelo que pude observar, sua vida mantém-se orientada pelos valores do sacerdócio maia-tolteca.

O meu retorno transcorria bem; ao menos aparentemente. Movendo-me na superfície, eu conseguira restabelecer as condições e relações necessárias para o meu trabalho; mas o processo terapêutico, que atingira uma fase em que eu teria podido prosseguir sozinho, estagnou. Por longo tempo ignorei, ou melhor, reprimi qualquer sinal que me fizesse recordá-lo. Como Yaki me tinha alertado, o bem-estar inicial experimentado, a leveza no trato com o entorno tinham a ver só externamente comigo como se houvesse um pacto de distância entre mim e os fantasmas em mim; eu voltava a negá-los. Esta situação poderia ter-se prolongado, com consequências irreversíveis, não fosse um acontecimento, que, por sei lá que determinação imponderável, arrancou-me ao malfadado 'esquecimento'.

Aconteceu no final do segundo trimestre, após o meu retorno. Certa noite, deixando o *Campus* – eu havia encerrado mais tarde uma palestra – tomei o *metrô*, que me deixou na estação do *Zócalo*. A pé, a caminho da pensão, fui atacado por dois indivíduos. Estavam bêbados e ameaçavam-me com o que pareciam punhais ou canivetes longos. Os dois me empurraram a um trecho deserto de rua e exigiram dinheiro. Eu só tinha uns trocados comigo, e os homens passaram a esmurrar-me excitados pela decepção, a bebida e a própria violência. Não sei dizer, francamente, como foi que reagi. Lembro que um deles, a cara deformada de raiva, levantou a arma para um golpe, e parou, de repente, a mão paralisada no ar, uma expressão de susto e medo misturados. No instante seguinte, já correndo, gritou: 'La piedra! La piedra! El Ojo!'. O outro dobrou-se sobre mim – eu estava no chão, de costas contra uma parede – e recuou transtornado. 'El Diablo!', exclamou, afastando-se de costas, aos tropeções, para a seguir virar-se e correr como se perseguido pelo Cão.

... fixei a pedra e percebi
que emitia uma
luz verde-azulada ...

Minha cabeça sangrava, sentia os olhos e lábios arrebentados, o corpo maltratado por pontapés, mas curioso de saber o que os tinha posto a correr, procurei a coisa assustadora em minha roupa. Levantei com dificuldade, apoiando-me na parede, até chegar a ver algo. Rasgada até a cintura, minha camisa deixava ver, no peito, a corrente de ouro em que eu trazia o *Bezoar* pendurado. Fixei a pedra e percebi, surpreso, que emitia uma luz verde-azulada, de brilho esquisito como se iluminada do interior. Busquei um poste ou ponto luminoso qualquer, que pudesse provocar tal efeito, mas o beco estava às escuras. Tocando a pedra, as pontas de meus dedos mergulharam no brilho, que imediatamente apagou. Arrastei-me até um táxi, e o chofer conduziu-me ao Hospital mais próximo, se não me engano o *Jesus Nazareno*. Os ferimentos foram costurados, minha cara ficou por algum tempo deformada e só pude voltar ao trabalho ao conseguir articular as palavras com clareza e sem dor. O pior foi o choque. A lembrança da brutalidade física e moral, da gratuidade da ação, passava e repassava em minha cabeça, como num filme, ora lento ora acelerado, aproximando em close os movimentos e os traços odiosos dos agressores. A consciência do mal como fundo intratável, em nós, não me deixava dormir e, ao dormir, de volta ao beco, o pavor me empurrava à vigília.

Foi nessa fase, Myrna, que, pela primeira vez desde a viagem a Hidalgo, eu *te* reencontrei num sonho. O que sonhei, precisamente, eu não sei, mas gravei a atmosfera da cena: nossa passividade, os falsos silêncios, a aceitação resignada do vago, do impreciso em nossa relação. Vi a sabotagem da promessa, o encanto virar hábito e o hábito infiltrar-se nas horas impedindo o gesto curador. E mais, muito mais, envenenando as nascentes do amor. Cuspido do sonho, saltei da cama ao enxergar, no escuro, a mesma luz reverberar, ou o brilho que eu vira no beco. ‘O *Bezoar!*’, sussurrei. Era, de fato, a pedra sobre a escrivaninha ao fundo do aposento que emitia o brilho. Dei-me conta, só então, de que a cor no revérbero era um intenso *azul-turquesa*. Percebes? A cor daquela luz era *a cor da promessa* – do *apelo* do deus oculto à criatura no seu abandono! E compreendi, de um golpe, o significado do que se havia passado comigo na montanha de Yaki. *Soube-o* em meu corpo de modo imediato, sem pensamento. Tentar explicá-lo seria como ensaiar o relato de um sonho... A cada frase ou palavra que tente apanhá-lo, as imagens ou o delas sobrado à consciência se adultera, deforma, escamoteia e perde em grande parte. Ainda assim, algo persiste sob a superfície. Resta sempre um sinal, pista ou traço colado à sensação, que, raramente e em geral quando já vamos desistindo, reacende a um apelo indistinto. Algo em nós se levanta, um fóssil ergue a cabeça, move-se, faz-se ouvir. O que eu soube, também, naquele instante, foi que te buscaria. E que isso era bom.

Desde a manhã do encontro com a vendedora de *Tacos*, no *Zócalo*, tantas coisas estranhas tinham-se passado, que reagi com naturalidade ao brilho aparentemente sobrenatural do *Bezoar*. Perturbou-me, no entanto, a percepção da cor na emanação da pedra, como se o mito tolteca se concretizasse especialmente para mim, no seu fulgor. O *azul-turquesa* tinha-me, acaso, fisgado abaixo da consciência e, arrancando-me ao sono, levado a *ouvir o seu apelo*? Eu estava reagindo à cor sagrada? Tinha correspondido ao seu chamado? Hoje, retrospectivamente, pergunto-me se uma lei física ainda desconhecida seria capaz de explicar aquele *efeito*. Talvez. Não, contudo, no tempo e espaço empíricos. Em outra dimensão física, qualquer? *Física*, sim, porque o vi com meus olhos, e o senti no meu corpo.

Considerando que, no mito, essa cor é o único meio de penetração do divino na matéria do mundo, espanta-me ainda hoje o fato de este sinal ter-me tocado... Pois neste, afinal, trata-se do *aceno mate-*

rial lançado por um deus do panteão mexicano aos sentidos da *sua* criatura. Eu, entretanto, não sou índio, sequer mexicano! Minha inserção no espaço de um mito inteiramente estranho à cultura de meu nascimento, eu só posso entendê-la, Myrna, a partir do sacrifício do lhama encenado comigo pelo sacerdote de linhagem maia-tolteca em sua montanha. Basta lembrar que, em meu delírio, após o ritual, a última visão que tive foi de um mar verde-azul a ondular no horizonte, ameaçando engolir-me... Mesmo tendo-se em conta a existência de um 'inconsciente coletivo' que o explicasse, o dispositivo de sua atualização deve ter sido aquele ritual. Só a força de um tal cerimonial seria capaz de forjar, num indivíduo estranho à cultura de sua origem, o solo receptivo ao sinal desse *apelo*; de prepará-lo até fisicamente para reagir, abrir-se a ele...

Fiquei tão excitado com essa descoberta, que cheguei a alegrar-me de ter sido atacado no beco. E me perguntava o que teriam visto na pedra os meus dois agressores. A emissão luminosa, por certo, já que se referiram a ela. E a cor? Teriam visto a cor naquele brilho? Se esta é o único sinal mundano do deus que se ausenta – o seu apelo –, eles provavelmente *não* a teriam percebido enquanto tal, quero dizer, enquanto *cor*. Um deles referiu-se a um *olho*. Na pedra, ambos viram o brilho e, neste, algo diabólico, apavorante. Se o *Bezoar* evocasse, de fato, o sagrado e o projetasse em mim, não seria de espantar que, no caso de meus agressores, o aparecer da pedra ganhasse a forma de meu próprio *Selbst* ou *daimon*. De tal modo que a força no brilho ou a força que *me* rege – algo assim como um *Selbst por trás do eu* – teria, para meus agressores, tomado a forma do *Diabo* que os pôs a correr. Não por acaso, afirma-se que toda manifestação do sagrado muda o regime ontológico dos objetos. Essa metamorfose há de, contudo, depender também da consciência atingida na relação. Meus assaltantes viram a pedra, penso eu, sob o aspecto de sua própria alma.

Ao que parece, o númeno só atinge a consciência do indivíduo no disfarce correspondente à sua essência. Seja lá como for que se tenha chamado, ao longo dos séculos, essa espécie de centro gravitacional por trás de nosso aparecer ou máscara pessoal – *alma, aevum, razão divina, Selbst, consciência profunda, Inconsciente* –, tentou-se apenas dar um nome à singularidade da lei interior que nos rege desde o mistério da individuação. Lei com a qual nós perdemos contato, infelizmente. Uma perda que aponta à corrupção do homem não só na história, mas também na natureza, dentro da qual ele destila sua degradação. Pois, se o laço entre o humano e o sagrado é o mesmo que mantém o cosmo em harmonia, as consequências de seu enfraquecimento ou ruptura no nível humano têm o seu relativo inevitável no cosmo. Acredito, em todo caso, que, aos olhos de meus agressores, o númeno emergiu sob o disfarce ou máscara correspondente ao mal que os dominava naquele momento; daí seu recuo.

Isso valsou em mim na eternidade de um segundo àquela noite. A minha narrativa nada contém do torvelinho em meu cérebro, então. Mais do que tudo, porém, inscreveu-se em meu corpo o resgate de tua presença no sonho. Não como ferida ou perda, mas enquanto *promessa*. Adormeci, a seguir, profundamente, e, acordando, esbanjava energia e confiança. Naquela manhã, fiz o que há muito, desde a volta de *Hidalgo*, deveria ter feito. Dirigi-me ao *Mercado Central*, onde encontrei um velho vendedor de pedras e plantas curadoras – um pupilo de Yaki –, com quem retomei meu estudo das ervas e dos minerais, para o preparo de diversos agregados, poções e beberagens. O seu laboratório era bem equipado, camuflado em estufa de plantas aos fundos da casa modesta em que morava à margem da cidade. Tempos depois, enquanto o índio trabalhava no *Mercado*, eu já usava sozinho aquele espaço, e me bastou retomar os exercícios mais complexos para que o processo interrompido da autoanálise reiniciasse. De novo, as substâncias minerais e vegetais em mistura nos frascos achavam seus correspondentes – suas 'almas', como diria Yaki – dentro de mim. Em outras palavras, os correspondentes transcendentais daqueles 'elixires' voltaram a operar no interior de meu corpo e em minha consciência. Dos resultados objetivos que brotavam desses experimentos – em frascos e potes – foram Juanita e *doña* Corazón que, encantadas com minhas atividades *curanderas*, tiraram maior proveito.

Devo ainda dizer, que minhas experiências posteriores com o *Bezoar*, embora não tão dramáticas como a narrada antes, foram sempre mais ou menos abaladoras; e estou convicto de sua força mágica. Parece-me que tais fenômenos aparentemente sobrenaturais veem-se desencadeados por nós mesmos, e sempre em situações nas quais agimos sem hesitação, levados por consciência subterrânea ou saber inconsciente, que salta à luz e se realiza, certeiro, burlando as determinações do mundo empírico. Se tomada a sério essa capacidade latente em cada um, com mais ou menos força, seria possível, quem sabe, reintegrá-la à vida consciente, para ser exercida naturalmente. Parece-me, também, que a ideia da unidade da matéria inorgânica e orgânica e suas correspondências mágicas está próxima àquela outra, subjacente à crença maia-tolteca, da existência de um *apelo* proveniente do divino na matéria do universo e ocultado na cor *azul-turquesa*. Ambas remetem igualmente a um mundo em que as fronteiras físicas conhecidas de modo algum definem os verdadeiros limites de nossa existência.

Mas basta, Myrna, eu ponho um fim a este *Relato*. Podes achar estranho que minha formação permitisse este acesso aparentemente não científico ao que se diz 'realidade'. Sabes, porém, que não vejo um abismo entre ciência e magia ou, em geral, entre os domínios da ciência e do númeno. A magia não é um acesso sobrenatural às coisas, senão outro daquele próprio à razão. A gravidade física não seria, afinal – tal como o *azul-turquesa* da teologia maia-tolteca –, um aspecto real da substância divina no universo? Sim, por que não a imaginar como apelo sensual do 'campo originário indiviso', ou do *Uno*, em direção ao 'partido' ou 'desgarrado', ou seja, ao 'singular, que o esqueceu'? Não caberia, neste caso, a ela (à gravidade física) impelir a multiplicidade desgarrada a lembrar e buscar recuperar a unidade perdida? Porque, afinal, nos seus efeitos, mesmo quando pensada em categorias mecânicas, como até hoje, a gravidade parece 'apontar' a um universo além do material quantificável. A um universo outro, alcançável somente por aquela também *outra* matemática mencionada em teu diário: a dita 'mágico-pitagórica'. Chego a fantasiar que, por analogia ao que apelidas *ampulheta alquímica*, a saber, o efeito transfigurador que o espaço e o tempo sofrem ao serem revividos na lembrança, pudéssemos pensar algo bem similar acontecendo em regiões muito desconhecidas no mapa parcamente rastreado de nosso universo. Refiro-me àqueles corpos cósmicos monstruosos, ditos *buracos negros*. Não poderíamos pensá-los como gigantescas *ampulhetas cósmicas*, a sugar e voltar a cuspir a matéria deste nosso mundo, sabe-se lá em que dimensão desconhecida; para, outra vez, sugá-la e voltar a cuspi-la aqui dentro, transmudada? Por que e para quê? Não foi sempre, afinal, essa mesma pergunta acerca do invisível e do inexplicável o caminho do homem ao seu próprio enigma?

Mais uma palavra. Não quero que confundas o que se deu comigo, aqui no México, com certos prodígios, sob cuja influência alguns veem-se manipulados como marionetes. Eu não fui encenado em peça alheia, como um títere. O que experimentei – mesmo quando o palco exterior ameaçava o interior, como no caso do lhama sacrificado – obedeceu a um ritmo e necessidades próprios. *El Viejo* soube bem depurar esse ritual de toda superstição ou prestidigitação. Fez-me entender que, desde a crise inicial vivida na Cidade do México, meu processo de cura se configurava a partir de mim e sob minha regência. Fui eu que me arrastei para dentro do desespero e da autodestruição, expondo-me e provocando o auxílio de Rosalita. Devo ter de algum modo adivinhado, na jovem índia, o poder de ajudar-me antecipando sua intervenção.

Desde o início aceitei, ou melhor, elegi sua intervenção. O caminho, eu o estava trilhando até quando à deriva. Era dentro de mim que tudo se esboçava e foi-se concretizando, lá fora, enquanto real. Radicalizando, seria possível dizer que Rosalita, Alva, Constantino, Pepe, Toco, Miguel, Mirafuentes e seus habitantes, a mata, o *Adiviño* e a montanha nada mais foram do que a concreção dos enigmas gestados em mim, a partir do momento em que tu e eu nos encontramos.

Era a isso que Yaki se referia, ao dizer que só eu poderia dar sentido ao acontecido, aconselhando-me a manter-me sóbrio frente aos sinais espelhados nas coisas. Há pessoas, Myrna, como tu mesma, que realizam sozinhas esse caminho interior ou, ao menos, sem auxílio exterior aparente. Digo 'aparente', porque nós todos nos relacionamos sem cessar a tudo que nos cerca. E, saibamos ou não, há trocas permanentes entre o interior e o exterior, dependendo sempre de algo imponderável em nós, o que daí extraímos. Há outras delas, ainda, que acendem tochas ao redor de si esperando ser encontradas; neste caso, o risco de perder-se é maior, porque elas tendem a esvaziar-se em ensaios repetidos de encontros e descobertas, fundindo o anseio ao gesto e enrijecendo nele. Há, contudo, algo de incontestável em todas essas tentativas. O caminho que leva de volta ao início abre-se sempre inadvertidamente e de súbito; ora *de graça*, ao acaso e nos vãos do habitual, ora *por graça*, na fronteira da dor e da morte. Eu mesmo aprendi mais outra coisa nesse périplo em mim: o amor só se enraíza em um solo virado e adubado de muito fracasso e renúncia.

Para concluir, resta dizer que, embora neste *Relato* eu me tenha limitado ao primeiro período de muitos que passei na montanha com Yaki, não foi só em *Hidalgo* que o encontrei. Nós estivemos juntos, depois, em algumas cidades do México, Estados Unidos, Chile e também do Brasil. Ele pouco viajava no final da vida, mas nunca interrompeu de todo os contatos científicos. Até morrer, anos atrás. Encontraram-no recostado na pedra que beirava o abismo próximo ao Observatório;

tinha os olhos abertos para o infinito. Enterraram-no, ali, onde escolheu morrer. Hoje moram, Miguel e a família, na casa que foi sua. Como o farão os futuros *Adiviños* dessa tradição investidos da mesma responsabilidade. Tampouco meu contato com Miguel se interrompeu; fizemos publicações juntos e consegui que ele desse palestras e até cursos em *Universidades* brasileiras. Breves, sim, que ele evita deixar as montanhas por longos períodos. Eu mesmo volto sempre que posso a *Mirafuentes*, onde Alva e Constantino tratam-me como se fosse um membro da família. Agora mesmo, passarei algum tempo com eles, antes de voltar ao Brasil. Pepe e Toco foram-se há muito, mas estão por aqui. A nossa relação persiste nos seus descendentes, que também me adotam quando chego à aldeia."

Outono, 1997

Silêncio na sala. Balko ressona alto no tapete. Volta e meia se arranca do chão, para correr atrás de um gato ou gambá mais atrevido, no jardim.

O relato de Bruno interrompe-se, aí, bruscamente. Como se o esforço feito de lembrar o tivesse exaurido; ou topasse em si mesmo com uma fronteira até fisicamente insuportável. Estou também exausta. E agradeço a Alcina o não ter insistido com o jantar. A mesa ficou posta na cozinha, o pão e o queijo sob um guardanapo. Seu tato sempre me surpreende.

Do narrado por Bruno, não é a sensação do incomum e até mesmo irreal que perturba. Antes a percepção do sofrimento que o arrastou às montanhas de *Hidalgo*; sua autoentrega ao *Curandero*. Compreendo, agora, a que se estava referindo ao concluir sua carta, na metáfora do contador de causos junto ao fogo. O narrar e voltar a narrar, sem o olhar que domine o narrado, girando e voltando a girar o carretel em que se enrosca o acontecido, é um movimento que destrava a lembrança e lhe ilumina o fluxo, como a areia a escorrer e voltar a escorrer numa ampulheta. O possível gorado, seja este de um povo ou indivíduo, quero dizer, sua peculiar destinação ou efetivação, o que escapa ao texto histórico ou biográfico, vem à tona somente nesta forma outra de narrar. É nela, em seu ritmo monótono, que a lembrança perdida revive escapando à memória. Isso para quem narra; para quem ouve, o importante é apanhar o não dito, a existência negada nas malhas do dito. Só assim, o impulso reprimido no passado se agita avançando *de volta ao futuro...*

Há muito eu não escrevo... Nos dias e semanas que se seguiram à leitura do *Relato*, me movi como se em transe, lendo e relendo não sei quantas vezes também a carta de Bruno e o seu *Caderno Azul*. Na vida habitual, o desvio que leva à brecha na fronteira em que esses textos se desdobram fica restrito às artes, à literatura, à música e à velha metafísica. Mas, o que quero? Esse mínimo é tanto... A cada nova leitura, a imagem que tenho de Bruno modifica-se sobretudo no que diz respeito ao *Relato*. Neste, o homem que conheci redesenha-se, estranho, a ponto de eu não identificar mesmo seus traços físicos, minha lembrança parecendo um desses espelhos de circo, em que as coisas se alteram indo desde o habitual, através do grotesco e ridículo, até o espantoso e ameaçador. Minha primeira reação foi inesperada: eu fiquei muda. Mesmo com Balko limitei-me aos carinhos, sem sussurros do nome. Ele o aceitou como um cão, reencontrando aliviado em meu silêncio a sua própria fronteira entre a fala do corpo e as articulações da língua. Alcina e Arnaldo evitaram fazer-me perguntas regendo a casa com ainda mais discrição. Veio arrancar-me ao vácuo a decisão de procurar Laura e Daniel, de quebrar o silêncio. Evitamos, os três, por todos esses anos, revisitar o passado. Se nos últimos meses relembramos ideias, posições, foi sem tocar no vivido, no estofo existencial que as sustentava. A atitude defensiva nasceu de mim, e comove-me ainda o respeito que eles vêm guardando ao meu distanciamento. Cabe a mim mudar isso.

Ontem jantei com eles. Senti tensão e alívio nos dois, quando disse a razão de meu silêncio. Expliquei, bem ou mal, o que se deu comigo ouvindo aquela *voz* emersa do passado no *Viaduto da Borges*. Esperavam há muito, me disseram, que eu me abrisse, dissesse o que já pressentiam. E não tinham sabido, ainda não, da visita recente que Bruno me fez. Laura estranhou que ele não lhes houvesse sequer telefonado. Não Daniel, que o conhece melhor. O desconforto inicial à minha inesperada "confissão" manifestou-se em nosso modo de falar, brusco e nervoso, sem pausas, como se as temêssemos. A derrubada dos diques mexeu conosco. Um súbito silêncio, um constrangimento pegajoso emperrou a conversa. Nós desandamos a falar, depois, ao mesmo tempo, sem conseguir atar o fio de uma conversa. Daniel reagiu com uma gargalhada; disse que a confusão bem merecia um brinde, e, enquanto Laura distribuía os cálices, foi surrupiar um *Porto* à adega de seu pai. Seu nome apenas pronunciado, *o velho Glaser* avançou na sala e acomodou-se entre nós, no sofá. A saudade que tínhamos dele, do humor nas anedotas envolvendo a cidade e a gente que a habitava, repetidas ali e parafraseadas por Daniel, além do efeito da bebida, resgataram aos poucos o nosso equilíbrio. Eu voltei ao motivo de estarmos reunidos. Disse-me aliviada de quebrar a mudez que nos tinha "afinado no pior", e aplainei como pude as desinteligências. Laura desabafou apontando os pruridos de ambos no convívio bloqueado, sua irritação ao me ouvirem falar no passado "como quem cita um texto alheio..."

Servido o café, nós o bebemos em silêncio como que amordaçados. Daniel pôs-se a falar, então, dirigindo-se a mim: "Sabíamos, todos, de tua relação com Carlos, e houve momentos em que temi mais por ele que por ti, por conhecer o quanto a influência do pai o paralisou, levando-o a lutar contra o que mais desejou. Difícil avaliar o que se passava nele, após tudo; acho que abandonar o Sul foi o melhor que poderia ter feito, também para Maria Helena. Eles deixaram a cidade pouco antes de saíres da clínica. Carlos não procurou ninguém, para se despedir. Maria Helena, sim, veio ver-nos na véspera da viagem. Só a nós, segundo disse, e obedecendo a um *comando interior*". Daniel tomou na sua a mão de Laura, e prosseguiu: "No início desse seu afastamento precipitado, Laura foi a pessoa que a ouviu, a quem telefonava, não raro de madrugada. Para não enlouquecer, segundo ela mesma. Isso cessou, com o tempo, mas mantemos contato até hoje. Ela abafou os próprios sentimentos atirando-se no trabalho social em todos os países na rota do marido. Na África do Sul, foi tão longe na investigação de atividades corruptas da *ONG* em que atuava, que Carlos precisou deixar às pressas o seu posto, em Johannesburg, com receio de que ela e mesmo ele fossem assassinados. De volta ao Brasil, ela não se ligou a outra qualquer instituição; mas prossegue engajada até hoje em atividades caritativas. Carlos fixou-se em Brasília lecionando na área de política internacional. Agora aposentado, há de manter, se bem o conheço, o seu gabinete no *Instituto Rio Branco*, e orientar doutorandos. Os dois, como vês, não se separaram; não, ao menos, oficialmente. Ela insiste em manter as aparências acompanhando-o a todos acontecimentos sociais importantes. Ainda assim, se quisesses saber acerca de sua vida comum, não saberíamos dizer se tal coisa existiu algum dia entre eles".

Laura tinha deixado a sala e perguntei a Daniel sobre as gêmeas. "Desde pequenas", disse ele, "recusaram-se a acompanhar os pais nas viagens; graças a avó, bem sabes, que as apoiou nesta opção inconsciente pela própria saúde mental. Ficaram em Brasília, aos seus cuidados. Ainda temos contato com ela; voltou ao Sul, quando as netas decidiram completar seus estudos na Europa. Elas vêm visitá-la seguido, considerando-se que moram na Europa; foi a mãe que tiveram. Curioso, nessa história, é que as filhas de Carlos realizaram o que ele poderia ter sonhado para si mesmo. Liara é pintora e fez nome na Europa; mora em Lisboa com o marido, um físico português. Lívia doutorou-se em Paris e leciona atualmente em Lyon. Filosofia. Não sei se sabes de seu sucesso no primeiro romance que publicou em Editora paulista há pouco mais de um ano. *Frangalhos*, é o título. Lendo-o, verás que o gérmen destrutivo do pai ganha voz no cérebro da filha".

Só notamos que Laura não tinha voltado, quando um galo cantou. No aparador, ela arranjara a térmica com o chá e os biscoitos de nata de Alcina. Tomamos a bebida atentos ao coaxar dos sapos no poço atrás da casa. Na grama em frente, a luz pisca-piscante dos pirilampos deu-me tal sensação de irrealidade, que precisei sacudir-me para voltar a mim. Mergulhado no mesmo torpor, Daniel retomou seu discurso em voz arrastada. Ele deixara a mesa e passou a medi-la a passos largos, a voz recuperando força aos poucos: "Não acho, Myrna, como me pareceste sugerir, que pudesse existir um possível melhor para ti e Carlos. Enquanto essa *persona* esdrúxula que fez de si mesmo, todo investimento afetivo que se permite é de ordem sexual. Ele não suportava em ti o que mais o atraía: a tua autonomia, o viver à margem da sociedade, sem laços familiares, sem obrigações sociais permanentes, que não por própria escolha. Cheguei por vezes a pensar que seu único intuito era o de te quebrar como a um cavalo na doma. Por julgar-se incapaz de alcançar o que lhe parecias ter conseguido? Mas seja, o perigo que ele podia representar para ti, naquele momento, era o de cederes à farsa que ele encenava para ambos. Foi o que me levou a não deixar que sua carta – confiada a mim no *Naval* – chegasse então às tuas mãos. Não que Carlos *não* fosse ou seja sincero. Ele o era, e, acredito, ainda o é até a impiedade, sobretudo em relação a si mesmo, no estorvo que, desde menino, objetou ao próprio querer. Isso o torna pior, mais venenoso e destrutivo".

"Anos depois de sua partida", Daniel prosseguiu, "voltamos a encontrar-nos no *Chalé*; por mero acaso. Tinha trazido a mãe a Porto Alegre, em visita aos parentes, e embarcariam à noite de volta à

Brasilia. Eu vinha do *Mercado Público* e o vi sentado a uma mesa, o jornal e uma xícara à frente. Estava imóvel, os olhos fixos na página aberta, a expressão concentrada. Aproximei-me; e olhando-o, assim, de perto, um trambolhão de imagens cruzou no meu cérebro. Senti algo como saudade, sei lá... fomos tão próximos, um dia.... Falei seu nome e vi que estremeceu e até empalideceu antes mesmo de olhar para mim. Um átimo de comoção nos olhos, ele em pé me abraçando com força, demoradamente. Obrigou-me a sentar, parecendo feliz de me ver; e falava, falava como se apenas voltado de curta viagem. Sempre a mesma elegância, a graça felina, desenvoltura mundana. Falou de suas 'pseudoaventuras' mundo afora, das viagens 'inúteis e dispendiosas', da estupidez dos políticos, da insensatez dos mecanismos de poder, da paralisia das máquinas diplomáticas e daquela habitual, da existência, sobretudo da sua. O Carlos ferino de sempre, sedutor, sarcástico, cru. Mais magro e envelhecido, rugas fundas no rosto, o grisalho pintando a massa escura dos cabelos. 'Um homem bonito', pensei comigo, 'mais até do que antes; e igualmente infeliz'. Perguntou-me por Laura, naturalmente; não por ti, por Bruno... Quando nos separamos, a emoção inicial tinha dado lugar a um constrangimento rombudo, que ele soube abafar na leveza do gesto e nas frases bem-feitas. Sem poder, ainda assim, camuflar a distância, a frieza voltada entre nós."

A hora tardia anunciou-se, outra vez, nos gritos de um bem-te-vi. Daniel sobressaltou-se, parecendo perdido, talvez emocionado. Serviu-nos do chá, e o tomamos calados. Ele tinha sentado junto a mim, numa banqueta, e prosseguiu depositando a xícara no assoalho: "O que dizer de Bruno? Entre nós prevaleceu – sempre, eu diria – um nível de entendimento que impede os mal-entendidos. Eu o aceitei como era. O que o move é real, respeitável. Mantivemos contato ao longo de sua permanência no México; ele escrevia muito, de início, e extensamente, partilhando comigo as novas descobertas. Essa correspondência foi rareando, até ele não reagir mais às cartas e aos cartões que eu lhe mandava. Isso se prolongou por mais de um ano. Certo dia, enviou-me um cartão com desenho extraído de velha inscrição: uma águia. À guisa de texto, um 'Olá'. Eu respondi, e ele continuou remetendo cartões com imagens de arte mexicana, a que ajuntava uma interpretação. Parecia mudado. Pouco falava em seu trabalho, nada sobre si mesmo. De volta no Brasil, só vinha ao Sul em visita ao pai, no interior. A gente se encontrava, nessas ocasiões. Quando o tempo era curto para o almoço ou jantar aqui em casa, eu ia vê-lo no Aeroporto antes do embarque. Conversávamos sobre tudo, nunca sobre o passado. Laura precisou aprender a lidar com este modo distante, vago, de reencetar relação que havia sido próxima.

Daniel calou. Eu mesma teria preferido o silêncio. Era tão bom poder reconstruir a imagem de Bruno, arrancá-la aos fragmentos sobrados na memória, acompanhar seus passos no vazio que se escavou em mim após nossa separação. Mas Daniel prosseguiu, em tom agora um tanto ríspido: "Tratando-se de ti, Myrna, surpreendeu-me e me decepcionou teu mergulho naquela relação tão previsivelmente catastrófica com Carlos. Decepcionou-me, porque não escolheste aquilo livremente; te deixaste arrastar por teus impulsos ou talvez pelos dele. Posso entender que Carlos te atraísse. E imaginar que isso se desse bem mais pelo que adivinhavas nele – a promessa contida na força que traiu em si a vida inteira – do que pelo que se anunciava no encontro entre vocês. Era um prazer ouvi-lo; toda a força rebelde bloqueada na ação, ele a imprimia às palavras, fossem elas escritas ou pronunciadas. Quantas vezes nos deixamos eletrizar por seus discursos, as frases subversivas, vibráteis, como se almas danadas na atmosfera pesada de fumaça a nossa volta. Essas falas devem ter-se enroscado em teus sentidos, embotado o teu cérebro; mas não só. A impotência, a fraqueza, a indecisão de Carlos, mascaradas de força à tua fantasia, faziam dele uma espécie de aparição, um fantasma. E os fantasmas atraem. Tu te deixaste fascinar pelo que chamas *maldição*. Estarás certa ao dizer que uma força alheia os empurrava – um destino qualquer em suspensão no mapa espiritual da cidade? A ideia de que vocês pudessem ter caído em uma *fenda do tempo* ou *brecha oculta do espaço*, sim, de que tivessem sido aprisionados por um quase destino ou *destino gorado* de outros amantes em tempo-espaço em suspensão, pode não ser tão irreal ou fantasiosa como me pareceu de início. É terrível, contudo, pensar que vocês reencenassem enredo-armadilha, sem sequência possível ou chance qualquer de solução. Existiriam mesmo tais constelações agourentas nos desvãos da matéria, tempo e espaço vampiros, predadores de almas? Ou será a madrugada, a luz filtrada e parca no arvoredo que nos faz fabular o que o dia chegado levará a esquecer, apagar da lembrança?"

Eis tudo que consigo refazer do que ouvi de Daniel, ontem à noite; mas ele disse mais, muito mais. Revelador e estranho foi ouvir de sua boca o *meu script*, como se o lesse no pergaminho do vivido e o vertesse em palavras; caleidoscópio a destilar no tempo e em cada viés do espaço um agregado novo. Recordo outra conversa nossa, há não muito, quando evitei a intervenção do seu, no olhar que eu mesma voltava ao passado. Estava certa em temer, naquele instante, a possibilidade de ele adivinhar o material reemerso em mim, que eu tentava esconder. Pois mesmo agora, quando o entreguei a ele, Daniel vem infectá-lo com o que, consciente e inconscientemente, recolheu de mim, de meu aparecer em todos esses anos. O foco luminoso de sua consciência acrescenta, por força, algo novo a esse lastro, alterando o que venho apanhando de mim nesse percurso. Não quero examiná-lo. Cansada, talvez, de perseguir as mutações que o tempo já imprimiu e imprimirá ainda ao que penso ser eu? Só sei que, naquele momento, a sua voz, seu olhar, o suor na testa e por vezes a mão sobre a minha, enfim, sua presença física trazia tal peso ao vivido, que meu corpo vergava ao galope das cenas e imagens retornadas. Até que, de repente, e para nosso alívio, nós dois nos sentimos exaustos... Balko dormindo no sofá, relutou em partir. Aguardamos o táxi na rua, sem uma palavra. Quando chegou, nós já nos abraçando, desatamos a rir... E ainda ríamos, ambos, quando o carro arrancou – o chofer resmungando à imponência do cão ao meu lado, no assento traseiro.

Inverno, 1997

Faz dias que chove. Cinzentas, por trás das vidraças, as horas pingam em ritmo interrompido apenas pelas caminhadas com Balko, quando a chuva dá trégua. Mesmo o cão, aconchegado próximo à lareira, reluta em sair. Hoje trocou a sala pela cozinha, onde Alcina está recebendo os netos com "sonhos" – "bolinhos de chuva", como dizem alguns. Estes vêm visitar os avós com frequência, não só pelos doces, senão pelo cão, que os adora também. Ouço as vozes alegres, Arnaldo eufórico exibindo o boletim do neto (quer ser aviador) e tentando animar a garota, que foi mal nos exames. Esta brinca de médica. Faz-me bem observar esta vida em família; próxima, sem ser minha. Esperanças que murcham, salvando-se a meio na solidariedade tácita dos envolvidos. Caio sobre eles, por vezes, como um constrangedor *deus ex máquina*...

O pêndulo do velho relógio de parede – o único objeto do apartamento de meu pai que carreguei comigo a esta casa – acaba de bater a meia-noite. Retirei o *Bezoar* de seu estojo; fora da caixa é uma pedra comum, só extraindo valor da filigrana de ouro que a sustenta. Ao tomá-la na mão, eu fiquei indecisa. E me olhava curiosa, de fora, até assentir, um tanto a contragosto, em seguir o ritual sugerido por Bruno. Balko seguiu-me à cave, onde escolhi o melhor tinto da adega. Retornamos à sala e, ao abrir a garrafa, o seu jeito solene me fez rir. O cálice servido a meio, a minha mão tremeu ao pegar a aliança; senti a pedra rolar murmurando no líquido escuro. Balko ao meu lado, o corpo todo uma interrogação. Bebi sem pressa enrolando a bebida na boca até a coisa mostrar-se no fundo. Eu a extraí do cálice e enfiei sem esforço o anel no dedo. A pedra se ajustou num efeito bonito à palidez da pele. Ouvi Balko ganir; tinha o lombo eriçado, as orelhas em riste, olhos presos em algo às minhas costas. Eu me voltei, quando ele se atirou resvalando no piso ao que *viu*. Um segundo depois, rindo com o rabo, e em pé nas patas traseiras, ele tinha as dianteiras *apoiadas no vazio*. Em si, a situação era cômica, desde o desengonçado escorregão até a pose de circo. Eu talvez tenha rido, ou estava surpresa demais para isso; não sei. A cena durou nada. Balko caiu de quatro e correu para mim. Tremia, uma pata e a cabeça enfiadas no meu colo.

O que teria sido aquilo? Lembrei dos assaltantes na *Cidade do México*: "*La piedra! La piedra!*" Qual, desta vez, a façanha da pedra? A julgar pelo cão... Bruno terá sabido?

Myrna colou, aqui, o cabeçalho recortado de um jornal.

*MISTÉRIO NO ESPAÇO.
AVIÃO DECOLADO DO
MÉXICO COM 97 PESSOAS
A BORDO DESAPARECE
NOS ANDES.*

Inverno, 1997

Nada, nenhum destroço. Engolido por vinco invisível no espaço visível...

Laura e Daniel acabam de sair. Sua perplexidade, tristeza – sobretudo em Daniel –, nas palavras escassas, no semblante controlado, na quase ausência de gestos. Não tentei confortá-los. Com quê? Impossível dizer o *impossível*.

A morte de Bruno. Sua vida. Ressurgir invisível...

Fim

O que resta a dizer...

... algo se deu aqui,
que levou esta casa
a ser dita "assombrada"
no bairro...

O *Diário* de Myrna interrompe-se aí. Com este "Fim" desenhado em letras garrafais e tão perturbador, que custei a reagir. Anunciei, na abertura do livro, que eu iria voltar a imiscuir-me na história; que traria o apurado em minhas investigações acerca do que aconteceu com Myrna após esse final estranho... Algo se deu aqui, que levou esta casa – em que moro e que um dia foi sua – a ser dita "assombrada"

no bairro.

Terminada a leitura, eu primeiro fiquei sem ação. E custava a dormir. Vinda a noite, era como se a casa vivesse, saísse de si, duplicasse. Apaziguada ao sol e às tarefas do dia, a escuridão chegada, o silêncio do espaço falava ou queria dizer-se e chamava-me a ouvi-lo nos seus vãos. Se o que li no *Diário* levou-me a senti-lo, ou se a coisa se dava em sua própria regência, eu jamais saberei. Fosse lá como fosse, domado na luz, o espaço noturno encenava *em um outro* uma transmutação do diurno. Eu o percorria às tontas, sem sentir, entretanto, a presença de Myrna, senão *sua ausência*. Estranhado da casa e de mim, desejando evadir-se do *agora*, eu o ouvia estalar pelos cantos *como se gemesse*.... Passei noites e noites insones procurando entender o que o espaço dizia. Em vão. Até a ideia nascer – vinda dele, ou melhor, do que nele intrigava os sentidos – de buscar, na memória do bairro, um sinal, um vestígio qualquer, a refração longínqua do que Myrna, calando, entregava de si no brusco encerramento...

Iniciei titubeante as pesquisas. O fato de a casa despertar associações assustadoras na região dificultou-me o intento inicial de chegar a quem pudesse me ajudar. Poderia talvez facilitá-lo, pensei, se mesclasse às crendices em torno aos seus muros, o trabalho importante realizado por Myrna no seu interior. Eu passei a dizer que escreveria um livro sobre a tradutora com fama de bruxa que habitara a casa, no passado. A mistura entre o aspecto irracional da coisa e a instância racional que o desmentia poderia acender na pessoa abordada o desejo, talvez, de lembrar e, quem sabe, falar. Deu certo. Houve quem reagisse positivamente à minha fantasia. Alguns daqueles a que interpelei deixando o telefone, acabaram ligando; e houve quem me indicasse até mesmo alguém outro disposto a encontrar-me.

No livro, o resultado dessas entrevistas está muito abreviado; achei bom restringir-me às falas de conteúdo semelhante e menos agressivo. Há nuanças, por certo, vindas não só da formação do entrevistado, senão do tom da narrativa ou da interpretação pessoal do observado. Das pessoas dispostas a falar, vizinhos e moradores próximos à rua em que se encontra a casa, recebi a indicação dos locais frequentados por Myrna, no entorno. Nestes, um quitandeiro a identificou de imediato, embora seu contato maior tivesse sido com Alcina e Arnaldo. Entrevistei ainda um sapateiro e um cabeleireiro português, que a achavam "simpática"; no caso do último, "pouco vaidosa". Além desses testemunhos, digamos, "naturais", abordei, ao acaso, um e outros passeantes mais velhos, que, de manhã e à noitinha, com ou sem cães, costumam deslocar-se até a beira do rio. Os que dela lembravam, mostraram-se em geral curiosos de saber o que era feito da mulher. Alguns tinham presente, além do modo esquivo, a regularidade do trajeto que fazia; mas também sua figura chamava a atenção, no jeito "hippie" de vestir. Houve troca de frases entre ela e alguns poucos, referentes aos cães, à atmosfera do dia. A impressão deixada era de alguém afável, ainda que avessa a gestos de aproximação. O cão, e, mais cedo, os dois cães, era sua marca registrada. Nunca estava sem eles. Quase sem exceção, esses entrevistados farejavam um amor infeliz ou passado a amargar por trás daquele isolamento. Em caminhadas pela praia, em Cafés da região, a única companhia apontada ao seu lado era um casal de meia-idade. O homem mais assiduamente que a mulher.

Nos anos imediatamente anteriores à morte de Myrna – os que vieram após a interrupção do *Diário* –, os relatos se alteram, ficam difíceis de avaliar. Fala-se em seu "comportamento esquisito", havendo quem afirme tê-la visto agir estranhamente até dentro de um ônibus, gesticulando e rindo em conversa animada consigo mesma. Uns o atribuem "ao peso da solidão", outros, sem eufemismo, a "problemas psíquicos". Na qualificação do observado, há diferenças gritantes quanto a esse período. Os que de algum modo simpatizavam com Myrna, amenizam o visto e o ouvido, avaliando-os em sentido não só negativo. Para estes, ela teria parecido alegre, de repente, ou até mais bonita, embora seu comportamento se fizesse "inadequado", "descabido". Remetem, em geral, suas "excentricidades" ao fato de viver isolada; seria demasiado jovem para estar "caducando". Já para os "não simpatizantes", era "louca", "esquizofrênica" ou, no melhor dos casos, "abobada". Houve quem a dissesse "bruxa", e até "parente do pé torto". Esses, é claro, viam em Balko a própria encarnação do Diabo. As qualificações variam, eu já disse, segundo a educação do entrevistado; bem mais, porém, segundo o grau de sua sensibilidade.

Tratando-se do cão, os testemunhos ficam imprecisos. É-lhes difícil decidir entre o que viram ou acreditaram ver, quanto a rompantes em que Balko parecia reagir à solicitação de "coisa alguma" ou a "nada absolutamente". Os que recordam tê-lo visto com Myrna, à época, fosse em praças ou ruas de Ipanema, em especial, porém, na praia, juram que o viram saltar ou lançar-se em direção a algo "inexistente" como a brincar "com o vento". O animal, segundo esses, ficava em pé nas patas traseiras, as dianteiras "no ar", em posição anatomicamente insustentável considerada a ausência de algo material em que apoiar as patas. "Nem cachorro de Circo faria aquilo!", exclamou um homem idoso, os olhos fixos no seu próprio cão, um boxer branco de cara engraçada. Uma mulher bem vestida, cabelos presos num turbante preto e idade indefinível – puxada por um dálmata na guia –, disse ter visto Balko perseguir, na praia, não um cão ou gaivota, mas "nada"; um "nada", com o qual e em torno ao qual teria feito piruetas, saltando e acoando como se a provocar "aquilo" a reiniciar a brincadeira. Para outras pessoas, o bicho teria dado a impressão de estar jogando, indo e voltando até um ponto qualquer como se carregasse algo na boca, o rabo abanando a cada parada, a cabeça erguida a esperar que "o vazio" lhe devolvesse "a coisa". Uma jovem mulher, menina à época, disse que, "mais de uma vez", e para seu encanto, vira Balko correndo na areia, às cambalhotas, a brincar com algo "que só ele enxergava". Sua impressão, agora, ao lembrar tais momentos, era de presenciar estrepolias de animais que brincam juntos. "Só que o cão era um só!", exclamou rindo muito. Se eu perguntava acerca do comportamento de Myrna, naqueles momentos, uns diziam ter dado a impressão de "estar alegre ou divertida"; outros, ter parecido "tão louca quanto o bicho".

De todas essas entrevistas, a mais prosaica foi com Sílvia, a filha dos caseiros de Myrna. Sim, aquela que herdando a casa aos pais, decidiu prontamente vendê-la. Foi fácil achá-la; seu endereço constava nos documentos do "objeto" arrematado por mim no leilão. Quando telefonei, explicando o motivo do encontro proposto, sua reação foi rude, obviamente assustada com a ideia de ser entrevistada. Argumentei que o papel de seus pais na vida da patroa teria sido importante para seu trabalho como tradutora; a entrevista, afinal, dizia respeito a eles também. Relutou, mas cedeu, e acabou concordando em receber-me. Um pouco por curiosidade, acredito; outro pouco, para livrar-se de mim...

Sílvia ainda mora na Tristeza; na casa que, segundo o *Diário*, os seus pais lhe deixaram, ao virem morar em Ipanema. A casa é grande, de madeira, uma varanda e o jardinzinho à frente, a horta nos fundos, o terreno à direita tomado pela garagem. Estava só, quando cheguei; o marido rodando com o táxi e os filhos longe, fazendo suas vidas, explicou. O mais velho não realizou o sonho de ser aviador; é engenheiro mecânico. A filha, sim, de certo modo, realizou o seu relacionado à medicina. Fez enfermagem e hoje trabalha em um hospital de Curitiba. Os dois me olhavam sorridentes de um retrato pregado na parede. Eu teria gostado de saber o que pensam, como lembram de Myrna...

O espaço exalava um cheiro bom de bolo ou biscoitos assados. Da sala, eu avistava a horta atrás da casa, tomateiros pesados de frutos e uma bacia com vagens no chão de terra. Sílvia passou o café na cozinha e o trouxe na bandeja, acompanhando uma cesta de broas ainda fumegantes. Encarou-me surpresa de eu adivinhar ser receita de Alcina. A lembrança da mãe suavizou-lhe os traços, e ela aceitou gravar a entrevista. Iniciei perguntando por seus pais, do que teriam sido para eles os anos na casa de Myrna. Respondeu que o período havia sido o melhor em suas vidas, e não só pelo ordenado. Lembrou acontecimentos engraçados da fase inicial, como caseiros, do quanto "apreciaram" habitar o bangalô aos fundos da moradia, e de como "as crianças adoravam" visitá-los devido aos cachorros.

Ouvindo-a, percebi que calava sobre si nos relatos. Isso se esclareceu tão logo precisou dizer acerca do motivo de não ter mudado para a casa herdada. De início irritada, olhando o gravador como se fosse cobra, desandou a falar, num desabafo, como alguém que se livra de um peso. Despejou de uma vez o que sentia e pensava saber a respeito de Myrna. "A mãe gostava dela, até muito; o pai também, ao seu modo. Eu não; sempre achei a pessoa esquisita. Era boa comigo, mas não parecia normal... como é que posso dizer.... Como se não fosse deste mundo. Quando começaram a falar, por aí, quero dizer, quando passaram a dizer que era louca, que falava com o Diabo, que o cachorro era o Demo, eu parei de visitar os velhos e proibi meus filhos de irem lá. Que viessem nos ver aqui em casa, falei p'ra mãe! Se eu contava dos falatórios, o pai desviava o assunto, mas a mãe dizia que entendia a *dona* Myrna, que era difícil explicar o que andava acontecendo com ela. Falava que era coisa boa, nada tinha de Diabo e de mandinga, como andavam dizendo. 'Ignorantes!' ela xingava. Minha mãe trabalhava num Centro Espírita; tinha experiência com essas coisas do outro mundo." Sílvia benzeu-se. "Mas ela dizia que aquilo não tinha nada a ver com espiritismo; que o que andava por lá, pela casa, não era espírito nenhum de morto – um errante, obsessor, como chamam. Nada disso! A mãe falava numa aura do bem e num mundo que não era o dos mortos que ela conhecia... Quando *dona* Myrna morreu, os dois continuaram na casa. Até o pai falecer; e a mãe se foi, também, logo depois. Acho que de tristeza. Mesmo assim, quer dizer, mesmo sabendo que a casa era *limpa*, como a mãe falava, e que nada de mais acontecia por lá desde a morte da patroa, eu não gostava do lugar. E Deus me livre de morar ali! Assim que acertaram a papelada, eu vendi tudo...”

Despedindo-me dela, eu prometi que lhe traria um exemplar da “biografia”, quando publicada. Se o farei com este livro? Em todo caso, essa entrevista me alegrou, por me ter dado indiretamente o testemunho de Alcina acerca das esquisitices da patroa; e do mais, que acontecia na casa. Sua posição, que confirmava a alteração no comportamento de Myrna e a estranheza do que se passava no ambiente, vinha, se não isenta na valoração dos fenômenos observados, curiosamente outra que as demais. Algo desconhecido andava por lá – que não era, contudo, “espírito nenhum de morto”. Sequer assustador. Pelo contrário, uma “aura do bem” pairava no ar. Vinda de Alcina, essa avaliação sem dúvida ingênua dos fatos, por mais insensatos que pareçam, dá-lhes um cunho de tranquilidade inesperada.

Sílvia passou-me, ainda, o endereço de Horácio, o colega de Arnaldo na *Polícia Civil*. Ele mesmo, o “Inspetor” e adestrador de cães, *persona grata* na casa de Myrna! Só não soube dizer se o encontraria, que há muito sem notícias. “Hoje vive na *Serra*, com uma irmã agricultora; pode até ter morrido...”, falou. Decidi, mesmo assim, procurá-lo. Consegui uns dias livres, e o ônibus levou-me a um lugar que de início pensei reduzir-se ao quadrado da praça: a Igreja, a Prefeitura e o Hotel em *tête-à-tête* amigável. Foi fácil encontrar um quarto vago, no último, e um táxi barulhento conduziu-me ao sítio não distante, na manhã seguinte. No portão da propriedade, um cãozinho peludo de focinho longo e olhos acesos barrou-me a entrada com latidos. O próprio Horácio acudiu, acalmando o minúsculo Cérbero. A um só gesto do velho, o “monstro” recuou engolindo o rosnado. A irmã e os demais familiares, ele se desculpou, estariam há muito na roça. Imaginou que eu fosse alguma amiga da família, porque, antes mesmo de saber a que eu vinha, conduziu-me à cozinha e pôs água a ferver, para o café. É um sujeito falante, ainda lúcido e ágil, só proibido de esforços maiores, me disse. Ouviu-me, inicialmente surpreso, entre curioso e desconfiado, até entender que eu estava escrevendo a respeito da Myrna tradutora. Dessa sua ocupação, havia, sim, registrado o "tempo enorme" que levava trabalhando. "Mais que isto", exclamou, "o que posso dizer?" E me olhava intrigado.

Lembrar e falar sobre ela, como me expressei, ele naturalmente poderia e até gostaria. Eu sequer precisei encenar a entrevista. A "*dona* Myrna" que o "Inspetor Horácio" conhecera era alguém capaz de se entender, tanto com gente quanto com bicho. Tinha "admirado", nela, o jeito discreto, o tom suave da voz e a atenção que voltava às pessoas, fossem elas quais fossem. Descreveu certas cenas, enfatizando a relação "da moça" com animais. "Não só com os cães", sublinhou. E passou a contar-me o que Myrna "aprontou" ao topar com um cavalo judiado em rua próxima à casa. Interpelado, o carroceiro gritou que o bicho era lerdo e só dava despesa. Ela nem hesitou: comprou na hora o tordilho, sem a mínima ideia do que fazer com ele. O animal ficou lá, no seu pátio, até Horácio arrumar-lhe um lugar em Viamão. Myrna pagou, é claro, estadia e alimento, e o cavalo viveu mais quatro anos, assim. "Feliz com a aposentadoria!", ele riu. Ela ia visitá-lo, e de início o montava. Só passeava ao seu lado, no fim, conversando baixinho e lhe fazendo agrados. "O afeto do animal por ela era algo de ver...", concluiu.

Naquele dia, eu nada disse a Horácio acerca do real motivo de o ter procurado. Se afinal contaria o que viu de esquisito ou notou de anormal na mulher que o acolheu e tratou como amigo? Já no próximo dia, eu me enchi de coragem e lhe disse a que vinha. Reagiu estranhado. Nada falou, mas me encarou azedo. Não me restou senão contar-lhe do alçapão. Eu não tinha levado a papelada junto, e achei bom desenhar para ele o teor do *Diário* e o enigmático fim. Assegurei-lhe que a publicação nada denunciaria das pessoas envolvidas, sequer do bairro em que Myrna morava. Ela e os demais ficariam incógnitos. Do "Inspetor Horácio", que lhe frequentava a casa, eu completei, meu interesse era saber se havia percebido a alteração, de que tantos falavam, no comportamento dela. Para facilitar, resumi o resultado das demais entrevistas, em especial da última, com Sílvia. Nós tínhamos saído, a caminhar em meio às plantações, e Horácio ia me ouvindo, mudo. Parecia ocupar-se do *Cérbero*, que insistia em atacar espantalhos na trilha barrenta. Como nada dissesse no percurso, despedi-me, sem jeito, no portão da chácara. Ele estava arredio. Deu-me, contudo, a mão, murmurou que ia pensar, que eu voltasse na tarde seguinte. Pouco dormi, no hotel, àquela noite; mas me dava esperança. Uma vez policial... A história bem que oferecia flanco a uma investigação...

Chegada ao sítio, na tarde seguinte, Horácio apresentou-me à irmã. Parecida com ele e bem mais jovem, fora um "presente" para os pais, que não contavam mais com a vinda de uma *Mädchen*, para auxiliar a mãe nas lides. Astrid é forte, vital, falante como o irmão, e serviu-nos o autêntico "café colonial", sem a enganosa "maquiagem" dos oferecidos nas muitas "paradas" da *Serra*. O que nos veio à mesa eram *sobras* do almoço e, é claro, o pão batido, o salame, o *Käseschmie*r e o *Schmier* originais. Um *Streußelkuchen* ainda morno completava o cardápio, mais o chá de maçãs e o café. Ao contrário de Horácio, Astrid arrasta um português pesado denunciando o dialeto alemão no dia a dia. Perguntada, foi desdobrando a história dos parentes, desde a chegada ao Sul em meados do século XIX. Bonito ouvi-la, ali, na mesma sala em que, enfiado na cama, sem calças, o tataravô alemão precisava esperar que, sob o ferro a brasa, sua mulher secasse a única que tinha. Interrompendo a irmã, na narrativa, Horácio encarregava-se do lado humorístico da saga familiar, ilustrando com graça os desencontros do primeiro casal com a administração e a gente da região. Assustada com a hora, Astrid saltou da cadeira, de repente – o *Schnaps* da despedida lhe enrolando a língua. Convidou-me a ficar, para jantar com eles, mas o táxi já estava por chegar. Horácio sugeriu caminharmos um pouco, e foi logo dizendo o que achou necessário.

"A senhora desculpe", iniciou, "mas não gosto da ideia de ver esse *Diário* publicado. Mesmo que a *dona* Myrna não fosse identificada, um *Diário* se escreve é pra gaveta. Ela deixou a coisa por aí... pode ser que esperasse que o lessem.... Eu não quero nem posso julgar; muito menos dizer o que fazer com a papelada. Publicada, o correto seria que ficasse anônima. Falava-se muito, é verdade, coisas ruins da moça; nem o cão escapou, imagine.... Só por isso, acho bom eu dizer o que sei, presenciei." Limpou a garganta, e continuou: "Aconteceu de repente. Ninguém estava preparado para aquilo, porque a vida na casa era a mais normal e sem novidades possível. Alcina foi quem primeiro se alertou ao nervosismo da patroa. Viu que chorava pelos cantos, que não dormia à noite, nem lia, escrevia. Preocupada, falou com o dr. Daniel. Este lembrou que *dona* Myrna acabava de perder um grande amigo. Alcina estava ciente; alguém que haviam conhecido, um professor de fora. Tinha estado na casa, um tempo atrás, e os dois ficaram conversando até de manhãzinha... Balko gostou do sujeito... A notícia da queda do avião veio estampada em todos os jornais. Que me lembre, até hoje os destroços não foram achados. Mas a tristeza não durou. De uma hora pra outra, *dona* Myrna mudou. Ria e falava sozinha o tempo todo; Balko junto, correndo feito louco por todo lado como se... Bem, nós ficamos assustados; todos nós. É, eu também; era muito esquisito... Alcina começou a dizer que Lesko, o primeiro cão da casa, morto e enterrado há anos no pátio, andava por lá. Ela era espírita, e a gente não dava muita bola pra essas conversas. Arnaldo só embrabeceu, quando ela começou a dizer que o cachorro não tinha voltado sozinho. 'Tem qualquer coisa mais, por aqui, que não entendo bem', ela falava, 'não é ruim, do mal, nem da morte; só que a gente não vê ...' Depois de muito ouvir essas conversas, ele acabou proibindo a mulher de falar. E isto na minha frente. Alcina até chorou! Depois disso, nada; ela nunca voltou a mencionar a coisa. Uma pena, eu teria gostado de saber mais acerca daquilo. Fosse lá como fosse, se o jeito da patroa, e também do cachorro estranhavam a gente, difícil seria afirmar que se estaria mesmo *vendo* aquilo tudo... Arnaldo insistia que Alcina andava imaginando coisas. Só que, veja bem, *dona* Ismália, não era ela sozinha que via as tais coisas. E *imaginar coisas a muitos olhos* é algo bem mais difícil de explicar, não acha?". Ele fez uma pausa, e retomou: "Se Balko era visto fazendo esquisitices na beira do *Guaíba*, isto eu de jeito algum confirmaria; nem o Arnaldo, estou certo, se estivesse vivo... Em casa, sim, aconteciam coisas parecidas... passeando com ele no rio era tudo normal. Só não posso dizer o que o bicho fazia sem nós, só com a patroa... A falar a verdade, pelo que vi na casa, posso até imaginar que os tais entrevistados não exagerassem..."

Agradeci a Horácio o ter-se aberto comigo, e chegado a admitir até o que não gostaria. Despedi-me ali mesmo, na estrada, sem voltar à casa, porque o táxi alcançou-nos a meio caminho. Se eu gostaria de voltar, perguntou, passar uns dias no sítio, conhecer os demais da família? Não prometi fazê-lo, mas, quem sabe...

No dia seguinte, bem cedo, Horácio apareceu no Hotel. Tomamos juntos o café e ele me acompanhou, após, à Rodoviária. Veio num *Ford* conservadíssimo dos anos 1950; sua "menina dos olhos". Ficou na plataforma acenando com o braço. Jeito de "nunca mais". Myrna estava ao seu lado... e sorria. Do mistério em seu *Diário,* nada se havia esclarecido ou se esclareceria. Tinha sido importante, porém, encontrar Sílvia e Horácio; saber deles, tão próximos dela, do visto e do ouvido naquele período. De Sílvia, nem tanto por si mesma, senão pelo que trouxe de Alcina às minhas conclusões. Horácio, sim, conseguiu precisar de algum modo o *retrato* que eu tinha de Myrna, e acabou reforçando os demais testemunhos. Das entrevistas que fiz, foram por certo as suas as menos duvidosas. Confirmando nas outras o que a narrativa tem de insólito, fantástico ou sobrenatural, como se queira, elas, porém, não deixam dominar o fantasioso. Eu decidi, por isso, que era chegado o tempo de parar, pôr um ponto final nas investigações.

Concluída a seleção comparativa dos conteúdos gravados, e tendo alinhavado um seu resumo no corpo do livro, restava-me saber o que fazer com o *corpus* do achado, os originais. Normalmente, eu pensei, teriam ficado com a família da morta; se existisse... A mim não pareceu que devesse buscá-la, como não pareceu à Myrna necessário falar sobre ela, a não ser quanto ao pai. Conclui que seria indicado confiá-los àqueles amigos, os únicos que, segundo o *Diário*, estariam por perto. Não foi difícil identificar Daniel no *site* da universidade. Até porque estava indicada ali sua anterior atividade como sócio e redator do "*Vígil*". O endereço residencial, eu o encontrei em velha *Lista Telefônica*. Inibiu-me, confesso, de telefonar ou enviar e-mail, a convivência imaginária que eu vinha tendo há muito com ele e a mulher. Sem me anunciar, portanto, uma certa manhã, dirigi-me até a casa em que tinham vivido, em *Navegantes*. Chegada à rua, eu não tinha certeza de se ainda estariam naquele endereço. *Soube-o*, porém, ao topar com o sobrado. Sua fachada é ainda azul, verde e preto, como descrita no *Diário*, o telhado ferrugem espiando entre as copas dos álamos e as pontas dos ciprestes. Senti um nó na garganta, parecendo *rever* tudo aquilo após anos de ausência como se houvesse estado lá, no passado. Com uma só diferença: quase na cumeeira, uma pequena claraboia de vidro avança nas telhas. O que seria aquilo? Mais recente que o *Diário*, pensei, já que não mencionado por Myrna...

Estacionei a *Vespa* e precisei de um tempo, engasgada, para tocar a campainha ao lado do portão de ferro. Apertava com força, no peito, a pasta com o material tomado ao alçapão. Daniel apareceu na porta, uma das mãos na testa contra a luz; veio até mim, depois, a perguntar se procurava alguém na redondeza. Desculpei-me, sem jeito. Tê-lo próximo e tão diferente do homem imaginado perturbou-me. Acho que gaguejei ao dizer que se tratava de Myrna. Ele me olhou parecendo estranhado, mas compôs-se ligeiro e apertando-me a mão convidou-me

... senti um nó na garganta, parecendo "rever" tudo aquilo... a não ser pela claraboia de vidro no telhado...

a segui-lo. No gabinete, as paredes cobertas de livros, o piso de madeira sem tapete, a mesa de trabalho abarrotada de papéis, computador aberto e a luz da lâmpada de mesa acesa, embora o sol borrasse o chão avançando até o meio da sala. Fez-me sentar em poltrona de braços, o forro desbotado em brim azul; e afastou-se, a buscar um refresco. Quando voltou, eu perguntei por Laura. Sem me olhar, depositando com cuidado a bandeja na mesa de trabalho, ele me respondeu que teria morrido anos atrás; atropelada, ali mesmo, em frente à casa. "Foi uma bicicleta", disse; "caiu mal, a nuca de encontro ao cordão da calçada". Mesmo falando aquilo em tom distante, sem se pôr na frase, eu senti um calafrio. Ele encheu dois copos com um líquido claro, em que boiavam folhas e cubos de gelo. "Prove; são folhas de hortelã", disse com um gesto largo em direção à rua. "Eu as colhi ainda há pouco, na horta". A sensação refrescante me refez, e deixei-me afundar na poltrona escutando as cigarras gritarem seu refrão. Daniel tinha-se acomodado em banqueta empurrada até junto à poltrona e senti que me olhava, cotovelos nos joelhos, a cara apoiada nas mãos aguardando obviamente que eu me explicasse. Só então, diante dele e naquele cenário onde tudo se iniciou, compreendi a indiscrição que estava cometendo; para com Myrna, sim, mas com ele também e os demais envolvidos na história – *nesta história...*

Daniel é um tipo controlado, mas precisou conter-se ouvindo-me falar do alçapão e dos textos achados. Suas mãos tremiam, quando lhe passei a pasta. Nela estavam: o duplo *Diário* de Myrna, a carta, os *cadernos* de Bruno e outros poucos escritos; mais as cópias gravadas das *entrevistas,* com o breve resumo das mesmas. Tentei justificá-las dizendo que as ouvindo ele talvez chegasse a algo *além* do expresso no *Diário*. Com a pasta nas mãos, ele não pareceu ouvir o que eu dizia, olhos grudados nela e imóvel como se congelado. Levantei ensaiando a despedida. Ele ergueu a cabeça e me olhou *sem me ver*. Murmurei que telefonaria ou viria outro dia, caso quisesse. Se chegou a entender? Fechei a porta com cuidado atrás de mim.

Duas semanas depois, telefonei. Daniel se desculpou, já estaria pensando em vir até aqui; tinha ficado sem meu telefone. Não mencionou a pasta. Dias depois, quando me recebeu para o café da tarde, a mesa estava posta no alpendre, com apuro, uma jarra com flores na ponta, mais a travessa de pastéis cheirosos, recém-fritos, no centro. Ele notou minha surpresa e esclareceu: "São obra das *governantas* da casa!" Estas, duas matronas simpáticas, avançaram na sala com o café e um sorriso brilhando nas caras. Bem-humoradas, foram-me logo informando os anos que aí trabalhavam – mais de vinte – e estariam contentes de o patrão finalmente "voltar a receber visitas". Os pastéis, eu lhes disse, assim cobertos de uma leve camada de canela e açúcar, lembravam os de minha avó – o que me valeu a receita daquela delícia.

Daniel foi logo oferecendo o "tu" do tratamento sulista e, ainda em pé, agradeceu-me tê-lo procurado e deixado com ele o "material do sótão". Só agora, falou, lendo o enigmático encerramento do *Diário*, teria podido entender o comportamento de Myrna no final da vida. Ainda que "entender", continuou, não expressasse o que sentia. Àquela época, tinha-lhe sido insuportável a serenidade beirando a alegria que ela irradiava. Não só para ele. Laura também lutou consigo mesma, para não julgar o comportamento aparentemente insensível da amiga. Agora, porém, considerando embora absurdo o que Myrna parecia sugerir nas entrelinhas finais do escrito, o seu comportamento inexplicável encontrava certa justificativa. Ouvindo-o, pareceu-me que se debatia com o fato de ela não lhe ter confiado o seu segredo ou o segredo de sua "loucura" – como, segundo disse, pensavam alguns. Não ele ou Laura, apressou-se em dizer, ainda que ambos houvessem efetivamente presenciado alguma vez, nela e no cão, certas "esquisitices".

Ele não se estendeu, então, sobre o que tinha lido. Voltou toda atenção a mim, desejando saber a razão de eu ter vindo "exilar-me no Sul". Surpreendeu-me a naturalidade com que reagi à pergunta, e só então percebi que o fato de ter mergulhado tão profundamente no fluxo de existências outras, estranhas à minha, abrira um novo acesso, mais leve, a mim mesma. Durante o café, pude observar Daniel. Ele não aparenta os seus mais de setenta; talvez não só devido à atividade intelectual constante – agora mesmo está escrevendo a biografia do tataravô alemão assassinado –, mas por manter-se ativo também fisicamente, e em contato com a terra. Faz sozinho, até hoje, a horta e o jardim, deixando-se, no mais, mimar por Solange e Maria – as *governantas*. Mantém o hábito de caminhar cultivado com Laura, hoje na companhia de uma cadela da raça Labrador, de pelo dourado e ânimo doce, que me acolheu como se velha conhecida. Lua aninhou-se entre nós, sob a mesa, só deixando o lugar, para o passeio com Solange. Ao voltarem, esta veio saber se devia servir o jantar. Dei-me conta, só então, da hora tardia. Agradeci levantando, mas Daniel insistiu em nos servir um vinho. A governanta despediu-se e, já alimentada, Lua deslizou de novo para baixo da mesa.

Nós sorvemos o vinho sem muitas palavras. A luz mortiça do sol sobre as ilustrações de Laura acentuava sua magia ingênua, em contraponto com o contorcionismo surreal das dezenas de orquídeas distribuídas no alpendre até o teto. Visto assim, o ambiente era estranho à aparência equilibrada e sólida de Daniel, e eu me tranquilizei, olhando-o, o chão firme voltado à instantânea vertigem. Ele mesmo não há de ter mudado muito, a não ser pelas rugas e os cabelos brancos. Tem a expressão enérgica na cara, o corpo é ossudo e rijo. Traz os cabelos longos, ainda; mesmo presos na nuca, soltam-se do amarrado e lhe invadem o rosto em caracóis como se a ironizar-lhe as marcas. Usa as roupas folgadas e, sempre, o suspensório do tataravô alemão. Deixou de lado os óculos pesados; usa-os leves, sem aros, a equilibrar-se, tortos, no nariz retilíneo. Surpreendendo-me o olhar, ele o apanhou no seu, uma interrogação no arco revolto das sobrancelhas. Até aí, eu não tinha podido vencer-me, dizer minha intenção de publicar o material do sótão junto às entrevistas. Aquele olhar me encabulou, fez-me cair em mim e confessei tão fora de contexto o pretendido, que ele quase saltou da cadeira.

"Pu-bli-car? Mas... Não, eu não posso impedi-la, é claro, embora... De que modo imaginas juntar isso tudo em um livro? Não tens nas mãos uma só história! São várias e desconjuntadas..."

Descrevi como pude o projeto, e ele não pareceu achar a ideia tão disparatada. Não tentou dissuadir-me, mas o seu desconforto em ver-se assim exposto, e aos amigos, não me passou despercebido. A única observação limitadora que fez foi quanto aos nomes das personagens: tinham de ser fictícios. "Obviamente, Daniel!", revidei aliviada. "E você... poderia ajudar-me a escolhê-los? Ele até relutou, mas cedeu. Quando me despedi, tínhamos pronto um plano temporal para lermos o texto ainda mal-arranjado do livro. Ele havia insistido em que o fôssemos lendo em voz alta. Só no fluxo da voz ou no ritmo do texto acharíamos os nomes buscados... "Afinal", concluiu, "esse livro será a *tua* história, uma história narrada por ti. Para termos os nomes dessas personagens precisamos sentir sua imbricação no texto, ouvi-los soar nas frases..."

Nós passamos, então, regularmente, a ver-nos. Foi preciso habituar-nos a isso. Ajudaram-nos muito, no início, as atenções das governantas: os pastéis de Solange, os bolos e as cucas de Maria davam um ar de festa a esses encontros. Lua auxiliou-nos na aproximação. Desde a perda de Laura, fora ela o único gesto de abertura feito por Daniel em relação a outro ser. Tomou-a a si, quando seu dono – um vizinho – precisou ser internado às pressas no hospital. E afeiçoaram-se, os dois. Meses depois, o vizinho doente outra vez, Daniel a adotou. Lua é especial. Mesmo tendo perdido duas vezes a pessoa de sua referência antes de chegar a ele, permanece confiante e sociável. É toda impulso de brincar, embora bem determinada em seus direitos, preferências e limites. Nela, Daniel encontrou o lugar de um afeto longamente represado; ela, nele, o companheiro estável que lhe faltava. O fato de o cão gostar de mim contou, decerto, em meu favor. A acolhida de Daniel, eu a devo, contudo, ao achado do

... Lua é especial, e o fato de gostar de mim contou em meu favor...

sótão. Mais ainda, acredito, à força magnética que me amarrou a este.

Surpreendeu-nos, aos dois, a leitura conjunta do livro ainda em esboço. *A Daniel*, por ter lido o *Diário* na versão disjuntiva original, e agora, ao dele se apropriar, unificado, poder sentir com mais intensidade a escavação penosa de um passado, que, embora sendo seu, deixou de sê-lo no texto estranhado. E *a mim*, porque ouvir o narrado em sua voz alienou-o da forma anterior como se um outro texto, eu mesma outra pessoa, o encadeamento e ritmo não mais *meus*, senão do texto em si. Mais que tudo, porém, tocou-me ouvir os nomes das figuras emergindo à cadência da voz, de *sua* voz, como que por si mesmos ...

Desagradou-lhe o espaço por mim reservado às entrevistas. Aceitei reduzi-lo; pois nelas, os testemunhos dados ao que eu procurava são, ao fundo, idênticos. Notei que o peso dessa concordância entre tantas pessoas desconhecidas umas das outras inquietava Daniel. Não queria aceitá-lo, porém, e evitava falar das gravações. Quando a elas voltou, bem mais tarde, sua atenção fixava-se não nelas, propriamente, mas em Bruno ou no papel que lhe cabe nos tais testemunhos – que sequer sabem dele...

Aconteceu meses após o final da leitura. Tinha chegado o inverno. Sentados no seu gabinete, tomávamos café. Com os olhos fixos nas chamas do fogão, o cheiro da resina misturado ao da bebida agia em nós como uma droga. Lá pelas tantas, do nada, ele disse: "O pretenso mistério a que essas entrevistas apontam tem, na verdade, sua chave *não* no aparecer de Myrna ou do cão à sua circunstância após o desastre, *senão em Bruno e só nele...*". Daniel falava como se mergulhado ainda nas gravações. Sua voz vinha abafada, aqui e lá, pelo trinado de um melro. Ele se interrompeu, tomou um gole do café e depositou a caneca no piso para, a seguir, alimentar o fogo com mais lenha e pinhos secos. As labaredas se agitaram e a lenha crepitou lá dentro. Retomando a caneca, ele sorveu o líquido até o fim e continuou: "Se digo que o mistério dessas gravações está em Bruno, e não, primeiramente, no comportamento de Myrna e do cão, é porque os tais entrevistados estão falando sempre dele, *só dele*... O testemunho repetido que dão, sem o saber naturalmente, é nada mais do que o de sua *aparente ausência*. Ou melhor, e para repetirmos o *Diário*, o de *sua invisibilidade* no observado." Sorriu, sem jeito, e prosseguiu: "Muitas vezes, por certo, eles parecem remeter também a Lesko, como a *causa* do que acreditam estar enxergando. De qualquer modo, em todos esses relatos, sem exceção, por trás do manifesto está o enigma de um imponderável: *a presença invisível de Bruno; e de Lesko,* concedo... Não estou afirmando, com isso", ele moveu a mão como a se defender, "que os dois de fato se encontrassem lá. Não me permito admiti-lo. Estou apenas descrevendo o fenômeno e o que se poderia extrair dele, *se* se quisesse evitar uma interpretação desabonadora em relação a Myrna..."

Foi a única vez que ele voltou às entrevistas; foi tudo que se permitiu supor acerca das últimas anotações da amiga em seu *Diário*. Eu, por meu lado, concordo naturalmente com sua repulsa às gravações, sempre que as interpretações do observado vêm determinadas por preconceitos e superstições vulgares. Não posso, contudo, ignorar o que nelas *se repete*. Pode ser, sim, *absurdo*; como, porém, dizê-lo *falso*? Contrariando Daniel, eu aí me permito admitir o inadmissível...

A assiduidade com que passamos a ver-nos para a leitura conjunta do livro, acabou criando um hábito. Ela finalizada, nenhum de nós aceitou abrir mão dos encontros, embora eu precisasse trabalhar o texto e isso tomasse grande parte de meu tempo livre; escasso o bastante. O ritual dos encontros semanais prolongou-se, portanto, e eu me apanhei contando os dias para o próximo. Isso levou a que, através de Daniel, eu me fosse embrenhando no cenário real daquelas existências escapadas ao esconderijo do alçapão. Dizendo os seus amigos, ele emprestava matéria às personagens do *Diário,* tornadas tanto mais vivas ao som dos nomes reinventados no fluxo do texto. Como se provocadas, elas vinham sentar-se à nossa frente, ansiosas aparentemente de ver desvelado o próprio *fim* na nova encenação do ontem sob a regência do agora. Daniel não me dava a impressão de ter sido atingido do vago em que elas se moviam. Até que, surpreendendo-o por ângulo novo, percebi que mesmo ele – como dizer? – poderia *rachar*...

Aconteceu mais de um ano depois de eu tê-lo procurado. A tarde estava fria e, findo o café, no alpendre, o fogão emanava um calor agradável, agora, no seu gabinete. Ele pouco falara durante a refeição, deixando espaço às governantas de contarem suas próprias aventuras, com e sem Lua, pelo bairro. Parecendo constrangido,

Daniel se desculpou pelas "ausências" e, num rompante, disse ter de falar acerca de algo que o vinha perturbando. "Achaste talvez curioso", iniciou, "que Bruno insistisse em se aproximar de Myrna após sua recusa. Foi o que achei, na época. Se hoje digo entender sua insistência em ficar perto dela, não sei bem o porquê. Há um mistério qualquer nessa relação..." Ele se interrompeu como se arrependido do que havia dito; mas prosseguiu, "...um mistério, confesso, que me vem apanhando há algum tempo, de um modo que...". Com um garfo longo, passou a revirar o fogo na boca escancarada do fogão, até apagá-lo, convidando-me a andar umas quadras antes de eu partir. Lua acorreu, quando me levantei, e ele a tomou na guia.

Eu nunca o tinha visto assim, inquieto e até nervoso, e achei melhor deixar-lhe a iniciativa, na conversa. Caminhamos calados, divertidos com o cão e o prazer que sentia em nossa companhia. Diante da Igreja Paroquial, Daniel contou-me da disputa inicial entre esta e a Igreja do Menino Deus em torno à imagem da padroeira da cidade e do bairro. Lembrou histórias narradas por seu pai sobre a vida local e a influência dos colonos alemães na formação de *Navegantes*. Até certo momento, ele disse, teriam sido estes os responsáveis pelo caráter operário e industrial que aqui reinava. Os avós de sua mãe teriam trabalhado nas fábricas locais e ele sentia-se, também por isso, ligado às origens do bairro, temendo sua destruição. "Já nos anos setenta do século passado", explicou, "com o deslocamento das fábricas mais importantes para outras regiões, perdeu-se o seu caráter fundador. O bairro decaiu, como bem podes ver, tanto no arruinamento de seus velhos prédios quanto na espécie de marasmo, no quase embotamento que paira por aqui. Mesmo seu nome vem sendo esquecido na designação prosaica que lhe emprestam, hoje, como *4º distrito* da cidade..."

Isso o incomodava. Tinha crescido entre as ruelas poeirentas, "hoje esquecidas do que viram e ouviram". Ele falava, e eu de algum modo percebi, que procurava apenas protelar o que, de fato, queria dizer. E esperei. A chuva e o frio anteriores tinham dado lugar a um calor pegajoso. A caminho de casa, em terreno baldio, nós sentamos num banco à sombra de uma seringueira. Daniel deixou que Lua farejasse o espaço livremente e, seguindo-a com os olhos, voltou à fala interrompida no seu gabinete. "Existem coisas", ele iniciou, "que não esperaríamos ou gostaríamos de observar nos amigos. Se isso acontece, sentimo-nos tão constrangidos como se se tratasse de nós mesmos. Pois bem, tal coisa eu surpreendi em Bruno *meses após* o seu desaparecimento. Estou certo, porém, de que, embora ele mesmo nada mencione acerca disso em sua carta ou no *Relato*, acabaria, cedo ou tarde, por confessá-lo à Myrna. Afinal, tinha-lhe dito o mais difícil: que a seguira e observara às ocultas por anos a fio. Eu mesmo, após saber da coisa, guardei-a até agora comigo. Por que falo a respeito contigo, Ismália? Quem sabe por não teres conhecido Bruno pessoalmente? Ou porque o metamorfoseaste em personagem literária, estranhando-o de mim, quero dizer, da existência real que partilhamos no passado? Não sei, francamente..."

Ainda falando e a sacudir da roupa o que caiu da árvore, Daniel pôs-se a andar à minha frente como a medir o espaço sob a seringueira. "Foram as circunstâncias, essas fiadoras de destinos, que levaram seu pai a procurar-me algum tempo depois da tragédia. Pediu-me que desse uma olhada nos papéis deixados pelo filho em seu apartamento. Colegas de São Paulo estariam atrás de certo material faltante ao seu último livro, em prova na Editora. Até aí, segundo me disse, tinha evitado entrar 'naquele lugar', e nem podia imaginar mexer nas suas coisas. Deixar a chave com desconhecidos, nem pensar; mas, se de fato o material buscado lá estivesse, eu com certeza o encontraria. Peguei as chaves e entrei no apartamento já no próximo dia. Ninguém havia estado lá, nada fora alterado desde a partida de Bruno para o México. Ele tinha deixado as cortinas e venezianas da sala de visitas abertas, e, ao entrar, a atmosfera pareceu-me tão viva como se ele estivesse por chegar com uma bebida, ou trazendo um jornal, uma revista, a mostrar-me matéria de nosso interesse. Só então *realizei*, quero dizer, *vivi* sua morte em mim, num instante de luto em sua expressão mais forte. Passada a crise, procurei em sua mesa o dito material; e o achei, de fato, sem dificuldade. Ele o tinha deixado na primeira gaveta de sua escrivaninha.

Eu estava na porta, por sair, mas voltei obedecendo ao impulso de sentir, uma última vez, a marca de sua presença naquele lugar. Sentei primeiro na cozinha, onde às vezes varamos a noite, o vinho temperando a conversa ou o silêncio – que nunca nos atrapalhou. Poucos eram os móveis em todo apartamento, as paredes cobertas de livros e tapeçarias mexicanas. Na sala, destacava-se aquela primeira a ele presenteada por Alva, com a árvore sagrada bordada em um verde profundo. No gabinete, além da mesa e dos livros, uma vitrine repleta de estatuetas e objetos adquiridos no México; entre estes, certas preciosidades vindas das mãos de Yaki. Foi a primeira vez que entrei no quarto em que ele dormia, o espaço aí também encharcado de luz, com o sol invadindo o aposento até o meio. Um roupeiro na entrada, livros pelas paredes, sobre a cama outra manta bordada. Ampla, a peça dava para os fundos do edifício por um janelão. De costas para a luz, uma poltrona; não distante, a luneta – instrumento portátil montado em seu tripé. Sua presença não era de estranhar, sendo Bruno quem era. Não estava, porém, assestada contra o céu. Dobrada em ângulo, apontava para baixo, a um ponto qualquer da terra. Colando o olho à objetiva, eu recuei. Junto à mesa de Myrna, no chão, Balko tinha entre as patas um porquinho de pano e o mordia. *Ouvi* meu próprio espanto, a boca retorcida à sensação do estômago embrulhado. A que ponto chegara o meu amigo.... Dei-me conta de mim já na rua, correndo...

Myrna não soube disso; nem a Laura eu contei. Aquela descoberta me fez mal. Eu experimentava um misto de consternação e reverência. Dias depois, ao devolver ao pai de Bruno as chaves junto ao material do livro, perguntei, sem pensar, se teria a intenção de vender a luneta. Ele me olhou, surpreso; não sabia obviamente de sua existência. E se abriu num sorriso, para dizer o quanto lhe faria bem que ficasse comigo. Ao notar seu alívio, não ousei corrigir o malfeito. E me coube, afinal, fechar o apartamento após selecionar e empacotar os livros junto aos objetos da vitrine, encaminhando tudo à Universidade. O velho só aceitou ficar com as mantas. Não acho que se encorajasse a entrar naquele espaço, e tampouco nos vimos, depois. Laura telefonava, às vezes. Ele nos convidava a visitá-lo na fazenda, onde vivia agora com a família de um sobrinho, levando adiante a criação de equinos. Anos atrás, li no jornal o anúncio de sua morte; estava centenário."

Daniel se interrompeu, olhos postos nas mãos que cruzara no ar a sua frente, como dois lutadores. E prosseguiu. "Deves ter percebido a claraboia no telhado de minha casa..." Não esperou que eu respondesse, e completou: "É a luneta de Bruno que está lá..." Uma pausa comprida, e afinal retomou: "Eis, Ismália, o que quero, o que *temo* dizer ... É que, observando o céu através dela", ele fez outra pausa, "...eu passei a enxergar, por instantes, não os astros buscados, mas imagens de Myrna, com Balko e sem ele, ora na casa, no rio, no *Centro* da cidade e em bairros próximos, ora também no mar... Eu esfregava os olhos, pensava estar alucinando; mas não, as imagens voltavam, como num filme..." Ele hesitou, de novo, e afastando o cabelo do rosto num gesto nervoso, retomou: "Ao longo desses anos todos, eu tentava explicar aquilo, aquela *aparição*, mediante uma possível sobre-excitação de meu cérebro com o desaparecimento de Bruno. Quando a coisa voltava, eu fugia. Não era sempre, nem com frequência, mas, acontecendo, eu deixava o telhado na corrida.

Quando Laura morreu, não me atrevi a voltar ao telhado. Temia vê-la *naquilo*, porque mais de uma vez eu a tinha observado na horta ou no jardim; e ela acenava para mim, de volta, fazendo caretas. Por Deus, Ismália, enxergá-la na *coisa maldita* seria mais que um pesadelo! Há não muito, porém, após termos concluído a leitura do *Diário*, eu decidi subir à clarabóia. Foram noites seguidas sem sinal das imagens. Quando eu já respirava, aliviado, elas voltaram. Tão claras, coerentes na sua sequência, palpáveis e de algum modo assustadoras, que eu *me ouvi gritar* e precisei conter-me para não sair em disparada. Se de horror ou euforia, eu não sei. Mas o que vi, agora, melhor dizer, o que a luneta parece ter gravado em suas lentes, foi nada mais nada menos do que o *despertar* de Myrna após o encontro com a *voz* no *Viaduto*. Sim, o que Bruno acreditou ter *lido* em seu comportamento. Ele decerto carregava o aparelho em suas incursões atrás da amiga; e a observava do carro, ou o levava consigo ao segui-la. Quanto a mim, posso apenas dizer que assisti, nesse *ecrã endiabrado*, à filmagem ao vivo daquele processo. Não chego a entender, naturalmente, o que se dá comigo nesses momentos. Estará em mim ou na coisa o segredo dessa projeção?" Daniel fixou-me, uma expressão desamparada no olhar. "Quem sabe", murmurou, "se subisses um dia até o teto, poderias dizer-me se o *filme* é um delírio ou se...?" Ele calou, e eu... não reagi... Mesmo depois, evitei até mesmo pensar no que ele tinha dito. Por medo de tê-lo entendido *bem demais*? Ele não insistiu. Caminhou até Lua e prendeu-a na guia; a seguir tropeçou, a seguir tropeçou, quando o bicho atirou-se a uma pomba no chão. Não caiu por um triz; ainda sem ar, convidou-me a voltarmos à casa.

Solange estava no portão, impaciente. Lua desfez-lhe o cenho, na festa que aprontou farejando o jantar. Daniel sumiu na adega e reapareceu com um Porto, fazendo-me segui-lo ao gabinete. O espaço continuava abafado, embora o fogo extinto há muito no fogão. Após escancarar a porta para o pátio e servir-nos do vinho, ele sentou à mesa de trabalho, as pernas espichadas à frente, braços e pés cruzados. "Como faria em aula", pensei. Contra o fundo ainda claro da rua, sua figura esboçava-se em negro, sem rosto, a minha frente. Lua irrompeu na sala e aterrissou no assoalho parecendo um pelego. Ele tocou seu cálice no meu e ia falar, mas foi interrompido por Solange, que anunciou sua saída. Lua correu-lhe atrás. Bebi o vinho de um gole, e levantei. Daniel não se mexeu, os olhos fixos nas pantufas de lã que vestira no átrio, ao entrar. Lua voltou, o rabo em alvoroço e correu para mim. Eu peguei minha bolsa e os dois me acompanharam ao portão.

Liguei a Vespa, e Daniel me pediu que lhe telefonasse; poderia mostrar-me um pouco mais do bairro, se eu tivesse tempo. Tinha-me já ciceroneado pelo antigo *Centro*. Precisei concordar com o seu pessimismo em relação ao que se passa ali. "Nos anos 1970, 1980", ele então lamentava, "mesmo alterada, esta região guardava um *jeito seu*, um *charme* do passado... Hoje, a miséria é no mínimo constrangedora. No *Viaduto da Borges*, por exemplo, transformado em albergue de desabrigados, poucos ousam passear sob as suas arcadas". Combinei de voltar no final da semana; e mais outros passaram, sem que ele voltasse a falar da luneta...

As histórias que cercam a casa em que moro e a tornaram "maldita", hoje estão atenuadas. Pelo efeito do tempo, mas também porque a casa já é outra, tem nova atmosfera. O fato de um dia ter estado quase inteiramente oculta na vegetação, há de ter contribuído para a fama ruim que ganhou. Este efeito era forte no tempo de Myrna – as paredes cobertas de heras a estender-se nos muros do entorno, trepadeiras com flores no portal, mais o arvoredo espesso obturando a visão. Hoje não; a impressão agourenta sumiu. Com a passagem dos anos e o abandono da casa, grande parte das plantas morreu. Contratei uma firma e uma equipe se esforça em resgatar algo do luxo vegetal soterrado; aqui e lá, há rebentos sobrados erguendo as cabeças...

Do ultimo cão que aqui viveu, também com fama de "possuído", Daniel contou-me que morreu pouco antes da dona, durante passeio na margem do rio. Balko teria ficado para trás. Voltando-se, Myrna o viu estirado no chão a alguns metros. Estava morto. Ela o enterrou no pátio atrás da casa, junto à cova de Lesko. "Meses depois, ao lado", Daniel concluiu, "depositamos a urna com suas próprias cinzas... e também o Bezoar..." Quanto a este, não me soube dizer quando o notou na mão da amiga. Foi cremada com ele, que o trazia no dedo ao morrer. Que lembrasse, teria sido o único adereço que a viram usar. Ainda hoje, o espaço do jardim com seus restos mortais desenha-se entre o muro e uma grande aroeira, que Daniel cumprimenta, ao passar. "Bom dia, dona Aroeira! Boa tarde, dona Aroeira!" Não há cruzes no chão e uma hera rasteira estende-se do muro à árvore a subir-lhe no tronco.

Agrada-me pensar que ainda brincam, os três, ela e os dois cães – ou os quatro? – no pátio ensombrado. Mesmo assim, por alguma razão bem pouco racional, eu não consigo acreditar que ainda estejam aqui. Como tampouco o faz o espaço do passado, que, evadido do novo, ainda errava na casa um tempo atrás... Seu silêncio, os estalos-gemidos cessaram...

Três meses mais tarde: uma "quase" entrevista.

Quando a última entrevista aconteceu – ou "quase" –, este livro já estava no prelo, em revisão. Por ter sido clandestina, gravada sem a permissão do entrevistado, hesitei em juntá-la às demais. Ainda assim, o caráter ficcional da história aliviou-me os pruridos e a estampei na íntegra. Eu havia insistido em fazê-la; apesar de Daniel, que tentou dissuadir-me. Lembro sua reação, quando lhe disse que procuraria Carlos; eu queria saber o que diria a respeito do "achado" na casa de Myrna. Encarou-me, espantado, e desatou a rir sem dizer o porquê. Por demasiado óbvia, para ele, a reação do amigo? Eu não desisti.

Difícil chegar até ele. Ano e meio depois da descoberta do alçapão, escrevi para o endereço do *Instituto Rio Branco*, onde, já aposentado, mantém seu gabinete. Descrevi o conteúdo do achado e externei a intenção de o editar como ficção. Concluindo, observei que poderia corrigir ou mesmo ampliar, se o quisesse, alguma coisa no texto final. Carlos não reagiu à carta ou às notícias que deixei por telefone na

Secretaria do *Instituto*. Desisti da entrevista, e, como disse, a *boneca do livro* encontrava-se em prova final, quando ele me ligou. Era tarde da noite. Disse estar na cidade e, sem mais, soletrou tempo e lugar, em que me esperaria no próximo dia: "Às dezessete horas, no *Chalé da Praça XV*". Desligou o aparelho antes de eu responder. O coração aos pulos, caiu-me o celular da mão e eu me ajoelhei no piso a catar-lhe os pedaços. Informei a Daniel, por e-mail, sobre o encontro. Ele não reagiu.

Acordei excitada e nervosa, na manhã seguinte; e fui matando as horas no trabalho, distraída de tudo que fazia. De volta à casa, eu poderia referir este e aquele encontrões contra os móveis, dois copos quebrados e o estômago vazio. Chegada a hora, confundi-me na escolha da roupa, sem saber se prendia os cabelos, se usava batom. Sentei na cama, a cabeça entre as mãos, e acabei concedendo que o homem mexia comigo. Em minha fantasia, era um misto de Byron e Baudelaire, sem que eu pudesse precisar qual dos dois me atraía ou causava mais medo. Decidi pelo *Jeans*, a camiseta preta e uma jaqueta. Tanta volta ao espelho irritou-me. Prendi o cabelo e enfiei o boné, para sair ventando escada abaixo. O elmo desfez-me a trança, joguei longe o boné e a ignição da Vespa engasgou duas vezes.

Carlos já estava lá, quando cheguei. Não foi difícil identificá-lo. "Byron, bem mais que Baudelaire!", pensei. Um Byron com mais de setenta e ainda magro. Da foto descrita por Myrna, persistem a aura de melancolia e o ricto irônico nos lábios. Traz o cabelo curto e ainda mesclado, a barba de dois dias, olhos fundos no rosto encovado. E as rugas. Daniel o descreve, no *Diário*, como um "homem bonito"; mais do que isso, belo, beirando o sinistro. Chegada à mesa, ele se apresentou e ajudou-me a sentar. Um sinal ao garçom e pediu para os dois o café que escolhi. Ofereceu-me um cigarro e ia guardando a cigarreira, quando recusei. Insisti em que fumasse e ele extraiu a ela um filtro longo, batendo-o no estojo antes de o acender. Os gestos firmes, sem afetação. Fumou em silêncio, observando o garçom. Só tomou seu café, quando iniciei o meu. A naturalidade de seus movimentos impediu que eu sentisse qualquer constrangimento ao silêncio que eu mesma não soube quebrar. Sua presença física era tal, que sequer percebi o que dizia; até ouvi-lo mencionar o *Chalé* e o *Largo da Praça*. Lembrei a noite em que ele e Myrna se encontraram justamente ali, no vértice do *big bang* que os lançou num espaço e num tempo já mortos. Mortos para sempre? Sobressaltei-me à pergunta que não me pertencia, senão a ele; ou só a ela.... Pensei em desligar o gravador, que acionara na bolsa antes de penetrar no espaço do *Chalé*. Com que direito ousava intrometer-me em suas vidas como a espiar pela fresta da porta? Acho que Carlos leu meus pensamentos. Algo em meu corpo deve ter-me traído, porque se interrompeu e lançou-me um olhar, que me alcançou como uma bofetada. O tom coloquial da voz se esvaiu; veio agora cortante, frio, no ar abafado da *Praça*.

"Por que insistiu em ver-me, senhorita Ismália?" E prosseguiu, sem esperar reação. "Acreditava encontrar no meu rosto, na expressão de meus olhos a porta para um tempo que não lhe diz respeito e ainda assim você insiste em violar? Pensou que, se insistisse, toparia com um outro possível enroscado em meu cérebro? Possível nenhum, esteja certa, seria melhor ou pior, teria mais sentido que o efetivamente acontecido. Se é que tal efetividade existe. Nada, neste mundo, merece por si mesmo ser revisto, reconsiderado, reinventado, reinterpretado ou resgatado. Nada altera a consciência em que volte a emergir. De que lhe valem as vidas alheias, que decidiu espionar? O que pode conter de importante o maço de papéis mofados, com que me vem há meses tentando fisgar; sim, de tão outro, que a leve a querer publicá-lo? São histórias comuns, não se iluda, de pessoas comuns em intercâmbios banais, sensaborões, nos quais mesmo as torpezas interessariam mais às traças e ao bolor. Nada, absolutamente nada do que se passou entre nós enquanto grupo, aos pares ou individualmente é merecedor de atenção, tanto mais de reparo e cultivo. A vida, minha cara, não tem profundidade alguma; e a arte é a mais rematada mentira do homem em relação ao mundo, a si mesmo e ao seu próprio valor. Farsantes, eis o que somos, quando fazemos literatura, pintura, música ou atividade outra qualquer, dita criativa – se entendemos com isso o chegar a algo outro que o puro *nonsense*. O caos ou o vazio, a que a arte aponta em sua *verdade*, é o único sobrenatural – mistério indevassável de nossa existência e do mundo que a encerra."

Carlos se interrompeu para acender outro cigarro. E continuou: "Você há de se ter perguntado por que, afinal, eu aceitei esta *entrevista*. Pois acredito que nomeie assim esta nossa conversa? Mera curiosidade. Sim, de vê-la, de pôr os olhos na pessoa que mora na casa em que Myrna viveu e se diverte em transformá-la em sua *boneca*. É, naquele mesmo sentido em que o Michelangelo da velhice apelidava *bonecas* suas figuras pintadas e esculpidas. E veja que, no caso dele, tratava-se realmente de figuras extraordinárias, arrancadas ao furor existencial do gênio maldito. Se ele tinha, no entanto, a lucidez de ser destrutivo com o resultado de seu esforço criador, o que resta dizer do que você pretende preservar da vida pretensamente real, ou daquela pretensamente literária de Myrna? Ou, como você insinuou na carta, das de outras pessoas ajuntadas à espúria coleção? Não sei exatamente *o quê* você encontrou no sótão de sua casa. Isso é, porém, desimportante em virtude da mesmice essencial da vida ou das vidas que esse achado encerra. Você, por certo, acreditou que, reagindo ao seu chamado, eu me teria deixado tocar pelo aceno do passado, seduzir pela promessa de ler esses papéis, de vir a saber, talvez, o que sentiam e pensavam as pessoas que os redigiram; de afinal descobrir se me teriam amado, odiado, desprezado ou seja lá o que for?"

Ele calou e, esquecido de mim, pôs-se a fumar mais um cigarro. Olhos pregados nele, eu não me movi, fiz gesto algum. Aspirando com força uma última baforada, ele esmagou o cigarro no cinzeiro e agarrou meu olhar na dureza do seu. "Não foi assim, senhorita Ismália?", perguntou irônico. "Pois enganou-se; eu não tenho interesse nenhum em sabê-lo. O que podemos extrair do que pensam, sentem, desejam, anseiam ou temem as pessoas, quaisquer que elas sejam e em relação a seja lá o que for? Tudo não passa, ao fundo, de rematada tolice, barafunda e confusão, a que o cérebro humano tenta atabalhoadamente imprimir uma ordem ou forma qualquer. O homem é uma figura ridícula e lamentável. Quanto a você, seria bem melhor que, ao invés de publicar nulidades, procurasse saber o que levou Alphonsus de Guimarães a escrever poema tão misterioso com este mesmo lindo nome que lhe deram...”

Isso foi tudo. Enfiando a cigarreira no bolso do casaco, ele levantou. Depositou na mesa uma nota e, após curvar-se, elegante, os lábios me roçando a mão apertada um instante com força na sua, endireitou-se e afastou-se dali. Ao longe, os sinos de uma Igreja bateram... e o carrilhão foi soletrando a estrofe em meus ouvidos:

Quando Ismália enlouqueceu,
pôs-se na torre a sonhar...
Viu uma lua no céu
Viu outra lua no mar.

Os versos vieram sussurrados, mas nítidos nos meus ouvidos; e a voz... Meu Deus! Voltei do meu congelamento e saltei da cadeira. Enxerguei-o afastar-se devagar como a dançar sobre as lajes da praça. Só então percebi que mancava. “O Diabo sabe”, pensei, “por isso é coxo”. Os sinos tinham calado; não porém o refrão, *na voz grave de Carlos*.... Ecoou em mim e ainda ecoa, às vezes, nas circunvoluções labirínticas do cérebro. Segui com os olhos o vulto coxeante, até vê-lo sumir no burburinho da *Otávio Rocha.*

O chalé da Praça XV

...enxerguei-o afastar-se, como a dançar sobre as lages da Praça. Só então percebi que mancava. "O diabo sabe", pensei, "por isso é coxo"...

Chegada em casa, Lua saltou-me ao peito, a cauda em sarabanda e o sorriso quadrúpede. Guardei a Vespa, e subimos a escada aos encontrões até a varanda, onde Daniel me esperava. Nem nos cumprimentamos. Depositei na mesa o gravador e o fone, fazendo-lhe um sinal de que ouvisse a gravação. Ele olhou-me, intrigado, e ia falar, mas eu já tinha entrado. Lua em meu calcanhar farejando os biscoitos. Ao voltar com o café, vi o gravador no parapeito da varanda. Daniel ajudou-me com a bandeja e nos serviu da bebida, uma expressão divertida nos lábios. Lembrei sua risada, quando lhe disse que entrevistaria Carlos. A xícara na mão e os olhos na vegetação crescida à nossa frente, ele pôs-se a falar sobre a necessidade de uma poda; que viria orientar o jardineiro nos próximos dias.

Estava escuro, quando nos recolhemos à cozinha. Lua, até aí em disparada no jardim atrás do gato da vizinha, relutou em seguir-nos. Posta a mesa, fui extraindo à cesta trazida por Daniel as iguarias do jantar, e as dispondo em travessas sobre o tampo nu. Ele desarrolhava, enquanto isso, a garrafa e nos servia o vinho. Acomodados à mesa, desandei a falar sem atentar ao cálice em sua mão erguida; ao perceber o meu vazio, desculpei-me, e, servida outra vez, nós fizemos o brinde. Ele me perguntou se eu tinha tido medo.

"Medo?", hesitei. "Não bem isso... antes um mal-estar, uma espécie de horror..."

Daniel me ouviu e ouviu sem tocar na comida, a cara indecifrável. Do que falei? Primeiro, de meu desamparo à presença de Carlos, ao tom quente da voz, seu aperto de mão na minha mão. De mim mesma, depois, do que a história de Myrna insinuara na minha, do mistério do outro no mesmo, seu entrelaçamento inextricável. O ressonar de Lua aos nossos pés, sob a mesa, fazia contraponto com o relógio. Eu calei, de repente, exausta e surpresa comigo. Como a um sinal, Daniel passou a besuntar, uma a uma, as fatias escuras do pão com a mistura de queijo e alcaparras, especialidade de Solange. Abriu outra garrafa e repetiu o brinde. O tanino apertou-me na boca. Ajeitando em meu prato a fatia do pão e um buquê de hortaliças, convidou-me comer e serviu-se, a seguir. Um legume estalou-lhe nos dentes. Apanhei, num clarão, sua presença a um só passo de mim. Vinda não sei de onde, uma alegria insólita tomou-me. Um átimo, apenas, e estávamos de volta à mesa.

Na luz quase extinta da vela, o seu sorriso. Eu acendi mais outra e a chama o iluminou em cheio, a barba camuflando o desenho do rosto. Como se coisa antiga se agitasse nele. Ou nova? Algo a ver com este livro? Por estarmos ali, na película estreita de algum universo entre milhares, por achado fortuito em um sótão qualquer deste planeta? Consegui murmurar que a ideia de nos repetirmos na série interminável de mundos potencializaria, ao infinito, o inferno do nosso. "Mas também a promessa", ele me respondeu, e seus olhos sorriam agora nos meus, para mim...

Quando nos despedimos, a algaraviada dos pássaros irrompia nas copas semiamanhecidas do arvoredo. Vontade de abraçá-lo e rir, como um dia ele Myrna, lá atrás... Mas não; ainda não...

Lua ficou comigo aquele dia.

SOLO
editoração & design gráfico

Fone: 51 99859.6690

Este livro foi confeccionado especialmente para a
Editora Meridional Ltda.,
em Noto Serif, 10/16 e
impresso na Gráfica Odisséia.